大鱼

有爱的青春陪伴者

不过文千里

长安如昼 著

江苏凤凰文艺出版社
JIANGSU PHOENIX LITERATURE AND ART PUBLISHING

图书在版编目（CIP）数据

不过六千里 / 长安如昼著. -- 南京 : 江苏凤凰文艺出版社, 2023.2
ISBN 978-7-5594-7236-6

Ⅰ. ①不… Ⅱ. ①长… Ⅲ. ①长篇小说 - 中国 - 当代 Ⅳ. ①I247.5

中国版本图书馆CIP数据核字(2022)第203237号

不过六千里

长安如昼 著

责任编辑　王昕宁
特约编辑　裴欣怡
出版发行　江苏凤凰文艺出版社
　　　　　南京市中央路165号，邮编：210009
网　　址　http://www.jswenyi.com
印　　刷　长沙鸿发印务实业有限公司
开　　本　880mm × 1230mm　1/32
印　　张　11
字　　数　428千字
版　　次　2023年2月第1版
印　　次　2023年2月第1次印刷
书　　号　ISBN 978-7-5594-7236-6
定　　价　42.80元

目/录 CONTENTS

目录

CONTENTS

第一章 //
支教

七月，南方的夏天闷热又潮湿。

青城的旅馆就跟这个小县城一样，又小又挤。师乐从旅馆狭小的浴室里出来时，房里的大灯早已关上，只留了床头灯开着，与她同一间房的支教团团员已经睡得很香。

她找了块自己的毛巾擦擦头发，然后穿上鞋拿着手机出了门。

旅馆就在火车站旁，这里开了很多网吧和旅馆。

师乐胃里此时空落落的，在火车上也没吃什么东西，再不吃点什么，她或许明天就没命到支教地点了。她也没想过，自己有一天也能坐二十几个小时的硬座火车。

往前走有一座天桥，马路对面有家还开着门的快餐店。

师乐上了天桥。天桥的中间蹲了一个人，手里还拿了一个麦克风，麦克风正被他用手指灵活地来回转着。

他脚边放着一个小音箱，后面摆着一把吉他，面前有个板子写着“一首五块钱”。

师乐拿出手机，此时是凌晨两点。

可能是察觉到有人过来，蹲在地上的人抬起头。

师乐略感意外，对方竟然是个十几岁的男孩子。

他额前的头发有些长，整个人看着挺乖顺，干净又清俊，不像是这么晚还在外面游荡的孩子，倒像个小乖乖。

见到面前来了客人，男孩站起来。他长得高且清瘦，一双腿又长又直，师乐这才看清他身上穿着的居然还是校服。

师乐原本要离开的脚步停了下来，一个穿着校服的小帅哥，半夜三更不回家，在这儿卖唱，实在是有点叛逆了。

她觉得自己可以压下胃里的空城计，适当捧个场，点上一首。

于是，师乐问：“唱歌？”

少年沉默了两秒，然后道：“不是。”

声音倒挺好听，确实不错。

他顿了下，又温声开口："不好意……"

他话没说完，一个男孩从天桥楼梯上迅速跑上来，嘴里说方言，语速很快，师乐只能听懂一个"美女"。

上来的这男孩看起来也才十几岁，棒球帽反着戴，脖子上挂条大大的骷髅头项链，张扬得不行，看起来跟他身旁那个穿着校服规规矩矩的"小乖乖"很是不同。

师乐问："你说什么？"

张扬男孩"哎"了一声，换了普通话，有些口音，没"小乖乖"的普通话标准："听歌吗？好听又便宜，马上收摊了，一首两块五！"

师乐看了他身旁的"小乖乖"一眼，然后蹲下来，用手机扫了面前板子上的二维码："嗯，随便唱一首。"

张扬男孩直接把"小乖乖"推开，拿过话筒。

师乐顿了下，想问不是"小乖乖"唱吗，但又觉得自己有点傻了，这画面一看就知道是在卖唱了。

张扬男孩拿过话筒："那我就唱首我拿手的。"

不得不说，张扬男孩的音色不错。

师乐蹲在地上听他唱完了一整首歌，又扫了下二维码，说："你不止值五块。"

张扬男孩顿时就激动了："知音啊美女，就冲你这句话，我再免费给你唱一首。"

师乐轻轻地笑了笑："不必了，我还有事儿。"

从天桥上离开，师乐进了快餐店，这会儿只有炒饭，味道实在很一般，她随便吃了点。

吃了饭出来还是没有睡意，她打开手机，有几个未接来电，都是发小打来的。微信上置顶的消息，还停留在她前天给妈妈发的那句"我出发了"上。

消息石沉大海，或许是给别人当妈太入戏，忘了自己还有个亲闺女吧。

师乐上了天桥，发现天桥上那两人居然还没走，"小乖乖"倚靠在栏杆上，垂着眼睛在看手机，张扬男孩抱着吉他时不时弹几下。张扬男孩一下子就看到了她："哎，美女！"

原本看手机的"小乖乖"抬起头来，看她一眼，又低下头去。

快凌晨三点了，火车站那边时不时有火车经过的声音传过来，鸣笛声似乎一路鸣到了心底，吵得令人心烦。

师乐在原地顿了一秒，收起手机走过去。

她看着张扬男孩手里的吉他："小帅哥，跟你商量个事儿。"

张扬男孩被她一句"小帅哥"喊得不太好意思："你说。"

师乐说：“吉他借用一下。”

张扬男孩似乎是没反应过来：“啊？”

师乐问：“借你的位置唱首歌可以吗？”

“可、可以。”张扬男孩立刻把吉他交给她，又让出位置，准备把麦克风给她架好。

师乐摇头：“不用麦克风。”

她坐在了旁边的一条塑料凳上，这把吉他普通得不能再普通，音色听起来也不太好，她指尖在吉他上轻轻碰了碰。

风吹过夜的时候，掉下星星，
星星在黑色里浮沉，
茫然飘来又仓皇离去，
空寂宁静后，星星隐在光里，
看天光乍破，看不见自己……

没有话筒，这歌也没几个人听得见，师乐垂着眼睛，看着吉他弦，低低笑了下。她舒了口气，抬起头，在吉他上轻轻敲了敲，敲醒了面前呆滞的张扬男孩：“谢了。”

张扬男孩忙走过去：“美女你唱的这是什么歌啊？也太好听了，你是专业的吗？”

“不是。”师乐把吉他递给他，“歌名忘了。”

她转过身，看到原本在玩手机的“小乖乖”不知何时已经把手机收了起来。

对上她的视线，“小乖乖”笑了下，礼貌地捧场：“很好听。”

“谢谢。”师乐玩笑道，“我就不收你们钱了，走了。”

她摆摆手，离开了天桥。

身后的张扬男孩刘明安拍了拍“小乖乖”的肩膀：“阿宴，这美女有点东西啊，长得好看唱歌也好，不会真是哪个明星吧？我搜搜！”

戚宴此时脸上笑意敛了些，神色浅淡，看刘明安真的拿出了手机，平静地问：“你用什么关键词搜？”

刘明安一愣：“对哦……”

戚宴指着他那一堆设备：“你收拾收拾，我待会儿还得给我舅下货。”

看着时间也不早了，刘明安也不好让戚宴陪他在这儿玩艺术，他一边收拾东西，一边问：“你明天就回窑山了啊？不多玩几天？”

说完，他又恍然大悟：“啊，对，你家那情况，也没时间让你玩。”

戚宴没说话，拿出正在振动的手机，抬眼：“我舅来了，你自己能行？”

刘明安道：“行！你赶紧走吧！”

戚宴帮他把音箱和话筒放到盒子里，这才走了。

戚宴的舅舅林大峰在火车站旁开了个小超市，因为火车不同时刻到站，超市二十四小时都开着门。

快要走到超市时，戚宴的脚步忽然停住。方才唱歌的女生，此时靠在超市前的路灯下，正在打电话。

她穿着军绿色的工装裤，方才看起来还有些湿的鬈发此时已经干了，披在身后，跟她的人一样，美得极致又慵懒。

他收回目光，无声地走进超市里。

此时师乐的电话里，说话的女生带着醉意："年轻人的极致，就是夜生活。你说你跑到那犄角旮旯干啥呢，好好的暑假放着不嗨。"

师乐揉揉眉心："说完没？说完我要去睡了，明天早上六点的车。"

电话里的人尖叫一声："还坐车？你这坐了一天一夜的火车还没到啊，等会儿师满满，你去的那地方不会没通电通网吧？我要不是跟你一个学校，我都以为你被拉去卖了。"

师乐："没事少蹦迪，多读书。"

"少瞧不起人，谁不是个高才生了。"电话那头的女生接着道，"我是要跟你说，你继父那边给我家来了电话，说他家老爷子马上过寿了，你为这事儿跑的？"

师乐沉默片刻，才道："没跑。"

她歪头轻笑："但看不到不也一举两得吗？"

挂断电话后，师乐转身进了小超市，她被那炒饭齁的，准备来买水，接电话耽搁了点时间。

去货架上拿了瓶水走出来，师乐看到超市门口停了一辆面包车，车门大开，里面堆着不少货。

收银台没人，师乐把水放下打算等会儿。

从面包车驾驶座上下来一个男人，见到师乐后，男人用方言喊："小宴！给客人结账！"

师乐隐约听懂了意思，她刚想说不急，就有人从身后跑了过来："不好意思。"

熟悉的话，也略微熟悉的语调……

师乐回头，是刚才那个"小乖乖"。灯光下更能看清"小乖乖"的模样。他把校服外套脱了，里面穿着一件白色的T恤，可能是因为搬东西，上面染了灰，额发被打湿些许，凌乱又有美感。

他走到收银台前，抽了张湿纸巾擦手，熟练地给她扫了码，又问："还有什么需要的吗？"

师乐垂眸，从收银台旁边又拿了一盒薄荷糖："这个。"

"好，一共是七块五。"

他拿了个小的塑料袋给她把东西放进去。

师乐看到他把袋子推过来的手，修长，骨节分明，手型很好看，却有一眼就能看清的茧子。跟他的脸不同，这双手过于粗糙了。

她收回视线，低头扫二维码：“谢谢。”

“小乖乖”笑道：“慢走。”

他好像挺爱笑的。

不过，他笑得也好看，挺好。

师乐从袋子里拿出水，打开喝了一口。“小乖乖”已经从收银台跑了出来，去门口的面包车上下东西。

他看着挺瘦，搬的箱子却都堆到他的脸了。

她侧身让路，走到外面时，想起她来支教前，妈妈说：你就是小姐日子过惯了，这也不知足，那也不知足，你就该去过过那种为生活奔波的日子。

师乐把水盖上，回过头。“小乖乖”搬完一轮刚回来，他走到门口，看到师乐在看自己，便朝她轻轻点了下头。

师乐笑笑，转身朝着旅馆的方向去了。

A 大今年支教的学校，选在了青城窑山乡的余坪村。

从青城出发，还有三个小时车程。车开了一半，驶入一条还没修好的路，有车经过时，扬起来的尘烟像是进了沙漠似的。

中巴车没有空调，只有头顶的风扇晃来晃去，车里不仅闷还夹杂着汽油味，还不能开窗，开窗就糊一脸灰，饶是师乐来之前做好了心理准备，这会儿也有些吃不消。

她从包里拿出薄荷糖吃了两颗，然后抬起眼，看着斜前方有个乘客在拍短视频，声音很大，说的倒是普通话，但口音很重。

“这群大学生，来我们乡里支教嘞！”

他站起来跪在椅子上把手机往后，凑到了师乐的脸上：“看这个小姑娘，长得跟明星似的！”

师乐有些无语。

坐在师乐身边的支教团团长林采对那人道：“不好意思大哥，我们这不让拍。”

“咋不让拍啊？”那个男人嘀嘀咕咕地转过去。

从师乐这里能看到那男人依旧悄悄用手机从缝隙里拍她。

可能是连着几天都没睡好，师乐这会儿心情不太美妙。她抬起头，漂亮的眼睛微微一挑，带上了些冷意：“不让拍。”

那男人僵了僵，把手机按了下去。

师乐把头上棒球帽的帽檐压低，靠在了椅背上开始补觉。

一个半小时后，到了窑山汽车站，车上只剩下了 A 大的这十几个人。

小乡村被群山围绕，气温似乎比青城更高。汽车站不大，甚至不成规模，冷冷清清的，也没几个人。门边的塑料凳子上坐了个摇着扇子的大叔，他旁边蹲了个半大的小男孩，小男孩面前摆着个桶，桶里放着很多冻过的矿泉水。

见到有人下车，那小男孩就立刻站了起来，声音很是响亮：“哥哥姐姐买水不？”

他没说普通话，但咬字清晰，让人还是能听懂一些。

师乐在车上被摇得头昏脑涨，胃里也不太舒服，正好买瓶水压一压。她走过去刚想掏钱，林采从一边走过来：“来十三瓶。”

小男孩一愣，许是听到了林采的口音，随即立刻换了生硬的普通话：“哥哥！一共二十六元钱！”

旁边的大叔听到他这别扭的口音，笑了一声，用扇子拍拍他的头，用方言道：“虎子，你这儿有十三瓶吗？”

小男孩低头拿水：“有嘞！冰柜里还有好多！”

林采招呼大家过来，一人拿了一瓶水，然后递给师乐一瓶，提前帮她拧开盖子：“累了吧？过会儿就到了。”

师乐接过水：“谢谢。”

她倚在一旁的墙上，喝了口水，拿出手机给置顶的那个人发了条消息：“妈，我到了。”

意料之中还是没有回复。

身旁树上的蝉鸣声一直回响，吵得师乐有些烦，她把手机屏幕按灭，低头拧上瓶盖的时候，对上了小男孩的视线。

小男孩十来岁，皮肤有些黑，眼睛倒是挺有神，一眨不眨地看着她。

师乐微微挑眉。

被师乐这么一看，他有些不好意思，但眼睛还是直勾勾地看着她：“姐姐，你们是 A 大来的老师吗？”

师乐把帽檐抬高了点：“是。”

小男孩立刻改了口：“那老师你教几年级啊？”

有团里的人听见动静，走过来弯着腰跟小男孩说话：“小孩，你是余坪小学的学生吗？”

小男孩点头：“嗯嗯。”

“我读三年级。”他期待地看着师乐，“老师你教三年级吗？”

师乐不太自在：“嗯。”

见到这儿有个余坪小学的学生，大家都好奇地围了过来，去逗他：“怎么只问这个老师啊？”

小男孩顿时就被一群人淹没了。师乐往旁边退了退，许是听到方才那声清脆的“老师”，此时她心里那股烦闷消了点。

没一会儿，林采事先联系好的车到了，是一辆不大的面包车，从这儿到村里只能坐这个，只是人多得分两批走，一来一回，第二拨人得等一个小时。

师乐分在了第二批。车走后，她压着帽檐蹲在一旁有一下没一下地摁着手机。

林采这会儿在跟那个坐在门口的大叔聊天。

“一个小时难等。”大叔说着，用扇子推了推面前那个小男孩，“虎子，你舅呢？”

虎子这会儿刚重新抱了矿泉水回来放在桶里，听到这话有些没反应过来：“在跑车。”

大叔点点头，对林采道：“他舅也在乡里跑短途车，给你们个电话，他直接把你们送过去好了，免得等这么久。”

小男孩似乎是反应过来了，立刻对刚才一口气买了他十几瓶水的林采道：“对对对，老师，我舅也在跑车，我记得他的电话，我家的车便宜的！”

一来一回等一个小时确实有些久了，团队去了学校还要开会整理。林采想了想，点了头：“那你把你舅舅的电话给我吧。”

小男孩立刻从裤兜里拿出了一个小本子，上面写了不少电话号码和名字。

拿到虎子舅舅的电话号码后，林采去一旁联系人了。

师乐蹲着蹲着发现那小男孩移到了自己身边，她抬起头。

虎子摸摸自己的板寸头，然后也蹲下来，隔着不远不近的距离：“老师，我叫戚虎。”

“嗯？”

虎子捡了一旁的树枝，在地上仔仔细细地一笔一画地写：“戚虎。老师，你叫什么？”

这里灰尘大，在地上这么写字也看得很清晰，字谈不上好看，却也规规整整的。

师乐的目光在他手上停了一瞬，一双不大的手，却糙得不行。

她伸手接过树枝在地上写了几笔：“师乐。”

虎子一直看着师乐，师乐终于忍不住笑了一声，她将头顶的棒球帽摘下来，盖在他的头上遮住了他的视线，懒洋洋地道：“小孩，这么喜欢看我？”

虎子揪住帽子，又有些不太敢碰，他努力抬起头，露出那双明亮的眼睛：“老师你长得好好看。”

这个年纪的孩子夸起人来凭着本心，直白又大胆，师乐一时不知道该说什么。这时，林采在那边喊了一声：“乐乐，车来了！”

师乐应声起身，虎子跟着她：“老师，我给你拿箱子吧？”

这小身板能拿什么东西，师乐摇摇头：“不用。”

虎子犹豫了一下：“老师你的帽子……”

师乐回头看了一眼，笑道：“你戴着很酷，戴着吧。”

门口停了一辆跟刚才那辆面包车没什么两样的车，不过比刚才那辆要干净得多，挡风玻璃上贴了张“窑山——余坪”。

师乐走过去，面包车的车门同时被拉开，穿着白色T恤黑色帆布鞋的少年从上面下来。

不知是谁先说了一句，紧接着就是好几声惊叹，师乐却是微微眯了眯眼。

“小乖乖”？

“小乖乖”没穿校服，看起来倒是没那么稚嫩了，但依旧很有少年感，昨天没发现，今天才觉得，他好像比这窑山乡的人要白上一些。

他先是转过头，跟驾驶座的人说了什么，然后又转回来，温声地问：“林采是哪位？”

林采上前：“是我。”

“哥！”虎子从后面跑上去，“你今天回来啊！”

戚宴这才看到帽子下的那张脸，他抬手将虎子轻轻带到一边，轻声用方言道：“先过来。”

虎子乖乖地站在一边。戚宴抬头一边扫人数，一边从手腕绑着的车票夹上扯票，数到师乐时，动作顿了一秒。他低下头：“八块钱一张，你们是六个人是吗？”

林采道：“对。”

戚宴让开车门的位置，走到后备厢的位置：“东西放在后面。”

师乐走在最后，她的行李刚推过去，“小乖乖”就伸手过来给她放上了车，他的力气大，师乐是见过的。

师乐扬眉：“谢了。”

“小乖乖”埋着头整理行李：“不客气。”

师乐笑着说：“我们还挺有缘。”

“小乖乖”动作微微顿了下，随后直起身子，将后备厢的门拉下来浅浅一笑：“嗯，上车吧。”

他转过头看向林采：“大家上车吧，我洗个手就来。”

说完，他看向站在门边的虎子：“虎子。”

虎子立刻跟在他的身后，一起进了车站。

师乐胃里难受，不想进去闷着，她站在树荫下看手机，打算等“小乖乖”回来再上去。

戚宴洗完手出来，问虎子：“你怎么跑到这里来了？”

“早上来的。”虎子摸摸自己的小荷包，拿了一把钱出来给哥哥，认真道，“我这两天来给刘叔打工呢，卖水多出来的钱都是我的。”

刘叔就是旁边那个坐着的大叔，车站的门卫，家里也是搞批发的。

戚宴沉默了一下，把钱放回了虎子的兜里，弯腰揉揉虎子的头：“下次别走这么远。”

说完，他取下虎子头顶的帽子，问：“这是谁的？”

“老师的。”虎子指了指树荫下的人，解释，“老师让我戴着。”末了，又扭捏地补充，“她说我戴着很酷。”

戚宴弯弯唇，把帽子戴回虎子头上，抬头看向树荫下的女生。她今天穿的是支教团的团服——印着A大校徽的白色短袖，下身依然穿着一条工装裤，那头漂亮的鬈发随意扎了个马尾垂在身后，皮肤白得比阳光还要耀眼。

与这灰蒙蒙的乡下，格格不人。

他摸摸虎子的头：“走吧，回家。”

戚宴牵着虎子走到门口，对刘叔道：“叔，谢了，改天来家里吃饭。”

刘叔摆手：“哪天赶集你骑车来给你婶拉点货。”

戚宴点头：“好。”

转身时，戚宴看到地上挨在一起的两个名字，“师乐”两个字写得潇洒又随意，字形却很好看。

走了两步，他突然问：“虎子，跟老师说谢谢了吗？”

虎子抿嘴：“我忘了，这就去！”

师乐此时正靠在路边的树上打电话，听见身后的动静，她回过头，然后对电话那头的人道：“这里没有机场，赶是赶不回去了，替我道个喜吧，礼物寄回去了。”

她问：“还有什么要说的吗？”

“你是存心……”

师乐像没听见似的，悠悠地打断对方的话：“没有我就挂了。”

她挂断电话，看着朝着自己走来的两人。

虎子仰着头，红着脸：“老师，我哥让我谢谢你！”

师乐抬眼，只见“小乖乖”停在面前，浅浅一笑：“虎子很喜欢这顶帽子，谢谢。”

这声音听起来让人舒服多了。

师乐：“不客气。”

她直起身来，刚准备上车，胃里这几天一直压抑着的翻腾终于爆发，她脸色微变，立马转头扶住树，吐了个干净。

本来就没吃多少东西，这一吐她只感觉嘴里一股苦味，眼尾也逼出了些泪花。

她拍拍胸口，都不知道自己有多长时间，没这么狼狈过了。她抹了把眼睛，弯腰扶着树轻轻喘气。

虎子扯扯哥哥的衣服：“老师是不是晕车了？”

戚宴轻轻“嗯”了一声，想起昨晚在天桥上看到这个女生凌晨走进快餐店的事。他很快回头从车里拿了一卷纸巾和一瓶没冻过没打开过的水，对驾驶座的人道：“舅，等几分钟。”

他低头推推虎子，轻声道：“去刘叔那里拿把铲过来。”

虎子“噔噔噔”跑进车站。

开车的男人探头：“咋嘞？”

“这个姐姐晕车。”戚宴一边说着，一边走到了扶着树的人身边，把纸巾和水递了过去，“漱漱口吧。”

师乐也没有多扭捏，把“小乖乖”手里的纸接过来，擦擦嘴道：“谢谢。”

林采听见动静也下了车，担心地问：“乐乐，你没事吧？”

“没事。”师乐用水漱了漱口，“我马上就好。”

她摸了摸矿泉水瓶，在这个天气放在车里的，喝着还有些温热，不会那么刺激。

师乐还未反应过来，“小乖乖”又拿了一盒木糖醇递过来，在她还没开口前就安抚道：“你先休息会儿，不急。吃点这个，会好一些。”

这样子，像是对这个情况处理得很熟练了。

“谢谢。”

“不客气。”

吐完师乐感觉身心都舒畅了很多，她笑了一下，好像今天她跟“小乖乖”的对话一直停留在谢谢和不客气上。

她眨眨眼，难得觉得自己这张脸有些挂不住，指着那土里的污秽物，问：“那这个要怎么办？”

“没事。”

“小乖乖”说完，虎子已经拿了铲子跑了过来。

师乐见面前的少年接过铲子，随后面不改色地铲了把土，将那些东西盖住了。

她忙去接铲子：“小……小同学，我来，我来。”

“姐姐你先上车。”戚宴没听出来她转的话音，浅浅地笑道，“没事的。”

他自己把铲子拿了回去。

师乐看着他笔直的背影，捏了捏手里的木糖醇，低头问：“虎子，你哥哥叫什么名字？”

虎子答得很快：“我哥叫戚宴！”

有了虎子的名字在先，师乐有些先入为主，她挑了挑眉：“戚燕？”

她笑笑：“挺好。”

一个是虎子，一个是燕子。

趁着这会儿感觉还不错，师乐上了车，她坐在第二排的窗边。

这时候看到少年已经回来了，他一脚踩在中间那道车门内空出来的位置上。

这车上已经没了多余的座位，少年弯腰自然地从车座底下拉出一张又矮又小的塑料凳，长腿一屈坐了下去。关上车门后，他将虎子拉到了自己的面前，轻轻搂着。

他道：“舅，可以了。”

林采就坐在他旁边的位置上，见状忍不住问：“你这样可以吗？”

戚宴的脸贴着虎子的背，正拿出手机，手机上有道裂痕。

闻言，他轻轻地笑笑，整个人都柔软了几分："到村里这段路没什么交警，这样方便。"

师乐忍不住看向他的腿，实在是有些委屈这个长度了，虽说"小燕子"比她小，但确确实实是比她高的。

于是她伸出手："虎子过来。"

戚宴和虎子同时转头，似乎是没理解她的意思，一个虎头虎脑，一个温润干净，长相上完全没有任何相似的地方。

"你哥哥抱着你不方便。"师乐歪着头道，"老师抱。"

虎子扒拉着副驾驶的车椅，还戴着棒球帽，他把帽檐往上拉了拉，眼睛亮了起来。虎子回头看了眼哥哥，小幅度动了下。

戚宴的手却没松开，弯着眼睛说："虎子调皮好动，姐姐你还晕着车，不好带他。"

林采道："对，你自己都还难受呢。"

他完全没有松口的意思，带着客气又恰到好处的疏离，师乐也不再问，靠在椅子上养精蓄锐。

没半个小时就到了余坪，车直接停在了余坪小学门口，两栋楼，一栋两层，一栋三层。

戚宴抱着虎子下车，帮大家把行李搬了下来。这服务得有始有终的，师乐真想给他点个五星好评。

师乐把自己的行李推开不挡着大家。

后面有个人骑着摩托车过来，停在了学校门口，看到搬行李的人，惊讶了一瞬："戚宴？你放假了啊？"

戚宴回头，见到来人后笑了一下，手里动作不停："校长。"

闻声，所有人都看过去，林采最先反应过来："是余坪小学的校长吗？"

校长的目光从戚宴身上移开，忙上前过来同林采握手："对，我是！不好意思这时候才过来。"

林采："我们也刚到。"

领导说话，大家自然不能走，师乐坐在行李箱上，手里抛着木糖醇盒子，听着声音观察周围的环境。

学校操场很小，教学楼看起来也有些年头了，只有一个升旗台，一旁的乒乓球桌已经旧得不成样儿，甚至连校门都是一扇生了锈的铁门。

周围都是山，路两旁被树木环绕着，门口是通往各个方向的路。天气晴朗还好，若是下雨了应该就是一片泥泞。

师乐记得，南方的天气夏天是多雨的，她已经很多年没回南方了。

正想着，有个人拍拍她的肩膀："欸，乐乐，这小帅哥是谁啊？跟你们一辆车的？"

拍师乐的人是跟她同一个学院同一批进团的团员，叫童琳。师乐抬眼，童琳说的不就是已经搬完行李的“小燕子”吗。

她停下抛木糖醇的动作，歪头笑：“是小帅哥啊。”

“长得挺帅啊。”童琳搭着她的肩膀，“做事也利索。”

“嗯。”

从“小燕子”下车的那一刻起，团里的男生女生都在看他。但师乐也不知道该怎么介绍他，毕竟她也不熟，所以她道：“这是他们家的车。”

“原来如此。”童琳点点头。

林采这时候跟校长说完了话，校长拉着大家要一起在校门口合个影。

看到戚宴和虎子，校长招招手：“戚宴，来来来，你也一起来。”

师乐觉得稀奇，她上学时那些校长神龙见首不见尾的，更别提记住谁让谁合影了。这个校长对“小燕子”还挺热情。

“不了，校长。”面包车这时候开走了，戚宴拉着虎子站在一个不远不近的距离，“跟您道个别，我们先回去了。”

“回什么回啊！”校长走过去把他拉过来，“你跟大家认识认识，说不准以后就有缘分了。”

团里的人倒也不把这个当回事，都积极响应：“是啊，是啊！”

戚宴看了一旁准备拍照的人，也穿着团服，他道：“我给大家拍吧，虎子跟老师们一起可以吗？”

虎子立刻就看向师乐。师乐失笑，冲他招手：“过来。”

虎子顿时就跑到了师乐面前，师乐摸摸他的头：“你跟我站在一起。”

校长也没强求：“这孩子，一直都是这脾气。”

师乐忍不住想：这还叫脾气？

拍照的人是团里专门负责拍照的，这时候有了戚宴接手，他也终于可以入镜了，他犹豫了下就把相机交给戚宴：“按这里就好，麻烦你了。”

戚宴双手接过：“没事。”

拍完照，大家围在一起看照片。戚宴退到外场找到校长：“校长，天色不早了，我带虎子先回家，您先忙。”

“行。”校长挥手，“回去注意安全。”

师乐不爱凑热闹，站在人群外，童琳走到她身边，随口闲聊道：“这小帅哥，年纪不大，倒是挺沉稳。”

回想着遇到戚宴的这几次，无论在天桥也好、超市也好、车里也好，每次乍一见，师乐总会被他身上的少年气惊艳一下，但场合不对，每个场合他都做着与年龄不符的事。

就像童琳说的，他有着与年龄不符的沉稳。

但不知为什么，师乐一想起自己与他初见时，将他误认为叛逆的小孩，就忍不住想，面前的这少年叛逆起来会是什么样子。

童琳还在说：“你看他好像很受校长喜欢，还介绍大家认识，带弟弟带得好，还帮家里跑车卖票，这不妥妥别人家的孩子吗，城里有几个这个年纪的孩子做这些？”

师乐轻轻“嗯”了声：“他跟那些人不一样。”

“确实。”

师乐看着背了一个双肩包的“小燕子”，他一边俯身把虎子的帽子扶正，一边说着话。虽然听不见他的声音也能想象到他的语气，干干净净的，像颗明珠，是个很聪明的人。

难得见到，以后说不准也见不到了。他有意跟他们保持距离，他们也不该打扰。

师乐把木糖醇打开倒了两颗出来，递给童琳：“吃吧，小帅哥给的。”

这时，不远处的“小燕子”直起身子，而虎子突然扭头，看向师乐的方向。

师乐微微一顿。虎子“噔噔噔”地跑了过来，冲她们挥手：“老师明天见！”

童琳稀奇：“哇，这是学生吗？这么可爱。”

虎子点头：“老师好。”

童琳：“明天见啊，小朋友。”

师乐也弯腰向虎子挥手：“明天见。”

虎子得到回复，又跑了回去。

师乐的视线跟着他移动，最后看到站在树下的“小燕子”。

“小燕子”微微转身，礼貌地冲她点了点头。

支教团睡在学校里的那栋二层小楼里，第一层是食堂，第二层是教师宿舍。说是宿舍，其实也就是两个大教室摆了几张高低床，放上几张桌椅，拉上窗帘倒还有模有样的。

师乐睡得浅，起得早，这会儿天才亮没多久，空气有些凉，她拿了件衬衫披上下了楼。她站在楼梯口发了会儿呆，在这安静的环境里，这才有了一点真实感。

她真的跨越了几千公里的距离，来了这个人生地不熟的地方，住在一个自己从没有想过的环境里，吃大锅饭，甚至洗个澡都只有一个热水器，要排队。

还挺刺激的。

手机突然振动起来，是许婧打来的，多半是夜场才结束，准备休息了。

果然，她的声音有些疲惫：“师满满，怎么样了？”

师乐走到一边，蹲在升旗台的空地上：“挺好。”

许婧拜服：“你是真厉害，我看到他们发的朋友圈了，那地方你真的待得下去？”

许婧又道：“我查了下，你那儿离江州不远啊。”

师乐看着面前花坛里的杂草，“嗯”了一声。

许婧：“那你结束后趁这个机会去江州晃一圈？”

师乐将杂草拔了下来：“再说吧，可能结束就直接回去了。”

许婧"啧"了一声："都到那里了，不去看看你哥？"

师乐用草在地上画了两个圈："我都想不起来他长什么样了。"

父母离婚十来年，分开那会儿都是没长大的小萝卜头，她跟妈妈，她哥跟了爸爸。

她妈改嫁后，更是把所有关于过去的东西都扔了，一点记忆都没有，师乐说想不起来了，是真的。

师乐觉得这会儿自己心情还不错，也不想提这些。她将草扔回花坛："你休息吧，我去上个厕所。"

这学校的厕所要走出校门，她得早一些解决个人问题，不然等会儿学生来了还挺尴尬的。

但她挂掉电话才起身，便看到铁门外站了几个学生，正眼巴巴地扒着铁门探头张望。

这会儿才早上七点不到，师乐没想到会有学生来得这么早。几个小孩看到她，立刻停了动作纷纷站直，规规矩矩的。

师乐把披着的衬衫脱下来拿在手上，速度加快了些，走了过去，给他们打开没锁的铁门："怎么不进来？"

有个小孩倒吸了口凉气，拉了旁边的伙伴一下，几人一个看一个，退后一步，声如蚊蚋："太早了，怕打扰老师。"

师乐笑了一声，蹲下来："这里是学校，你们来这里不叫打扰。"

小孩们看起来想说什么又不敢说，用手抠着自己已经有线头的书包带，抿着嘴看她。

师乐微微歪头，然后伸出手："你们好，我叫师乐，你们叫什么？"

"我、我叫王安安。"

"李青。"

"邓天淇。"

师乐见他们只光看着自己的手，却没有伸出手来，眼神怯怯的，于是换了个策略，抬起手一一摸了摸他们的头："王安安，李青，邓天淇，早上好。"

几个小孩顿时红了脸。

这时，有摩托车的声音传来，伴随着一声清脆的："老师！"

师乐看过去，摩托车也停在了一旁，骑车的人头发被风吹得有些凌乱，露出额头，一双长腿撑在地面，微微低着头，可能是方才在骑车，脸上的表情有些淡，倒是挺酷。

少年的腰被一双小手抱着，露出了清瘦的腰线，抱着他的人探出头来，头顶还戴着昨天的帽子，笑得很灿烂："老师早上好！"

戚宴微微垂眸，女生正好也抬起头来，她脖颈修长且白，眼里还残留着笑意，嘴唇颜色恢复了些，看来状态恢复得不错，与她那晚懒散的模样不同，映着晨光，显得有些温柔。

他移开视线："早上好。"

师乐站起来："早上好。这么早送弟弟上学？"

戚宴还未说话，虎子抢先回答，挺自豪的样子："哥哥去窑山有事，平时我都是自己走路来的。"

师乐轻笑："那你很棒。"

戚宴嘴角弯了下，回头用方言说了几句。虎子一边点头，一边从车上下来走向师乐："知道嘞，知道嘞。"

戚宴转过头来，视线在地上一扫，多顿了一秒后长腿一伸，下了车。

师乐还未反应过来，只见他突然在她面前弯下了腰，她往后退了一步，少年已经直起身来了，手里拿着她的衬衫。

师乐这才想起来，刚才蹲下的时候衬衫放在腿上，起身一时给忘了。

戚宴："姐姐的？"

"谢谢。"师乐接过去，"说一声我可以自己捡的。"

女生的手指纤细又漂亮，指尖透着粉。戚宴微微敛眸，收回了手："没事。"

他往后微微靠在了摩托车上："虎子，要听话。"

童琳不知道什么时候走了出来，她站在门口打了个哈欠："小帅哥挺酷啊。"

"摩托车？"童琳看了眼师乐，"他成年了吗？"

虽然他没成年，但在乡下摩托车是必不可少的交通工具，像他这么大的都会骑。

师乐听到这话只笑笑没说话，她摸摸虎子的耳朵，用掌心虚虚盖住，然后弯腰道："虎子进去吧。"

虎子点点头，回头道："哥，路上小心。"

师乐见少年微微颔首，一只脚踩上了摩托车，看起来准备要走了。

她转身看向另外三个小孩："你们也先进去吧。"

待孩子们走后，她把衬衫随手系在腰上，拍拍童琳，指着厕所的方向："我去一下。"

路过摩托车时，她顿了下，然后转头，微微挑眉问："小同学成年了吗？"

她身上有股淡淡的香味，说话时声音带了些倦色。戚宴握在摩托车把上的指尖轻轻一蜷，小幅度地摇头："没有。"

"嗯。"师乐缓缓点头，勾唇，"那骑车小心。"

戚宴以为她要说未成年人不能骑车，刚要开口，女生已经走了，她腰间的衬衫被风吹起，勾勒出细细的腰身，风里那淡淡的清香也散了。

师乐回去放衣服，洗手吃了碗面的时间，学生们陆陆续续地来了很多。

在A大时为了保证教学质量，团员们都是上过实训课的，但真正看到学生一个个走进校门的时候，感觉还是很不一样，师乐飘了几天的心，好像终于落到了实处。

副团长李闻华蹲在食堂门口嗦着面，抬头看到师乐倚在门框上，看来往学生看得专注，乐了：“你看什么呢？”

师乐懒洋洋地笑了下：“我在想，我上学时就没这么积极。”

她确实没这么积极，每次上学都是踩点到学校，时不时还迟个到。

李闻华起身：“他们不一样。”

师乐没说话，却是偏过头认真听他讲。李闻华作为团里老人，每年都要支教，很有经验。

李闻华把碗放下，一边洗一边道：“很多孩子父母都在省外务工，跟爷爷奶奶生活，老人很早就要起来务农，孩子们自然起得早，也就来得早了。”

师乐想起那些孩子粗糙的手，轻轻应了声。

李闻华转过头：“咱们周末都不上课，要去附近的村民家里调研，到时候你就知道了。”

他接着道：“其实有些家长签了支教承诺书，大部分都只是觉得，暑假多了个帮他们看孩子的人而已。”

师乐偏过头，觉得这个词挺新奇：“看孩子？”

“有人辅导孩子作业，他们不用操心，放心做自己的农活或者生意。”李闻华笑笑，“可不是看孩子吗？”

师乐轻嗤一声，没说话。

有团员急匆匆赶过来吃早餐，她站直身子让开了位置：“学长，我第一节有课，先上去了。”

李闻华挥挥手：“去吧。”

见女生的背影消失，来吃早餐的团员才小声道：“我挺好奇，她对学生是不是也这么冷淡？”

李闻华想起早上起来时从楼上看到蹲在校门口跟学生说话的师乐：“应该不是。”

“你说她能坚持下来吗？”团员好奇地问，“师乐不像是能吃苦的。”

确实不像。当时师乐来支教团面试时，大家都讨论了很久，这个人在学校是出了名的，颜值出名，才华也出名。

迎新晚会当天，一首原创弹唱直接让她荣登 A 大新生女神宝座，追求者数不胜数，她却总是一副懒懒散散的样子，看着好说话，其实不愿意搭理任何人。

这种性格的人，不适合当老师。

但出人预料的是，她面试表现超了别人一大截，加上她学习成绩不错，在学院出名，开会时院长也钦点了她的名，说可以当作文学院的一个招牌。

李闻华想了想，道：“她适应得挺好的。”

超乎了他的预料。

余坪小学只有六个班，一到六年级，一年级一个班，每个班也就三十几个人，师乐教的是三年级，走进教室时，教室里瞬间安静下来。

她扫了一眼，大家坐的是劣质的双人桌椅，一条长凳，课桌是几块木板钉在一起的，甚至木板之间还有缝隙。

师乐把手里的教案放在桌上，抬起头："大家好。"

下面一瞬间响起齐刷刷的声音，震耳欲聋："老师好！"

尤其是坐在第二排的虎子，眼睛发亮，喊得最大声。他们的手乖巧地放在桌上，像是幼儿园里那些初学规矩的孩子。

一向对所有事情都游刃有余的师乐切切实实地怔了一瞬。过了三秒，她微微垂眸，然后拿起了讲桌上的粉笔，转身在黑板上一笔一画地写下了两个字。

她在一片安静和期待的目光里，用了自己这辈子最柔软的声音自我介绍："我叫师乐。"

两堂课下来，师乐手心里渗出一点细汗，她拿着教案准备离开时，突然被叫住。

"乐乐老师！"

师乐回过头，虎子身后跟了一堆小跟班，他手里捧了一个易拉罐，上面被镂空了。

"这是老师们还没来的时候我们准备的礼物。"虎子像是班里的小头头，他把易拉罐递给师乐，"送给你，都是我们自己折的。"

师乐把易拉罐接过来，垂眸一看，里面装满了一罐纸折的星星，看来是准备了很久。好半晌，她才低声笑了："谢谢。"

从三年级出来，师乐径直去了三楼的教师办公室，才上楼遇到了一直在串班的林采。

林采问："上课感觉怎么样？"

师乐扬着教案本："还不错。"

林采笑道："那你学生还挺听话的，不像……"

他的话没说完，头顶便响起了声音："哟，林哥，这是哪位老师啊？"

师乐抬起头，楼梯上站了几个勾肩搭背的男生，都是半大的少年，脸上挂着笑，盯着师乐看。

"这是师乐老师，教三年级的。"林采走上去，"要上课了，你们去哪儿？"

少年们嘻嘻笑道："去厕所，林哥一起吗？"

林采摇头："早去早回。"

少年们一个搭一个地从楼梯上下来，路过师乐时扭头，语气玩世不恭："师乐老师好啊。"

师乐抬眼，看到说话的少年脑袋两边剃的那个"love"的图案，再看另外三个人，每个人的图案都不一样，略一挑眉："发型还挺潮。"

看起来应该是一个"家族"的。

Love少年下意识地摸了把头发，“哈哈”一笑：“还行，老师有眼光。”

林采站在上边，催促道：“要上课了。”

少年们嘴里应着一步三回头地下了楼，走过时有一股呛人的味儿。

林采叹了一声：“六年级原本的学生毕业了，现在的学生参差不齐，相当于一个补习班，这几个是初二的，不想在家干活就来玩玩。”

看孩子，来玩玩，这些上学的理由倒是很有意思。

下午放学，师乐提前站在了校门口，准备送孩子回家。据说这是支教团的传统，不管是哪个学校，放学后老师们都必须送孩子们一段路。

师乐重新拿了一顶棒球帽戴着，倚在校门口一边玩手机，一边等放学。

她打开地图。许婧说得没错，这里离江州确实不远，可能是坐过了二十多个小时的硬座火车，师乐觉得对于她来说，已经没有算作远的地方了。

也不知道她哥长什么样了。

她正出着神，有个人走到旁边：“乐乐你走哪边？一起吧。”

“不知道呢，我随便。”师乐把手机按灭，声音没多大起伏，“学长走哪边？”

林采斟酌一下，道：“左边吧。”

师乐点点头，把手机揣进兜里：“那我走右边吧。”

童琳忍着笑，在一旁给林采递台阶：“学长，你跟我一起吧？万一这村里有狗，我还挺害怕的。”

林采：“……行。”

师乐没想到，碰巧的是虎子家居然就往右边走，她想了想，确实，早上“小燕子”就是骑车从右边过来的。

她被一群小孩围着，虎子背着大书包挤到中间：“乐乐老师，你要不要去我家吃饭？我哥在家，他做饭可好吃了。”

师乐稍显意外：“你哥还会做饭？”

“他哥哥什么都会！”有了虎子的亲近，其他小孩也没那么疏远了，都争着要跟师乐说话，“小宴哥哥很厉害的！”

虎子拍拍胸脯，很是自豪：“对，我哥什么都会！”

师乐倒是没想到，“小燕子”在孩子中间这么有人气：“你们都认识‘小燕’哥哥？”

“老师们都夸他呢。”孩子们说，“说小宴哥哥学习成绩好，在县里上学都不用交学费，我妈也说小宴哥哥很勤快。”

啧，还真是个乖小孩。

走了不远，师乐看到这里有条河，水很清，但因为是雨水季节，河里水流也很急。

校长昨天开会时提过村里有条河，若是雨下得大了，水会漫上来，让大家放学时都注意一下孩子的安全，还有些大点的孩子会下河洗澡。

师乐不动声色地走到外围，侧头看了一眼，说是只送一段路，但跟孩子们说着说着，人都走得差不多了。

往前走了一段，除了虎子，其他人都走了，她扭头看向虎子："虎子，你家在哪儿？"

虎子背着那么大一个书包，也不见累，他指着前面："往前面走一会儿就到啦。"

师乐抬头看了眼，天色有些暗，这里天气多变，像是要下雨了。她想了想，决定先把虎子送到家。

跟着虎子往前走了十来分钟，才拐了个弯，虎子就激动道："老师！我家到啦！"

师乐抬起头，只见前面路旁有两间低矮的小平房，平房两侧外面围着木栅栏，种了些蔬菜。

往前走几步还能看到平房前的地上养了几只鸡鸭，门是开着的，但没见着人，"小燕子"今天早上骑的摩托车倒是停在门口。

师乐停下脚步，摸摸虎子的头："那老师先回去了，明天见。"

虎子立刻拉住她："老师，你不在我家吃了饭再走吗？"

"不了。"团里的规矩，不能拿学生家里的一针一线，吃的也不行。

师乐轻轻推推他的背，刚要走，却看到门里走出一个人。

少年湿着头发，看来是没有特意整理，很是凌乱，手里端了一个盆。

他下身穿着牛仔裤，腿显得更加修长，但上身只穿了件白色背心，胳膊上有些肌肉，看起来很匀称，也有些野性。

或许是没想到外面有人，他脸上表情很淡，但只是一瞬间后，那点疏离的冷淡就被隐去了。

师乐微微挑了下眉，四目相望，空气里安静了几秒。

师乐看到少年脸上的表情，从浅淡到茫然到收敛，只用了几秒的时间。

几秒后，少年微微弯腰，把盆放到一边，说话时声音依旧很温润："姐姐怎么来了？"

师乐的视线从他脸上移开，一只手压着帽檐轻轻笑了。

原来她也有看走眼的时候。

"小燕子"这张脸太具有欺骗性，不论是初见还是后来几次，他都是笑容浅浅又礼貌得恰到好处，看起来就像是个干干净净的乖乖仔，合着一切都是"恰到好处"而已。

虎子走上前解释："哥，老师送我回来。"

戚宴"嗯"了一声："去给老师倒水。"

虎子应着就跑进了家里。戚宴刚想说话，就撞进了女生带着笑意的眼睛里，一双很漂亮的眼睛，像是看到了什么有趣的东西，眼尾轻轻挑着，就这么看着他笑。

戚宴恍惚了一瞬，继而很快敛眸侧身："姐姐进来坐。"

“不了。”师乐一时还真分不清楚他现在是恰到好处的客套，还是什么，不过她也没什么心思去细想，“下次吧，我先回去了。”

虎子倒了半杯水就着急地跑出来：“老师你要走吗？”

“嗯。”师乐走久了有些热，她把帽子取下来，挥挥手，“明天见。”

“喝杯水再走吧。”戚宴示意虎子递水，“走过来也挺远的。”

孩子已经把水递过来了，师乐也不好拒绝，她拿起杯子，喝了一口，意外道：“这水还挺甜。”

“附近的山泉水。”戚宴笑了下，“姐姐喜欢可以多喝些。”

师乐莞尔，又喝了一口，把杯子里的水喝完后，将杯子递还给虎子：“好了，时间不早了，你们忙吧。”

戚宴点头，但还是跟着她走了几步。

师乐没阻止，“小燕子”这处处都要做到周到，她也没法阻止。

“行了。”走出了他们家木栅栏的距离，师乐抬起帽子，指指他之前在院子里放下的盆，“别送了，继续洗衣服吧。”

戚宴也就停下了脚步：“姐姐慢走。”

等女生背影消失，戚宴才转身回家，刚蹲下来拿起衣服没一会儿就起了风。

他抬眼看了下天，然后起身把盆端进家里，再出来时套了件衬衫，手上多了件雨衣。戚宴弯腰摸摸蹲在门口的虎子的头：“关好门窗，我去接妈。”

戚宴走了两步，顿了下，又转身进了家。虎子抬头，见他手上多了一把伞，便说：“妈出门好像带伞了。”

戚宴把伞放在车上，看了眼不远处的弯道，轻声道：“嗯，给你们老师的。”

虎子眼睛一亮，站起身来：“哥，我跟你一起去！”

雨开始落下来，戚宴穿上雨衣，跨上摩托车发动车子：“好好看家。”

师乐从“小燕子”家里出来，从兜里掏出手机，把耳机插上，听着歌慢悠悠地往回走。

她的思绪也渐渐开始神游，她喜欢在放空时构思歌曲。直到满脑子的音符和文字被一声惊雷打断，师乐掀起眼皮，看着乌云密布的天，轻轻“啧”了一声。

这个时候的雷雨，多半是阵雨，下的时间短，但挺大，淋到了得不偿失。师乐加快了步伐，想尽快回去。

但阵雨来得快，没几分钟，豆大的雨滴就落了下来，师乐戴上帽子，想着还有段距离，也没地方避，干脆就不避了，于是步伐又慢了下去。

这时，身后突然传来摩托车的喇叭声，她跑到一边让开。

车从后面驶过，却停在了她的旁边。师乐看了几秒才反应过来，这人是“小燕子”。

摩托车上，少年穿着蓝色雨衣，这种雨衣只露脸，头顶一个透明的帽子，但没什么用，脸上依旧都是雨水，徒增傻气。

把少年人的美颜都遮挡了不少，一点都不帅，师乐不合时宜地又想笑。

戚宴就看身旁的人脸上似乎又带了笑意，一时没明白她在笑什么。她的头发和衣服都被打湿了些，白色球鞋上也沾了泥水，也没见她皱下眉。

她戴着耳机，看着随意又慵懒，不知道的还以为她沐浴的是阳光，而不是夏天这令人糟心的雷阵雨。

见她取下耳机，戚宴转过头，因为雨声，他的声音也微微大了些："我送你回去吧。"

师乐还没傻到既然有选择，还要做出没有伞硬撑着淋雨回学校这种壮举。她有些文艺细胞，但也没文艺到这种地步。

所以她从善如流地把东西收好，帽子摘下来，掀开"小燕子"的雨衣就钻了进去。还好这是件双人雨衣，可以露出两个头。

少年露出轮廓分明的侧脸："姐姐，你坐稳。"

师乐用手扶住摩托车后面的架子："稳了，走吧。"

戚宴捏捏车把，忽视掉背上的那一丝痒意，发动了车。其实并没有多远，开车几分钟就到了，车停在校门口。

这种摩托车稍微要高一些，本着过往的下车经验，她下意识就搭上了面前人的肩膀，然后迅速下了车。

戚宴被这一搭，正拿伞的动作顿时停住。他回过头时看到师乐将微乱的头发往后撩了下，露出光洁的额头。她戴上帽子，微扬着下巴："谢谢小同学。"

在这大雨中依旧显得不急不躁，她脸上沾了雨水，顺着侧脸滑落，戚宴的视线顺着雨滴往下滑，停了一瞬，又瞬间抬起来。

师乐见他回头，应该是听见了，所以打算回去。

身后却传来了点动静，随着不明显的"砰"的一声，下一刻，她头顶的雨停了。

师乐侧首，少年的指节分明："有段路，姐姐打伞吧。"

师乐内心微叹，不得不说，这点恰到好处挺得人心。

她接过伞，微叹："小同学……"

戚宴："嗯？"

"没什么。"师乐把嘴边的疑问收了回去，真不真假不假对她来说也没多重要，"伞明天给虎子？"

"好。"戚宴轻轻点头。

师乐撑着伞转身，身后突然传来一声："姐姐。"

她回头，戚宴弯唇笑了下："姐姐不用叫我'小同学'，我叫'戚宴'。"

"我知道。"师乐一直觉得他的名字有意思，打趣道，"小燕子，虎子可比你威风多了。"

戚宴脸上表情空了一瞬，像是没反应过来。过了几秒，他才像是想明白了，为什么以前她叫自己时会转个音，叫“小同学”。

他失笑：“时清海宴的宴。”

少年眼里漫出笑意：“姐姐要记好了。”

第二章 //
贴心小同学

“时清海宴的宴。”

师乐回到宿舍，在走廊把伞撑起来，看着伞面回想戚宴的话。是个好听的名字，寓意也很好，但不管怎么想，跟虎子的名字风格都不太搭。

“你回来啦。”童琳从宿舍里走出来，站在门口指指隔壁的男老师宿舍，神神秘秘道，“林采学长还准备去接你呢。”

师乐从她身边绕进去，拿了一块毛巾擦头发：“你嘴角的笑收一收。”

童琳笑得更开心了：“他是不是在追你啊？”

“没有。”师乐拿了一件干净衣服，走到门口倚着门框，一手搭着门，歪头问，“进还是出？”

童琳从她胳膊底下挤进来：“进进进。多少人想看我们大美人换衣服，这机会怎么能放过。”

师乐当然没在童琳面前换衣服，锁上门拉上窗帘后，她上了床，拉上了用床单临时做的小床帘。

童琳站在床帘外边：“不过乐乐，我觉得他是要追你啊，刚才你不在的时候，大家商量去买菜的事儿，他还特意把你分到他那里呢。”

师乐忽略掉她的重点，懒懒地问：“买菜？”

“余坪小学的学生原本就是在学校吃午饭，但是包的午饭不包括暑假，团里跟咱学校商量了下，也不能让余坪小学出钱，所以余坪这边出做午饭的厨师，咱们就负责所有食材的采买。”

把衣服套上，师乐拉开帘子：“什么时候买？”

“这里没冰箱，夏天买多了会坏，就每两天买一次，去窑山买，把没课的调一下分开轮着去。”说到这儿，童琳突然想起什么，来了兴致，“你说，是不是要联系下那小帅哥家的车啊？”

师乐往后一仰，没理她。

对于跟谁一起去买菜，师乐没太在意，她不想在这个地方多生出乱七八糟的是非来，怪让人糟心的。

不过她倒是没想到，团里联系买菜的，居然真的是戚宴舅舅的车。看到车来时，师乐下意识地看向中间车门的位置，但这次驾驶座上的是戚宴的舅舅林大峰，还亲自下来了。

林采对戚宴印象也挺深刻，他看了一圈，问：“之前卖票那个小朋友呢？”

“今天赶集，他忙着呢。”林大峰普通话不太好，但人很热情，没有虎子当翻译也能一直说，“那天他正好上学回来，平时也不在的。”

林采惊讶：“他还在上学？”

“是嘞。”林大峰一拍方向盘，“在县里上学。”

师乐坐在副驾驶，林大峰对她印象很深，长得好看，还晕车，多半是城里来体验生活的大小姐。

于是他拉开副驾驶前的储物盒，拿出一个黑色的塑料袋：“姑娘，你要吐就用这个，喊我停车也行。”

师乐这会儿状态不错，应该不会晕车，但她还是接过塑料袋，看到储物盒里放了些水和木糖醇，不由得想到了那天自己晕车时戚宴递过来的那盒。

“叔叔车里的东西准备得很齐全。”

林大峰：“欸，这是小宴，就是你们问的那个小孩让搞的，村里人坐不得车的也多嘞，我家里开超市，经常备一点，客人晕车的也少了。”

林采闻言赞同地点头：“这孩子挺细心的。”

“当然细心。”林大峰似乎还挺自豪，“家里就他有出息。”

“你们去买菜，可以找他嘛，他给他妈看摊位呢。”

林大峰看起来很想把自家的东西推出去，他拿出手机，一边开车，一边让副驾驶的师乐扫二维码：“就这个，你加他。他那儿卖的东西多着呢，也划算。”

师乐看着这个二维码，愣了一秒，随后喉咙里压着一声笑：“好。”

因为遇上了赶集天，窑山赶集的这两条街很是热闹，人挤着人。师乐走在林采旁边，对这种拥挤没多大感觉，但周围一直有人看过来，时不时还有几个“飞机头”吹声口哨。

她把帽檐压低，拿手机分散注意力，微微垂眸看着微信上那个头像。

戚宴的微信头像很简单，纯黑，名字也简单，只有一个字母“Q”，很是高冷。

师乐随手放大了图，用手挡住阳光，这才看到漆黑中还有点点的亮光，像是夜空中的几颗星。

手指停在添加好友上，师乐终是没有点下去。

林采见她一直不说话，转头问：“看什么呢？”

师乐把手机屏幕扣过来，懒懒地道：“没什么。”

林采笑了一下：“既然出来了，咱们逛逛再买东西吧。你应该没赶过集，想看看吗？”

“不太想。”看到前面有卖菜的摊，师乐收起手机，拿出买菜的清单，热心地提议，“不然我去买菜，学长你去逛逛。”

林采沉默了一下：“去买菜吧。”

这条街上卖菜的摊很多，走过了几家，林采才想起来：“乐乐，刚才那个司机不是给了你微信吗？我们可以去那儿买。”

师乐正在弯腰挑辣椒，闻言顿了下。林采又道：“他们家里都很穷，咱们能帮就帮一下，他也会高兴的。”

他说完，就见原本在挑辣椒的人直起了身，眼色浅了几分，甚至有些淡漠。

林采微愣，学校里都说大一这个新晋女神难以接近，是朵带刺的花，她入了团后他觉得还好，师乐性格还挺随和，也很好说话。

这时候他却突然发现，自己好像对她有一点误解。这朵花真的会扎人，扎得他一时竟有些失语。

周围人来人往，师乐看了他两秒，又将视线移开，拿了一个塑料袋装辣椒。她一句话也没说，像是只看了他一眼。

林采有些不自在：“怎么了？”

这才开始几天，以后还要相处一个暑假，师乐想着，也就收敛了一些脾气。

但她还是淡淡道：“没什么。学长，人家听了你这话，也不一定会高兴。”

林采一噎。

师乐把辣椒递给称重的人，补充：“我没加他。”

买完辣椒，师乐一边继续往前走，一边低头看着清单。

赶集天几乎整个乡的村民都来了，街上熙熙攘攘，稍微不注意就会被挤开很远。师乐从未遇到过这样的情况，一边看清单，一边还要注意着不踩到别人。

偏偏这里也没有什么秩序可言，总是有人骑着摩托车要从这狭小拥挤的一隅之地经过。

一来二去，师乐跟林采就被人群冲散。

林采隔着人群喊：“乐乐！你站在那里不要动，我马上过来！”

但周围太嘈杂了，师乐没怎么听清，只好拿出手机给他发信息：“清单在这儿，学长，我们分头行动要快一些，我买前五种，学长买后五种。”

这会儿林采哪里还顾得上那些暧昧的小心思，也想着赶紧完成任务好回去，所以没有拒绝。

师乐收到回复后，重新去看清单上需要买些什么。

就在这时，刺耳又急促的喇叭声传进耳朵，周围一片哗然，纷纷朝着两边散开：“怎么骑车也不看看路啊！”

响亮的男声喊道：“对不住对不住啊，大家让让，我赶着去送货呢！”

“你赶着去送命也不行，这里人这么多呢！”

“对不住，对不住。”

这种情形今天已经不是第一次发生了，师乐并未放在心上。每个人都在为生活奔波，她甚至觉得这种有盼头的喧闹，能够让自己心里更妥帖些。

她往旁边侧了一步，避开了挤过来的人群，再抬眼时，却看到离自己几步远的地方站了一个小孩。小孩应该也是跟大人走散了，一直在大声喊着妈妈。

而孩子的视线方向，她妈妈被人群隔离在外，努力地要往她身边挤。

师乐有些发怔。

骑摩托车的男人着急地喊：“这是谁家小孩啊！快让开！”

路上横着一辆车，谁都行动不便，在小孩嘴角一撇就要哭出来的时候，师乐绕过面前遮挡的柱子走上前，俯下身，伸手轻轻搭住了小孩的肩膀。

小孩茫然地回头，一看是个没见过的漂亮大姐姐，一下子收了声。

“我们先过来好吗，这里有车危险。”师乐指着小孩妈妈的方向，“姐姐在这边陪你等妈妈过来。”

小孩没在乡下见过这样的人，还在发呆的时候，师乐已经轻轻搂着她的肩膀，将她带到了安全的位置。

小孩妈妈没一会儿也终于挤了过来，感激地说：“谢谢你啊。”

师乐轻点了下头：“没事。”

“你是A大来的老师吧？”小孩妈妈看到师乐身上的衣服，高兴地说，“A大的老师好啊，小宝，谢谢姐姐，以后要好好学习，争取像姐姐一样考上A大！”

小孩虽然还没有学习的概念，但家里长辈经常将A大这种学校挂在嘴边，她知道这是很好的学校，于是坚定地点头：“谢谢姐姐！我会加油的！”

师乐忍俊不禁：“好，姐姐相信你可以的。”

等小孩妈妈带着孩子离开，师乐嘴角的笑意都没散完。忽地，她的手机响了，看到来电提示，她唇边的笑意渐渐隐去。

手机响了一轮，安静了片刻，又锲而不舍地响了起来，或许是因为方才那个画面，师乐终于动了下指尖，接通了电话。

她语气很平静：“早上好啊，妈。”

话音还未完全落下，那头却不顾这边说了什么，开始责怪道：“怎么还没回来？不是跟你说了马上是你爷爷的大寿了吗？

“你现在怎么一点都不听话了，真要跟你妈作对是不是！你让别人怎么看你妈！”

师乐深深吸了口气，答非所问：“我以为你是来跟我说早上好的呢。”

那头更加生气了：“我在跟你说什么你装听不懂是吧？”

师乐：“既然不是来说早安的，那就挂了吧。”说完就挂了电话。

她刚生出的好心情被这突如其来的一出给破坏了个干净，周围的一切喧闹让人更加烦躁起来了。她呼了口气，指尖都攥得泛白。几秒后，她扯扯嘴角，将帽檐压得更低，走进人群。

“姐姐。”听到这声，师乐脚步忽地顿住。旁边的少年系了条印着太太乐鸡精的红色围裙，一只手拿着手机，正倚在一个摊位旁的柱子上，看着她。

这个距离，近得让她觉得自己刚才是瞎了才没看到戚宴。

两人视线相撞几秒，少年忽然露出一个浅浅的笑来：“姐姐。”

师乐看看他的围裙，又看看他，挑眉：“戚宴。”

戚宴直起身子，长腿轻松地跨过面前的一个竹筐，两步走上前，微微点了点头：“没想到会遇到姐姐，想打个招呼。”

他笑了一声：“姐姐，早上好。”

他声音温润，却掷地有声。不论是什么原因，他都让这糟心的早晨稍微改善了些许。

师乐有那么一瞬间的失神，周围这么吵闹，那通电话，他听见了吗？还是巧合。

师乐垂下眼睫，两秒后，轻笑抬眸：“早上好。”

自始至终，戚宴都没说其他的话，好像只是正好看到了师乐，然后凑巧打了个招呼。

只不过这在师乐的意料之外，上次去这个小同学家她就知道了，这个人并不像表面上看起来那么好相处。从那天她见到他反应极快地掩饰自己的情绪就能看出来。

他很细心，也很圆滑，就跟提议在舅舅车上放那些木糖醇一样，做事情很是周到也很有礼貌，让人挑不出一点错来，但也会和别人保持合适的距离。

也正是因为如此，师乐才会意外，在她眼里，自己跟戚宴应该还没有熟悉到在这种谁也看不见谁的地方，特意打一声招呼。

她看向戚宴，目光又落在戚宴身上那俗气又常见的大红色围裙上，和他的气质完全不搭。

她一时没忍住，手搭上帽檐，又低低笑出来。

面前的女生这会儿笑起来，就把刚才那点不耐烦和烦躁给笑散了，整个人又变得懒散又迷人。

戚宴微微垂眸，也跟着弯了下唇。

赶集天人多，视线受阻，但戚宴却在师乐出现的第一时间就看到了她，包括她带孩子、接电话。

她那些情绪在他眼里也暴露得分明，一通电话就能让她这么不高兴，在她接电话时，那些躁意和失望，都让戚宴看在眼里，这跟他那天在天桥上见到的那个人重合了。

她并不是一直温和的，有些孤傲，无端让人觉得她游离在人群外，这种感觉让一向很有分寸感的他也没忍住，开了口，想把她拉回来。

看到师乐嘴边的笑意，戚宴觉得这个口开了也没什么不好。

“原来你家的摊位在这儿啊。”林采这时候也正好走到这边，他走到师乐的身边，打量着戚宴的摊位。

戚宴轻轻点了下头，而后像是发现了他话里的意思，带了点疑惑重复：“原来？”

林采：“我们坐你舅舅的车来的。”

“这样啊。”

戚宴应了声，看起来并不是很意外。

他走到摊位前，去整理之前被客人翻乱的水果和蔬菜，侧过头笑问：“所以这话的意思是，你们在找我家摊位吗？”

林采闻言顿住，转过头看师乐。师乐视线没有个焦点，似乎是在看戚宴的动作，又似乎不是。

因为这事，方才两人之间的气氛一度有些尴尬，若是这会儿再提起来，怕是不太好。

于是林采道：“没有，就是随口一说。”

戚宴动作微微顿了下，也不再问。

师乐这才上前将混到梨里的苹果捡起来递给戚宴。

“那我们先走了。”

她的漂亮眼睛被帽子遮住了些许，倒是雪白笔挺的鼻子看得清晰，阳光洒在上面，白得发光。

戚宴移开视线：“嗯。”

看着师乐和林采走远，戚宴才又拿起了自己的手机，上面赫然就是微信的界面。

原本舅舅以为今天会有一笔大生意，所以不久前就给他打了电话，但微信上迟迟没有收到添加好友请求。

隔了一会儿，戚宴无声地笑笑，把手机收了起来。

旁边摊位的阿姨见人走了，凑过来好奇地问：“小宴，你认识那几个大学生哪？”

戚宴抬起头，应声：“是虎子的老师。”

“我看你们还挺熟的，可了不得嘞。”阿姨说，“小宴以后是不是也要去上这个大学？听说都是第一名，是状元才能上的。”

戚宴扯了一个塑料袋给刚来的客人挑东西，摇头失笑：“姨，我哪能上啊。”

“那可不一定哩。”阿姨说完又叹道，“但你要是走了，你妈可咋办哦，虎子又小。”

戚宴没说话。

买完菜已经快到中午了，师乐跟林采一起等车回余坪。

这会儿等车的人不少，基本都是回家的。等车位置就在车站口，门口那个大叔还记得他们。

他摇着扇子："这会儿正赶着散集，车少人多，一时半会儿回不了，你们咋不打个电话先订两个位置啊，不然你们铁定挤不上去。"

林采问："这么早散集？"

大叔说："赶集嘛，大家还赶着去下一个集市呢，自然散得早，一般一点钟就开始收拾东西走了。"

师乐看了眼时间，十二点半，大叔确实说得没错，这里全是人，一辆面包车也就坐几个人，根本等不到，好些人都是走回去或者"打摩的"。

但他们大包小包肯定是不能"打摩的"了。林采打电话给林大峰订了两个位置，却还要等一个小时后他才能回来。

师乐来这边的前两天折腾得不轻，加上本身肠胃不太好，夜里有时候写教案时总会胃疼，那天又淋了点雨，也不知是水土不服还是怎的，总觉得有些不得劲。

来时她也看到了乡里的卫生院，不远，所以趁着这会儿有时间，她便转身："学长，请个假，我去买点东西，几分钟就回来。"

林采想要起身："我陪你去吧。"

师乐摆摆手，淡声道："不太方便。"

林采以为她要买什么私人物品，所以就没跟上。

卫生院人来人往的，师乐速战速决，买了点胃药，又开了些感冒药。她拿着单子下楼去付钱时，在楼梯拐角透过窗户，看到了外面靠着墙角，站在树下打电话的少年。

他身上的围裙不见了，穿着一件黑色的T恤，手里拿着一张纸，似乎是什么单子，纸张被捏得起了皱，看起来用了不小的劲。

他跟电话里的人说话时语气温和："我没事，一会儿就来了，妈你想吃什么？"

"好，那你等我。"

等他挂了电话，师乐正准备和他打个招呼，却见他忽然低下了头，缓缓地蹲下去，把头埋在了膝盖里。

在师乐的印象里，戚宴的背一直挺得很直，他时刻都是干净的，像一直站在阳光下，但此时的他却不同，好像带着任何人都接近不了的孤独和无力。

师乐站在原地想了很久，她不知道自己该不该撞破别人的这份脆弱，或许是不该的。

她正准备离开时，戚宴却突然抬起了头。两人的视线在这一瞬间撞上。

因为是夏天，窗户也没关，所以师乐看到外面的戚宴明显愣了一瞬，似乎是没反应过来。

师乐想了想，笑着打招呼："好巧。"

戚宴顿了下，要不是师乐方才看到了他的错愕，这会儿估计就真的以为他很淡定了。

几秒后，戚宴终于抬起头："姐姐怎么在这儿？"

"正好路过，我刚想与你打个招呼。"师乐笑得好像自己没有听到和看到什么一样轻松，"不过你应该不太愿意看到我。"

很明显的玩笑语气，但戚宴还是顿了下，随后他往后靠在墙上，扭过头来与师乐对视，有些无奈地摇头轻笑："怎么会。"

两人沉默了一瞬，师乐的手机响起来，是林采问她什么时候回去。她回了个"马上"。

这时，外面的少年突然开了口："姐姐怎么不加我微信？"

师乐一愣，抬眸："什么？"

戚宴问出口后就有些后悔了，他觉得自己不该这么尖锐。但话也说了，戚宴也就没想着要收回来，他平静道："舅舅给我打电话了。"

"啊。"师乐反应过来了，"我以为你会介意呢。"

"介意？"戚宴失笑，"怎么会介意。"

戚宴大概猜到了师乐是什么想法，其实对于他来说，在这种环境下，没有挑不挑一说。

像他这种在挣扎着生活的人，那些微小的敏感最不值得一提。只是他没想到，师乐会那么去考虑他的感受。

戚宴说："姐姐，我没那么敏感。"

"嗯。"师乐点头，她点开微信，扬扬手机，歪着头笑，"那是我不对。小同学，现在加不晚吧？"

戚宴抿嘴笑着给她扫码："当然不。"

看时间差不多了，师乐直起身："我回去了。"

戚宴跟着她站直身子，看到她手里提的东西，笑意敛了些："姐姐生病了？"

"买点有备无患。"师乐摆手，"走了。"

戚宴站在窗外，看着她的身影消失，这才轻轻吐了口气。

不知道怎的，被师乐撞见的那一瞬，他确确实实有些怔住了。

没想到自己狼狈的样子会被撞见，看到师乐那一秒，他下意识就想藏，意识到藏不住才低着头想该怎么说，这才有了那几秒的空白。

戚宴不由得回想起了初见师乐那晚，如果不是她回来唱了那首歌，其实他不会对她有很深的印象。

女生在安静的天桥上，垂眸唱着一首陌生调子的歌。戚宴那时候莫名地觉得，她身上有一股颓败感。

但他不得不承认，她又很耀眼。像是站在最高处的一颗最亮的星星，孤傲又漂亮。或许因为太高了，让人不敢触碰。

戚宴垂下头，拿出一颗木糖醇放进嘴里，转身朝着另一栋楼走去。

回到学校，只剩两堂课孩子们就放学了，师乐照常送他们回家。

余坪的夏天好像是泡在雨水里的。天看起来很暗，保不齐又要下雨了，师乐吸取了教训，回头拿了把伞备着。

果不其然，她才走了一半，这雨就下起来了，来势汹汹。下了雨老师自然是要把孩子们都安全送到家的。

师乐带着大家一起走到河边，有个小孩指着湍急的河水激动道："今年清河又要开始淹上来啦！"

这几天每晚都在下雨，河水已经涨上来了不少。师乐把他们快速带过河，回头看了眼河水，微微皱眉，低头嘱咐道："走这里一定要小心。"

"放心吧，老师。"虎子说，"如果水涨上来了，我们都不用上课的，不过河。"

师乐挑眉："那你们不是很高兴？"

"以前高兴，"虎子摸摸头，很是实诚，"但现在想去学校跟老师玩，就不一样了。"

另外一个小孩道："以前上学的时候很少会淹水的，都是放了暑假才会淹。"

今年支教时间是在暑假，正好撞上涨水了。这河道周围都没怎么种庄稼，看来都是怕夏天的水涨上来。

师乐问："这水会淹几天？"

虎子说："一两天，不下雨就下去了，还能摸虾呢。"

师乐按着他的脖子："摸虾？"

虎子意识到失言，着急地补救："我都是听六年级的人说的。"

师乐拍拍他的头，意味深长地威胁："别给我逮到你去河里摸虾，不然就请家长哦。"

虎子蔫头耷脑地点头。

最后又只剩了虎子一个，送他到家，家里的门却是关着的。今天赶集，戚宴好像还没回来，他应该很忙。

"啊！"虎子还没到院子门口就叫了起来，"噔噔噔"地跑上前，还差点摔倒。

师乐心里也跟着一惊，赶紧跟上去："怎么了？"

上前看到院子里晒在地上的东西，师乐也反应过来了。虎子打开门："老师，您快进家里坐，我等会儿再给您倒水！"

说完，他连书包都没来得及放，回头拿了一个簸箕和扫帚、编织袋就跑了出来，伞也没打。

师乐哭笑不得，这都什么时候了，他还记得给她倒水。她几步过去把伞撑到他头顶："打伞。"

虎子一蒙："啊？"

师乐把他手里的工具拿过来，把伞塞到他手里："我来。"

她弯下腰，用扫帚把地上的花生都扫在一堆。虎子还真踮着脚给她撑伞，自己都淋湿了。

师乐回头，将伞推回他头上："你给自己打，别淋着。"

她这会儿急着把花生都扫在一起，也没空跟虎子多说：“去，把你们家大门打开。”

她转来转去，虎子跟都跟不上，只好去开门。

等师乐把花生都收好，虎子已经把中间堂屋的大门打开了。

花生淋了雨很重，一大编织袋，估计比她还沉，师乐自然没让虎子来拿。她咬着牙把编织袋拖进了堂屋。

这是师乐第一次进他们家，堂屋很宽敞，摆了很多箱子，也摆了不少农作物，整齐又干净。

虎子拿了一块毛巾出来：“老师，你快擦擦。”

师乐这会儿都湿透了，擦不擦的，也没什么必要，不过她还是把毛巾盖在了头上。

外面的雨下得远处的山都雾蒙蒙的，她看了下，准备拿伞回去。她目光扫过院子左边，忽地一顿。

应该是刚洗的衣服，这会儿衣服上滴的水都跟雨水一样了，但还是得收回来。

虎子也看到了，他立刻撑着伞跑了出去，但那条晾衣服的绳子比他还要高一些。

师乐走上去，抬手把衣服都收了下来。收到最后一件时，她手突然停了下来，垂眸看着一旁的虎子，轻咳一声。

这么大的男士内裤，好像……应该不是虎子的。

但连衣服虎子都够不到，这内裤虎子更够不到了。于是师乐一把将那绳子上的内裤扯了下来。

这时，两人的身后突然响起了摩托车的声音。师乐回过头，戚宴也没带伞，雨衣也没穿上，一身都湿了，头发贴在脸上，脸色有些白。

他很快将车停下，然后快步走过来，拿起虎子手里的伞，撑在师乐头上：“姐姐怎么不打伞？”

师乐想说，现在打应该也晚了。但戚宴目光忽然停在了她的手上，似乎是愣住了。

师乐顺着他的视线往下看，看到了那条被她捏在手里的黑色内裤。场面稍微有那么一点尴尬。

师乐觉得这没什么，她只是帮忙收个衣服，这有什么。

她想缓和一下气氛，于是开口：“你的？”

戚宴似乎是没反应过来，点了下头。

师乐顺势道：“嗯，我就说这么大的应该是你的。”

她话一出口，气氛好像更尴尬了。面前少年的耳朵肉眼可见地飞速红了起来，看着他窘迫的样子，师乐那点小尴尬倒是没了。

她“扑哧”一声笑出来，把衣服都塞到了他的怀里：“你拿回去吧，应该要重新洗了。”

“嗯。”戚宴把伞递给她，抱着衣服快步回了家，脚步有些仓促。

师乐这才弯腰，把毛巾递给虎子，忍着笑意道："那老师回去了。"

虎子摇头："我今天还没给老师倒水。"

他还惦记着倒水的事呢，很有原则。

师乐道："今天就不喝啦，你们是不是还要处理下那些花生？"

虎子点头，但也没让她走："我哥说了，一定要给老师倒水。"

师乐一顿，这时，抱衣服回去的戚宴走了出来，看师乐一身湿漉漉的，还站在原地。他走过来，眉头很轻地皱了下："姐姐去家里坐。"

师乐："不坐了，再不回去就要晚了。"

戚宴说："你淋了雨，喝些热水再走，我送你。"

这两兄弟仿佛跟水杠上了，又呆得有些可爱，师乐失笑："你觉得我是继续穿着湿衣服在这儿等热水好，还是赶紧回去换身衣服好？"

戚宴一噎，意识到是自己的不对，他道："那我送姐姐回去。"

"稍等。"他转身又快步回了家里，拿出了上次那件雨衣，一边穿一边跨上了摩托车，回过头来，"姐姐来吧。"

师乐也不再推托，她走过去，这次熟门熟路地钻了进去。

虎子巴巴地站着，戚宴回过头，对他道："去换衣服，我很快回来。"

师乐坐在他身后，可能是因为湿透了的关系，她总觉得戚宴的体温一直传到自己这里，她不由得往后挪了挪。

戚宴察觉到，回过头来："路滑，姐姐小心些。"

师乐不动了："嗯。"

过了会儿，戚宴也察觉到了不对劲，夏天的衣服本身就薄，这会儿两人的距离又有些近，身后的人存在感太强了。

他指尖在车把手上摩挲了下，不动声色地往前坐了些。

还没到清河边上，便看到那里站了不少人，都打着伞。

戚宴忽地刹了车，师乐不受控制地一头撞在他的后脖颈："怎么了？"

戚宴顿了顿，然后转头道："姐姐你先下来，我看看前面怎么了。"

师乐这才看到不远处围着的人，她很快下了车。见戚宴走远，她想想，也打着伞跟着走上前。清河的水已经涨了起来，没过了桥面，水流看着很急。师乐眉心微微一跳，居然这么快？

戚宴用方言询问一旁的人："叔，这咋？"

"怎么淋成这样了？"一旁的大叔把伞移到戚宴的头上，两人共打一把，"河道下面李家那地坎被雨冲下来了，下面堵起了，这会儿水就涨起来了。"

说完，他看到一旁的师乐，因为雨太大，大家精力都被分散了不少，也没注意看师乐身上的团服标志，只看到是个长得好看的小姑娘，还跟戚宴一起的。

那大叔反应了一下，惊讶："小宴，你带女娃儿回来了？"

戚宴下意识地看了一眼师乐："叔，不是……"

大叔乐了："长得这么好啊，小宴你不是还在读书吗？"

他这话直接把所有人的注意力都给抓了过来，一群人的目光在师乐和戚宴身上来回转。

他们说话快，师乐没太听懂，但也知道现在他们是在看自己：“嗯？”

“瞎说什么呢。”有个阿姨走过来，“这是学校来的大学生老师，净胡讲。”

这阿姨说话咬字很清晰，师乐听懂了些，但还是迷茫。

“老师啊。”刚才那个大叔道，“那她和小宴不是也差得不大吗，我们小宴以后也是上名牌大学的料啊。”

戚宴笑笑，回过头来，略去那段无厘头的话，对师乐道：“姐姐，下游堵了，这水上来，一时过不去。”

师乐看出来了，她有点头疼。

戚宴犹豫了下，道：“姐姐先去我家吧，等村里找挖机过来把下游清了就好了。”

也没有别的办法，师乐应了声。

见村民还在看自己，她顿了下，然后笑道：“你们好。”

“老师好，老师好。”大家本来就是在这儿看河道聊天的，这会儿有了新的话题，也就都来看师乐了。

他们的普通话别扭，却很真诚：“我们家孩子多亏老师帮着看了。”

师乐想起那天李闻华的话，他说大部分家长都是把暑假支教的学校当作一个给他们看孩子的地方。可现在看着，师乐又有些拿不准了。

师乐还没想好要说什么，大家都围了上来，开始左一句右一句地问她习不习惯，要不要去家里吃饭……

戚宴在旁边看着，在长辈面前，师乐敛起了很多的棱角，看起来意外地乖顺。

她似乎不太擅长跟长辈打交道，被围起来时看起来有些局促，看来也不是每时每刻都那么气定神闲的。

直到风吹过来，戚宴才清醒了些，师乐身上的衣服还是湿的。那头话题已经飞到了天边，甚至问到了“老师有没有对象”了。

戚宴原本要过去的步伐微微一顿，他抬起眼，雨幕中的女生，唇边含着笑，然后很轻地摇了下头。戚宴收回视线，走上前。

“你这人，老问这些。”有个人撞了一下这个大叔，“刚才还说人家老师是小宴的对象，想不到其他的了是不？”

戚宴太阳穴微微一抽。

师乐听到这话，微微挑了下眉，这才明白了刚才他们看着自己时，跟戚宴用方言说的什么。她抬眼看到走过来的戚宴，笑道：“哪能啊，我可不敢祸害小宴。”

她这声“小宴”喊得顺口。戚宴却恍了下神，女生声音好听，带着察觉不到的缱绻意味。

戚宴压下心里那点不合时宜的微动，给师乐使了个眼神。

大家太热情，两人费了好大的劲才回到家里。

看到师乐回来，原本坐在小板凳上的虎子一下站起来："乐乐老师！你怎么回来啦？"

师乐上前，给这个兴奋的小家伙解释："水淹上来了。"

虎子更激动了："那老师是不是回不去了，要在我们家吃饭睡觉了？"

闻言，师乐沉默了下，目前这个情况，好像是的。

她转身看了眼戚宴，问："小同学，家里能收留下我吗？"

戚宴笑道："当然。"

他看了眼师乐身上的衣服，道："姐姐要不要先把衣服换下来？我妈那里有新的，还没穿过。"

师乐低头看着自己的衣服，沉默了三秒："那就麻烦了。"

"姐姐进来吧。"

师乐跟着戚宴进了他们家，这回进的是左边这道小门。这间房不大，像是厨房跟客厅合并起来了，中间摆了一个大铁炉子。

两边墙上贴了奖状，一面少，一面多。少的那面是虎子的，多的那面是戚宴的，从小学一年级开始，一直到高二，各种竞赛和三好学生。

"啧。"师乐低头看向虎子，"你们兄弟俩都很优秀啊。"

虎子自豪道："哥哥是榜样。"

不止一个人说，戚宴是个好苗子，确实是榜样。

师乐点点头，戚宴已经拿了衣服从里面出来了，他侧身道："姐姐在这间屋子里换吧。"

师乐走过去："谢谢。"

是间不大的卧室，只有一个衣柜和一张床。

师乐看着床上的衣服，眉梢忽地扬了起来，方才笑戚宴的窘迫此刻回到了自己身上。

那衣服上还摆了挂着吊牌的内衣，这小同学倒是细心到点子上了。

她隔了好一会儿，才压下了那点不自在，换上了衣服，有些大，但也能穿。

柜子上有面镜子，师乐看着镜子里的自己，穿着一件褐色的长袖衬衫，一条黑色的布裤子，不得不说，还挺潮。

她难得地拿起手机给自己拍了一张，看着照片里的自己低低笑了出来。

直到走出去，她脸上的笑意都没散开。

戚宴也换了衣服，他闻声抬起头，看到师乐靠在门框上，笑得闲散又愉悦。

即使穿着这身中年妇女的衣服，她身上那股区别于其他人的气质却仍挡不住，皮肤被衬得更白了，头发散着，有种别样的魅力。

戚宴微微敛眸，道："姐姐将就一下。"

"不将就，"师乐这会儿莫名开心，她也拿了一张凳子过来，跟在堂屋里整理花生的兄弟两人坐在一块，"这挺好的。"

戚宴笑了下："给姐姐倒了热水，姐姐喝一些。"

师乐转过头，这才看到，铁炉上多了一杯热水。这兄弟两人一直执着的这杯水，终于倒好了。

她端着水杯坐在两人旁边，喝了一口，然后放下，打算跟他们一起把花生铺开。

见她动手，戚宴立刻抬手阻止。师乐的手碰到了他的手腕，她抬眸，挑唇笑道："怎么？"

戚宴的目光从她雪白的手上移开："姐姐是客人。"

"你收留我，还给我新衣服穿，给我倒水。"师乐打开他的手，"没找我要钱就是我走运了。"

"还不给姐姐一个表现的机会？"她直接把手伸进去，将那些花生铺开，纤细的指尖染上了土，突兀又让人不住地去关注。

戚宴的呼吸乱了一秒，他突然丢下了花生起身："我去做饭。"

将花生铺开不是什么重活，他不在也能做，于是师乐挪了个位置，跟虎子坐在一块儿。

虎子探过头："乐乐老师，我哥做饭很好吃的。"

"是吗？"师乐回过头，见戚宴低着头站在灶前没动，问了一声，"小同学，那我是不是有口福了？"

隔了一秒，戚宴才抬起头，弯着眼睛："姐姐想吃什么？"

"我不挑。"师乐随口道，"你做的都行。"

戚宴搭在灶上的指尖轻轻一颤，他闭了闭眼，半晌后微微舒出一口气。

把花生铺好，师乐跟虎子洗了手，虎子在做作业，师乐在一旁指导。

听到切菜的声音，师乐抬起头，戚宴切菜很是熟练，刀工也很好，他又系上了围裙。

师乐一直认为，有人系上围裙在厨房里为对方做饭，是一件很幸福的事。就像是现在，虎子有这么一个哥哥，也是一件幸福的事。

戚宴做菜的间隙回头，正好对上师乐的视线，女生弯唇笑了下，他垂下眸。

今天好像有太多不对劲了。

夏天的雨，来时声势浩大，走时无声无息。

大雨过后，山里的空气都清新了很多，也不会太热。师乐搬了张凳子坐在门口，用手机写今天的工作汇报。

戚宴家门口有盏灯，一到晚上就会打开，师乐在写工作汇报的间隙抬起头，看到橘黄色的灯光照下来，洒在蹲在院子里洗碗的戚宴身上，衬得他又乖又暖，比家里那个动不动耍脾气的少爷好太多了。

师乐无声地笑笑："换个弟弟就好了。"

听见声音的戚宴抬起头："嗯？"

"小同学，你一直叫我姐姐，"师乐玩笑着问，"我给你当姐姐好不好？"

戚宴的手滑了一些，拿起的碗又掉到水里，"咚"的一声，他面不改色地又拿了起来："那我不是捡了大便宜了。"

师乐摇摇头："不，是我捡了便宜。"

这只是一句玩笑话，她说完又继续做自己的事，只有戚宴抬头，看一眼她，又垂下去，过了会儿又忍不住抬头。

女生往后靠在他家的墙上，脸上被手机的光晕映得更白，嘴角还有没收完的笑意。

她好像天生就带着一股光环，能够将人的注意力都吸过去。

"看什么？"

戚宴突然回神，有些仓皇。

师乐把手机放下，往前坐了些："抓到了你一直偷看我。"

见他被发现后局促的神情，师乐笑着起身，走到他面前："真想做我弟弟啊？"

顿了一秒，戚宴的局促散去，他抬头，轻笑："或许吧。"

"那不行。"

得到回答，戚宴还未分清心里那丝是庆幸还是失落情绪，女生便越过了他，她看着漆黑的前方，道："我比不得你，自己都养不活。"

他回过头，看着师乐的背影，不知为何，像是又看到了那晚的她。

下一刻，女生转过头来，眼里映着点点的光："做我弟弟，你很亏。"

师乐睡在戚家的一间空房内，只有一张床，可能是不太习惯，师乐一直没睡着。

她拿出手机，想起自己那个不知道消失了多久的亲人，又点开了地图，然后将余坪到江州的交通方式截了个图。

与此同时，许婧的电话又打了过来，这次是个视频电话。

师乐打开灯坐起来，看到那头蔫头耷脑的许婧："这是咋了？"

"别说了，我刚跟我家老头子吵了一架。"许婧抬头，看到师乐身上的衣服时一顿，随即笑出声来，"你这是什么穿法？"

师乐靠在床头："出了点小意外，我穿了别人的衣服。"

许婧看了一眼她周围的环境："你在哪里？这儿不是宿舍吧？"

"嗯。"师乐看她原本灰头丧气的状态现在变成了对这边环境的好奇，一时也不知道该说她心大还是什么。

"你家老头子又说什么了？"

"还能说什么。"许婧提到这个就瞪圆了眼睛，"你说，我也才二十岁，就这个暑假，他已经带着我见了不少人了。"

听着熟悉人的声音，师乐放松下来："怕你嫁不出去吧。"

"其实见别人我也忍了。"许婧观察了一下她的表情，然后说，"你知道他今天让我见谁？"

"嗯？"

"周覃。"

师乐挑起眼尾，“哧”的一声：“周覃？你家缺祖宗？”

“老头子还说跟你亲上加亲呢。”许婧吐槽，“周六不是你……不是周覃他爷爷大寿吗，就让我那时候去。”

师乐没说话。周覃是她异父异母的“弟弟”，她妈翁婷带着她改嫁后，就全心全意做了这个少爷的后妈。

少爷脑子不灵光，脾气还挺大，主要是翁婷还照单全收。

“但是那个恶心玩意儿，不是还暗地里打你的主意吗？”许婧说，“我没给他一闷棍就算是好的了。”

师乐笑了：“行啊，那你周六去，给他一闷棍。”

“你等着。”许婧看起来跃跃欲试，“等我给了他一闷棍，就逃亡来找你。”

师乐这才打起些精神：“我这儿不收离家出走的人。”

“那也不是来投奔你啊。”许婧看着她周围的环境，“你这地我真待不下去，就是来看眼你，然后去江州玩玩，开学再回来。”

师乐听明白了，有时候真不知道这人心里是怎么想的，什么天马行空的想法都能想出来：“你故意的？”

“为人民服务。”许婧看起来还挺兴奋，“反正你迟早在那个家里待不下去，不如提早找好下家。”

许婧说：“我其实好奇很久了，师圆圆是何方神圣？”

师乐有些出神，她对师圆圆残存的印象已经不多了，离开那会儿师圆圆还是个婴儿肥都没褪去的小男孩，又酷又傲娇。

他抢了她的玩具和零食后，又给她送一半回来，满是嫌弃：“你怎么这么爱哭。”

她跟翁婷走的那天，师圆圆拦在车前，眉头皱起：“你要走自己走，把满满留下来。”

然后他被一旁的师镇风拉开：“说什么胡话。”

师圆圆甩开师镇风：“你不养我养。”

他盯着车里副驾驶的师乐，很是固执：“师满满，你下来。”

最后，师乐是哭得一把鼻涕一把泪地被翁婷带走的。后视镜里师圆圆被师镇风困在怀里拳打脚踢的样子，是他留给她最后的印象了。

她曾经，也是有哥哥的。

小师乐以前还会问：“圆圆哥哥呢？”

翁婷就会冷着脸告诉她：“你没有哥哥，只有周覃弟弟。”

后来师乐就不再问，问了也没什么意思。

师圆圆大名叫师瑆，她跟师圆圆的小名，是爷爷起的，那会儿希望他们圆圆满满，但除了爷爷奶奶和他们自个儿，也没人叫。

如今，也只剩许婧会叫了。

许婧在手机那头问：“怎么样，我在江州等你，去吗？”

师乐看着窗外，想起灯光下那个少年的身影，眉梢微微一动，笑着仰头：“去。”

师乐是被戚宴家里的鸡给吵醒的，实际上她也才睡着没多久。等她推开门，便看到虎子捏着鸡的尖尖嘴，一脸紧张：“不许叫！”

师乐笑着走过去：“怎么还跟鸡置气了？”

“乐乐老师！我怕它吵着你。”

虎子蹦起来就想奔着师乐过来，然后被一只修长的手给抵住了脑门，戚宴手里拿了两个鸡蛋：“去洗脸。”

虎子老老实实地去刷牙洗脸。

师乐揉揉虎子的头，然后转过来对戚宴道：“小同学，早。”

他应该起了很久了，眼神很清明，整个人很有精气神。

戚宴轻轻点头：“姐姐早。”

他补充道：“洗漱好就可以来吃早餐了。”

刚走的虎子又折回来，小手指着洗漱的台子，对师乐道：“老师，这边洗漱。”

师乐跟着他走过去，看到那里摆放着新的牙刷和毛巾，甚至还挤好了牙膏。昨晚他们家是没有新牙刷的，她只随便洗了下就去睡了。

师乐看着那牙刷半晌，问身旁的虎子：“这牙刷是哪里来的？”

虎子含混不清道：“哥早上去买的。”

“路不是堵了吗？”

虎子：“村里有个小卖部。”

师乐若有所思地点头，回头看着低头在煮面条的戚宴，心里顿时软成一团。

这时，身旁的小孩悄悄凑过来，站在她身边，然后偷偷笑着刷牙。

师乐低头，不拆穿他的小动作，也向他靠近了一点，低笑着问：“挤挤吗？”

虎子顿时笑弯了眼睛，也跟她挤挤。

戚宴把面装好，抬起头时，便看一大一小挤来挤去，连刷个牙都不老实。

昨晚下了雨，今天天气不错，晨光照下来，映着两人的脸，宛如岁月静好。

他突然想起昨天师乐问的那个问题，要不要她做姐姐。

戚宴昨晚没怎么睡着，或许是因为家里多了一个，仿佛另一个世界的人。

又或许是因为他昨天心绪起伏太大，导致晚上脑子还在不停地转着，一直转到师乐反悔说的那句“不行”。

戚宴夜里想了许久，才辗转品出了当时听完这句话时，他心里那点大于失落的庆幸。

不做她弟弟，他在庆幸。像是触碰到什么，戚宴手轻轻一颤，他把筷子放下，抛开了那些胡思乱想。

吃完面，师乐收拾好昨晚换下来的衣服，准备先走一步。

虽说昨晚是意外情况，但昨天也不是没人误会她跟戚宴，还是得保全一下“小同学”的名声。

但她才出门，戚宴已经跟虎子在门口等她了。虎子坐在戚宴面前，摩托车的油箱上，冲她招手：“老师快来！”

师乐看了眼手机：“现在离上学时间还早。”

戚宴温声道：“姐姐需要回去换衣服吧。”

他拿着那件雨衣：“姐姐等会儿穿上这个。”

师乐：“什么？”

戚宴弯唇：“村里的叔和姨就喜欢聊些有的没的。”

师乐反应了一下，然后笑着上了车，没想到小同学跟她想到一块儿去了。

套上那件雨衣，不仔细看，倒是看不出来什么。只是村里的人互相都认识，才骑车出去没多久，师乐便听到有人跟戚宴打招呼了。

到了桥头，虽说水退下去了，但有不少泥在上面，戚宴将车速减慢了点。

有个叔叔扛着锄头走过来，看到戚宴，喊了声：“小宴。”

戚宴答：“叔。”

那人又喊：“小芬，好些了不？”

师乐埋在戚宴背后，一时没反应过来。

“小芬？”

师乐抬起眼，才发现这个叔叔在看着她。

她蒙了一下，轻声问：“叫我？”

戚宴貌似也愣了下，扭过头来轻声道：“这叔眼神不好，怕是把姐姐认成我妈了。”

师乐有那么一瞬间，有些茫然，或许是不知道该怎么去回应戚宴，或者回应这个叔叔。

这几天她跟戚宴见面的次数说多也不多，说少却也不少了，却没有见过他的父母。

除了昨晚给她这套衣服，其他时候这个家仿佛只有他跟虎子两个人。

她不知道这是不是一种冒犯。

不过这份茫然并没有持续多久，戚宴扭头对那个叔叔道：“这是一个远房……”

他顿了下，道：“姐姐。”

那叔叔点头，看样子还要说什么，戚宴便道：“叔，我们先走了，你忙着。”

师乐松了口气。

车骑了一段距离，谁也没说话，师乐笑了一声：“不好意思，占了你便宜。”

戚宴没转头，声音顺着风传进了她的耳朵：“姐姐昨晚不是还想让我做弟弟吗？”

“我不是说了，”师乐拍拍他的肩膀，似叹非叹，“我没那个福气，就不打你主意了。”

戚宴无声地笑了下。

这几天窑山这雨下得太频繁，加上昨晚把河道的堤坝给冲垮了，团里也格外重视。

“你们也看到了，最近窑山这雨下得频繁，河水太急，各班回去的时候多注意一下自己的学生。”

“尤其是高年级的。”林采说，“校长那边跟我特意说过，有些高年级的学生就喜欢去河里游泳，这多危险。”

“师乐，你那条路也有条河。”李闻华转过头来，“以后你每天晚上回来，都在那里多守半个小时吧。”

师乐应下：“好。”

李闻华又道：“你那条路河水最急，多叫个人一起。”

林采回头：“我和你一起吧。”

师乐今天的会开得不太专心，昨天那场雨把她淋得有些透彻，这会儿精神一直没能集中，而且脑子里还想着昨晚许婧打来的那通电话。

听到林采这句话，她才微微凝神，道：“不然我换条路？学长多找几个男生走这条路。”

林采虽然有些话没说明，但是团里的人大多数都心知肚明。

李闻华斟酌了下利弊，想了一下：“也可以。”又说，“那林采，我跟你一起，师乐走我那条路，那里水流不大。”

林采捏了捏眉心，叹了口气：“行。”

第二天。虎子背着书包回到家，看到从另一边挑水回来的哥哥，两步跑过去：“哥，家里停水了？”

戚宴目光从他身上越过，看向他的身后：“老师呢？”

虎子有些失望：“乐乐老师今天不走我们这边了。”

戚宴动作微微一顿，虎子接着道：“换了两个男老师，不过他们要在河边看有没有人下河洗澡摸虾，就没来。”

戚宴把水放下，倒进了一个桶里，又拿盖子好好盖着，“嗯”了一声。

虎子跟在他的身后：“哥，这是山泉水啊？”

“嗯。”

虎子看向一边：“家里自来水不是可以用吗？”

戚宴微微叹了口气：“挑来喝。”

师乐之前提过，这水甜，他今天回来得早，莫名就去挑了一些，也不是什么大事。

虎子“哦”了声，然后亦步亦趋地跟着他。

戚宴察觉到不对，停下来回头：“怎么了？”

虎子这才问：“哥你今天去看妈了吗？”

“嗯。”

虎子犹豫了一下，小心地问：“那妈妈什么时候回来啊？”

戚宴微微一滞，然后轻声道："再过两天。"

虎子闷着声音："她这次都在医院待了三天了。以后，会不会更久？"

可能是早上听到了那个叔叔的话，虎子这会儿情绪很是敏感，说着说着眼睛就红了。

戚宴蹲下来，手按在他的脖子上，将他勾过来，靠着自己的额头："不会。"

"真的吗？"

"嗯。"戚宴笑着道，"哥说的话你都不信了吗？"

虎子的眼睛又亮了起来："信！"

在他心里，哥哥就没有不好的地方。

"那就去写作业，"戚宴揉揉他的脖颈，"不然还要妈回来催你吗？"

"不要。"虎子摇头，"我都在写的，乐乐老师课间还会指导我。"

"她今天还夸我聪明。"虎子提到师乐就很激动，"哥，你说我以后能跟乐乐老师一样考上 A 大吗？"

戚宴弯唇笑："能，你要是以后每个假期都像现在一样，这么主动写作业的话。"

"那我要考 A 大。"虎子抱着他的脖子，晃了晃，"哥，你先去，然后我也去。我们家就能出两个状元，妈一定很高兴。"

戚宴拉住他的手，捏了捏他的下巴："快去写作业吧，小状元。"

余坪的这条清河，水流大的那段看起来倒是挺唬人的，但师乐走的这段却也还好，像是路边圈出来的一个湖，风景还不错。

她换了岗位的第一天，一切正常。

直到周五的下午，可能是前几天雨太大了，这两天天气一直不错，一直到了下午放学，热意经久不散。

师乐把孩子们送回去以后，照常在河边找了块石头坐下来，身后还有一棵树，正好可以挡住这夕阳。

她这个身体，轻易不病，一病就得好几天，就算是个小感冒。

虽然那天去卫生院时也买了感冒药，但不知是以往吃的药太多太杂，有了抗药性还是怎么，她一直没什么精神。

师乐看着河水，轻轻地揉了揉发胀的太阳穴。

这时，身后接连传来几道"扑通"的声音让她微微一愣。

"她今天居然没在？"

"我说了，他们就是做做样子，谁会管你。"

"老子可憋死了。"

在余坪这边，孩子和大人说方言都有些不同。

可能是孩子们平时在学校待惯了，用的普通话，所以说方言时，话音会清晰一些，更容易听懂。

师乐听了一耳朵，大致听明白了。听着这声音，确实是学生没跑了，多半是她靠在这树干上，他们没看见。

缓了会儿神，师乐站起身来，将帽檐往下压了点儿。

她靠着树，依据声音传来的距离，然后扬声道："给你们一分钟。"

水花声戛然而止。

师乐："给自己收拾好，出来。"

那边传来整齐划一的几声脏话。

师乐："计时开始。"

她抬起眼，然后伸手从树上折了根树枝下来。

那边没有任何动静。

师乐依旧在倒计时："还有三十秒。"

有个学生喊："你别过来啊！"

"二十秒。"

那边的人道："哼，我们就不出去了，你能怎么着吧。"

师乐低笑一声，把手机收起来。

绕过这棵树，就看到地上摆了几件衣服，没有裤子。师乐微微扬眉，然后低头往前走了两步，蹲在河边。

她用手里的树枝在水面上抽了一下："哎。"

这声音不大不小，但正好能让他们听到。等了五秒，她才抬高帽檐，看到了水里三个盯着她的男孩子，这三人她见过，一个"家族"的，"love"和他的朋友们。

三个人似乎是没想到她真的会过来，已经把自己埋在了水里，只露出一个头来。

师乐问："开心吗？"

其中一个男孩子吊儿郎当道："老师，你好歹也避讳一点吧。"

师乐："我这不是给了你们时间？还挑衅我，这会儿知道让我避讳了？"

三人有些无语。

师乐道："怎么，放学时跟你们说的话你们当耳旁风了？"她指指手边的衣服，"过来，报名字领衣服。"

她才说完，便听到路边有人在呵斥："刘水阳，你把你爹说的话都吃了是不是！"

师乐转过头，只见一个中年男人站在路口，手里拿着一把锄头，指着水里的男孩子，气得脸红脖子粗，说的话虽然没听全，脏话倒是听到了。

看样子他气得不轻。

师乐起身，这时，水里那个"love"男孩脸色一变，开始快速地朝着主河道那边游。

那边可不能跟这个小池塘比，师乐立刻沉下脸追上去："停下！"

男孩看起来很着急，压根不听，很快就游到了河道口。那水流很急，可能是意识到了这一点，男孩停了下来。

路边的男人这时候也跟了过来，铁青着脸，身上有股酒味，好像下一秒就要用手里的锄头动手了：“你还敢跑！”

师乐大概知道为什么男孩会跑了，她道：“叔叔别急。”

然后她不动声色地移了位置，挡在了他跟男孩中间，让男孩在一个相对安全的位置，她伸手：“过来。”

男孩看着岸上的他爹，犹豫了一下，然后朝着师乐游过来。

这时，他突然一顿，表情扭曲了一下。

师乐心里一紧：“怎么了？”

男孩开始挣扎起来：“腿……”

另外两个孩子就要冲过来，师乐吼了一声：“你们别动！自己出来。”

“刘水阳！”身后的男人也急了，“我不会水啊。”

师乐回头伸手拦住不会游泳但要下水的叔叔：“叔叔抓住我。”

男人愣住，赶紧抓住她：“闺女……”

师乐顺着水下去，好在这里离刘水阳不远，她一把拽住他。

这个年纪的孩子还是有些分量的，且还在挣扎，师乐咬着牙道：“别怕啊，来，拉住我。”

另外两个已经上岸的男孩忙跟着刘水阳他爹一起拉住师乐。

师乐把刘水阳的手搭在自己的脖子上，然后慢慢朝着岸边走了过去。

直到把刘水阳送上岸，她从水里爬出来，这才松了口气，坐在岸边，撑着有些发晕的脑子，给刘水阳按腿。

刘水阳：“老师……”

“别说话。”师乐拍了他的腿一下，“我怕自己会把你扔回去。”

刘水阳疼得脸都白了，这会儿却是笑了出来。

过了会儿，师乐才站起身，余光中似乎看到谁朝这边走过来了，但没精力去看。

她感觉自己有点不对劲，还没等她想出个所以然，下一刻就一头又栽进了水里。

“老师！”

“姐姐！”

师乐意识模糊中，似乎听到有个人喊了声：“宴哥。”

第三章 //
他还挺特别

师乐是在人的背上醒过来的，颠得她有些难受，她模糊地睁开眼，看到了一个人的侧脸，有点近，近到她一时半会儿没反应过来，这人是谁。

她微微撑直身体，然后背着她的人脚步停了一瞬："姐姐？"

这声音，师乐听出来了："戚宴？"

她脑子迟钝地转了下，这声音不是幻听啊。

戚宴扭过头："前面那个叔家里有车，他们去借车了，我背姐姐过去。"

师乐这会儿也不想强行说自己没事，所以又趴了回去："好。"

她可能有点发烧，加上刚才太紧张了，一时没撑住。

背上人的额头抵在自己的脖子上，戚宴皱着眉。

"姐姐你很烫。"戚宴声音有点喘，"马上就到了，先去卫生院。"

师乐感觉不到，觉得他的身体比自己还烫。可能是衣服湿了，她有点冷，朝着戚宴的背后缩了一下。

她微微抬头，缓声道："不好意思啊。"

"什么？"

师乐有些撑不住，她搭着戚宴的肩膀，极力让自己笑出来："辛苦你了小同学，姐姐借你的背睡一下。"声音疲倦，像是低语，却带着一点不易察觉的娇气。

戚宴心里一软："姐姐睡吧。"

师乐再一次醒来，人已经躺在医院里了，一股刺鼻的消毒水味儿。

她身边围了不少人，都在紧紧盯着她，林采、李闻华、童琳，还有那三个孩子、刘水阳的父亲，以及戚宴。

师乐看自己身上的衣服已经换过了，应该是童琳带过来给她换的。

看着他们焦灼的神情，师乐有一瞬间的恍惚，她应该只是个感冒吧？

确实是感冒，只是吃了那药没什么效果，这才发了高烧，医生说她挂两天水就好了。

医生走后，师乐看着自己床边严肃的一群人，笑出了声：“你们这是还瞒了我什么病情？”

“没有。”林采的脸色好了点，叹气，“你说你，身体不舒服怎么不说一声？”

“我以为是个小感冒，”师乐往后靠了下，“以前都是吃几天药就好了，给大家添麻烦了。”

刘水阳他爸一把扯过刘水阳，刘水阳踉跄着半摔在师乐床前：“闺女，都是这皮娃子把你害成这样，我回去一定收拾他。”

师乐看着刘水阳，衣服套上了，裤子都还没换，湿漉漉的，这时候蔫头耷脑，一点都没有在水里跟她叫板的硬气劲儿了。

听到他爹的话，刘水阳微微缩了缩肩膀。

“叔叔。”师乐说，“这样吧，我来收拾他，让他来这儿陪我两天，您看行吗？”

刘水阳瞬间抬头。

刘水阳他爹道：“那肯定行！”他一巴掌拍在了刘水阳头顶，“这两天，你就搁这儿给你们老师端茶倒水，服侍周到了！”

刘水阳点头，然后站在了师乐的床边，直挺挺的，愣是一句话没说。

师乐看了眼他的裤子：“你先回去把衣服换了再来。”

“换什么衣服。”刘水阳他爸听了瞪了刘水阳一眼，“就这么在这儿待着！老师不走你也不准走！”

师乐想说什么，便见刘水阳直接抖着声音点了头：“我晓得！”

她眉心微微蹙了下。

可能是气氛有些尴尬，李闻华立马开口道：“乐乐，我去给你把药取了，明天团里还有走访，我跟林采得先回去，让童琳在这儿陪你。”

“不用。”师乐指指身边的小孩，“这不是有人吗，多大点事，挂个水而已。”

“就是。”童琳看她没事儿，就坐在了床边，“多大点事，你们也别把她当宝看着了，有事去忙吧。”

“叔。”童琳看向刘水阳他爸，“她就是自己粗心大意搞感冒了，没多大事，天也不早了，您也先回去吧。”

师乐笑着轻轻拍了拍童琳的胳膊，童琳冲她挑了下眉。

刘水阳他爸闻言，总算是松了口气：“那闺女，我这就先走了。”

师乐点头。

等人离开，师乐才看向童琳：“你也跟学长们回去，挂个水我自己就能行。”

童琳点头：“我也没打算留啊。”她去提师乐换下来的衣服，“这我给你带走了。”

师乐点头，又听她道：“那会儿听到你掉水里晕了时，我也没反应过来，还是这报信的小孩提醒我带套衣服。”

顺着童琳的视线看过去，指的是另外一个男孩，可能是知道自己做错了事，几个孩子一句话没说，安安静静的。

师乐挑眉：“不错，心很细。”

那男孩抿嘴，然后摇头道：“是宴哥让我说的。”

被点名的戚宴也一直没说话，只是站在墙边垂着头，像是当自己不存在似的，但存在感又着实太强。

师乐看过去：“小同学，我是不是欠你太多人情了。”

戚宴失笑：“姐姐说什么呢。”

“小同学心挺细啊。”童琳说，“听说是你背乐乐来的，我那会儿人都是蒙的，你居然还能分心让这学生提醒我带衣服。”

戚宴垂着眸，一时没接上话。其实那会儿他也急，没有想很多，只是因为身上的人可能是冷了，紧紧地搂着他，他才想到这个。

师乐见他没说话，轻笑一声：“没看出来你这么在意我，都蒙了。”

童琳点头：“是呢。”又接着道，“我立刻想到，你没了，校花之位不就是我的了？这不得先好好想想怎么利用这个身份吗？”

师乐拍拍童琳的肩膀，懒懒地笑道：“没了我，也轮不到‘海的女儿’。”

童琳笑骂着躲开她的手。

这时，拿药的林采和李闻华回来了，把药放下，又简单交代了几句。

李闻华道：“那就这样吧，你好好休息。”

林采：“你一个人行吗？不然我留下来吧。”

所有人都转过头看他。

童琳“啧”了一声：“学长，你明天要去走访，身为团长，你觉得合适吗？”

林采愣了下，然后才点头：“也是。”

因为医院里还有另外两个余坪的孩子，李闻华他们也一起给带走了。

童琳看向戚宴：“小同学，你也一起？”

戚宴礼貌地轻声道：“我还有点事，就不麻烦你们了。”

一行人离开，这病房里也安静下来，戚宴终于离开了窗边：“姐姐，那我先走了。”

师乐看着他转身准备离开，忽地问：“你真有事吗？”

戚宴动作微微一顿，然后回过头来，看着床上的人。

她背后靠了个枕头，眼尾上挑，脸色有些苍白，但目光却很有质感，他不止一次有这种感觉，这个人好像把他看穿了似的。

戚宴与她对视半晌，然后很轻地笑起来：“嗯，有事。”

师乐点点头，不再多言：“好。”

他一踏出门，师乐便听身边的小孩小声道：“应该是他妈在卫生院。”

师乐突然想起来，上次就是在这里碰到了无助的小同学。

她下意识地问：“那他爸爸也在？”

刘水阳似乎是觉得自己能说话了，放松了点，但还是站着，道：“宴哥没有爸爸。”

师乐愣住了。

“就是芬姨带着宴哥和虎子。”刘水阳道，“不过芬姨身体不好，老是往卫生院跑。”

师乐问：“你怎么知道这些？”

“村里人都知道。”

师乐没说话，好一会儿才回过神，没再问这个问题。

她看向男孩儿：“你叫刘水阳？”

“嗯。”

“上初二？”

“嗯。”

余坪没有初中，只有窑山有，师乐问：“在窑山上学？”

刘水阳不知道她是什么意思，但还是回答了：“是。”

师乐指着他的裤子：“乡里有没有同学可以借衣服给你？”

刘水阳一愣，低头看着自己的裤衩，半晌后耳朵有点红：“没事，天气好，吹一会儿裤子就干了，以前在河里洗澡，走到家里就……”

说到一半，看到师乐似笑非笑的眼睛，他不说了。

“经验还挺丰富。”师乐也不强求。

刘水阳憋了半天，又问：“老师，那你要我做啥？”

师乐其实也没打算让他做什么，只是在河边时就看出来了，这小孩挺怕他爸，甚至怕到不顾那边的水流就跑，看他爸也喝了点酒，所以想先让他在这儿缓缓，等他爸酒醒，也算是给他“赎赎罪”。

师乐想了下，道：“你去找护士借个纸笔，坐那儿想想，怎么写检讨吧。”

刘水阳：“啊？”

师乐抬眼：“写个检讨为难你了？”

“不是。”刘水阳似乎是觉得师乐好说话，说话也放开了点，“不是，不是让我来服侍你吗？”他起身给师乐用手扇风，“我还是服侍你吧，写检讨太难为我了。”

师乐气笑了：“跟我讨价还价？”

这小孩变脸也太快了。

“不是。”刘水阳看起来是真的为难，他挠头，“我这写作文都不会，写什么检讨啊？”

师乐也不说话了，只靠在那儿看着他。

刘水阳沉默了小会儿，默默地往后退了一步，咬牙道：“好，我写。”

拿了纸笔回来，刘水阳趴在一边咬着笔头想检讨。师乐看了好半天觉得无聊了，才去摸手机，这才反应过来，手机在原来的衣服里，也不知道坏没坏。

她叹了口气，往后靠下去，腰被硌了一下，她伸手一摸，手机就躺在枕头底下，可能是童琳给她拿出来了。

但手机进了水，怎么也开不了机。

失策了，她身上没什么现金，团里的人也没想到这茬，这会儿实在是有点无奈。

她揉了揉眉心，开始想这医院包不包饭。

这时，门被敲了一下。

师乐抬起头，听见外面的声音："姐姐。"

她愣住："进来吧。"

戚宴推开门，手里提了两个黑袋子。

他额头上有些汗，看起来走得很急，走到师乐身边，把黑袋子放下，里面有隐隐的香味："我来给我妈送饭，顺便也给姐姐带点。"

师乐想了半天，都没想通，戚宴怎么会这么细心。

她自己都忍不住笑了："你怎么想到要给我送饭？"

"就是顺路。"

师乐扬眉："顺路？"

戚宴笑了下，不徐不疾道："姐姐的手机坏了，可能那些老师走的时候忘了这回事。我想来看看姐姐吃了没。"

师乐听完，叹了声："小同学。"

"嗯？"

"你这样子，姐姐会忍不住把你抢回家的。"

师乐一向是个不会委屈自己的人，她说完就低头去看袋子里的东西，没意识到站在身边的少年没说话。

两个袋子，装了两碗炒饭和一点水煮蔬菜，他把刘水阳的那份也带过来了。

师乐手指屈起，伸手敲了下柜面，看向趁机偷懒一直瞟过来的刘水阳："来，快谢谢宴哥。"

刘水阳从善如流地站起来："谢谢宴哥！"

刘水阳似乎对戚宴很有礼貌，在他面前都会收敛几分。

戚宴伸展开微蜷的手指，轻点了下头。

师乐把其中一份递给刘水阳，抬眸问站着的戚宴："这里离余坪也要一个小时，还要准备饭，你这么快？"

戚宴给她把另一份饭菜拿出来，照顾人的动作是很熟练的。他轻声解释："不是，舅舅家在乡里，我妈在卫生院的时候，一般都从他们家带饭。"

说的大概就是他家跑车的那个舅舅，确实是个挺热心的人。

师乐了然："替我谢谢舅舅。"

"嗯。"戚宴看向她还打着针的手，"姐姐现在吃吗？"

"我来，我来！"刘水阳一直在写检讨，见这老师也没让他做什么，心里直发慌，很想发挥一下作用，"老师，我可以喂你。"

师乐抬手制止住他蠢蠢欲动的动作："不用，你吃你的。"

她本来不打算现在吃，但是这碗一看就是人家家里的，也不好留在这里，左手输液，右手也可以用，于是师乐坐起来用右手拿起了筷子。

戚宴也就坐在了另一张床上，低头看手机。

师乐刚将一口饭送进嘴里，就听刘水阳问："宴哥，芬姨好些了没？"

师乐吃饭的动作缓了点。

"嗯。"戚宴应声，"她吃了饭睡下了。"

"哦。"刘水阳又问，"你今天怎么会在那里啊？"

戚宴："我去给潘叔送货。"

一问一答，戚宴说话的声音始终都是浅浅的，让人听起来很舒服，但也不多说，他好像一直都是这样。

过了会儿，戚宴的手机响了。他接起电话，师乐听到一声响亮的"哥"，是虎子的声音。

戚宴微微侧身。

"嗯，在窑山，你吃饭了吗？"

"明天。"

"她睡了。"

"带她一起回来。"

"睡觉把门窗关好。"

戚宴一边打着电话，一边用余光看着面前一口一口吃着饭的女生。

上次他就发现了，她吃饭没什么声音，很慢，吃饭时也不怎么说话，吃得赏心悦目。

他想起方才支教团里的人说的话，她是学校的校花。

确实名副其实，他在平时生活里没见过美得这么张扬，让人移不开眼的人。也难怪那天刘明安会把她当成明星。

"哥，我刚才借手机的时候听王叔说，乐乐老师掉到河里了，是你救起来的。"

戚宴看着面前的人："嗯。"

虎子有点着急："那她没事吧？那水很急的啊！听说她都晕了，天哪！哥，乐乐老师现在在哪儿啊？"

师乐好像听到了自己的名字，她抬起眼，指了指自己。

戚宴点头："虎子听说你的事了。"

"哥，你现在跟乐乐老师在一起吗？我能跟她打电话吗？"

师乐见戚宴迟疑了一下，疑惑："怎么？"

"虎子担心你，想跟你通电话。"

师乐放下筷子，伸出手："好啊。"

戚宴这才把手机递给她。刚将手机拿到手里，师乐就听到了虎子激动的声音："乐乐老师你能听到吗？你身体有没有好一点啊？"

“我身体很好。”师乐觉得虎子这语气像是过去爷爷奶奶给她打电话时，她低低地笑着，“谢谢虎子的关心。”

虎子：“老师没事就好，我可太担心了。那老师一定要好好养身体，我们学校见！老师，我还要把手机还给叔叔，就先不说了啊。”

师乐含笑应道：“好，再见。”

那边挂了电话，师乐把手机递给戚宴：“他怎么会知道我的事？”

这才一会儿，他就知道了？

戚宴收起手机：“村子就这么大。”

听他这么说，师乐就想起了刘水阳之前说的，村子就这么点大，谁家有事都知道，戚宴家的事他们都知道。

戚宴今年似乎也才上高二，从见第一面开始，他就在搬货，师乐见到的他总是在奔波在忙碌，好像没有停下来的时候，是个很辛苦的小同学。

但是，又是个温暖的小同学。

离开师圆圆后，师乐每次生病，都是一个人吃药，或者一个人去医院，翁婷没那么多精力放在她身上。

饿了点外卖，或者吃些没什么营养的垃圾食品，就算后来有了许婧，这毛病也没怎么改过来，师乐这些年习惯一个人了。

好像是头一次有人，给病中的她送饭。

师乐看着碗里还剩下一半的炒饭，她这会儿没什么胃口，但可能因为是头一遭，她还是无声地笑笑，又抬起了筷子。

看她吃了几口后，戚宴突然出声：“姐姐，吃不下可以放着。”

师乐有些意外地抬眸，她食量确实不大，但他怎么看出来她不想吃了？

似乎是看出了她的疑惑，戚宴道：“姐姐之前也没吃多少。”

他说的是上次她在他家的时候。

戚宴也是上次发现的，师乐胃口一般，吃东西都只吃一点。

但她吃完就会慢慢地等着他们，时不时夹点什么在碗里，筷子会在碗边慢慢转圈，会顾及别人的感受，却又不声张。

听他这么说了，师乐就把筷子放下，头一次有些无奈：“这都能被看出来。”

戚宴起身给她收拾碗筷：“嗯？”

师乐一只手系不了袋子，半开玩笑道：“小同学，你让姐姐有点不安。”

她说完，发现戚宴停下了动作，似乎是有些无措。

像上次被她意外在卫生院撞见一样，一向沉稳的少年，此时又多了点茫然，师乐喜欢他这样，她笑出声：“开玩笑的。”

戚宴这才微微松了口气。

“不过让我挺没面子的。”师乐说。

戚宴把袋子提到一边，闻言转过来，无声地等着她说下去。

师乐叹了口气：“姐姐每次狼狈的时候，都被你看到了。”

戚宴回想了一下，没忍住笑起来：“不狼狈。”

见他放松了，师乐这才倒回去，靠在枕头上："就当你是在安慰我，我信了。"

刘水阳在一边听着，忍不住问："老师，你什么时候狼狈了？"

师乐瞥他一眼："刚才掉水里不狼狈吗？"

"你也听见刚才那个童老师说的话了。"她指着自己，语气懒洋洋的，"师老师呢，也算是学院一枝花吧，然后因为某些不听话的小子，这朵花被淹了。"

刘水阳不知该怎么接话。

师乐继续道："我要是那个小子，检讨就多写一千字，来缓解一下愧疚之心。"

刘水阳认输一般："行，我写，我写。"

旁边传来一声轻笑，师乐抬眼看过去，戚宴眸子里带着点光："姐姐那叫'出水芙蓉'。"

师乐弯起眼睛："这是哪家的小同学，嘴可真甜。"

刘水阳这个年纪的孩子，对于师乐这种天生自带光环的人，好奇又想接近，尤其是，救过他两次的师乐，一次从河里，一次从他爹手上。

他抬起头，看看笑得愉悦的师乐，又看看戚宴，他总结了一下，自己叫戚宴哥，戚宴叫老师姐姐，四舍五入，他也可以管师乐叫姐姐。

所以刘水阳问："那老师，我是不是也可以叫你姐姐？"

戚宴下意识地转过头，不知为何，心里陡然生出了一丝不明显的忐忑。

下一秒，他听见师乐悠悠道："不可以。"

戚宴看着女生，见她侧过头，目光落在刘水阳身上，嘴角勾起浅浅的弧度。

"我又不教你宴哥，他自然不用叫我老师。"

说罢，她转过头来，看向戚宴，语气柔软绵长，含着笑意："再说了，你也没他乖，认你多吃亏啊。"

可能是因为心情好，师乐晚上睡得还不错，第二天一早起来，输完液她就出了卫生院。

刘水阳亦步亦趋地跟在她身后给她指路。

"老师想买什么牌子的手机？"

师乐步伐缓慢，无所谓地道："都行，你给推荐一下？"

"这几个店里，什么牌子的手机都有。"刘水阳说，"不过，我同学他家服务比较好。"

师乐点头："行，那就去他家吧。"

刘水阳带着她到了街上的一家手机店，装修得还挺像样。看到柜台那边坐了个男生，刘水阳扬起声音："东林，你爹来了！"

师乐笑着给了刘水阳后脑勺一下，刘水阳这才收敛点。

被叫作东林的男生抬起头，看到刘水阳，又瞬间注意到了刘水阳身后的女生。

他一下子就站了起来："你干啥来了？"

刘水阳走过去，趴在柜台上："带老师来买个手机，够不够意思？"

东林看向师乐："老师？你别骗我啊，我跟你同班两年了。"

要有这种颜值的老师，他天天第一个到学校。

"余坪那边不是在搞暑假支教吗？"刘水阳看他眼睛都看直了，"我在那儿玩了几天。"

"啊，A大那些老师啊。"东林恍然，压着声音，"美女老师！可以啊阳仔，难怪你愿意跟一群小学生玩呢。"

刘水阳给了他一拳："这是我的救命恩人。"

"得了吧。"东林还不知道刘水阳是什么德行，把刘水阳拍开，他冲着师乐喊，"老师，你想要买什么手机啊？"

刘水阳："用普通话。"

东林给了他一个白眼，又用普通话重复了一遍。

师乐见这两个小孩把话说完了，才指了一款："这个吧。"

打算只是应个急，师乐也没怎么挑，价格也没看，只看了一个觉得顺眼的。

东林看了眼那手机，又看看刘水阳，声音很小："你这老师眼光还挺犀利。"

刘水阳跟着走过去，然后看到了那款手机，店里的最新款，价格也是最高的。

东林拿出来，又问："老师，还要看看其他的吗？"

"不用。"师乐确定了新手机有电后，把自己的坏手机拿出来，"我把卡换上再付钱可以吗？"

"可以！"东林迟疑了下，"真的不用看看其他的？"

大学生的零花钱这么多？

"不用。"师乐以为他是说其他的更好，随口道，"只是应个急。"

两个孩子好羡慕。

师乐把卡换上，又下好了软件这才用新手机把钱付了。

师乐还没走出店门，手机就响了起来，她刚接起来，许婧就号了一声："你怎么回事？电话一晚上都没打通？"

"手机坏了，刚换。"师乐看了眼时间，今天应该是老爷子的寿辰，"怎么？"

"你声音咋了？"

师乐："有点感冒。"

许婧"哦"了一声，然后说："我现在在机场。"

师乐停下脚步："你在哪儿？"

"估计明天到你那儿。"许婧说，"你们周日下午放假对吧？给我空出来。"

师乐没想到她会这么快就过来："我以为你得过段时间再来。"

许婧"啧"了一声："我刚从周家来的机场，隔夜饭没让我吐出来呢，你妈没给你打电话啊？"

"没。"

"我估计她也顾不上。"许婧说，"昨天我就做好了打算了，但没打通你电话。"

"那你还去周家干吗？"

"周覃啊。"许婧笑得很得意，"我不是说了要给他一闷棍？"

师乐："说点我能听懂的。"

"行吧，我没给一闷棍，"许婧说，"不过，毁了他一件礼服。"

师乐笑了："干得漂亮。"

周覃那礼服一般都提前很久定制的，钱不重要，重要的是时间，毕竟今天这日子，他是没机会穿了。

许婧道："我明天来接你啊，就一下午，晚上你忙你的，我就走。"

师乐点头："行。"

师乐的好心情一直维持到晚上。晚上又输了一次液，她带着刘水阳出来吃饭，回到卫生院时，接到了那个据说没空管她妈妈的电话。

师乐停下脚步，示意刘水阳："你先上去。"

刘水阳谨记自己要照顾她的使命，虽然说也没怎么照顾，但还是有点犹豫。

直到师乐一句："检讨今天再不写完，明天我可保不了你。"

他忙着跑了。

手机安静下去，过了几秒又响了起来，颇有种打不通不罢休的气势。

师乐朝着周围看了一眼，看到卫生院一楼通往外面的小走廊，于是接起电话朝着那边去了。

翁婷那边听起来倒还挺安静的，就显得她的声音格外刺耳："你妈的电话你也不接了？"

师乐："这不是接了吗？"

翁婷说："我问你，你和许家那姑娘一起打了什么算盘！存心要气死你妈是不是！那是你弟弟！"

师乐没说话，翁婷又道："你爷爷过寿，你故意跑去那么远的地方，一声不吭，你知道别人都怎么说你妈的？你生怕别人不知道你妈是人家后妈，自己带来的女儿跟家里不和是不是？"

"师乐，我是不是太纵容你了！"翁婷那边高跟鞋"嗒嗒嗒"的声音响得师乐头疼，"我辛辛苦苦维持这个家的关系，你看看你，联合外人来整你妈！你良心都被狗吃了！"

翁婷这次看起来是真的很气："你又不说话，每次打电话都不说话，哑了吗？"

师乐微微吸了口气："感冒，嗓子疼，不想说。"

“别跟我来这套。”翁婷说，“今天是你周叔叔不计较，周覃不计较，你赶紧，等会儿给他们打电话道个歉。”

师乐靠在卫生院外的围墙上，沉默着。

翁婷似乎出了一口气了，在大吼大叫中把她的愤怒发泄完了，她语气平静了些：“乐乐，妈妈很辛苦，你应该懂妈妈的苦心，不要让妈妈难做。”

师乐缓缓闭眼道：“你想让我说什么？”

“道歉。”翁婷顿了下，又说，“让你那朋友来道歉，就说你不知情。”

“我知情。”师乐笑了声，“他的礼服，是我让许婧弄坏的，怎么就不知情了。”

翁婷：“你跟我装傻呢？”

师乐睁开眼睛，看着夜色，道：“我不喜欢那里，周家也不是我的家，他也不是我弟弟，我更没有什么爷爷。”

她道：“我姓‘师’。师乐！”

“你骂我也好，恨我也好，我也不会道这个歉。”师乐接着说，“你问问他，他敢恨我吗？”

“这个家从来也没承认过我，你难道不知道吗？”师乐问，“所以你何必要把我硬塞进去呢？你如果开心，就一家三口开开心心的，我也不烦你们，这是我能做的最大的让步了。”

“什么叫一家三口？”翁婷气道，“你不把我当妈？”

“这么些天，你似乎也没问过我好不好。”师乐短促地“啊”了一声，“不是，这些年你都没问过。”

不管那边还要说什么，师乐都没了心思再说话：“挂了。”

挂了电话，师乐垂着头，喉咙里溢出一声低低的笑来。

隔了半晌，她才直起身，抹了把眼尾准备回去，刚转身，便看到了一个熟悉的身影。

隔了没几天，同一个地方，换个位置，戚宴站在窗里，她站在窗外，两人对视着。

她记得戚宴昨天说今天要回余坪，怎么这会儿还在这儿？

空气里安静了一会儿，师乐不知道他听到没有，听到了多少，她无声地看着他。

窗里的少年背着光，迎着她的目光，他低着头，温润地笑着：“姐姐怎么在这儿？”

师乐微微挑了下眉，然后笑了一声，抬起头看天：“看看夜景。”

“窑山夏天的夜景确实好看，”戚宴跟着她抬头，“能看见银河的。”

师乐点点头，问：“你的微信头像，是拍的夜空吗？”

“嗯。”戚宴问，“姐姐能看到上面有几颗星星吗？”

师乐扬起手机：“要不我现在数数？”

“下次吧。”戚宴温声道，“姐姐不要低头，现在的星空比那个好看，错过了就不好了。”

师乐像当初的他一样，靠回墙上，顺从地抬起眼睛看着夜空。

一眼看过去，看不到尽头，视野里的星星也越来越多，她也隐隐看到了银河，那条浅浅的，银色的细带。

师乐眨了眨眼：“我看到了。”

“嗯？”

师乐道：“银河。”

戚宴轻笑：“嗯。”

两人没再说话。过了不知道多久，戚宴才道：“晚上凉，姐姐感冒还没好，先回去吧，下次再看。”

师乐回过头，他依旧是以原来的姿势站着，表情都没变过，整个人被灯光照得暖洋洋的。

她无声地勾了下嘴角：“好，小同学晚安。”

她转身离开，离开他的视线范围后才回过头。

在看到戚宴对她笑的那一瞬间，她就知道他肯定听到了什么，他太细心，才会顾及她的感受，她也不会驳了这份好意。

戚宴回到病房里，替床上的人把被角给整理好，这才坐在了另一张空床上，看着窗外的夜空。

他到那里的时候，正好听到那句“我不喜欢那里”。他知道自己不该偷听，但还是不由自主地停了下来，然后看到女生抹了下眼睛。

那是他第一次，在这个一直都慵懒温柔的人身上看到了脆弱，好像是突然触到了一个不同的她。

这时候的她才像是个二十出头的人，而不是总是那副把自己伪装得刀枪不入的样子。

戚宴出了会儿神，手机突然振动了下，他拿起来一看，是那个加了之后再也没有发过消息的人。

“数了。”

“小同学，你这里装了满天银河啊。”

戚宴这个头像，只是某天随手拍的一张图，他自己都不知道是什么时候拍的，那时的心境如何。

那句让师乐数星星的话，只是随口一说，他自己都没看过。

戚宴点开自己的头像，细细看了一遍，除了几点光亮，什么都没有，他无声地笑了起来。

他仿佛透过这几个字看到了女生此时的样了，脸上挂着闲散的笑。

戚宴抬眼看了看夜空，然后抬起手机，对着那片星河，拍了一张。

但照片里还是看不到哪里有星星，哪里有银河，他指尖在屏幕上划了一下，将图片放大，也只是多了几点光亮而已。

沉默了几秒，戚宴才打字：

“是姐姐心里有银河。”

“姐姐晚安。”

许婧说下午到，但中午师乐还在输液的时候，她电话就到了。

师乐依旧躺着，都没想着起来，口头给她指路：“二楼左边第一个病房。”

许婧一边上楼，一边压着声音：“我从来没想过，你居然有一天会在这种卫生院里输液。”

“行了。”师乐看了身旁的刘水阳一眼，“你收着点，我这儿有个小朋友。”

刘水阳听到自己被叫作“小朋友”，愣了下。他学习不好，心思也不在这里，也知道像他这种人，未来早就安排好了，一般混完初中，就出去打工。他从来不觉得自己是个小孩。

他还在发愣的时候，病房门就被推开了。

门外的人穿着一条明黄色的连衣裙，踩着一双高跟鞋，长得好看，很白，一进来就甩着手里的钥匙走向了病床上的师乐。

“怎么搞成这样了？”

刘水阳词汇量少，愣了半天都不知道该怎么去形容这两个人在一起的这种感觉。

好像整个病房都不一样了，亮了很多。

他突然有点局促，觉得自己不适合站在这里。

师乐嗓子有点哑，闻言懒洋洋地道：“感个冒而已。”

“你哪次感冒不得折腾小半个月。”许婧自然地推了推床上的被子，给自己腾了个地坐下，然后看到了一边的刘水阳，“这就是你说的那个小朋友？”

刘水阳看向师乐。

“嗯。”师乐笑着看他，“做错了事，在这儿思过呢。”

许婧不在乎他做错什么事，看小孩有点局促，笑说：“这发型，还挺可爱。”

师乐哑着声音笑：“是吧，我也觉得。”

刘水阳觉得她们的意思不像夸赞，他顿时就忽略掉了那点局促，摸了摸头：“不帅吗？”

“你觉得呢？”师乐挑眉，“我一直想趁你睡着给你剃了。”

刘水阳像是受了很大的打击，一时失语。

师乐抬抬下巴：“小朋友，帮老师叫下护士，拔针回去了。”

刘水阳闻言才出去，许婧便问：“昨天有人烦你没？”

师乐也不否认，点了下头。

“我就知道。”她哼了一声，“我家老头虽然啰唆了点，管得紧了点，但还是站在我这边的，他们只能找你下手了。你别理啊，就说是我做的。”

师乐不置可否。

“倒是你妈……”许婧话音突然停下，她瞥了眼将目光转向窗外的师乐，改了口，“算了，不提这个。”

她伸手过来摸了摸师乐的额头，掐着嗓子道：“哟，瞧你这可怜样儿，我才不在几天，就把自己弄成这样了。”

师乐笑了一声，拍开她的手：“差不多行了。”

许婧在隔壁市下的飞机，直接租了一辆车过来，送刘水阳回去也方便。

把孩子送到村口，眼见他一步三回头地回了家，师乐才拿出手机来，她刚才要了他爸的电话。

“喂？刘水阳的父亲吗？您好，我是师乐……”

听完她旁敲侧击地打电话，许婧乐了：“你还担心这孩子呢？不是他害你落水的吗？”

“一码归一码。”师乐没骨头似的靠在椅背上，半眯着眼，一副没睡醒的样子，“他性子还行。他爸估计喝了酒脾气不太好，孩子胆小。”

许婧闻言侧过头，看了下眼睛几乎都要闭上的师乐。

她刚认识师乐那会儿，这人还只是个三年级的小孩，不爱说话，但整个人却像只易奓毛的刺猬，逮谁扎谁。

那会儿两人还只是普通邻居，遇到被人欺负的许婧，师乐二话不说就跟人打了一架。

后来玩到一块儿，师乐才说：“我哥说的，在外面胆子就要大，不然就被人欺负了。”

只是不知道从什么时候起，这人就开始收敛起来，连她哥也很少提起，甚至以前固执地强调自己叫“师满满”那股劲也没了，仿佛变成了一只懒洋洋的猫。

许婧开始还以为是她倦了，后来才知道她只是把刺都藏在了软毛底下，依旧能扎得人生疼。

“走吧。”许婧从后面提了个袋子扔到师乐怀里，发动车子，“带你去兜风。”

虽然说周日下午放假，而且师乐身上还有特批的假条，但是也不能真的太放肆，只能由许婧开车，漫无目的地逛着。

刚才许婧扔过来的是一袋零食，师乐平时不贪嘴，不过这会儿倒是觉得这些小东西很不错。

在里面翻了翻，竟然还翻到了一盒木糖醇，她忽地笑了一声，打开倒了两颗放进嘴里。

许婧：“你笑什么？”

“想到一个好玩的人。”师乐嘴角的笑意都没掩住。

她手机上还有昨天小同学发来的那句“是姐姐心里有银河”。

许婧感到好奇：“很少见到你对一个人感兴趣啊。”

“是吗？”师乐挑着眉，回想了一下，拖着声音，“可能是没遇到？”

许婧：“什么人？说来听听。”

“一个……”师乐顿了顿，悠悠地笑道，“挺乖巧的小同学。”

“学生啊。”许婧顿时没了多大兴趣。

见她误会，师乐也没多解释，一时半会儿也不知道该怎么解释她跟戚宴这还挺奇妙的缘分和巧合。

车停在了一条比较偏僻的路上，正好躲在路边的树荫底下，许婧将所有的窗户都打开，把车椅都放下去。

两人往后仰着看天吹风。许婧猛吸了一口新鲜空气，叹道：“别的不说，这会儿我还真觉得这里不错。”

师乐闭着眼，惬意地“嗯”了声，表示赞同。

隔了会儿，许婧喊她：“满满。”

“嗯。”

许婧侧过身子来：“你那天答应我的还算数吗？你真的要去江州吗？”

师乐“嗯”了声：“骗你做什么？”

许婧担心得不无道理，翁婷那边只要是师乐提到一句跟师家有关的，就随时随地翻脸。

两年前两人闹过一场，自那以后，师乐对这事儿只字不提，只是当时这姑娘坐在酒吧卡座里，喝得两眼发红。

“婧，我就这一个妈，现在也只有她。”

许婧还没想好怎么安慰师乐，师乐就靠在沙发上，捂着眼睛：“但她为什么这么对我？”

那次过后，师乐就再也没提起过江州的事情。许婧本以为师乐不会再提了，直到她发现师乐支教的地方离江州这么近。

在这之前，她从来没听过，师乐会有支教的想法。没想到她试着提了这两次，师乐答应了。

许婧倍感欣慰：“你这次是下定决心了？”

师乐睁开眼睛，漂亮的瞳孔被光映得微微闪着：“谁还没个撞南墙的时候呢。”

许婧凑过来，用手虚虚地抱了她一下，“哈哈”笑了两声：“行，你尽管去撞，撞不倒我给你开个铲车帮你撞，总会倒的。”

师乐哑声笑着，胳膊肘撑着车窗，望着天边的夕阳“嗯嗯”地应着。

来的时候两人都没怎么看，这会儿才看到居然把车开到了清河边的那座桥上。

往另一个方向走就是戚宴家。

师乐往那边眺望了一下又收回来：“停一会儿吧。”

“嗯？”

“吃点东西垫垫肚子，”师乐微抬下巴，示意她拿点吃的，打开车门，“再陪我坐会儿。”

"啧。"许婧解开安全带跟她一起下车,"你不知道我的时间很宝贵吗?"

师乐:"那你陪不陪?"

"就喜欢你这娇蛮劲儿。"许婧一边跟着她从小路下到河边,一边道,"当然陪,你以为我来做什么的?"

师乐步伐没停,到了河边,也没怎么讲究,就坐在了之前看到有人洗衣服的那块石头上。

许婧穿着裙子,就靠在了旁边一块稍微大一点的石头边:"怎么,这么浪漫,还带我看夕阳?"

师乐笑了一声:"我舍不得你走啊。"

许婧:"那我现在就带着你走也行,去收拾行李。"

师乐:"你是不是听说什么了?"

许婧下一句话都要出口了,突然一怔。

师乐这两天因为身体原因,加上心情不是很好,脑子转得比较慢。刚才两人聊了一会儿天,她就觉得不太对,睡了一觉清醒了很多,这会儿也反应过来了。

许婧之前虽然也会提起那些事情,但没有一次像现在这么积极。

许婧沉默了会儿。

师乐捡了个石块儿扔进水里:"说吧,还有什么是我不能听的。"

"也没什么。"许婧微微直起身子,想了半天才问,"满满,你户口是在你妈那里?"

"没有。"师乐慢慢地说,"我成年那天就迁出来了。"

"那天我去周家,"许婧想起周覃那极其嚣张的嘴脸就一阵恶心,"听周覃说要是你俩在一起,法律上也是允许的。"

师乐"哧"了一声。

"我说他做白日梦呢。"许婧"呸"了一口,"所以当场就把他的礼服给毁了。"

师乐抬起眼,又扔了一块石头。

许婧:"但是,你把户口迁出来,那你跟你妈不就是……"

许婧的话没说完,但师乐懂了。

她跟妈妈的关系本来就很微妙,还怕再微妙点吗?

许婧估计是那会儿就知道了她户口的事,怕她以后没地方可去,也没什么亲人,这才这么急吼吼地给她找哥哥。

"我不一直都是一个人吗?"

许婧不乐意听这个:"你把老娘放哪儿了?"

"放心里。"师乐看起来没多在意这件事,"放心吧,我不愿意的事,没谁能按着我的头去做。"

许婧:"我这不是心疼你吗。"

师乐笑着:"好了,你快回去吧,过会儿天黑了,路上也不安全。"

"用完就扔。"许婧的小高跟在石头上跺了下,她看了眼时间,确实,如果再不回去就要走夜路了，“你不回去？”

师乐：“好不容易有半天假，我坐会儿，自己走回去。”

“行。”许婧干脆利落地转身，“我在江州等你。”

隔了三秒，坐在石头上的人回过头，懒洋洋地点头：“好。”

看着许婧开车走远，师乐才松了手。

她手里捏着一块石头，那石头有些尖锐，手心被划出了一道痕迹。

将那沾了点血的石头扔到水里，师乐低下头把脸埋到了腿上，深深地吸了口气。

单独立户这件事，是她自己办的，如果没有特意去查，不会查得到，谁没事会去翻户口。

周覃是怎么知道的？翁婷知不知道？

师乐又捡起一块石头，一腔的烦闷无处发泄。

忽地，熟悉的摩托车引擎声传来，师乐下意识地抬起头，正好对上了那个在桥上停下来的少年的目光。

少年穿着纯白T恤，逆着光，一只脚撑在地上，垂眸看着桥下的她。

师乐起身走过去，戚宴刚要说话，便看到她很快从下面上来，一边走过来，一边利落地抬手，将随便捆着的头发散开。

她歪歪头，将发绳套在手上，然后抬眼，弯唇露出了一个笑，夕阳的光芒洒在了她的侧脸上，将她的眉眼映得更加迤逦。

她走到他面前停下，指尖搭在他的车头上，轻轻一划：“小同学。”

戚宴忍住要往后退的莫名冲动，低声喊：“姐姐。”

“要回家？”

“嗯。”

师乐微微倾身，笑着道：“你的车，能不能借姐姐半个小时？”

戚宴目光不受控制地盯着她的眼睛，有些发愣。

随后他听到女生轻声道：“姐姐送你回家。”

师乐声音有些哑，还带着浅浅的鼻音。

“嗯？可以吗小同学？”

戚宴很轻地眨了下眼睛，随后侧过身子，长腿一迈下了车：“可以。”

他站到一边，看着师乐走到摩托车旁，熟练地上了车，扶正车头，看起来有一定的经验了。

“姐姐会骑车？”

“嗯。”师乐点了下头，“玩过一段时间。”

这种摩托车跟重型机车不同，她先试了试手感，确认没问题后，歪着头问：“我先送你回去？”

“姐姐说话算话。”

戚宴很轻地笑了一声：“不用。”

“姐姐是有事吗？”

“没事，”师乐不掩饰自己的动机，在她看来这也不是见不得人的，“就是突然想去兜个风。”

过往许婧总是夜深人静的时候带着她去外环骑车，一路飞驰，又刺激又爽，是种很好的发泄方式。

戚宴眉梢微微压了下，想起了前一晚在卫生院看到的那一幕。无言几秒，他指尖在裤缝上轻轻一磨，抬起眼来：“那姐姐不如带上我。”

师乐动作一顿：“什么？”

“我对余坪更熟，”戚宴缓缓道，“知道哪里适合兜风。”

师乐略一挑眉，与面前的少年人对视：“我这摩托车后座，还没坐过别人。”

她说的是实话，每次出去许婧都有自己的车，用不上她。

那时候她骑车只是陪许婧玩，她性子倦，温暾暾的，那些找刺激的找不上她。

想勾搭她的，上不了车，所以她至今还没载过人。

戚宴喉头一滚，下意识看向车后座，压下了心里那点失落。

随即他听到女生的笑音：“上来吧，给小同学开个例外。”

戚宴忽地抬头。

“傻不傻。”师乐头往后一偏，示意他上车，“这不是你的车吗？姐姐还能不让你上车不成？”

戚宴嘴角弯了下，上了车后座，将手扶在车后的架子上。

师乐发动了车：“小同学，指路。”

“左边。”

左边正是跟许婧开车去过的那条路，一直没什么人，师乐原本也想往那边走。

她微微吸了口气：“坐稳。”

摩托车碾着霞光，瞬间就开了出去。

不同于城里的路，乡下的路要坎坷些，这完全不同的体验依旧让师乐松了一口气下来。

身后的人很安静，好像真的只把自己当作一个指路的人，然后就悄悄掩着自己的呼吸了。

他真的是一个很会把自己放在合适位置上的人，用一种让人舒适的态度。

师乐也没跟他说话，一直骑了很远，师乐都不知道自己骑到哪里了。

只是一路向前，朝着夕阳，空气里夹着泥土和绿植的清香。

他的脸不时被女生向后飞扬的长发掩住，有些痒，戚宴却没有动手把她的头发从脸上拨开。

他紧紧抓住身后的架子，手都捏得泛白。

车最后停在了一个岔路口前，路口比较窄，师乐没开过这种路。

在她想着要不要回去的时候，戚宴突然开口：“姐姐，想去看看日落吗？”

师乐抬眼看了下天边，太阳已经快要落下去了："日落？"

戚宴指了指靠边的一条小路："这里上去，有个山头，十来分钟就到了。"

师乐这会儿还不想回去，她潇洒地拔下车钥匙："走。"

戚宴从后面下来，抬腿走在前面，找了根树枝，帮她把路上生长起来的杂草拨开。

师乐瞧着："这路像是不常有人走。"

"嗯。"戚宴一边走一边跟她说话，"以前村里放牛的人会走，现在没几家人养牛了，就算养也是将牛赶到离村近一点的地方。"

师乐闲聊着问："你养过？"

"养过。"戚宴回答得很快，"水牛，养来可以犁地，现在用不着了。"

少年人走在前面，身形已经很高了，低着头给她细心地开路，说话时声音轻柔又缓，给人一种很莫名的安全感。

这种安全感来得突兀，师乐这会儿才突然反应过来，自己跟这个小同学才认识了一个多星期，却已经愿意跟他爬到这不知名的山上看日落了。

师乐目光在他背影上微微停留："你好像什么都会。"

戚宴动作微滞，随后摇摇头："也不是。"

师乐还要说什么，戚宴便道："到了。"

她抬起头，绕过最后一个弯便看到了远方高山上的那轮落日，霞光映在这方山头。

这山头只有几块石头和一堆杂草，比她在任何景点和城市里看到的，都要萧瑟和简陋，也很纯粹。

山脚下有几户人家，山顶挂着太阳，天上仿佛已经开始闪出了几颗星星，师乐坐在一块石头上，看着远处："这地方真好。"

戚宴坐在她不远的地方，闻言抬头："姐姐喜欢就好。"

师乐看他一秒："小同学。"

戚宴目光在她身上停下。

师乐："你今年多大了？"

"十七岁。"

师乐移了个位置，坐过去："比我小三岁。"

戚宴捏着树枝，语气有些僵硬："快十八岁了。"

师乐被他这莫名固执的语气逗得一笑："那姐姐也会长的啊。"

戚宴没说话，他找不到什么话来反驳。

"十七岁，多好的年纪。"师乐笑意盈盈的，"这种时候，就应该开心一点，大胆一点。"

戚宴一怔。

师乐不再多说，她站起身，对着夕阳吹了声口哨。

她答应带着戚宴来兜风，还有个原因，他身上担子重，总是把自己放在一个规规矩矩的圈子里，谨慎又小心。就算是脆弱也要隐匿在不为人知的角落里，这太累了。

师乐觉得，两个人有些地方还是挺像的，既然两个人都累，一起兜个风算什么。

戚宴跟着她站起来："姐姐十七岁的时候在做什么？"

"我的十七岁啊。"师乐沉吟一声，笑着回头，"在筹谋一件大事。"

戚宴嘴角勾了勾："很大胆吗？"

"很大胆，"师乐失笑，"再没有比我更大胆的了。"

她没再多说，戚宴也没再多问，也不敢问。两人沉默地站了会儿，戚宴突然开口："姐姐，你上次在青城唱的歌叫什么名字？"

师乐有些诧异："你还记得呢？"

"嗯。"戚宴垂着眸，"很好听，我回去搜过，没搜到。"

耳边传来一声低笑，戚宴扭头，对上了师乐含着笑意的眼睛。

"当然找不到。"她说，"那是原创。"

戚宴反应了一下："姐姐自己写的歌？"

"嗯。"

师乐在火车上那二十几个小时里，找不到什么可以消磨时间的，看着窗外的景象，脑子里慢慢有了旋律。

这旋律，在那个天桥上一瞬间成了型。

师乐问："你喜欢听？"

戚宴迟疑着点了下头。

师乐转身，坐在石头上："过来。"

戚宴见她拿出了手机，捣鼓了会儿，然后抬起头看着他，一本正经道："为了感谢小同学带姐姐看落日，姐姐给你开个小演唱会。"

戚宴无声笑笑。他目光在师乐身边转了下，然后坐在师乐身边。

师乐的注意力在手机上，没注意他的动作。

她在手机上选了一个钢琴音，轻轻点了点，随即开了口。

你是晚风渐息
星河若隐，一场小别离
你是破晓清晨，灿烂眼中的光景
你是时光轻轻哼唱，宛若星辉铺满小巷
黑白的琴键，闪着晨曦的光
愿你的身后，总有力量，愿你成为自己的太阳
愿你永驻时光，爱上彼此的模样
你眼中的光芒，依旧闪亮，诉说着那些疯狂
有梦想，我来陪你，收藏

天边的落日已经隐在了山后，山顶的光浅浅的，师乐的声音很哑，没有那天晚上的惊艳，顺着风散在四周。

师乐弹了小半首歌就没再唱了，她抬手摸摸喉咙，轻咳一声："演唱会到此结束。"

说完，没听见戚宴的声音，她抬起头，看他似乎在走神，笑道："怎么，难听到这地步了？"

戚宴眨了下眼，对上她的笑脸："很好听。"

"你上次也这么说。"师乐倾身，仔仔细细地盯着他的眼睛，"告诉姐姐，你说的是实话吗？"

戚宴被她直勾勾地盯着，顿时有些坐立难安："实话。"

师乐看他整个人都像是被提起来，没忍住笑起来："你紧张什么？"

说完她才发现，自己跟小同学坐得似乎有些近，他什么时候坐过来的？

她这么倾身过去，小同学就往后仰，看起来着实有些奇怪，难怪他会这么紧张。

师乐不逗他了。她把手机收起来，站起身拉开距离："这次不是原创了，去搜就能搜到。"

她看了眼天色："走吧，该回去了。"

戚宴抿抿嘴，顺从地点头，跟在她身后。

两人很快从山上下来，师乐正准备骑车回去，戚宴先她一步上了车。

师乐原地站住，挑了下眉。

"天黑了，姐姐对这儿不熟悉，有些危险，"戚宴低头发动车子，"还是我来吧。"

听他这么说，师乐也不坚持，她坐在了后面，把钥匙递给戚宴。

戚宴回头接过来，目光一顿，落在师乐的手心上："姐姐的手怎么了？"

他不记得在山上有让她受过伤。

师乐指尖一蜷，把手收了回来："怕是在哪里不小心蹭的，没事。"

从小在山里长大，戚宴对各种摔伤很有经验，摔倒的话最先伤的也是手掌下方，再是手心，更何况师乐身上干干净净的，也不像是摔倒过的样子。她的手像是被什么割破的，而且是来之前。

戚宴眉心微蹙，发动了车子。不知不觉两人开得有些远，回到熟悉的地方时，天已经完全黑了，村子里没有路灯，哪里都是黑漆漆的一片。

戚宴把车停在了清河边的桥上："姐姐等我一下。"

师乐以为他有什么事，于是下了车，打算说自己走回去。但戚宴却已经跑开了，她只好等在原地。

她倚在车上等了会儿，少年就跑了回来，手里拿了什么。

"姐姐，伸手。"

师乐不明所以，把没受伤的那只手伸出来。

戚宴："另一只。"

师乐这才看到戚宴手里拿的，是几张创可贴。

她愣了愣："你去买的？"

是，虎子之前说过，这边有个小卖部来着，戚宴还给她去买过牙刷。

“嗯。”戚宴把创可贴撕开，“姐姐用手机照一下。”

买都买回来了，师乐也不好拒绝，她拿起手机给他打光。

她一直没仔细去看手心的这点伤，顾不上，也不想看，这会儿看她觉得其实也不严重。

戚宴随身带着湿纸巾，轻轻把她手心的血渍给擦了，然后才将创可贴贴上。

师乐看着他小心翼翼的样子：“你也太贴心了。”

戚宴没接这话，他将剩下的几张创可贴都塞到了师乐手里，语气很平：“好了。”

师乐瞧着他的神色，隔了几秒，有些诧异：“你这是在生气？”

戚宴：“没有。”

师乐像是发现新大陆似的，伸手拦住戚宴要上车的动作：“是吗？不像啊。

“让我看看，小同学会生气啊？”

戚宴也不知道自己为什么会有这种烦闷的感觉，那伤确实也不是很严重，但擦干净也看出来了，口子挺长，也有些深。

她居然还面不改色地骑那么快的车，一点都没透露出来。

他目光落在一旁的车把手上，说不准上面还有她的血渍。

师乐问：“你气什么？”

戚宴：“没气。”

师乐：“你以前不是这么跟姐姐说话的。”

她思考了一下：“是不是我麻烦你了？”

“不是。”戚宴微微吸了口气，看着她依旧没当回事的神情，“姐姐不知道自己受伤了吗？”

师乐略微顿了下：“你气这个？”

“不是气。”戚宴绕到车的另外一边，想了想，找了个合适的借口，敛眸轻声道，“如果知道你的手受伤了，我不会让你骑车。”

万万没想到是这个原因，师乐转过身，撑在车的座椅上，两人隔着车对视。

“是我自己想要骑的，还玩得很开心。”师乐说，“还要谢谢你啊。”

戚宴还是没说话。

“那是姐姐不好，姐姐自己没注意。”师乐觉得自己让小同学自责了，特意放软了声音，“姐姐给你道歉，行不行？”

戚宴眼睫一颤，抬眸看着她。

师乐看他有反应了，笑道：“小同学这会儿倒是有脾气了。”

戚宴定定地看她几秒，然后问：“姐姐为什么一直叫我小同学？”

“我不小了，”他缓缓说，“马上成年了。”

还说自己不敏感，师乐也顺着他：“那你说，要我叫你什么？

“戚宴？

“小宴？

“还是弟弟？”

想起刘水阳的叫法，师乐想着他对年龄这么执着，忍不住开玩笑：“跟着刘水阳叫你‘宴哥’行不行？”

闻言，戚宴就知道她压根就没把这当回事，还是把他当作小孩在哄。

戚宴胸口顿时憋了一口气，又不知道该往哪里撒。

最后，他挫败般地移开视线：“叫‘小宴’吧。”

“那就叫小宴。”师乐直起身子，扬起手，“谢谢小宴的创可贴，那姐姐回去了。”

戚宴去扭车钥匙：“我送你。”

他才一动，路的一侧突然亮起了车灯，刺眼的灯光打在了两个人的身上。

两人齐齐转身，看到车上下来了一个人。

许婧踩着高跟鞋“嗒嗒嗒”地走过来，她视线在两人身上打着转，看了个来回：“我在那儿看了你们俩半天了，干什么呢？”

师乐：“你还没走？”

许婧手里拿了个手机：“你手机落我车里了，又开不了机，我寻思没电了给你送回来。到了学校发现你不在，说你还没回去，我不就找过来了。”

她看了眼一旁的少年，意味深长地笑了下：“合着你在这儿呢！”

戚宴捏着车把的手微微一紧。

师乐却一下子笑了：“说什么呢，这就是一个小同学。”

“这么大的小同学？”

又高又帅，那背挺得笔直，饶是看惯了帅哥的许婧也不由得说句这颜值真的没得挑，哪有小同学长这样？

许婧不信，忽而又想起什么，试探着问：“你说的那个乖巧的小同学，是他？”

师乐点了下头：“刚才我借他的车用了下。”

她看了眼戚宴，见对方没什么神情变化，应该是没把那话放在心上，她懒懒道：“别胡说，吓着人家。”

许婧也知道她这话的意思，别让人家为难。

许婧也就没再提这事儿，跟戚宴打了个招呼：“你好。”

戚宴抬眸：“你好。”

闻声，师乐多看了他一眼。

他一向对谁都挺有礼貌的，也不会给谁脸色看，这会儿这句话虽然说得没什么问题，但神色实在有点浅了。

许婧没当回事：“还挺酷的。”

“走吗？”她回头，“顺带捎你回去？”

师乐点头，跟还扶着车的戚宴道：“那就不麻烦你了，我跟朋友一起回去。”

戚宴点了下头，温声道："姐姐再见。"

听到这个语气和称呼，许婧无声地挑了下眉。

两人回到车上，许婧把车开到前面掉头。路过桥上的戚宴时，她打开车窗挥了挥手："小帅哥，再见！"

戚宴垂眸，对她轻轻点了下头，然后目光落在了倚在副驾驶的师乐身上。

她也冲戚宴挥了下手，戚宴很轻地笑了一下。

掉过头后，许婧往后视镜里看了眼，瞥到那个已经看不清的身影："真是小同学？"

师乐："不然呢？"

许婧想想，也是。

师乐不是一个拎不清的人。

第四章 //
很高兴遇见你

“不来就不来吧。”

师乐上楼时正好听到林采跟李闻华在说话。

“本来也不是小学生了，在班里平时也不学，来了也没用，估计是玩去了吧。”

“但也不能这么说，毕竟也上过几天课。”

不是小学生？师乐脑子里忽地就冒出了那三兄弟。

她走上去，看到林采跟李闻华站在楼梯口，两人神色都有些严肃。

见到师乐，林采表情一变：“上完课了？”

师乐点了下头，想起刘水阳来，问李闻华：“怎么了？”

李闻华也不瞒她：“六年级几个学生，这周没来上课。”

师乐：“刘水阳？”

“嗯。”李闻华点头，“就你抓着在河里游泳的那三个。”

“他们原本也不是来学习的，”林采说，“上课的时候只顾着起哄接话去了。”

师乐想起那天她跟刘水阳他爸打的电话。她已经让刘水阳写了检讨，也在电话里说过这孩子这两天表现挺好的。

他爸那儿听起来没什么问题，而且，也不会三个学生同时都不来上课。

师乐问：“家长联系了吗？”

“问题就在这儿。”李闻华叹了口气，“这三孩子，承诺书上写的联系方式都是空号。”

林采皱着眉：“他们压根就没把这当回事。”

李闻华看了师乐一眼：“你下午有课吗？”

“没有。”

李闻华：“那你跟我去一趟。”

李闻华说的去一趟是去刘水阳他们家，不管怎么说，师乐都跟这三个孩子有些关系，说不准，是因为周五的事情，孩子们不敢来学校，或者有其他原因。

中午吃了饭，师乐跟着李闻华一起，先去的是另一个小孩家里。

李闻华带着她在村里七拐八拐，一边走一边道：“刘水阳家最远，加上周末你跟他都在卫生院，走访的时候也没去他家，先把这两家走了再说。”

“嗯。”

“这两家家里条件都一般。”李闻华说，“不过听他们提起过，刘水阳家里就一个父亲，酗酒。”

师乐一顿，刘水阳他爸酗酒这事儿是那天她自己闻到的时候猜的，她此时心里有了个想法：“他是不是酗酒以后还打人？”

“嗯。”李闻华点头，“刘水阳家里远，所以他一般都是住校，就算是回来，也经常住在朋友家里，很少会回去。”

可能是因为那天被吓到了，那两个孩子在走访的时候格外配合，什么都往外说。

师乐点了下头。

李闻华停在了一栋两层楼房的门口，大门是开着的，外面有个女人在晒东西。

看到有人来，女人停下动作：“这不是李老师吗？”

李闻华低声说：“这是其中的一个小孩家，叫赵康，这是他妈妈。”

师乐点头，跟他一起上前。

“阿姨您好。”李闻华走过去，“请问下赵康在家吗？”

赵妈妈的脸色微微一变：“他不是去学校了吗？”

师乐和李闻华对视一眼，后者很轻地摇了下头：“他今天没去学校，王兵和刘水阳都没去。”

赵妈妈把手里的扫帚一丢，气道：“这小兔崽子肯定又跟着那两个跑出去玩了。”

“李老师让你担心了，我这就去找他们回来。”赵妈妈围裙都没解开，直接在院子里找了根棍子就出去了。

李闻华立刻上前拦住：“阿姨您别冲动！您知道他们在哪儿吗？”

“多半又是跑到王兵家里躲着打游戏去了。”赵妈妈笃定地说，“王兵家你们知道的吧？他有手机，现在不都在玩什么手机游戏吗？”

于是一行人跟着赵妈妈到了王兵家里，王家也有人，看到赵妈妈，门口的爷爷愣了下：“你咋来了？”

赵妈妈对长辈还算礼貌：“王叔，康子是不是又跑这里来了？”

“没有啊。”王爷爷看了下她身后跟着的李闻华和师乐，“这老师们咋来了？这孩子一早就去学校了。”

他担心地问：“老师啊，是不是我家王兵在学校又惹什么事了？”

这事儿家长是有知情权的，李闻华如实地说了出来：“王兵今天没去学校。”

“结伴一起逃课了！”王爷爷一听，气得拐杖都杵不稳了，“老师对不住了，我给他打电话。”

师乐和李闻华看到王爷爷拿了个老人机出来，按着通讯录，报名字的声音很大，他只能通过这个方式去拨打对方的电话。

直到按到那个叫“兵兵”的名字，王爷爷才拨出去，半晌，通了，没人接。

师乐心里总有些不安，她昨天才把刘水阳送回来，今天人就不在了。

她立刻回头问：“刘水阳家在哪儿？”

“还得走二十分钟。”赵妈妈说，“他那个爸估计又出去喝酒了，刘水阳一般都不在家。

“这几个娃是不是跑乡里网吧玩去了？”

可能性很大，但刘水阳家也是必须要去的。

师乐当即跟李闻华就往刘水阳家里赶，因为牵扯到自家的孩子，赵妈妈和王爷爷也慌忙地赶上。

走了二十来分钟，刘水阳家在半山腰上，低矮的平房孤零零地立在那里，门外什么都没有，少了很多人气。

他家的大门紧紧闭着。师乐率先上去敲门，半晌也没听见动静。

“不在家。”她转过头看向李闻华，“学长，还有什么办法能联系上他们吗？”

这时，一个男人的声音从旁边传来：“师乐老师？”

众人回头，只见刘爸爸走上来，脸色通红，目光有些游离，看样子又喝了不少。

他看了一圈，不解地问：“你们怎么都来了？”

赵妈妈手里还拿着棍子，看到他就觉得气短：“你儿子呢？”

刘爸爸打了个酒嗝：“他不是上学去了吗？”

“还上学去了，人都没去学校！”赵妈妈没耐心，说话突突突的，语速很快，“你快看看，怎么联系上你家水阳啊？”

“还咋联系。”刘爸爸去开门，“他到点就自己回来了，担心什么，老师你们先进来坐。”

王爷爷喊了声“造孽”，然后拄着拐杖，继续拿着手机打电话。那边还是一样无人接听。

这时，走进家门的刘爸爸突然骂了声脏话。

师乐抬眼望去，见他拿了张纸出来，走路都不太稳，她问：“怎么了？”

刘爸爸一脚踹在一旁的墙上：“这兔崽子给老子闹离家出走！”

听了这话，所有人心里都是一惊。这么小的孩子，离家出走能去哪里？

赵妈妈气得吼出来：“你是不是昨天又打你家水阳了！这下好了，还带着我们家孩子一起去造孽！姓刘的，你就改不了你那吃屎的毛病！”

“你嘴巴给我放干净点！”刘爸爸也气了，“我还没说你家那臭小子带坏了我家刘水阳！”

赵妈妈：“放屁！”

王爷爷还在不停地抖着手打电话。

师乐有点头疼。她上前拦住赵妈妈，李闻华也去拦住刘爸爸。

让两人冷静下来以后，师乐走到王爷爷面前："爷爷，您把王兵的手机号码给我，我打一个试试看。"

王爷爷只会打电话，不懂这些，一听就把手机递了过去："老师，你来打你来打！"

师乐接过手机，把王兵的号码输在自己的手机里，然后拨打了出去。

那边响了两声，就被突然挂断了，多半是猜出了换了号码打过来。

师乐想了下，突然想到一个人，她翻开通讯录，翻到了之前买手机时，存的刘水阳那个朋友的电话。

当时这个电话是刘水阳强行要她留下的，生怕这手机有什么问题，后期也好找他们店解决。

从余坪出去，务必要去窑山，她只能猜测这几个小孩会不会去找他们的同学。

这次电话倒是很快就打通了。

"喂？哪位？"

师乐："你好，我是师乐，前几天来你们家买过手机，刘水阳的老师。"

那边沉默了一会儿，然后男生回道："是你啊老师，是手机有什么问题了吗？"

师乐直截了当地问："刘水阳今天找你了吗？"

那边传来一阵窸窸窣窣的声音，隔了好一会儿，男生才道："没有啊，他们找我做什么？"

师乐："他们？"

男生沉默了一下，回道："老师，你有什么事吗，没事我挂了。"

"他们找你了对不对？"师乐严肃道，"同学，你要知道，你现在是未成年，你知道他们要做什么，这关系到三个家庭，要是造成了什么后果你能负担得起吗？"

男生磕巴了一下："老师……你别这么说。"

师乐又问："那你现在知道，他们在哪儿吗？"

男生立刻道："老师，我不知道！我挂了！"

"嘟嘟嘟"几声，他真的挂了电话。

师乐吸了口气，准备立刻赶去窑山，这时手机突然振动了一下。

是刚才那个男生发过来的短信："老师你别吓我，他们刚才是在我这儿，可是已经坐车走了，估计五点到青城。"

师乐立刻打字："走了多久了？"

她抬头，问三位家长："他们在窑山。村子里谁的车方便借一下吗？"

"有有有！"赵妈妈立马道，"我隔壁那家的车还在家里。"

一行人急匆匆地从刘水阳家里离开。

男生给师乐发消息："快半个小时了。"

这个时候，就需要一个大人才能将这群孩子镇住。

师乐问："你父母呢？"

男生回："去青城了。"

师乐不确定这些孩子听到自己家长的声音会不会跑得更快。她想了下，找到了戚宴的微信，几乎是刚打过去，就通了。

"姐姐？"

"小宴，你是不是认识窑山车站的那个门卫叔叔？"

听出了师乐语气里的焦急，戚宴立刻应声："是的，怎么了？"

师乐："你能不能联系上他，让他拦下三个孩子。"

戚宴："刘水阳他们？"

"对。"师乐简单地跟他解释，"他们要离家出走。"

戚宴闻言愣了下，随即道："我在窑山，我去拦。"

师乐想起刘水阳似乎有些怕戚宴，既然他这么说他就一定有办法，于是她道："好，我们马上过来。"

这头，刘水阳三人刚背着包到车站，就看到车站的铁门上倚着个人，微微垂着眼，正看着他们。

"宴哥怎么在这儿？"王兵小声道，"又给他舅舅跑车？"

赵康道："我怎么觉得是在盯我们呢？"

三人本来就心虚，见戚宴在看他们，也不敢不过去打招呼："宴哥，今天跑车啊？"

戚宴轻轻抬了下眼睛，看着他们的包："去哪儿？"

刘水阳摇头："不去哪儿啊。"

戚宴站直身体，不笑的时候脸上带着些疏离和淡漠，看得三人莫名发怵。

三人怕戚宴是有原因的。戚宴在村子里，一向是各家家长用来对比他们的标杆，在学校里更是，不管是小学还是初中。

他的大名被老师们提了又提，这是以后的状元苗子，让大家向他学习。

平时戚宴在村里人缘也好，让人说不出什么缺点来。最主要的是，在这些少年人眼里，戚宴也是个传说。

他从小就没了爸，妈妈身体也不好，从很小的时候就开始给他妈看摊子，还要照顾家里的虎子，又当爹又当妈。

现在看着是处事成熟好说话，但开始那几年，他也是受了不少欺负的。

他在赶集天跟街上占位的人讲过理，打过架。在学校里，给过那些欺负他和虎子的人下马威，就算是他们这些晚进学校的，也听过他的传说。

少年人，谁不羡慕这种，学习又好，又有担当，还长得好的男生。

刘水阳吞了下口水："宴哥……"

"嗯。"戚宴就站在门口，然后道，"今天这车不载你们。"

这妥妥的就是奔着他们来的啊！谁居然还把他给惊动了！

"宴哥，怎么就不载我们呢？"刘水阳递了一瓶饮料过去，说，"我们这赶着办事儿呢。"

戚宴没接："什么事儿？"

刘水阳给赵康使了个眼色，后者立刻上前，把饮料拧开又递了上去。

戚宴轻轻推开，又问："什么事儿？"

三人见他不吃这套，都蔫头耷脑地没说话。

戚宴说："站着吧。"

"宴哥。"刘水阳也看出来了，他铁定是知道什么了，"我们这也是没办法。"

戚宴垂着头看手机，没搭理他。

三人对视一眼，准备悄悄跑，才迈了一步出去，一只手按住了刘水阳的肩膀。

戚宴眸子里的情绪很浅，也不说话，就这么看着他。

刘水阳都要哭了："宴哥，你听我说……"

戚宴："这话不要跟我说。"

刘水阳一愣，戚宴目光停在不远处开来的车上，离又要给他递饮料的赵康远了点，道："你要对其他人说。"

赵康邻居家的车虽然在，但是人不在，只有钥匙在家里人身上，车是师乐开过来的。

她把车停下，先回头嘱咐了一遍："叔叔、阿姨、爷爷，你们等会儿先别激动，孩子们会有逆反心理。"

看到门口站着的三个孩子，几个家长都急了："知道嘞，知道嘞！"

话是说得好好的，但是一下车，尤其是刘爸爸，扭头就抢过了赵妈妈手里的棍子，破口大骂："小王八蛋，敢跟你爹玩这个！看我今天不把你的腿打折！"

李闻华还在后面扶着有些晕车的王爷爷，一时没腾出手来。只有师乐上前去拦住刘爸爸。

刘水阳一看家里人来了，急得转身就跑，还没跑两步，就被戚宴一下给按了回去。

戚宴捏住他的手腕，回头看着王兵和赵康两个人："跑？"

两人齐齐摇头："不跑，不跑！"

他们中做主的就是刘水阳，刘水阳被抓住了，他们自然也不敢轻举妄动。

"老师你别拦我！"刘爸爸气急了，"他就是欠打！打得少了！"

师乐拦不住一个五大三粗还喝醉了的男人，她一只手挡着刘爸爸不让他往前走，另一只手抵住他的棍子："叔叔，你冷静下。"

下一刻，她踩到什么，不受控制地往后倒去。

戚宴瞳孔一缩："姐姐！"

刘爸爸的棍子一时间没了支撑点，重重地打在她小手臂上，师乐吃痛，侧倒在地上，扑了一鼻子灰。

刘水阳闻声回头，看到自己爸爸拿着棍子，老师倒在地上，一时就气得冲过去："你打她做什么！你打我啊！"

师乐忍痛爬起来，然后手就被人扶住了，戚宴将她搀扶起来：“姐姐没事吧？”

师乐摇头：“没事。”

赵妈妈也扑了过去，拉住赵康骂也不是打也不是：“康子！你就舍得你妈，你跑什么？妈哪里对不起你，你就跑！你不要你妈了吗？”

师乐动作一顿，她愣愣地转过头，看着一旁的赵康和赵妈妈。

现场太混乱，李闻华赶紧上前，拉住了也没反应过来的刘爸爸。

戚宴看师乐似乎在走神，唤了她一声：“姐姐？”

师乐猛地回神，她垂下眼，把手从戚宴手里抽出来：“我没事，今天辛苦你了。”

刘爸爸喝了酒下手没轻重，她穿着短袖，戚宴看着她露在外面的手臂已经红了一片，像是开始发肿了。

但她却没有在意，而是先一步去看着三个孩子。

刘水阳没想到来的人里会有她，也没想到她会挨了这一棍子，怔怔地看着她：“老师，对不起。”

师乐冷声道：“你也知道说对不起。”

车里坐不下这么多人，最后只能再叫一辆车过来。

为了避免孩子们跟家长们在一块儿又闹出什么来，这次回去是李闻华开的车，师乐跟三个孩子还有戚宴坐在他舅舅的车上。

一路上，师乐都沉默着。

好半天，后座的刘水阳才低声道：“老师，我们书又读得不好，在学校里待着也是白待，不如早早出去打工，还能挣点钱，反正我爸也是这么说的。”

师乐问其他两人：“你们呢？”

王兵和赵康道：“我们也是这么想的。”

师乐都气笑了：“既然你们这么想，为什么要偷着跑？”

几人一哽：“那家里人也不同意啊，只能偷着跑了。”

“你们有没有想过为什么家里人不同意？”

三个孩子一时没了话，对啊，既然家里人老是说他们读不好书就别读了，不如早点出去挣钱，为什么又不同意他们出去？

“我听老师说了，你们上课也没听。”师乐回头，“既然没听课，为什么会觉得自己能读得好书？”

刘水阳小声道：“那也听不进去啊。”

师乐：“周而复始，无限恶性循环。”

车里突然就安静下来了。可能是觉得已经走到了这个地步，刘水阳也破罐破摔，道：“老师，我就是不想读书了，你也别给我灌什么鸡汤，这些我都听腻了。”

“知识改变命运。”他老成地苦笑，“我哪来的改变命运的机会。我要是待在那个家里，那才是周而复始，每天看着他喝酒，回来发脾气，他总有出不完的气，酒醒了，又当作什么都没发生。”刘水阳抹了把脸，“我还不如个撒气娃娃呢！”

“我出去，就是去改命的，我不乐意跟他一样。”刘水阳呜咽着，“跟他一样，把自己活成一条臭虫。”

开车的林大峰叹了口气：“他爸就是那个性子，喝了酒脑子就不好使了。”

师乐有过这种想法，从刘水阳怕他爸这一点就看得出来，但没想到会这么严重。

她愣了半晌，一时竟不知道要说什么。

车很快就到了余坪。三个孩子跟连体婴似的，怎么都不愿意回家。

一行人僵持着，师乐心想，其他两个孩子还好，但这时候刘水阳肯定不宜回家，至少得等着他爸酒醒，这事儿才能好好说一说。

赵妈妈不可置信地看着孩子：“康子，你还不回家？”

“妈，你先回去。”赵康看了眼身边的刘水阳，“我今天陪他。”

王兵也道：“我也陪他。”

王爷爷拄着拐杖直叹气：“牛脾气都拐到天边去了！”

一直没说话的戚宴开口：“去我那儿吧。”

所有人都回过头，戚宴看着几个长辈：“叔，姨，爷爷，今天让他们去我那儿，我明天给你们送过来，你们看行不行？”

“小宴。”赵妈妈勉强露出个笑来，“这多麻烦你啊。”

戚宴是村里每个家长心目中的理想孩子，现在孩子都被带回来了，有戚宴在他们自然不会不放心。

戚宴摇了下头：“不麻烦。”

师乐觉得这是个好办法，这三个孩子一遇到戚宴就变成了鹌鹑，他压得住他们，也能让家长们放心。

把三个家长送走，李闻华开车去还给人家，师乐转头看向戚宴：“我跟你们走。”

戚宴点了下头：“好。”

林大峰继续开车把几人送过去。

经过学校，师乐也没下车，她在手机上给李闻华汇报了情况，然后跟着大家一起到了戚宴家。

他妈妈好像仍不在，虎子已经放学回来了，他站在门口，看看这个看看那个，满脸茫然。

三个小孩站在他家院子里，没有戚宴发话，谁也不敢动。

戚宴摸摸虎子的头：“去给老师倒水。”

虎子忙应声进了家门。

戚宴只拿了一张凳子，回过头道：“自己拿凳子坐。”

三人齐齐点头："好。"

三人乖得不行，一点也没有发型上的嚣张。

戚宴把那凳子给了师乐："姐姐坐。"

师乐笑笑，不客气地过去坐了下来。戚宴视线落在她的手上，然后转身又进了屋子，没一分钟，又拿了瓶药出来。

他弯腰将药递给师乐："姐姐的手肿了。"

三个刚拿了凳子坐下的孩子"唰"地抬头，刘水阳一马当先，他几步过来，看着师乐的手："老师，对不起。"

师乐接过戚宴拿过来的喷剂，没去看刘水阳："我现在不太想听。"

她往手上喷了点药，然后抬起头对戚宴说："谢谢。"

戚宴弯了下唇，把药拿走："你们聊，我去做饭。"

等虎子来送完水，他一只手把虎子按了回去，然后带上了门。

师乐失笑，她靠在戚宴家堂屋的大门上，看着面前的三个孩子："好了，现在我们谈谈吧。"

她也是第一次遇见这种事，在车上那会儿被刘水阳堵得一时不知道该说什么，这会儿思路终于清晰了一些。

刘水阳有些不自在："谈什么？"

师乐问："你们今年十四岁了吧？"

"嗯。"

师乐点点头："十四岁，语文老师应该给你们布置过这个作业了，关于以后的梦想？"

三人愣了许久，没想到师乐问的居然是个这么俗气的问题。

说什么，说梦想就是考上 A 大、B 大吗？那是每个孩子小时候的梦想，现在说未免也太过虚伪了。

刘水阳摇头："我没什么梦想。"

师乐反问："你想离开你爸，不是梦想吗？"

刘水阳张了张嘴，一时也不知道该怎么反驳，好半天才勉强点了下头："那就算吧。"

师乐又看向另外两个人。

两人对视一眼。

王兵："就不说那些不现实的了，我就想挣钱，我爸妈也不用一直在外面打工了。"

赵康："我想挣钱起栋房子，再娶个媳妇儿。"

其余两人齐齐发出嘲笑："出息。"

师乐抬眸看着他们："说完了？"

"完了。"

师乐又问："这个暑假你们为什么会来学校？"

三人老实道："不想在家，也不想给家里干活。"

师乐冷笑一声："倒是给了你们一个可以逃避的地点了。"

“所以……”师乐指着他们三个那装不了几件衣服的包，“你们就拿着那点不知道能吃几顿饭的钱，几件撑不到秋天的衣服，带着一腔一夜之间不知道从哪里冒出来的勇气，就想浪迹天涯？不知道社会复杂吗？”

刘水阳咬着牙：“又不是闯不过去。”

“闯过去？”师乐反问，“用什么闯？用你们这种一头热的任性，还是不想做农活就想着逃避的毅力？”

三人沉默。

师乐沉下脸来，厉声道：“你九年义务教育都没毅力完成，你哪来的自信觉得自己能够去面对外面的兵荒马乱？不想做农活，家里人就让你来学校，纵容你，外面哪有那么多人纵容你？”

“不做就没钱，没钱就没饭吃，没饭吃就饿死！”她说，“没有谁会同情你，你甚至没有别的选择，因为你没有资格，你只能像个货物一样，被人挑来拣去，最后还逃脱不了被一脚踹开的命运。”

三个孩子怔怔地看着她，被她这一番话给说蒙了。

最后，刘水阳低着头：“我们只是、只是不想被现在这种环境困住。”

“但那不是你们正确的选择。”师乐缓下声音，“你们在用一种自我摧残的方式从这个环境里跳出去，然后陷入另一个泥沼，一个你们拼了命都有可能挣脱不了的泥沼。”

三个人都有些蒙。这番话跟以前老师说的有点像，却又不太像，具体哪里不同他们也说不出来。

“你们才十四岁，”师乐微微坐直了身体，“你们还有很多年的时间去提升自己，多好的年纪，你们还会遇到很多人，经历更美好的事，去见识更广阔的世界。而不是一早就把自己埋在这个社会的洪流里，迫不及待地去成为那个为生活挣扎的人。

“你们以后会考上一个好的高中，离开这里，遇到那些跟你们一样，对未来有无限美好憧憬的人，还会考上一个好的大学，选择一个自己喜欢的专业，做自己喜欢的事，甚至，还会遇到一个让你们觉得怦然心动的人，然后谈一场轰轰烈烈的恋爱。

“而不是像现在一样，挤着拥挤的火车，去一个陌生的城市，拿着为数不多的钱找到一个狭小的出租屋，每天起早贪黑，干着最累的活，提前去迎合那些虚伪又让你不得不面对的社交，甚至都没时间去想自己的未来在哪里。

“你们的十四岁，应该是享受青春，而不是挣扎。”

师乐说完，喝了一口水，看着已经彻底傻掉的三个人：“你们会选哪一个？”

空气里安静了几秒。

王兵和赵康纷纷低头：“选前一种。”

“你们以前那些日子，不要拿家庭做借口，你们只是不想学。”师乐一针见血，“你们破罐破摔，任由着自己堕落，觉得这样过着就很好，遇到点挫折就觉得自己承受不住了，但是以后呢？没有人会一直停留在原地等着你们的。

“你们的父母会老，也会有他们无能为力的一天。趁着这天还没到，你们要早点回头。”

刘水阳紧紧捏着手，眼睛有些红：“可是，老师，你说我要怎么办，我能怎么办？”

师乐看了他半晌，然后起身，拍了下他的肩膀，道：“靠近不行，就保持距离。”

刘水阳抬起头。

“你不是住校吗？”师乐说，“那就继续住校。”

刘水阳：“那放假呢？”

“总会有很多地方可以去的，”师乐笑了下，“你可以去任何你能去的地方，但是要记住一点，你的学习不可以丢下。”

刘水阳愣愣地问她：“老师，你怎么不劝我好好跟我爸一起生活？”

“你不是不喜欢吗？”师乐看着远处的山，“老师管不了家长里短的。”

“他做得不对，那就是不对。”师乐说，“他纵然爱你，也不是能伤害你的理由。”

“你也可以爱他，但靠近他，忍受着这一切，并不是爱他的唯一方式。”

师乐把杯子里的水一口喝完：“好了，今天的谈心就到这里。”

她伸手敲了敲戚宴家的房门：“小宴。”

门很快打开，戚宴垂眸看着她。

师乐拿着空水杯，笑着道：“我想再讨杯水喝。”

戚宴弯着唇笑：“好。”

师乐跟着他进了家门，戚宴给她又倒了一杯水，这次总算看了下后面那三个孩子。

“进来吧。”

师乐倚在墙上，看着他们三个规规矩矩地从门口进来，又规规矩矩地坐下，歪着头笑了：“你是不是打过他们？”

戚宴回头：“怎么会。”

师乐说：“那他们怎么看到你这么老实？”

“不知道。”戚宴看了他们一眼，轻声问，“你们怕我？”

“不怕，”三人整齐划一地摇头，又强调着，“是尊敬。”

师乐忍俊不禁，拍了下手：“小宴不错。”

她喝完水，把杯子放下：“行，天也聊完了，我就回去了。”

戚宴动作一顿：“姐姐不留下吃饭吗？”

“哪能一直吃你们家的饭，”这会儿也不是特殊情况，师乐事情做完了，就该回去了，“多不合适。”

戚宴沉默了下，然后放下手里的菜，回过头进了房间，过了会儿又走出来：“我送姐姐。”

他这儿还有四个嗷嗷待哺的小朋友，外面天气也不错，天也没黑，师乐实在想不到有什么是非要送她的理由，于是她道：“不用送。”

戚宴没说话，还是抬脚走了出去。

师乐跟在他身后，看着后面蠢蠢欲动的几个小孩：“老实坐着。”

她又不是什么人，不必这么兴师动众的。

出了门，戚宴没骑车，他扭头问：“姐姐的手好些了吗？”

“好了。”师乐今天还换了一张创可贴，“这不是还有你给的创可贴吗？”

戚宴看了眼，然后道：“你感冒还没好。”

其实好了，只是现在有些后遗症，嗓子还有些哑而已，师乐忍住笑：“我在你心里是不是特别柔弱？这里不好那里不好。”

戚宴摇头：“不是。”他目光下移，看着师乐的手，“但是姐姐不注意自己的身体是事实。”

师乐把手放到身后：“我发现了。”

戚宴步伐缓了下，问：“发现什么？”

“你年纪不大，”师乐悠悠道，“管得倒还挺多。”

戚宴压下那一点点慌乱，从兜里把那瓶喷剂拿出来：“姐姐把这个带回去喷。”

师乐凝着视线看了他的手半晌，忽地问：“我是不是拿了你很多东西？”

但她仔细一想，好像也没拿什么，是手上这个创可贴吗？

“没拿。”戚宴把那个喷剂放到她手里，“姐姐记错了。”

师乐：“那就是承了你很多的情。”

戚宴：“姐姐一定要算得这么清楚吗？”

“我是怕自己还不了。”师乐看着手里的喷剂，短促地笑了一声，“你太好了。”

戚宴站定，没再往前走，他只把师乐送到了拐弯的地方。

他轻轻道：“姐姐也很好。”

师乐侧过头想了下，也没想出来自己哪里好，不过还是道：“你要这么说，姐姐也是信的。”

戚宴浅浅一笑：“嗯。”

“不过，还要麻烦你一件事。”师乐说。

“嗯？”

“我虽然跟他们聊了会儿，但始终有些事情他们始终没有体会过。”师乐转头看着他，虽然那时候门关着，但戚宴家里的隔音她是知道的。

她说话时也没特意掩盖音量，屋子里是能听到的。

她说那些话时，虽然没特意避着，但这时候也有些不好意思：“怎么说呢，毕竟我也是第一次当人家的人生导师，经验不足，话说得冠冕堂皇，但也有些语无伦次。小宴你聪明，跟他们也更熟悉，就麻烦你给他们再上一课。”

戚宴看着她：“姐姐这么相信我，不怕我把他们带歪了吗？或许他们不会理我？”

“你会吗？”师乐笑着问，“他们怕你，说不动的话，就把他们关在家里打一顿也没关系。”

戚宴垂着眸低低地笑：“嗯，好，我把他们打一顿再送回去。”

师乐闻言，知道他是答应了，她伸出手来：“小宴握个手吧。”

戚宴看着她纤细的手一时没动，略微抬了一下眉，有些疑惑。

“嗯？”

“很高兴在这个地方遇到你。”师乐说，“因为现在处境关系，也没能给你什么，支教结束，请你吃个饭。”

戚宴指尖动了动，隔了半晌，他伸出手，轻轻搭在她的掌心上。

他不敢用力，也不敢主动握上去，只感觉到女生的手很暖，却不潮湿，比他白许多，指尖圆润，嫩得不行。

这乡下毒辣的阳光似乎格外眷顾她，没把她晒黑。

他忍不住想，这只手会不会也很软。

下一刻，她纤细修长的指尖合拢，轻轻握住了他，在空中轻轻一晃。

戚宴恍惚了下，是软的。

师乐道：“那就说好了。”

“嗯。”被握住的手有些隐隐发麻，他很怕自己会忍不住捏一捏她的指尖。

但他只是僵着手没动，不敢动。

师乐最后晃了一下手，嘴角勾着笑，像个妖精：“小宴，姐姐很高兴遇到你。”

她只晃了这一下，两人握在一起的手，就松开了。

戚宴把手收回来，喉结微滚：“我也很高兴遇到你。”

师乐眉眼间都透着笑，她摆手：“回去吧，再见。”

看着女生离开的背影，戚宴才微微摊开自己的右手，轻轻蜷起来，虚虚握住。

他低语道：“真的，很高兴。”

遇见你。

坐在家里的几个小孩，此时正蔫头耷脑的，没人说话。

虎子搬着板凳坐在一边，看着他们：“你们怎么会来我家？”

刘水阳看他一眼，含糊道：“就，来看看宴哥。”

虎子眨了眨眼睛，一本正经道：“别骗我，看我哥的话，他为什么跟乐乐老师在外面说那么久的话。”他抱着手，看穿了一切，“上次我听说了，因为你去河里洗澡，乐乐老师救你时还掉水里了。”

刘水阳面色一僵，有些挫败，是啊，全村都知道了，不然他爸回去也不会打得那么厉害。还有这次，老师还给他挡了一棍子。

刘水阳突然直起身子，这两次下来，老师好像从头到尾都没骂过他。刚才那些话虽然说得有些重，但也没有骂他的意思。

刘水阳立刻起身就要出去，却见戚宴走了回来，他脚步顿住：“宴哥。”

戚宴“嗯”了一声，径直走进了家里。

刘水阳默默地又坐了回去，屁股还没坐下，戚宴突然回过头来：“站着。”

刘水阳的动作停下来，茫然地站直，另外两人也面面相觑，跟着站了起来。

戚宴拍了下坐在小板凳上的虎子，掏出五块钱给他：“去买包盐回来。”

虎子接过钱，应声出了门。

戚宴拉了张凳子过来坐下，往后靠着抬头看向三个弟弟。

今天这事若不是因为师乐，他多半是不管的，家家户户都有自己的事，他管不过来，也没心思管。

村里每年辍学出去打工的人不少，只是他们被师乐碰到了。

他们应该庆幸被她碰到了，那个人有一颗最软的心。

明明她自己也有一堆糟心事，明明自己也没多大，没经历过这些，却要掏空了所有想要他们好好的。

明明她才从卫生院里出来，明明自己刚闷得想要去散心，转过头还要把他们放在心上。

刘水阳不太自在：“宴哥……”

戚宴静静地看着他：“别用对老师那套对我。”

三人一愣，脸色微微变了。

戚宴：“谁让你们出去的？”

“付平哥。”刘水阳说，“他在广市。”

戚宴：“让你们过去找他？”

刘水阳点头。

“他怎么说的？”

三人始终是孩子，面对知根知底的戚宴，他们也不敢瞒着，刘水阳老实道：“他说那边有个厂，收未成年，包吃住，一个月三千块。”

戚宴点头，轻描淡写道：“三千块就把自己卖了。”

王兵道：“哥，三千块也不少了，付平哥说他不会亏待我们的。”

戚宴看向他，语气却很平缓：“你爷，拄着拐，每天给你做饭洗衣服，把你当祖宗供着，亏待你了？”

王兵神色讪讪，不再说话。

赵康不太服气：“那我们读不进书，除了挣钱还能做什么？”

“你读了吗？”戚宴问他，“你书读了吗？”

戚宴的指节在炉面上敲了敲，一件一件地数他们的“丰功伟绩”：“逃课，打架。”他睨了一眼他们的头发，“染了头非主流的头发，真把自己当成社会人了？干过学生该干的事没？”

他简直对他们了如指掌，三个人头都低着，一句话不敢说。

“没有任何一件事是容易的。”戚宴起身，“社会上的人不会惯着你们。”

他转身去切还没弄完的菜："能无忧无虑读书，已经是你们家里给你们的最大的幸福了。"

身后没人说话，三人都明白，之前说给师乐听的，只是部分原因。

他们确实是被付平给迷了心智，觉得外面的世界比读书更好、更自由，不用每天待在学校里，日复一日地写作业。

在学校里，他们从来都觉得读书没意思，老老实实地坐在教室里一点都不酷，没有什么特别的。

要是能自己挣钱了，那就能比人高一等，那多厉害。

可是听了师乐那一番话，他们却突然觉得好像社会也没那么有意思了，她描述的未来好像更好、更理想。

戚宴这句句见血，也把他们给扒得干干净净，他们就是不乐意吃苦，想找个轻松的方式。

刘水阳移开视线，目光突然落到了墙上的那些奖状上，一张接着一张，让人眼花缭乱。

刘水阳张了张嘴，要说惨，没人比戚宴更惨，他平时跟他爹没什么交集，但钱是有的。

戚宴，他不仅要上学，要顾着家里，照顾他随时都可能发病的妈，还得自己去挣钱，家里还有这么多奖状。刘水阳突然有点无地自容。

"宴哥。"刘水阳小声喊。

戚宴没回头，刘水阳说："我今天能在这伙房里打地铺吗？"

戚宴回过头："什么？"

刘水阳指了指墙上的奖状："我想沾点学神的神气。"

戚宴顺着他的视线看过去，眉眼里多了点浅淡的笑："行。"

师乐是第二天下午才见到刘水阳他们三个人的。

戚宴骑摩托载他们过来的。

三个瘦高的孩子站在学校门口，她差点没认出来。他们那头标志性的头发剪了，刘海也没了，侧边的非主流字母也推了，利利索索的一个小平头。

三个人的发型一模一样，并排站着还有些三胞胎的味道。

师乐走过去，扬着眉："哟。"

刘水阳有点不习惯，他摸了把头："老师，这发型怎么样？"

师乐点头肯定："比之前那个酷。"

孩子们松了口气："那我们去上课了！"

师乐侧身让他们过去。

三个人走到她身边时，突然停下，然后整齐地转身，弯腰鞠躬，声音洪亮："老师，对不起！"

师乐被惊得往后退了一步。

三人起身，又鞠了一躬："谢谢老师！"

师乐转头看了眼学校里听见动静出来的团员和一些探头的学生："行

了，赶紧去上课吧。”

等他们跑开，师乐才看到骑在摩托车上，含着浅淡笑意的少年。

戚宴也剪了头发，原本眼睛有些被刘海遮住，现在短了一些，温顺的少年似乎变得更为俊朗干净了，眸子也更清晰，他的瞳色很黑，很是漂亮。

师乐靠着学校的门，竖起拇指夸他：“小宴的新发型很帅。”

戚宴眸色亮了些许：“谢谢。”

这时，身后又传来更响亮的一声“谢谢老师”，师乐回过头，只见楼上那三个孩子对着李闻华又鞠了一躬。

师乐失笑，转过头来：“看来你昨天的课上得很好。”

戚宴：“没上课。”

师乐：“嗯？真打了他们？”

“差不多。”戚宴低低笑着，“让他们在地上睡了一晚。”

他顿了下，轻声道：“是姐姐说的话管用，都打动我了。”

师乐其实不太记得起她昨天具体说了什么了，毕竟也没心理准备，都是临时发挥。戚宴是个学霸，应该不会有这些问题才是。

“是吗，哪里打动你了？”

戚宴沉默了下，轻笑：“或许是那句，在大学里遇到一个心动的人，”他看着她，“谈一场轰轰烈烈的恋爱。”

除了教学楼那边时不时传来的朗读声，两人这方小天地着实有些安静。

师乐忽地开了口：“谈恋爱？”

戚宴话头止住，指尖在车把手上捏了捏。

师乐只是那一瞬间有些没反应过来。她从见戚宴的第一面就知道，他长得好，这会儿他换了个发型，当他认真且温柔地看着她的时候，她才突然发现，他不只是长得好，且有种致命的杀伤力。

回过神来的师乐笑了下，说：“都会有的。”

看着戚宴红起来的耳尖，师乐忍不住逗他：“怎么，都说出来了还害羞呢？”

戚宴摇头：“不是。”

师乐觉得可以理解，十六七岁的时候，谁不渴望将来会有一场轰轰烈烈的恋爱，最好是对方带着奋不顾身的那份热烈，眼里只有自己一个人，让所有人知道，对方有多爱自己。

赵康那小子现在才初二，梦想就是娶媳妇儿，对比下来，戚宴这个想法就很小清新。

她玩笑道：“小宴这么好，以后一定会有很多女孩子喜欢你的。”

戚宴听了这话，耳尖上的红晕一点一点地散开，最后他也只是“嗯”了一声。

师乐看他这耳朵变来变去的，还挺有意思的。

“那小宴以后想考哪个大学？”

从这些长辈和学生的话里，和他家满墙的奖状也看得出来，小宴是个很优秀的人。

十七岁，应该也知道自己以后想去哪儿了，更何况是面面俱到的戚宴。

这个问题问完，师乐明显看到戚宴怔了一下。

他转过头来，耳尖的红晕彻底散了个干净。

师乐觉得是不是自己问了个不该问的问题，她刚要说自己只是随口问问，便听到戚宴笑了一下，声音很轻："江大。"

江大，在江州，师乐高考填志愿那会儿，没怎么考虑，在模拟考时她就知道自己的成绩上哪个大学都没问题，考完试成绩下来后，A 大的电话也打了过来。

不过因为不想待在华城，她还是研究了一段时间各个学校，只是挑来挑去，她喜欢的专业还是 A 大的，许婧也说，没必要为了别人把自己的兴趣都给磨灭了。

她想想，觉得也是，所以果断选了 A 大，前几个月住校，后来就出来租了房子。

江大算是这个省最好的学校，离家也近。她点点头："挺好的。"

这时一个诧异的声音从后面传过来："江大！"

师乐和戚宴一起回头，看到余坪小学的校长站在后面，看起来很是惊讶。

戚宴从摩托车上下来："校长。"

校长看起来也是刚到，他皱着眉："戚宴，你刚才说什么？你要去江大？"

戚宴很浅地笑着："就是一点想法，没成型。"

校长想也不想道："不行。"

师乐有些意外，怎么不行？是怕他考不上吗？

校长看了眼师乐，眉眼舒展开一些："你看你跟 A 大的这些老师不是沟通得挺好的吗？"

戚宴站在师乐旁边，微微低头看了她一眼："嗯。"

"可以向老师们取取经。"校长说，"A 大不好吗，为什么去江大？"

师乐愣住，江大好是好，但大学也有排名，江大勉强排在第二阶次，跟 A 大这种国内顶尖的肯定是有区别的，上江大的分数，不可能上 A 大，根本就不能放在一起讨论。

"说不准以后你们就是一个学校的校友了。"校长还在继续说，"你看看，这是什么缘分。"

也就是说，戚宴是能上 A 大的。

她缓缓转过头，看戚宴脸上没多大的神色，听校长说话也是乖乖地站着。

"只是想想，"等校长说完，戚宴才点了下头，表示自己听进去了，"还有一年，说这个还早。"

师乐没说话，听他说江大的时候，倒是挺笃定的。

"我就说你说着玩呢。"校长松了口气，"你们这次期末成绩也出来了吧？听说是全市联考，考得如何？"

“还行。”戚宴说，“没什么意外。”

“你说没意外那我就明白了。”校长喜笑颜开地拍了拍他的肩膀，“好好努力，余坪小学可能就出你这么个星星了，给大家带个头。”

“言重了。”他垂眸，“校长，那我先回家了。”

校长很爽快：“好，去吧去吧。”

戚宴顿了下，转过头，看向一边若有所思的师乐，似乎想说什么。

师乐挑了下眉：“路上小心。”

戚宴看着她，眉心很轻地蹙了一下，随即又舒展开：“师老师，再见。”

师乐挑起来的眉又压了下去，这会儿这人的神色太好懂了，就跟初见那会儿似的，得体又温和，让人挑不出毛病。

就跟刚才在她面前红着耳朵的人不是他似的，师乐总觉得，有点不得劲。

师乐语调扬着：“师老师？”

校长在一旁看着，一脸茫然地问：“师老师，有什么问题吗？”

师乐这才想起来，身边还有个校长站着，她这会儿搭着人家的车头，像个无赖似的。

戚宴看着她那只还有些紫青的手：“小心手。”

师乐看他一秒，随即抬起手来。

“没事。”她笑道，“跟小同学说，让他路上小心些。”

戚宴眼睫很轻地扇了下，抿抿嘴没说话。

师乐侧过身让开了路：“去吧。”

戚宴点点头，骑着车离开。

师乐回头，见校长还在笑意盈盈地看着她，喊了他一声：“校长？”

校长跟她一起走进校门：“我看你跟他聊得挺好的。”

师乐想，不是挺好的，是非常好，戚宴这人哪哪都能迎合她。

她点头：“对。”

“其实你们来之前，我跟他沟通过。”校长说，“我想让他有空的话也多来学校跟你们交流，学习上有什么不懂的也可以问问你们。”

师乐顺着他的话答：“然后呢？”

“然后……”校长叹了一声，“他哪有时间啊，家里事太多了。”

是挺多的，也没见他闲下来过。

校长话锋一转：“现在看他跟你们有交流我也就放心了。”

师乐笑道：“校长对他挺上心的。”

“那可不。”不知是不是自己的错觉，师乐总觉得校长的腰板都挺直了好多，“戚宴当年中考，是全市第一。”

师乐脚步缓了缓，怎么说呢，也不是很意外，他在她心里，就是这种好好少年。

“大家都挺重视他的。”校长继续道，“他在青城上高中，我也认识几个他的老师，偶尔问问，他也一直是全校第一，成绩很拔尖。老师们都说，明年这余坪就要出一个省状元了。”

师乐眸色深了些："是吗？"

每年入学那么多人，省状元却也只有那么几十个，还有些会去其他学校，A 大也只录那么多学生，这个身份，还是很了不起的。

怪不得，听到戚宴说要去江大，校长反应会那么大。

第五章 //
少年的心思

因为师乐落水，团里没让她放学后再走那条路，这两天没下雨，也就让她走回原来这条路。

师乐送虎子走到他们家门口那个木栅栏时就停住了：“那老师回去了。”

虎子回过头来：“老师喝点水再走吧？”

“不喝了。”

虎子似乎把给她倒水当成了一件大事，每次她一来都必须践行，像是完成任务似的。

师乐戴着帽子，她微微抬了下帽檐，看向他们家的平房，门是开的，戚宴应该在家。

她摸摸虎子的头：“下次一定喝。”

虎子扯住她的衣摆，有些犹豫，又有些期盼：“乐乐老师，真的不喝点水吗？你不是说我们家水甜吗？”他像是想到了什么，认真道，“你说了以后，我哥后来还特意去山里挑，你前几天没来，我哥也都在换。”

师乐闻言愣了下：“什么？这不是你们家常喝的吗？”

虎子：“不是，那天只是因为之前停水了，我们一般都喝自来水的。”

两人说着话，有人从门里走出来了。戚宴看到师乐，脚步停住，他站在门口，静静地看着她。

想起戚宴之前的那声“师老师”，师乐也没说话，她微微仰着头，抵了下帽子，和他对视，有那么一瞬，她觉得自己不应该多想。

但是她觉得这些天下来，自己跟戚宴应该也算是朋友了，这人三番五次纠正她对他的称呼，自己倒是变得快。

她不满的主要是这人眼里那点客套。

虎子看看老师，又看看自己哥哥，不明白为什么两个人就对视上了，也不说话。最后他还是看向了自家哥哥，有些疑惑：“哥，乐乐老师来了，不倒水吗？”

戚宴点了下头，“嗯”了一声，唤他：“去倒水。”

虎子得令，刚要跑回家，就被按住了。

“不用这么客气了。”师乐歪了下头，手还拉着虎子，她懒懒地说，“老是麻烦你们，挺不好意思的。”

戚宴沉默了一秒，道：“我去倒。”

他刚要转身，师乐喊住他：“小同学。”

戚宴却没停住，径直回了家里，没一分钟就端了杯水出来。

她就站在木栅栏那个位置，也没往前走一步。

戚宴也停了下来，转身又从门口拿了张凳子出来：“虎子，让老师过来坐。”

师乐又好气又好笑，这人怎么像是跟她较劲似的。

虎子一脸茫然，还有些急。师乐没忍心，顺着虎子的力道就走了过去坐下来。

戚宴把那杯水递过来，师乐也就接了。她一口喝完，把杯子递给虎子：“能给老师再倒一杯吗？”

虎子当然不会拒绝，等他进去，师乐才抬起眼看着一旁没说话的戚宴，问道：“我今天说了什么让你不开心的话吗？”

戚宴怔了下，摇头：“没有。”

“啊，没有。”师乐点点头，站起身来，抬起头看他的眼睛，声音微微拉长，“那就是你在无缘无故跟我闹脾气。”

那双黑眸微微一动，他说：“不会。”

戚宴看着帽檐下的那双眼睛，轻声道：“我怎么会跟你闹脾气。”

“不会吗？”师乐勾唇，压了下帽檐，挡住了视线，“那好。”

她没再说话。

虎子把水端出来，师乐也一口把它喝完，然后道：“谢谢虎子。”

她低着头，戚宴也没看清她是什么神情，只听她道：“那老师走了，再见。”

戚宴说：“我送你。”

这次师乐没有拒绝，任由着他送自己到了拐弯处，然后才转过头道：“谢谢你，我走了。”

戚宴张了张嘴。

“啊，对了。”师乐又折回来，道：“我们下周末支教结束，有空给我发消息，请你吃饭。不过……”

戚宴还没反应过来，便看她微抬下巴，嘴角扬了个笑，她两只手交握住又分开：“收回之前的握手了。”

师乐说完就招了下手，表示自己要走了。

她才转过身，忽地听到身后一声很低的：“姐姐。”

师乐停下脚步，没有回头。

后面的人慢慢走了上来，从她身边经过，走到她面前，又喊了一声：“姐姐。”

师乐抬起眼睛：“你在喊我吗？”

少年垂着眼睛，脸上那点疏浅的笑意没了，他看着她的手，低声道：“不收回。”

师乐抬了下帽檐：“不收回什么？”

下一秒，她的手就被他拉了起来，戚宴动作很急，力道却很轻，他拉着她的手，握了下。

“不收回握手。”

他说：“我很高兴遇到姐姐，收不回。”

戚宴的手心有些汗意，师乐往回抽了下手，没抽动。

平时看着合规合矩，上次连手都不敢搭上来的人这会儿倒是拉着她的手不动了。

没听到师乐说话，戚宴又唤了声：“姐姐。”

师乐索性也不抽手了，反正她就是吓唬吓唬他的，当然，如果戚宴没有追上来喊她，那她收回的那话也作数。

她调子微扬：“不是还叫老师吗？”

戚宴沉默了下：“对不起。”

师乐问：“那现在你能告诉我原因吗？”

戚宴眼睫很轻地颤了下，他看着自己握着的那只手，白净纤细，漂亮得让人心惊。

手心仿佛都烧了起来，但她这会儿却没有挣开他，他看了师乐一眼，撞进她的眼睛里，手上不自觉加重了力道，又忽地松下来。

“是我糊涂。”他说着就笑了声，“想岔了。”

这话说得没头没尾的，师乐没怎么听懂：“想岔什么了？”

“可能那会儿没太反应过来。”戚宴低声说，“觉得自己有些蹬鼻子上脸。”

他看着她的眼睛，继续道：“怎么就这么敢呢？”

“敢什么。”师乐听懂了，“敢叫我姐姐？”

戚宴点了下头。

他没再说，师乐却是明白，之前还说自己不敏感，这不想得多到天边去了。

师乐觉得自己不算是个磨磨叽叽的人，她想做的那就做了，包括想跟戚宴交朋友，她也不会在乎两人隔了多远，或是差别有多大，她想那就是可以的。

她问：“那现在怎么又敢了？”

“因为姐姐太好了。”戚宴笑着说，“所以还是想叫声姐姐，不知道可不可以？”

这是师乐以前说的玩笑话，那会儿她还说不行，这会儿人只是喊她一句老师她就不满意了。

还有什么不可以的。

师乐晃了晃自己的手，也不追问，而是道：“行啊，姐姐就算养不活自己也得把你给养活了。”

“不过你要是再叫我老师。”她手上使劲，故意捏住戚宴，“我就没这么好说话了。”

戚宴弯唇：“嗯，是我错了。”

师乐这才松手：“好了，放手吧，我得回去了。”

戚宴顺势松手：“好。”

天晴了两天，又开始下雨了。师乐在办公室里做周末的走访表，听到刮风的声音，就站了起来打算把窗户关上。

她才走到窗边，便看泥泞的操场上滚了两个人，两人打得不可开交，伞落在他们的脚边，没人注意。

余坪小学这操场虽然铺了水泥，但一下雨人来人往的，带着的泥就把操场弄脏了，师乐回头拿了把伞就急匆匆下了楼。

这会儿是上课时间，又下了雨，没人出来，师乐过去：“干吗呢？”

两个孩子正打得上头，没人听她的。

师乐撑着伞过去遮在两人头顶，一只手将地上滚成泥人的两个人拉开，皱眉：“还不放手？”

两个孩子互相用手钳制住对方，听到这话，谁也没放，但也停下来了，就这么僵持着。

师乐气笑了：“怎么，舍不得？”

其中一个人道：“他先放。”

这声音挺耳熟，师乐眯起眼睛，看着一脸泥污的小孩：“虎子？”

虎子没应，依旧牢牢地抓住对方：“他先放！”

师乐蹲下来，掰开他们的手：“都放，赶紧的。”

两个孩子这才松了手。下了雨，地上泥多，他们俩脸上都沾了不少泥污，也不怪师乐一开始没认出来。

把两人带到办公室，师乐递了包湿纸巾过去：“把脸擦了。”

师乐看着虎子旁边那个陌生的孩子，问：“你是几年级的？”

那孩子不情不愿道：“四年级。”

师乐点点头，在手机上发了个消息给带四年级的童琳。

等他们的脸都干净些了，师乐才用手指敲敲桌面：“说吧，怎么回事？”

没人说话，一个比一个倔，师乐指了左边那个：“从左往右，你先来。”

那孩子看起来很是理直气壮：“我什么也没做，是他先打我的！”

虎子一听，眼睛都瞪圆了：“你嘴巴不干净，就打你！”

他平时看起来乖乖巧巧的，这会儿倒是凶得不行。

那个孩子仗着现在有老师，打不起来，所以说话也很硬气：“我说的不是实话吗？”

虎子看起来又急了，像只发怒的小老虎，时刻准备着要咬人一口：“你再说！”

另外一个孩子梗着脖子："老师在这里你还想动手？"

他回过头，想要师乐给自己做主，虎子也同样看过来。

师乐看出来了，多半是另一个孩子说了什么惹得虎子不高兴了，这才打起来。

她按了一下桌上的手机，看了眼时间，往后靠在椅子上："你们也知道我在这儿？"

虎子蔫了，低着头："知道。"

"那怎么问话不说？"师乐不笑的时候看起来有距离感，两个孩子一时被唬住，她继续道，"还当着我面吵起来，本事一个比一个大。"

师乐指指手机："吵吧，计时五分钟，等你们吵完我再说。"

虎子："老师……"

师乐："计时开始。"

办公室里一片死寂，两个孩子这会儿都蔫了，没人说话。

这会儿，童琳来了，跟师乐对上眼，师乐微微点头，她便带着那个孩子过去："跟我来。"

两人在一起，多半问不出什么，情绪可能还会更激动，师乐这才让童琳把人带走单独问。

等人走出去，见虎子冷静下来了，师乐这才开口："原因。"

虎子抿抿嘴，带着鼻音道："他骂我哥。"

师乐反应了一秒，才知道他说的是戚宴，怎么孩子打架还扯上戚宴了？

"骂什么？"

"说我哥是捡来的。"虎子吸吸鼻子，听起来委屈极了，"说他没人要，是野孩子，还说他有病，才会被人丢了。"

师乐一愣，虎子又闷闷道："他是我亲哥。"

师乐："然后你就打他了？"

虎子点头，现在认错倒是认得很快："对不起老师。"

师乐从来没处理过孩子打架的事情。

她坐在椅子上，看着面前蔫了吧唧的小孩，头一次觉得有点头疼。

这会儿，童琳给她发了个消息，把问出来的事情说了下。

师乐看了眼虎子，又拿了一张湿纸巾出来："跟我来。"

虎子忐忑地跟着师乐走到教师宿舍，然后听她"啧"了一声，把没用过的湿纸巾丢进了垃圾桶，她指着不远处的洗漱台："过去。"

虎子一脸茫然地过去洗脸，过了会儿，见老师拿了一个盆出来，手上还拿了一瓶洗发水。

师乐倒了点热水，又在洗漱台接了点冷水，试过水温后，拉过虎子："低头。"

衣服暂时换不了，但他这头发，实在是不能放任不管。给虎子洗完头，师乐才带着他慢悠悠地去找另一个小孩。

那小孩趴在桌上正在写检讨，看到虎子除了衣服，头发和脸都是干干净净的时候，愣了。

师乐假装没看到他的眼神，走过去看：“写完了吗？”

那孩子抿嘴：“马上。”

师乐勾勾嘴角：“嗯，再写一张。”

童琳在一边看着，也没阻止，她偏过头问：“写什么？”

师乐看着那小孩，轻声道：“一张是跟虎子打架的；另一张，是给他哥哥道歉的。”

童琳微微挑眉：“他哥哥？”

她刚才也问出了事情的前因后果，说是村里人都知道，这个小帅哥是当年戚家以为生不出孩子，捡来的。

一般情况，村里人都传遍了，那就是真的了。

她看了眼虎子，压低声音：“那小帅哥真是捡的啊，看起来两人也不像。”

“你管呢。”师乐看向她，笑了下，“真的也好，假的也好，家庭和亲情哪里是血缘定的。”

童琳点头，不再说了：“你还想得挺周到，嗯，再写一份。”

放学送虎子回家，虎子衣服脏了一片，到了家门口就下意识地往师乐身后躲。

戚宴出门看到他身上的衣服，眉头轻皱了下。他先把水递给师乐，然后看向她身后的人：“虎子？”

师乐喝着戚宴倒的水，也不说话。

虎子没等到老师袒护自己，这才默默地走出来：“哥。”

自己的弟弟，戚宴自然是清楚的，他隐约猜到了一些，推推虎子：“去换衣服，小声些，别吵到妈睡觉。”

师乐动作一顿，抬眸看向屋内：“阿姨在家？”

戚宴点头：“嗯，她刚睡下。”

他没多说，又问：“姐姐，虎子打架了？”

师乐看着孩子背影消失了，这才道：“你别怪他。”

戚宴：“给姐姐添麻烦了。”

“没什么麻烦。”师乐指尖在杯子上摩挲了下，然后从兜里拿出了一张纸，“给你的。”

戚宴接过纸打开，第一眼便看到了那句“给戚宴哥哥，对不起”。

他抬了下头，又低下去把内容看完，然后微微蹙起了眉。好一会儿，他才道：“因为这事打起来的吗？”

师乐也不瞒他：“嗯。”

孩子在学校打架了，原因理由都是要问清楚的，说不知道反而就显得很刻意了。

“我知道了。”戚宴点头，捏着手里的纸，笑着道谢。

他不生气，也没有其他多余的情绪，师乐突然有种想法，他是知道的。

心里这么想，她也这么问了："你知道？"

戚宴几乎没怎么犹豫，就回答了她："知道。"

"我这年纪，该知道的不该知道的，都清楚了。"戚宴说，"我妈很早就告诉我了。"

"不过……"他的眼神很是柔软，"我不觉得这有什么不好的。"

师乐略感讶异，没想到戚宴会把这种事情说给她听，虽说这情况村里人应该都知道，但听他亲口说出来，感觉还是不同的。

"说得对，没什么不好的。"师乐拍了下他的肩膀，"而且，你现在还多了个姐姐呢。"

她看着他手里的纸，从兜里摸了颗糖出来，这是前几天许婧走前给她的那袋零食里的，她今天出来特意拿了点。

"我来的时候还想着，看看怎么哄哄你。"

戚宴一愣，想说自己不是小孩子，不需要哄，但此时看着这颗糖，却从心底油然生出了一种满足感。

他收紧了手心，将糖紧紧捏在手里："好。"

虎子洗完澡换完衣服出来，就看到自家哥哥拿着一颗糖坐在铁炉前发呆，他小步挪过去："哥。"

戚宴把糖收起来，抬头："伤到哪里没有？"

"没有。"虎子摇头，"我没让他怎么碰到我。"

戚宴把他拉过去，检查了一遍，这才松开手："今天的衣服要自己洗。"

"我知道了。"虎子说着，伸手勾住了他的脖子，凑到他耳边，"哥，你永远是我的亲哥，我也只有你一个哥哥。"

戚宴脸上露出笑来："嗯。"他揉揉虎子的头，"我们是最亲的亲人。"

虎子笑了，他蹭蹭戚宴，然后看到了戚宴兜里露出来的纸，道："小阳写了两份检讨。"

戚宴："什么？"

虎子说："他写完第一张，乐乐老师又让他给你写了一张。"

戚宴沉默了几秒，低吟："是吗？"

他目光下移，看着手里的糖，剥开放进了嘴里，是奶糖，含一会儿就化了。他坐在原处，没敢使劲，只是轻轻含着。

他一边怕它化掉，另一边却又希望它赶紧化掉。

许久后，他把虎子推开，摸了摸兜，从家里出来，站在路口发了很久的呆。

还有一个多星期，只有一个多星期了。

又是赶集天，人来人往，因为周六要给孩子们办一场运动会，林采要去买些体育用品，师乐也就一个人去买菜。

有了上次戚宴的话，她这次也没多想，径直就去了他们家的摊位前。

不过这次看守摊位的却不是他了，是一个陌生的女人。

女人很瘦，脸上一直挂着笑，站在摊位前给人称东西，长得跟虎子有几分相似。都说儿随母，女随父，师乐大概懂了。

师乐没什么跟长辈相处的经验，更何况之前还诓着人家儿子叫她姐姐呢。她纠结了会儿，还是放弃了，准备换个地方买。

但她才转过头，便听到一声："姐姐？"

师乐回过头，戚宴手里端了一碗面站在一边："姐姐来赶集？"

师乐摸摸眼尾："嗯。"

戚宴看她往这个方向走，也猜到了她来这里的目的，笑道："姐姐跟我来吧。"

师乐没办法，只好跟上去。

戚宴带着她走到摊位前，戚妈妈抬起头，笑道："回来了？"

戚宴点头，把面递过去："妈，您吃，我来就行。"

戚妈妈也不跟他犟，端着面准备走到后面的凳子上坐下，一转眼就看到了人群里格外显眼的师乐，她愣了下，在乡下很少能看到这种气质的女生。

再看对方身上的衣服，戚妈妈反应过来："是老师吧？"

师乐点点头："阿姨好。"

戚宴站在一边，给妈妈轻声介绍："她叫师乐。"

"就是虎子经常念叨的那个乐乐老师。"戚妈妈立刻把面放下，从里面走出来，"乐乐老师，虎子太喜欢你了，说你人很好！有空你一定要来家里坐，吃顿饭啊。"

师乐心想饭已经吃过了，您的衣服都穿过了。

师乐看了眼戚宴，他靠在摊位前，眼里含着点笑，似乎也在等她的回答。

"我有空会去的。"师乐不好让戚妈妈这么站着，"阿姨您先吃饭。"

"过会儿吃不急的。"戚妈妈引着她，"乐乐老师要买什么啊？我给你便宜点！"

这哪行，师乐扭头看向戚宴，眉梢微微一挑。

戚宴从她眼里看出了让他赶紧救她的信息，他低头笑了声，然后走出来："妈，您吃着，我来就好，待会儿面坨了。"

戚妈妈很听儿子的话，三步一回头又回到了摊位里，还时不时抬起头跟师乐说话。

师乐低头选菜，看着一旁给她递袋子的戚宴，用辣椒戳了戳他的手。

戚宴转头。

师乐很直白："你要是算便宜了，我就不买了。"

她坦坦荡荡，似乎把那些乱七八糟的敏感都给抛到了脑后。

戚宴弯唇："不会的，姐姐挑就好。"

赶集天人多，师乐也不好在这儿耽误他太久，挑好了菜，一边付钱一边道："菜先放你这儿，我待会儿过来一起拿。"

"好。"

等师乐买完其他东西回来，便看到戚宴家摊位前围了一堆人，蔬菜瓜果散了一地。

声音嘈杂，师乐隐约听到有人在劝：“和气生财和气生财，犯不着跟他一般见识。”

她脚步顿了下，赶紧上前，紧接着，一阵惊呼响起，师乐只看到人群散开，一人从里面跌到了地上。

戚宴冷着脸从人群里走出来，蹲下去，膝盖抵住了那人的腿，手攥着他的衣领，看起来又要动手。

他脸色又凶又冷。

师乐没出声。

她站的位置正好就在戚宴的对面。

戚宴一抬头就看到了她，他手上动作一顿，随即压着的那人挣开，猛地给了他脸一拳。

戚宴被打得微微歪了下头。

他还没动手，一只纤细的手就伸了过来，一把捏住了那只打他的手。

她的手很小，甚至捏不住一个成年男人的一只手，但她就是死死地捏着，没让那人再动。

师乐一手捏着那人，另一只手轻轻拍了下戚宴的膝盖，示意他起来。

戚宴顿了下，没起：“姐姐，你站到边上。”

“姐姐？你哪来的姐姐？”地上的男人一身酒味，看样子是喝了不少，抬头看到师乐时愣了一下，混沌的眼睛眯起来，“我记得这个衣服，你是A大的老师，A大好啊，读书好啊。”

师乐不知道这人没头没尾地说些什么，便对戚宴道：“好了，起来。”

戚宴：“你先起。”

师乐简直像是听到了之前虎子打架时的发言，不过她也知道戚宴是怕她吃亏。

于是她先站了起来。

戚宴这才站起来把她护在一边。

一边的另一个男人赶紧出来拉住地上的男人：“我说你，喝点酒就没边了！找什么事儿！待会儿警察来了，你就知道厉害了！”

跟虎子他们那种小打小闹不同，那个男人被打得不轻，地上有些血，也不知道是谁的。

师乐看到戚宴打人那力道，似乎也不轻。

找事的男人被他同伴拉走，师乐这才看向戚宴，把他拉到了一边：“怎么回事儿？”

戚宴摇了下头：“没事，他喝多了，闹事。”

旁边有人解释：“这是我们这儿有名的酒蒙子，清醒的时候老实，喝了点酒就没分寸了，还好小宴反应快。”

戚宴没说话，在摊位后蹲下来，去整理那些散落的东西，周围看热闹的人也不好再看，也散了。

师乐跟着他一起蹲下来，帮他捡起来，她看了一圈，没看到他妈，问："你妈呢？"

"去我舅那儿了。"

刚才那个男人那一拳打在了戚宴脸上，他脸上有些肿，歪着头没给她看。

师乐按着他的头转过来："躲什么？"

戚宴有些不自在，他移开视线，没说话。

这会儿正好东西也买完了，赶着要散集，人也不多了。

师乐想了下，给林采发了个消息过去，然后问戚宴："你什么时候收摊？"

戚宴："这会儿。"

"行。"师乐收起手机，"收了摊，去卫生院看看。"

戚宴闻言，笑了声："我没事的。"

"有事。"师乐指着他的脸，"都肿成什么样了，白瞎了一张好脸。"

戚宴忽然想起之前师乐说过，他长得好，所以她对他印象好。他摸了摸脸，把受伤的那半边脸转开："很丑吗？"

师乐忍笑："很丑。"

说着，她起身用手机拍了几张照。

戚宴问："姐姐做什么？"

"等会儿去趟派出所。"

"没必要的。"戚宴在乡下这些年，打了不少架，尤其是前几年的时候，这些小打小闹一般都不会惊动派出所，能自己解决就自己解决了，嫌麻烦。再者都是附近的人，传来传去还不好听。

师乐敛起神色，看着他道："有必要。"

戚宴抬眸，师乐帮他把微乱的头发整理了下："你要学会用正确的方法来保护自己。他动了你，还动了你们家摊位，得让他付出点代价。"

戚宴注视着她的动作，说："他没讨到好。"

"不是没讨到好的问题，"师乐收回手，"是你。"

"我？"

师乐扬着眉，弯腰把地上最后一个水果捡起来递给他："这么好的小宴，当然一点亏都不能吃。"

阳光洒在她的侧脸上，轻柔得不真实。戚宴脸上火辣辣的疼痛感恍惚间就散了，他脑子有些发蒙，慢慢伸出手去，然后被塞了一个水果。

师乐抬抬下巴，直起身："发什么呆，快点。"

才收好摊，戚妈妈就急匆匆地从街道另一头跑了过来，一看到戚宴的脸就急了："小宴，伤到哪里了？"

戚宴摇摇头，说自己没事，又问："妈，您怎么来了？"

"事情都传到你舅舅那儿去了！"戚妈妈去看他的脸，"你脸都肿了，回去拿药喷喷。”

师乐闻言，突然想起来，戚宴上次好像也递给她一个喷剂，她下意识看过去，戚宴也看过来。

看来说的就是那个喷剂了。

“没什么大事。”戚宴移开视线说，“不过我得先去下卫生院，妈您先回去，我过会儿来接您。”

戚妈妈又紧张起来：“去卫生院？还伤到哪里了？”

“家里喷剂用完了，我去买些。”戚宴安慰她，“我没事的，摊也收好了，妈您先过去。”

戚妈妈坚持：“我也去。”

“那地方您还没待够吗？”戚宴笑着，侧脸虽然肿了起来，却有种别样的温柔，“我可不敢让您去。而且，这个姐姐也跟我一起的。”

戚妈妈转过头，看到师乐，她来时不是没看到，只是一颗心都放在儿子身上了，也没来得及跟这个老师打招呼。

师乐对上戚宴的视线，看他给自己递了个眼神，大致懂了他的意思，过会儿还得去派出所，要是戚妈妈在，保不齐又会担心。

他一向很会照顾别人的感受，也很细心，成熟得不像一个十七岁的少年。

师乐接到暗示，也配合他：“是的，阿姨，我正好也过去，我陪着他就行。”

戚妈妈很相信师乐，毕竟两个儿子对这个老师都赞不绝口，再者她也明白儿子怕了她去卫生院，所以又仔细检查了下戚宴的伤，这才同意。

“那你们快去快回。”

等戚妈妈离开，林采也过来了，他看了眼戚宴又看了眼师乐，把师乐带到一边：“你跟他去什么派出所？”

师乐说：“我是目击证人。”

林采有些不赞同：“什么目击证人，这里目击证人这么多，谁都不去就你去，这不是给自己找些麻烦事吗？”

师乐无声地看着他。

林采舔舔唇：“我没有其他意思，乐乐，我们再过不久就要离开了，能少一事就少一事。”

师乐还是没说话，林采沉默几秒：“那我陪你们一起去吧。”

师乐转身把之前打包好的菜提起来递给他：“学校还等着学长回去，我很快回来。”

林采总觉得自从来了余坪以后自己好像就跟师乐走得越来越远了，他不由得跟着她走了两步：“乐乐。”

师乐脚步没停，朝后面招了招手，就朝着戚宴走了过去。

戚宴转过头来，正好看到在她身后的林采，他的神情不加掩饰，很好懂。

他微微垂了垂眸，等师乐走过来，他走在她身边，沉默了下，忽地开口：

“好像经常看到姐姐跟这个老师在一起。”

师乐反应一瞬，才明白他说的是林采，也没多说：“嗯，我们一个团的。”

戚宴点点头，没再说话，他没有其他伤，只是脸肿了些，买了瓶喷剂就可以。

师乐抬手又对着他的脸拍了张照。

戚宴拆喷剂的动作一顿，转过头来，眼神有些茫然。

师乐没其他意思：“留个证据。”

戚宴抿抿唇，微微偏过了脸，挡住了那半边肿起来的脸。

师乐福至心灵，像是突然懂了，她笑着凑过去：“怎么，还有‘偶像包袱’啊？”

戚宴耳尖有些红，埋着头摆弄喷剂。

刚才还在沉稳地安慰他妈妈的人，此时却有些无措，耳朵还会红，师乐突然想逗逗他。

但她才凑过去看戚宴的半张脸，戚宴又转开来。

师乐失笑，又跟着他转了过去，她没看清前面的一个小台阶，脚一滑就身子就往前倾。

戚宴还没反应过来，就感觉身旁的人扑了过来，他下意识地伸手把人接住。

师乐这会儿才有些心有余悸，很快就撑住戚宴的双臂稳住了自己，抬起头来，却看到面前的人已经从耳朵红到了脖子根。

师乐觉得好笑：“你脸红什么？”

“没有。”戚宴摇摇头，想把她扶稳站好，“姐姐没事吧？”

“没事。”

她刚要放手，便听一人惊讶地喊了一声：“阿宴！”

两人齐齐回过头，只见不远处站了一个穿着黑色T恤的少年，手里提着个袋子，目瞪口呆地看着两人。

师乐挑了下眉，她记得这个人，天桥上那个卖唱的张扬男孩。

刘明安老远就看到戚宴了，走过来一看确实是他，出乎意料的是他怀里多了个人。

刘明安认识戚宴两年，他身边就没出现过除了老师和他妈以外其他的异性，这简直太让人震惊了。

看到戚宴怀里的女生转过头来，刘明安正欲出口的脏话卡在嘴里，一时间竟然没找到合适的词来形容他此时的心情。

这不是那晚天桥上那个让人惊鸿一瞥的“明星”吗！

缘分何等奇妙！

两人都松开了手，戚宴下意识地看了眼转过身的师乐，调整好表情看向刘明安：“你怎么来了？”

刘明安一双眼睛就跟长在了师乐脸上似的，一时没去听他在说什么。

戚宴微微蹙了下眉："刘明安。"

刘明安猛然回神，两步走过来，边走边解释："有个亲戚结婚我过来喝喜酒。"他用眼神疯狂示意戚宴介绍师乐，"阿宴，这……"

这个被叫作刘明安的，应该是戚宴的朋友，师乐觉得他个性还算爽快，也没怎么排斥他。

于是她开口："师乐。"

刘明安看到她身上的团服，微微一顿，忽地想起了这段时间A大学生来这边支教的事情，他顿时肃然起敬。

"原来是师老师！我叫刘明安，从小立志考A大，今天总算可以沾沾学神的气息了。"

他又扭过头，满脸复杂地看着戚宴："刚才你俩……"

师乐见戚宴耳朵上的红晕褪下去了，怕他又升起来，于是主动笑了一下："我摔了一下。"

她微微抬眸，慵懒地笑道："我记得你，你唱歌很好听。"

戚宴眸色微动，刘明安却是一瞬间就精神了："这位老师，你可真是太会说话了，不愧是知识分子。"

看他激动得就差要上去跟师乐拥抱一下了，戚宴上前一步，挡在两人中间："我们还有事。"

"什么事？"刘明安问，"余坪不是小学吗？有你什么事？欸？等会儿，你这脸怎么回事？又跟人打架了？"

师乐抓住关键词："又？"

刘明安看看戚宴，知道他一向不喜欢在外人面前说自己的事，一时不知道该怎么说，但下一秒却见自己哥们儿眼神有些躲闪，刘明安一脸问号。

师乐觉得戚宴打架时那干净利落的身手倒不像是第一次，但听这语气，他好像真是经常打架。

难怪刘水阳那几个孩子这么怕他。

她挑起眉来，戚宴无声地叹了口气："以前年纪小，有人觉得我好欺负。"

听他都这么说了，刘明安也不给他瞒着："何止呢，刚上高中那会儿，别人嫉妒他长得好学习好，学校女生都欣赏他，有些高年级的就想找他麻烦。"

戚宴抬眸看了刘明安一眼。

刘明安："我说的这些都是事实嘛。"

"是吗？"师乐问他，"那是打输了还是赢了？"

"基本都是赢的。"刘明安看着戚宴的脸，"这次居然被打到了，可惜这张脸了。"

戚宴有些头疼，抬手："你去喝喜酒吧。"

"别啊。"刘明安拒绝，"我这才刚出来，还早呢，特意找你玩的，我找了一条街都没找到你家摊位，合着你上这儿来了。"

"再说了。"他笑嘻嘻地探头，隔着戚宴看师乐，"我这不是还没跟老师好好交流交流，你不要阻挡我考A大的脚步。"

戚宴歪了下身子，挡了些他的视线，静静地看着他："以你300分的成绩？"

刘明安："你这就没意思了。"

师乐在一旁乍一下听到戚宴这句"毒舌"，不禁笑了出来。

戚宴闻声转头，师乐笑得眉眼弯弯。她发现自己很喜欢看到戚宴这种状态，一种合乎这个年纪的，充满少年感的青春状态。

最后刘明安还是跟着他们一起到了派出所，师乐作为拍了证据的目击证人，被单独带到一边问了话，留下刘明安和低头转着手里喷剂的戚宴。

刘明安瞅着师乐在问询室里没注意这边，轻轻用手拐了下戚宴。

他用方言问："阿宴，你跟这老师这么熟啊？"

他眼神里明显透着八卦，戚宴没空理他。

刘明安却是太懂戚宴了，戚宴朋友也没几个，平时在学校里只有跟他玩得多，和其他人都是泛泛的点头之交，更别提女生。

更何况这个女生跟戚宴平时八竿子打不到一处去，若是换成以往，戚宴绝对不会跟她一起过来，八成还会觉得麻烦人家，或是承了人家的情。

但看戚宴今天跟人说话那些小动作，甚至还偷偷挡着他视线的动作，他就知道不简单。

刘明安："咱俩什么关系，这都不能说？"

戚宴语气平平："咱们什么关系？"

"欸！"刘明安伸手要碰戚宴的脸，被戚宴躲开了。

他挑眉一笑："你对她不是这样的。"

戚宴没说话，刘明安看他刀枪不入，忽然道："既然这样，我觉得这老师不错，长得好看，性格也很好。"

戚宴手上动作缓了下，刘明安继续道："你说我跟她说想学习考大学，加她个微信，怎么样？"

戚宴终于停下动作，他抬起头来，安安静静地看着刘明安。

刘明安也无所畏惧地跟他对视着："承认不？"

两人僵持几秒，师乐那边结束了，走出来："小宴。"

戚宴眼睫微微动了下，随即起身。

刘明安没等到答案，有些挫败。这时，戚宴脚步却突然停住，他回过头，垂眸看着刘明安，轻声道："承认。"

刘明安有那么一瞬间怀疑自己听错了，他承认！

但戚宴已经走向了师乐那边，跟她一起进了问询室，没有回头。

师乐跟戚宴在派出所待了没一会儿，民警就把那个闹事的男人带过来了。

看起来好像比戚宴惨很多，但他是闹事方，还砸了不少东西，自然是要赔偿的。

喝了酒的男人还有些没清醒，但也知道这次事情闹大了，他也没想到戚宴会把他给整到派出所来，有些蒙，还很生气，但总归喝酒前还是个老实人，也知道自己错了，在民警的眼皮子底下，没敢再造次，更何况早上还被这小孩给压着打得还不了手，这会儿被朋友给压着，就没怎么说话。

最后那男人被罚了几百块钱。

师乐跟戚宴他们俩一起走出派出所时已经下午四点了。

刘明安打量她的目光实在是让人忽视不了，她扭过头，眼尾上挑："小同学，怎么一直看我？"

听到这个称呼，戚宴脚步微顿，他不动声色地转过头，看着师乐的表情。

以前抓住他看她时，她也是这么说的。

刘明安倒没想这些弯弯绕绕，他只是在好奇，戚宴亲口承认了不一样的人，是什么样。

他一时卡壳，没想到怎么回答，却看到戚宴嘴角抿了些弧度。

刘明安赶紧摇头，转到一边："没看，没看，我没看。"

师乐勾勾唇，没再说什么。

戚宴往前走着，看着路面，思绪有些飘。

师乐看身边的人在走神，就连要撞到电线杆了都没察觉，她伸手拉了他一把，微微偏过头："你想什么呢？"

戚宴没有防备，踉跄了一下，看着自己胳膊上的手，抬起眼睛，看着面前的人。

他轻声道："没事。"

师乐看他一眼，然后拍了他两下："不要担心，他不敢再找你麻烦了。"

戚宴想说自己没担心这个，他从不担心这个，只是觉得有些麻烦。但看师乐已经给他把理由找好了，于是他顺从地应道："好。"

他压着那些乱七八糟的心思，轻笑："今天还得谢谢姐姐，我过往想不到这些。"

"嗯。"师乐弯着眼，"那我是不是算还了你一些人情了？"

戚宴收起笑，轻皱了下眉，不同意这个说法："姐姐没欠我人情。"

他一本正经，看起来还有些紧张。

师乐笑："小宴，你这样是会吃亏的。"

"不会。"戚宴引着她绕过地上赶集后残留的那些垃圾，边走边道，"姐姐是不是小瞧我了？"

"我哪敢小瞧你，"师乐知道他聪明，"你那么厉害。"

戚宴脚步顿了下，转过头："姐姐，你不要总是把我当成小孩子哄。"他又转过头去，"我不是对每个人都这样。"

师乐一怔，却没看清戚宴的神色。

她反应了几秒，听戚宴又道："难道这会儿不是你一直在跟我生分吗？"

师乐一噎。

她前两天还因为称呼的事情跟他生气，这会儿说这话确实有些不合适了。

她失笑："是我不对。"

刘明安听了半天，总算找到个可以插入的话题，这会儿探过头来，问："老师，你跟阿宴的关系看起来还挺好的。"

师乐毫不犹豫："嗯，这不，说生分了他还不开心吗？"

戚宴回头，有些无奈。

师乐低低笑着："好了，不逗你了。"

刘明安在两人中间看了个来回，说话很有技巧："阿宴很少跟别的女生关系这么好啊。"

师乐含着笑意挑眉，听懂了他话里的意思，她问戚宴："我是别的女生吗？"

戚宴摇头："不是。"

刘明安没听懂这两人在说什么，看起来又不暧昧，怪坦荡的。

师乐不想让戚宴被人误会，毕竟大家年纪也差不大，被他朋友误会了回去也不好说，于是问："那你说，我是谁？"

刘明安听到这个问题，也期盼地看过来，疯狂地给戚宴使眼色。

快！

师乐问完就等着戚宴回答，但身旁的人像是没听见似的，她不由得转过去："小宴？"

戚宴应了声，浅浅笑了下："是师乐啊。"

刘明安被这回答给整蒙了。

师乐也没觉得哪里不对，但又觉得没回答到点子上。

怎么他以往那么聪明，这会儿倒是这么迟钝了。

她问："我是说，我是你的谁？"

戚宴还是维持着浅淡的笑，慢慢地开口："是姐姐。"

这声"姐姐"喊得很轻，隐约有些缱绻的意味，可听起来又没什么问题。

但师乐对上他的视线，却莫名怔了一瞬，耳朵像是在发痒。

师乐移开视线，点头："对，是姐姐。"

刘明安不知道发生了什么，只觉得自己好像不太合适继续在这里，应该给兄弟一个空间，于是道："快开席了，我就先走了。"

戚宴点了下头，师乐也向他挥了下手。

等他跑远，戚宴才道："我送姐姐回去。"

"你去接你妈妈吧。"师乐道，"我坐个车回去就行，有你舅舅的电话。"

戚宴也没坚持："那我送姐姐去车站。"

师乐犟不过他，只好由着他送到了车站。这会儿赶集的人走得也差不多了，人不多，不过他舅舅不在，但另外跑余坪的车上正好有个空位，师乐也就顺道坐了上去。

等车开走，师乐回过头，却见戚宴还站在原地，看着自己这个方向。

她忽然就想起了刚才戚宴喊她姐姐时的神色。

随即她又转过了身，微微甩头，将这些话抛之脑后。

第六章 //
离别礼物

“哥，多长时间？多长时间？”

戚宴坐在家门口，看着小路拐弯的方向，有些心不在焉，直到虎子跑过来，他才回过神。

虎子顺着他的视线看过去，一头雾水：“哥，你看什么呢？”

“没什么。”戚宴拿着手机，低头看着手里的计时器，“八秒。”

“才八秒！”虎子觉得有些不可置信，“可小野他们说他们只跑三秒。”

戚宴闻言，按住他的头：“小野跑三秒？”

“对啊。”虎子有些挫败，“这样我就赢不了他了。”

他垂着脑袋道：“乐乐老师说了，要是谁能拿第一，她就给谁一个礼物，我不就得不到了。”

“小礼物？”

虎子点头：“对啊，这是乐乐老师只给我们班的，除了其他的奖品。”

周六学校和支教团要弄一个小运动会和艺术节戚宴是知道的，倒是没想到还有她自己准备的礼物。

戚宴：“小野骗你的。”

虎子将信将疑：“他骗我？”

“嗯。”戚宴点头，“哥哥都跑不了三秒，他怎么能？”

虎子好像突然就活过来了，他眼睛一亮：“那我快吗？”

戚宴点头：“很快，你不是一向都很能跑吗？”

“也是。”虎子被安慰到了，“都怪那个小野，吓我一跳。”

戚宴没说话，虎子跳着又想再去跑一圈，戚宴伸手把他拉回来：“老师今天怎么跟你说的？”

刚刚他不是说过了吗？

虎子一头雾水，但还是把老师的话转告了一遍：“她说学校还有很多事情，以后送我们过了河就不送到家了，让我们注意安全。”

戚宴摩挲了下手指，“嗯”了一声：“好。”

虎子："那我再去跑一次！"

戚宴站起身："去隔壁叫妈来给你计时，我有事出去一趟。"

虎子茫然："天都黑了。"

戚宴骑上车："很快回来。"

学校里，师乐坐在操场上，跟童琳聊天。

童琳道："今天你回来挺早的。"

"嗯。"师乐低头在玩手机，只随意地应了声，她看着手机屏幕，手搭在 home 键上，却没有按下去。

她今天要送虎子回去时，突然想起了之前虎子说的那句话，他们家以前不喝山泉水，是因为她，戚宴才特意去挑来的。

原本她已经把这事儿抛到了脑后，但今天却想起了刘明安说的，戚宴很少会跟女生走这么近。

而他看着她说的那句"是姐姐"，她每每想起来，都会怔那么一下。

他说他不是对每个人都这样的。

种种联系起来，就在桥上那么恍了一下神，师乐忽然就有些不太敢去见他。

她轻"啧"了一声，按灭了手机。

童琳不知道她在这儿想什么，正好这会儿没事，就七七八八地跟她聊着。

"我看那天许婧过来找你了，你们俩开的那个小酒吧谁管？"

师乐："没什么需要管的，店里人不少。"

许婧喜欢玩这些，也有眼光，所以她高中毕业那会儿，拿了所有的积蓄跟许婧一起开了个小酒吧，许婧占大头，她占小头，时不时过去唱个歌，镇个场。

每个月拿点分红也足够她租房生活的，还能存点。

那地方离 A 大也不远，就是为了方便上学才开的。

童琳去过几次，觉得那地方还不错，道："我也好久没去了，改天去你那儿偶遇几个帅哥。"

师乐笑："好啊。"

童琳："说真的，我看你那酒吧，有不少人奔着你去的吧？就没一个你看得上的？"

师乐重新把手机打开，带着点玩笑道："也没仔细看。"

童琳好奇地转过来："你就没想过谈个恋爱吗？这么好的条件。"

"暂时没有。"师乐想了下，摇头。

"为什么？"

师乐嗓子里"嗯"了声，指尖在手机上漫无目的地点着，含着慵懒的笑意道："或许是还没有人让我有想谈恋爱的期待吧。"

童琳情史丰富，听到这话倒有些意外了："你这意思，是到现在都没谈过恋爱吗？”

“不像？”

也不是不像，就是觉得不可思议。童琳一下子卡了壳，师乐外表看上去真不像什么单纯无知的“小白花”。

几秒后，童琳才笑着搭上师乐的肩膀：“挺好的，我很期待看到你以后的男朋友。”

师乐听出了她语气里的那丝调笑，拍了拍她的手，站了起来：“我走了。”

“欸，我没别的意思，你去哪儿啊？”

师乐调出手机电筒往外走去：“厕所。”

这里上厕所是真的不方便，从厕所出来，操场上又多了几个人，师乐没急着回学校，走了几步，站在校门口的一棵树下看星星。

只要不下雨，余坪的星空真的很漂亮。

看了会儿，她心里微微一动，然后抬手用手机拍了张夜空。

拍完后她低头翻看照片，放大后还是能隐隐看到比戚宴那个头像上的星星还要多。

她点开微信，刚要把这张图发出去，顿了下，又退了出来。

“姐姐？”

师乐被这一声吓了个激灵，还以为自己点到了语音通话，又觉得不对，她回过头，看到戚宴站在两步之外，穿着黑色的T恤，跟夜色还挺相衬。

师乐微微讶异：“你怎么在这儿？”

戚宴往前走了一步，又停下来，道：“路过，准备回家，看到姐姐在这儿，过来打个招呼。”

“这么晚了。”师乐低头看了眼时间，但明白戚宴总有很多事要忙，也没多想，毕竟这是他回家的必经之路。

戚宴问：“姐姐在外面做什么？”

此时两人距离隔得不远不近，他也没其他的话和动作，只是很礼貌地问着。

师乐一瞬间觉得自己想得有些多。

她抬眼看他，虽然有月光，但其实也不能把一个人的神色看得很清，只觉得月光把他照得更温柔了。

却也没看到其他，他原本就是个很温柔的人。

师乐笑了下：“你之前不是说过，这里的星星好看吗？我这不是在看吗？”

“这样啊。”戚宴跟着抬了下头，看着天，很轻地笑了一声。

师乐听到了：“你笑什么？”

“只是觉得意外，”戚宴说，“也有些高兴。”

“嗯？”

“意外姐姐把我随口的一句话放在心上了。”戚宴脸上的笑意不散，“高兴的是这个。”

随口一句话？

师乐一怔，确实，他也只是提了那一次，她却记住了。

听着戚宴的笑声，师乐心底那股不自然的情绪又冒了出来，而后又听到戚宴道：“姐姐大概什么时候离开余坪？”

他突然换了这个话题，师乐差点没跟上，不过还是道：“快了，下周课结束。”

戚宴点点头：“那姐姐有空可要多看看，机会不可多得。”

听完这句话，师乐今天一直不上不下的心突然就落下来了。

是她想多了，如果真有什么，戚宴会这么说吗？更何况，以前他说过希望在大学里谈一场轰轰烈烈的恋爱，而他想去的大学是江大，跟她有什么关系呢。

想到这里，师乐松了一口气的同时，又有些怔然。

戚宴又道：“我知道有个地方，很适合看星星，姐姐去吗？”

师乐被他这个提议惊到了：“现在？”

戚宴拿起手机，给她看时间：“余坪就这么大点，现在不到晚上九点，十点就可以回来。”

因为开酒吧，还有平时的作息，师乐休息时间没那么规律，十点对她来说不算晚，用许婧的话来说，那就是夜生活才刚刚开始。

她回头看了一眼，大家都在聊天，没人注意她。

身旁的人还在道：“怎么样？在这个星期里给姐姐留点余坪的回忆。”

师乐听完，转过身，扬着眉笑：“我觉得行。”

她跟着戚宴走了几步，才发现戚宴的车就停在教学楼旁边，怎么刚才没听到车的声音。

戚宴先上车把车扶正后，回头问：“姐姐要跟团里的人说一声吗？”

他考虑得周到，这话说得随意，却是怕别人担心，也是给师乐打了一针强心剂。

毕竟晚上跟着一个男孩子出去，对于女生来说可能心里会有抵触。师乐心里没想那么多，她都在戚宴家里睡过了，还有什么可担心他的。

这人给了她一种很莫名的安全感。

但也担心团里的人找她，她便给童琳发了个微信，说自己出去逛逛，很快回来。

晚上的余坪不像城里，没什么夜间活动，很安静，只有些人家透出灯光，路上基本没人。

师乐坐在戚宴身后，依稀能闻到他身上淡淡的洗衣液的味道。他很爱干净，坐他后座的次数也不少了，每次都能闻到，让人觉得很舒心。

依旧是之前看落日的那条路，不过却没有那么远，只有十来分钟就到了。

戚宴亮着车灯，将车掉转了个方向，照亮了前面的路："就在这里。"

师乐略显意外，她以为会是个山头，却没想到是在河边。不过，她还是跟在戚宴身后一起去了。

虽然有车灯照着，但也只照亮了一小段路，戚宴走在前面开路，但没离她很远。他拨开一簇不知是什么小树的树叶，让开路："姐姐小心些，从这里下去。"

师乐从他面前低头钻了过去。

这路不宽，戚宴侧着身但依旧跟她碰到了，她一心看路，没注意身后的人嘴角很轻地扬了一下。

只走了一段路，便看到了河，这里河水不深，只是支流，河上有一座小石桥，不高，也不像精细打磨过，可能是别人随意搬来的石头，时间久了而已，有几块石头还时不时地没过水面。

师乐被惊艳到了，这里附近没什么人家，河对面是一片麦田，一眼看过去就是远处的山和挂在天上的月亮，还有一直在闪烁的星空，月光洒在麦田上，似乎有浅浅的雾气。

师乐才站定，忽然发现眼前飞过什么东西，她一眼看过去，双瞳微微睁大："萤火虫……"

她说完才发现这周围点点的光亮都是萤火虫，心底突然就被触动了，一时找不到什么话来形容此时的惊艳情景。

戚宴看着她的神色，眼眸微弯："好看吗？"

"好看。"师乐转了个圈，不掩饰自己的欢喜，"你带给我好大的惊喜。"

戚宴将这话记在心里，往旁边移了一步："姐姐可以坐下来看。"

河边的石头很干净，师乐也没那么讲究，跟戚宴一人坐在一块石头上，一起看着远处的麦田，又定睛看着飞来飞去的萤火虫。

她伸出指尖，想碰一下又碰不到，只虚虚地指着，转过头轻声对他道："我以前只在电视里看过萤火虫，没想到是长这样的。"

电视里只有光，这里却能看到那小小的虫子，尾尖一闪一闪的。她像个对什么都好奇的孩子，一双眼睛亮得出奇。

好像又看到了她不一样的一面，戚宴因为这个发现感到愉悦，也觉得柔软。

夜风轻轻地吹过来，很凉爽，师乐把自己粘在侧脸的碎发钩到耳后："你怎么知道这些地方的？"

夕阳和夜空。

晚上来这里做什么呢？

"以前我爸带我来的，我们放牛总是回家晚，我爸就带着我四处逛。"戚宴轻声说，"那会儿河里的水还能喝呢。"

师乐听说过，戚宴的爸爸不在了。

闻言她微微愣了下，张了张嘴，干巴巴地道：“哦，我……抱歉。”

戚宴看出她的不自在，也猜到她是知道了，毕竟她现在连他身世都知道了。他笑了下：“不用在意那些。”

师乐转过头，认真地看着他：“你这小孩，怎么这么惹人疼呢。”

戚宴笑意浅浅：“怎么又说我是小孩。”

师乐移开视线，转身看着飞过去的萤火虫，笑道：“还不让说了。”

戚宴耐心地道：“只是希望姐姐不要把我当小孩看。”

师乐抬起手，突然抓住了一只飞过眼前的萤火虫，然后回过头：“给你看个东西。”

“给姐姐看个东西。”

两人同时抬手，目光纷纷落在彼此的手上，都愣了下，然后一起笑出来。

师乐微微抬眸：“我数一二三吗？”

戚宴点头：“好。”

他顿了下：“不过姐姐要凑过来些。”

师乐也是这么想的。

她点头，轻声数道：“一，二……”

戚宴却突然道：“先看姐姐的吧？”

师乐：“嗯？”

戚宴说：“一个一个来，惊喜多一份。”

师乐被他这点小心思取悦了，含笑着点头：“好，你过来。”

戚宴听话地凑过来一些，看着她细长漂亮的手。

师乐缓缓地把手心展开，一只萤火虫在手心飞了一圈，然后从两人中间飞了起来。

师乐道：“今天没带糖，用这个来哄你。”

戚宴目光落在她的脸上，隔了一秒，轻轻垂眸，低声笑道：“那我被哄好了。”

他的气息喷在师乐还未合上的指尖，师乐指尖蜷缩了下，收了回来：“你的呢？”

“姐姐看。”

戚宴把手伸过来，递到她面前，却没有完全打开，只开了一个小缝隙。

师乐需要凑过去才能看清他手心里的东西。

也是一只萤火虫，在他手心里一动不动，闪着光。

“姐姐好像很喜欢，但抓一瓶也不现实，只能这么看一下。”戚宴柔声说，“不过被抢了先，那我就心机一点，我给姐姐留的光更久。”

师乐的目光从他的手上移向他的眼睛。

他眸底好像也藏了萤火虫，像是有光。

她心里微微一动，语调上扬：“那你要一直这么举着吗？”

戚宴：“姐姐想的话，也可以。”

师乐笑了声，取出手机，对着他的手拍下了这点微不足道的光亮，出乎意料，比他的星星更明亮些。

她把图片翻出来给戚宴看："这样，就能停留很久了。"

戚宴没看她的手机，只看着她的眉眼，轻声道："嗯，那就好。"

戚宴无声地看了会儿，见师乐要抬起头来，他移开视线，将合起的手打开，那萤火虫行动有些缓慢，慢慢地从两人中间飞远了。

身后的车灯被树叶遮挡，只露出点点光，更多的是无边的月色，洒在两人身上，温柔又动人。

师乐觉得自己好像都被感染了，突然想到一句话：今晚夜色很好。

这个念头一出现就被她抛开，她坐直身体，拿手机拍下了镜头里模糊不清的夜色，思绪却不由自主有些飘。

或许以后再也没有机会看到这种美了，也遇不到身边这个人。

想着，她居然恍了一下神，鬼使神差地问："小宴之前说想考江大？"

戚宴也坐着朝前看，轻声应："嗯。"

师乐点了下头，至于为什么校长说他能去 A 大，却执意要选江大，她也不多问，有些事情，问多了就是冒犯，也是窥探。

夜风吹来有些冷，尤其是还坐在河边，师乐很轻地打了个冷战。

戚宴幅度很小地转了下头："时间差不多了，我送姐姐回去？"

师乐摇摇头："再坐会儿吧。"她轻声道，"机会不可多得不是吗？"

戚宴微顿，半晌后应声点头："好。"

戚宴回到家时是晚上十点半，虎子在看动画片，听见动静跑到门口："哥你回来啦。"

"嗯。"戚宴停下车，"妈睡了？"

"睡了。"虎子看着他，"哥你不是说很快回来吗，怎么这么久？"

"临时有事。"戚宴推了下堵在门口的他，"明天你还要上学，快去洗洗睡觉吧。"

虎子看他回来也放了心，电视也没关就去睡了。

戚宴坐在铁炉前，微微凝神。

今晚的发展在他的意料之外，却是给了他一份独有的礼物。

周六这天学校很热闹，团里特意在乡里租了音响过来，搭了一个临时的小舞台。

早上是运动会，下午是艺术节。

孩子们都来得很早，师乐负责三年级所有的孩子，她戴着"小蜜蜂"指挥大家站好，给每个报了名的孩子都分发了特别制作的号码牌。

刘水阳他们几个笑嘻嘻地凑过来，给师乐递了一瓶水，讨好地问："乐乐老师，听说你给他们特别准备了礼物，我们有没有啊？"

几个小孩最近看起来格外上进，跑办公室的次数多了不少，拿着那被揉得乱七八糟的暑假作业过来想要老师辅导。

师乐也没打击他们：“看你们表现。”

刘水阳挺起胸脯：“那我肯定好好表现。

“乐乐老师你等会儿看着吧，我一直是我们班跑得最快的。”

师乐有意调侃：“那可不，差点就抓不回来了。”

刘水阳脸微微红了下：“能不提那事儿了吗？”

师乐其实很好奇，那天晚上在戚宴家里，他说了什么，她自觉自己的话应该不足以让他们这么快地转变。

这会儿还没忙起来，师乐喝了口水，这么想着也这么问了：“那天在你宴哥家，他跟你们说了什么？”

刘水阳三人对视一眼，道：“也没说什么。”

嗯？还真是没说什么？

师乐玩笑道：“真就只让你们睡了一晚上地板？”

三人点点头。

刘水阳提出来睡伙房后，其他两人也都纷纷附和他一起睡在那里，戚宴居然也没拦着，给他们找了几床铺盖铺了厚厚的一层，也没让他们委屈着，还贴心地把枕头放在了对着奖状的那一边。

师乐表情空白了一瞬，有些没想到。

刘水阳又道：“不过是我们自己提出来的。”

戚宴家的地板是水泥的，家里也没铺地板砖，虽然没脏东西，但睡地上稍微有些夸张了。

师乐示意他接着说。

刘水阳摸了摸自己的短发，聊天似的道：“宴哥知道我们其实都浑，也爱偷懒，没老师你看的那么好。”

师乐微微挑了下眉，这也是她让戚宴跟他们谈心的原因。

刘水阳又说：“最主要的是，宴哥本身就是一堂课。”

“怎么说？”

“乐乐老师你不知道吧？宴哥可是我们整个余坪，不对，已经不是余坪了，是整个窑山之光。”刘水阳略带了一些夸张的语气，“谁都把他当宝贝呢，说他以后是我们省的状元了。”

师乐抬起自己棒球帽的帽檐，“嗯”了声。

这件事校长跟她说过。

“这是一方面，”刘水阳轻咳了声，“老师你也知道宴哥没爸，芬姨她身体也不好，宴哥现在算是一个人撑着这个家，又拖大又带小的，前段时间虎子不是还跟人打架了吗？欸，老师你别这么看我，其他人看到的，早传开了。

“确实，宴哥不是芬姨亲生的，但那又如何，他依旧把芬姨当成亲妈看。

“我只是觉得自愧不如。”他找那些莫须有的借口来让自己不学习，不努力，一看到宴哥他就像是被打了一巴掌，而且还没勇气还手，“宴哥比谁都辛苦，但又比我们都要强。”

虽然是一个村的，但以前没什么机会这么近距离接触，那天那么近距离地跟他吃饭聊天，刘水阳几人才突然觉得自己成了个参照物。

更何况，那天戚宴说的话都是事实。

等刘水阳他们去六年级那边的队伍了，师乐还有些出神。

她压下去的那点不窥探人家隐私和想法的心这会儿又被翻了出来。

这时，李闻华在广播里喊了一声："三年级，三年级的到操场中间来。"

师乐忙收起思绪带着孩子们走了过去。

运动会弄得像模像样，分管每个年级的老师都要带着自己班的人在主席台前走一遍，周围不少孩子的家长也过来了，站在附近看。

把开场走完，师乐给大家分好队，然后让小组长带着各自的队伍去比赛了。

她一个项目一个项目地转着看。

虎子的跑步比赛排在第一个，从操场的一头跑到另一头，师乐站在终点，看着这个虎头虎脑的小孩。

不可否认，她对虎子与其他人相比更偏爱，可能是因为最开始见到的是他，也因为他赤诚又可爱，还有可能因为他是戚宴的弟弟，那也是她的弟弟了。

她对这两兄弟，都有偏爱。

虎子今天戴着她送的那顶帽子，一双眼睛亮亮的，盯着终点的她。

师乐心里软成一团，不久前这孩子还悄悄地拉着她，问她如果他没跑第一，可不可以也要一份小礼物。

师乐那时没答应，但心想哪能不给。

裁判一声哨响，虎子就一下子朝她奔了过来，真像一只充满了活力的小老虎。

只是那么几秒的时间，师乐情不自禁地笑了下，张开了手。

一只"小老虎"满脸笑容地扑到了她的怀里。

虎子埋在她怀里抬头，期待地问："乐乐老师！我第几？"

师乐揉着他发红的脸："第一。"

虎子在她怀里激动地扭了两下，然后又停了下来，脸上的笑还没止住，就露出了惊讶："哥？你怎么来了？"

师乐一愣，转过头。

戚宴站在一边看着他们，也不知道来了多久了。

他伸手，将虎子从师乐怀里带了出来："一身汗。"

师乐看到他还是挺开心的："你怎么来了？"

"没什么事。"戚宴说，"来看看虎子有没有跑第一。"

虎子激动地抱着他的手晃："跑了！我能拿到乐乐老师的礼物了！"

戚宴弯唇，看向师乐，像是有些无奈："他一直惦记着拿第一，好找姐姐拿礼物呢。"

“看出来了。”师乐说，“刚才还想找我走后门。”

虎子被说得有些脸红，这周围还有其他学生呢，被知道了他还要不要面子？

想着还有其他项目，虎子打了个招呼又跑远了。

戚宴也说：“姐姐去忙，我只是随便看看。”

师乐也没跟他怎么客气，点了下头，走了两步，忽地又回头道：“今天你没什么事？”

戚宴顿了下，摇头：“没事。”

师乐问：“下午学校有艺术节，有我的节目，你要过来看看吗？”

戚宴脸上的笑意有那么一秒的停滞，像是没反应过来。

师乐觉得好笑：“之前你不是想听天桥那首歌吗？”

戚宴点了下头：“嗯。”

师乐：“完整版，想听吗？”

想起天桥上那一瞬间的惊艳，戚宴下意识地点了下头，但像是又想到了什么，他很轻地蹙了下眉：“姐姐唱的是那个吗？”

师乐有些意外他这个反应，问：“怎么，不想听？”

“不是。”戚宴很平静地看着她，往前走了一步，声音不大，像是叹息，“我觉得姐姐唱那首歌好像不是很高兴。”

师乐瞳孔微缩。

她扭过头，见戚宴抿了下唇，有些犹豫，但还是继续道：“姐姐不是说过，这是原创吗？

“如果唱那首歌姐姐不高兴的话，可以换一首其他的。”

“可以的话，”他温柔又坚定，“唱一首能让姐姐高兴点的。”

广播里一声清脆的哨响让师乐回过神。

戚宴依旧还是原来的模样，许是放了假有些奔波，晒黑了些，但在众人中，还是鹤立鸡群。

她捏了下眉心，笑了一声：“我现在就挺高兴的，跟唱歌没什么关系。”

戚宴闻言，也不多说，道：“那我很期待。”

师乐离开得有些急，她甚至都没细想为什么自己会走得这么急。

下午的艺术节两点半开始，这会儿学校比上午还热闹。

都是孩子们自己编的节目，可能是知道这是老师们在这里待的最后一个周末，大家都表现得很认真。

短短几天排练出来的节目看起来也有模有样的。

三年级的节目是大合唱。

负责所有节目统筹的是团里的另一个老师，师乐倒没参与，最近这几天虽然都能听到孩子们课间哼歌，但他们却一次都没有给她听过大合唱的效果，还神神秘秘地告诉她，要保密。

师乐站在舞台前，给他们录像，给他们，也是给自己一个回去以后的念想。

音乐声响起的时候，师乐微微抬了下眼睛，然后把手机递给了身后的童琳："帮我录一下。"

童琳："嗯？你要去哪儿？"

"不去哪儿。"师乐目光重新落在了台上。

她有种直觉，自己若是分神去录像了，会有遗憾。

歌名是《夜空中最亮的星》，一首前奏出来就让人耳熟能详的歌。

在节目开始前，虎子拉着她，说是一定要让她站在最中间的位置。

开始师乐还不知所以然，现在才突然明白。

像刚来那天一样，三十六个孩子，目光都齐刷刷地落在她身上，每个人脸上都露出了笑容，像是特意练过的，牙齿白花花的，晃得她眼睛有些模糊。

孩子们唱得有些不齐，甚至有些人还唱跑调了，但每个人都在认真地唱着。

一首歌唱完，台下响起了热烈的掌声，师乐在这片掌声里下意识地想要低下头，但还是直直地看着台上的孩子们。

他们还没下来，虎子向前走了一步，拿住了话筒。

"这首歌送给所有的老师，谢谢老师们陪我们度过了一个快乐美妙的暑假，我们会永远爱你们。

"也是单独送给乐乐老师的。"

虎子看着台下站在中间的师乐，声音清脆："乐乐老师，我们所有的同学，都很喜欢你！"

他抬起手，依次竖起了三根手指，随后身后的孩子们鞠了一个躬，异口同声地道："谢谢老师！"

他们有序地下了台，师乐站在原地，隔了几秒，手机也没拿回来，走到了另一边。

她压着帽子绕来绕去，绕到了教学楼旁的拐角，取下帽子，很轻地吸了口气，随后仰起头将帽子盖住了脸。

上了火车的那天，师乐其实没有很大的想法，甚至那几天心情也很一般，她觉得自己真没有很无私很伟大。

她来余坪，除了支教，也有自私的想法，或许是因为江州，或许是想要远离那个家。

直到切切实实到了这里，到了教室，面对这些孩子，那些念头才被抛开，才让她有了实感。

这一瞬间，她的实感又突然飘忽了起来，心里堵着一口气，憋得她难受。

哪里会有这么多善良可爱的人。

外面还有很多人，下一个节目已经开始了，师乐呼了口气，平复心绪后，把帽子取了下来，然后对上了一个人的侧脸。

师乐一愣。

戚宴安静地站在一边，低头在看手机，想来是察觉到了她的动静，他转过头来，笑了下：“姐姐。”

师乐突然有点窘迫：“你什么时候来的？”

戚宴倒也没说谎，很干脆道：“姐姐过来的时候。”

师乐突然伸手，把他揪了过来，拉到一边，上次在卫生院不是还挺能说谎的，这会儿这么诚实！

“你看到什么了？”

戚宴眨了眨眼，看看她的手，却没多说什么，笑说：“姐姐拿帽子挡住脸了，没看到。”

他绝对是在笑她！

师乐手上移，掐了下他的脸：“你是在笑我吗？”

“没有。”戚宴的脸被掐得有些变形，却没挣扎。

师乐掐了一会儿就放下了手，她捏捏手，他的脸怪滑的，她放弃一般，反正他也看到了：“你想笑就笑吧。”

“真没笑你。”戚宴脸上红了一小块，他从兜里拿了张湿纸巾出来撕开递给师乐，“有什么好笑的。”

师乐接过来，擦了下眼睛，没说话，她就是觉得有点不好意思。

戚宴看她动作很慢，耳朵却慢慢红了。

心底压着的情绪又开始疯涨，他知道这人藏了一颗最柔软的心，比谁都温柔，比谁都要可爱。

看到她自己一个人悄悄走过来时，虽然知道她是心里有些感触，但还是忍不住跟了过来，他不想错过她的任何一面。

戚宴盯着她的耳朵，随后在她耳畔停下，他轻笑着：“姐姐耳朵红了。”

师乐猛地扭过头，又羞又有些气，她把湿纸巾扔到了戚宴怀里，眯起眼睛：“你现在连我都敢调侃了。”

戚宴摇头：“没有。”

师乐倒是大大方方地揪住了他的耳朵：“还否认。”

她一阵揉搓，直到那耳朵也红了才罢休，实在是有些无赖：“你的也红了。”

戚宴再也忍不住，眼里都染满了笑意，顺着她：“嗯，我的也红了。”

事实上是真的红，都红到脖子根了。

师乐听着觉得有些不对劲，嘟囔着：“怎么像是你把我当孩子哄。”

戚宴把她方才扔给他的湿纸巾小心地折了起来，然后道：“不是哄，姐姐觉得自己这样不好吗？”

师乐破罐破摔，这会儿也没什么包袱了，她戴好帽子，问：“哪里好？”

“姐姐说过，这个年纪就要大胆一点。”戚宴说，“你比我大不了多少，不是也应该大胆一些，随意一些吗？

“做点自己想做的事情，不用管太多。

“就像刚才，姐姐想哭就哭，想笑就笑，这是应该的。”

师乐没想到他会用她说过的话回过头来再送给她，一时没反应过来。

戚宴抬起手，修长的指尖轻轻搭着她的帽檐，帮她把帽子扶正。

“早上才跟姐姐说过，姐姐只要高兴就好。”

等他把手放下，师乐才抬起眼睛，她看着面前比自己高不少的少年。

她突然有瞬间的错觉，被照顾的人，好像是她。

这个念头一旦起了就停不下来，她回过头一想，过去这段时间里，戚宴似乎一直都在照顾她。

她垂下眼睛，眼睫微微颤了颤。

戚宴这时侧了下头看向外面，然后道：“要到老师们表演了。”

师乐如梦方醒，突然抬头，这才发现因为戚宴给她整理帽子，两人的距离有些近。

她下意识地又把目光下移，看到了戚宴微动的喉结。

“姐姐？”

师乐忙压着帽子：“我走了。”

看着师乐匆匆离开，戚宴也微微松了口气。

师乐作为整个支教团的招牌，颜值担当，节目被排在了最后一个压轴。

上台前，她先去了一趟负责节目统筹的团员那里，说了几句才上了台。

原本她是可以用吉他弹唱，只是这里条件不允许，所以她还是拿出了手机。

师乐这些年来，上过很多舞台，大大小小，人多人少，甚至于那天在天桥上都唱过了，却没有一次，像现在这样，手心里都渗出了汗。

话筒架好，她慢慢深呼吸了几次，然后按响了手机。

谁在最需要的时候轻轻拍着我肩膀，
谁在最快乐的时候愿意和我分享，
日子那么长，我在你身旁，
见证你成长，让我感到充满力量。

钢琴的琴音从手机里按出来，配上了她的嗓音，现场很快安静了下来。

唱完这一段，节目统筹播放了真正的伴奏，这是刚才师乐临时跟他商量的，她原来准备的不是这首歌。

跟着音乐，师乐继续开口。

我和你一样，一样的坚强，
一样的全力以赴追逐我的梦想，
哪怕会受伤，哪怕有风浪，

风雨之后才会有迷人芬芳……

她唱到一半，台下突然骚动起来。

随后稀稀拉拉的声音开始跟着唱了起来，声音越来越大，到了最后，所有的老师和同学一起大声合唱着。

我和你一样，一样的善良，
一样为需要的人打造一个天堂。
歌声是翅膀唱出了希望，
所有的付出只因爱的力量，
我们都一样，一样的坚强，
一样的青春焕发，金黄色的光芒，
哪怕会受伤，哪怕有风浪，
风雨之后才会有彩色阳光……

师乐刚才压下去的情绪瞬间又奔腾了出来，她眼前模糊，跟大家一起开口。

我们都一样，一样的善良，
一样为需要的人打造一个天堂，
歌声是翅膀，唱出了希望，
所有的付出只因爱的力量……

最后一段，所有人都收了声，师乐抬眸间，看到不远处看着自己的戚宴。

察觉到她的视线，戚宴浅笑了一下，目不转睛地看着她。

“姐姐想哭就哭，想笑就笑，姐姐高兴就好。”

师乐心底一颤，闭了下眼，再睁开时，没有压住嗓子的哭音。

她捏着话筒，唱完了最后一段。

谁在最快乐的时候愿意和我分享，
日子那么长，我在你身旁，
见证你成长，
永远为你鼓掌。

唱完，她看着台下所有看着她的人，低了下头，又抬起来，含着泪笑道：“我也很喜欢你们。”

艺术节结束后第二天是走访，走访名单是村主任给的，一早就定了，第一周师乐不在时已经走了一半，还有一半留在今天。

还是要兵分两路，不过这次大家都格外积极，想要走右边。

早上开会时所有人都在讨论，唯独师乐坐在角落里没说话。

童琳挪了下椅子过来，坐到师乐身边，冲她微微挑眉："你不去？"

师乐把那名单记录下来，放在桌上，在笔记本上随便画了几下："不去。"

"你不是跟那个小帅哥关系还不错吗？"童琳说，"居然不去？这么好了解他的机会。"

对，大家挣着去右边的原因，是因为戚宴。

在拿到名单时，村主任已经明确说过，戚宴家是重点家庭，大家要多关注一下，而戚宴这个人也特殊。

至于为什么特殊，一问便知，状元苗子嘛，当然特殊，谁都好奇。

当然也是因为初见那天，所有人都对戚宴印象深刻。

所以大家都对他好奇，也就想走那边，去他们家。

师乐不想去，这些天下来，她对戚宴不能算是知根知底，但他家里的情况，她也差不多摸清了。

她只是不想跟一群人一起，在他面前再把这些事摊开说一遍。

师乐很坚定，所以这次去了左边。

戚宴家。

看着门口突然出现的一群老师，戚宴稍微愣了下，随即很快从家里拿了凳子出来。

他默不作声地看了一圈，没看到想看的那个人，又垂下视线，回家倒水。

虎子把水端出来，大大方方地问："乐乐老师没来吗？"

大家都知道他喜欢师乐，这会儿也笑着道："乐乐老师要去其他同学家，今天就不过来了。"

童琳离戚宴近，看了这个小帅哥一眼，接过他手里的水，笑道："是啊，我还奇怪呢，我以为她会来的，不过她今天想都没想就选了另外一条路。"

戚宴笑了下，没说话。

其他老师在跟戚妈妈说话，童琳在边上，看着他，忽地问："小帅哥，问你个事儿。"

戚宴："嗯。"

"我那天看到了，"童琳说，"乐乐那天晚上是跟你走了。"

戚宴微微抬眼，表情却很平静。

童琳接着道："我昨天在运动会的时候也听到，你叫乐乐是叫姐姐的。"

童琳看着他的眼睛，过了一秒，问："我也没其他意思，只是想知道为什么。为什么她不一样？"

刚才他们来时，戚宴叫每个人都是叫老师。

他对每个人都生分，就是对乐乐不同。

戚宴沉默了片刻，才轻笑了一声：“因为她不一样。”

童琳微微眯眼，意味深长地看着他。

戚宴接着道：“老师不要误会。”

他看起来坦坦荡荡，也很从容。

“早在老师们来余坪之前，我就跟她见过了，在青城。”

童琳没想到这点，微微有些意外：“哦？”

“嗯。”戚宴又道，“在来余坪前，也遇到过。”

戚宴想了下，那晚是惊鸿一瞥，而第二天看到地上那两个用树枝写的名字，才是他对她真正的注目。

那时候他就知道，这一定是个很温柔的人。

“虎子很喜欢她，”戚宴说，“她也……帮了我很多忙。”

童琳仔仔细细看着他的表情，听完这些，她笑了下：“原来是这样。”

童琳这会儿也没别的意思，主要是来之前，那个人还特意回过头敲了下她，让她在走访时照顾下这两个小朋友。

有时候走访问的问题比较私密，童琳大概知道师乐是什么意思，她不想让这两兄弟被这些私密的话题给伤到。

所以这会儿她才跟他聊聊，分散他的注意力。

虎子那边倒不用担心，小孩看电视看得正入迷。

童琳觉得还挺有意思的：“她真把你当弟弟。”

戚宴指尖在墙上点了点：“嗯？”

“她这人心细，”童琳说，“还挺护着你的。”说着，她笑了起来，“加油小帅哥，我们在A大等你。”

戚宴微微转过头：“A大？”

童琳一副“我都懂”的样子：“我们都知道了，你成绩很好，考A大没问题的。”

戚宴看了眼坐在不远处的妈妈，又收回视线，很轻地笑了下，没接话。

童琳还在说：“到时候你去了A大，你跟乐乐说不准还可以认个干亲，哈哈哈哈。”

戚宴视线飘远，看向不远处，想起了之前师乐接的那通电话。

不承认的家，不承认的弟弟。

她是不是，真的只把他当作弟弟看呢。

晚上开完会，李闻华拿出前一天他去还音响设备时顺便买回来的一堆泡面和啤酒，煮了一大锅，端到操场上。

一群人围在一起吃泡面喝啤酒，打算一起过完在余坪的最后一个周末。

师乐坐在角落，手里被塞了一罐啤酒，听到那人说道：“乐乐，你开酒吧的，不喝点说不过去啊。”

她虽然是开酒吧的，但很少喝酒，因为酒量不好。

但看大家都兴致勃勃，师乐也不好拒绝，拿了一罐抿了两口。

林采站起来："我先敬大家一个啊。这些天辛苦大家了，回去以后请大家吃大餐！"

所有人都拿起酒来，跟他碰了一个。

李闻华也紧跟其后："跟大家过了一个有意义的暑假，希望以后有机会，咱们还能一起去下一个地方。"

师乐耳朵微微一动，抬起头来，跟李闻华碰了这杯。

"我来，到我了到我了！"童琳安静不下来，"这次体验真的很好。昨天乐乐唱的那首歌，直接把我人都带走了，哭得不成人，这杯酒我必须要敬你！"

师乐失笑着拿起酒。

童琳说："我说真的，我这么娇气一个人，在这么个地方，却觉得很高兴，这真的是人生第一次……"

师乐听着听着就开始走神了。

一锅泡面，满天繁星，师乐也不知不觉喝了小半罐，她靠在身后的墙上，时不时看看手机，却也不知道该找谁。

许婧去江州也一周了，没什么动静，她没问，也不敢问。

A 城那边，好像也没什么必要。

她看着自己最近的联系人里，那个黑色的头像，想了想，点了进去。

"小宴在做什么呢？"

那边回复很快："在看星星。"

师乐无声地笑了下："巧了，我也是。"

师乐想着，手机又振动了一下，他发了一张图过来，又是黑漆漆的一片。

师乐笑了："又让我数星星？"

戚宴："不是，是想说我们看的是同一片。"

"你这不是废话吗？"

戚宴："不是。不一样的。以后，我们看的就不是同一片了。"

看着最后这句话，师乐微微愣了下，A 城离余坪几千公里的距离，在同一片星空下，却隔了这么远，居然有这么远吗？

突然，有人喊她："乐乐。"

师乐回神，抬起头，林采拿着酒跟她身边的人换了个位置，坐了过来。

"你怎么一直在发呆？"

师乐按灭手机，往旁边移了下："想点事情。"

林采看着她的动作，脸上表情微微一僵："乐乐，你是不是在躲我？"

"没有，"师乐摇着手里的酒，喝了口，靠着墙道，"学长想多了。"

"那就好。"林采像是信了似的，"那样我会有点难过。"

师乐没说话。

林采又道："乐乐，我们认识也快一年了。"

"嗯。"

"这一年，也没看你身边有什么人。"林采看着她，"你有没有想过找一个？”

旁边一直竖着耳朵听的众人皆露出了一脸高深莫测的表情。

“吃瓜”是人类的本能。

林采似乎也不当回事，他平时表现得也没收敛过，大家都能看出来。

师乐回望过去，看着林采：“想过。”

“那喜欢什么类型的？”林采脸上表情一亮，声音压低了一些，“你看看我呢？”

师乐这会儿酒意上来了，原本是不想理他，想着在支教这段时间里不想闹出什么幺蛾子来，这会儿倒也没那么多耐心了。

她道：“应该不是学长这样的。”

林采脸色微微一变：“那是什么样的？”

这时，师乐手机亮了一下，她拿起来，看到发来消息的那个名字，笑了下。

“不知道，可能，乖一点的？”

说完这句话，师乐自己都微微愣了下。

她从没想过自己的另一半会是什么样子，可能就像是她跟童琳说的那样，还没有这么一个人让她有想要恋爱的想法。

可是这一瞬间，她突然就多了这个莫名的念头。

乖一点的？

手机上是戚宴发来的消息：“姐姐上次拍的萤火虫，可以发我一张吗？”

师乐笑了下，把那张图发了过去：“怎么想要这个？”

戚宴：“因为姐姐给我的没留下来，想留下这个。”

师乐看着这行字，恍惚了一下。

戚宴说得没错，她来了这里小半个月，回头一看，好像真的什么都没留下。

她突然觉得有些不甘心。

这时手机响了起来，师乐看了眼来电人的名字，拿着酒起身：“我接个电话。”

电话是许婧打来的。

师乐走出操场，出了校门，还是站在那棵树下，接通电话却没先开口。

一般这个情况，许婧都会先开口，只是这次，电话那头却没有声音。

师乐拿起手机看了眼，确认是在通话中。

她顿了下，刚准备说话，那头却传来了一个男声：“喂？”

师乐捏着的啤酒罐瞬间变了形。

男声有些低沉，却也好听。

师乐呼吸都轻了。

没听到回应，那头的人又继续开口：“说话。”

师乐抬起手在旁边的树干上轻轻抠了下，又喝了口酒，轻轻“嗯”了声。

那头的男人似乎是笑了。

“师满满，你怎么回事儿？”

师乐喉咙顿时有些干涩，她张了张嘴，又发不出声音，甚至不知道该说什么。

她以为许婧会跟她说一下找没找到，或者跟她单纯聊聊天，却没想到许婧直接给她把炸弹引爆了。

在听到这人开口的那瞬间，她突然就明白了，这人是谁。

这世上，会叫她“师满满”的，没有几个人了。

师乐又喝了口酒，蹲下来：“怎么了？”

“怎么了？你说怎么了？”那头的人似乎带着点兴师问罪的意思，“连声‘哥哥’都不叫了？”

师乐沉默。

她跟师肆有十年没见了，这一瞬间，她居然不知道该说什么。

没听到那声“哥哥”，师肆也没继续追着让她喊，而是接着道：“听说你跑到青城去支教了？什么时候结束，我去接你？”

师乐：“二十四号。”

师肆停了几秒，应该是在查日历，过了会儿又道：“那也没几天了。”

“行。”他说着又笑了下，“你想吃什么，想玩什么，都先提前想好了。”他声音缓了些，“等着哥哥去接你。”

师乐把头埋在膝盖里，就那么一瞬间，突然觉得很委屈，她紧紧捏着手机。

师肆那边也沉默了，过了会儿，一直没听到人说话，他叹了口气：“师满满，你做什么呢？”

师乐摇摇头，也不管他看不看得见。

师肆：“说话。”

师乐这才道：“我等你。”

师肆那头听见她的声音，安静了两秒，笑说：“怎么还跟个小孩似的？”

师乐闷声道：“等你来接我。师圆圆，你一定要来。”

“嗯。”师肆应下她，“一定来。”

这通电话没有寒暄，也没有亲人多年不见的感天动地，好像只是老熟人简单说几句，约了一个见面的时间，就没有其他。

师乐却感觉自己好像瞬间被什么填满了一般。

她在地上蹲了许久，突兀地笑出了声，而后将手里的酒一饮而尽。

手机又振动了一下，师乐看到戚宴发来消息。

“虎子很喜欢姐姐的礼物。”

师乐其实也没准备什么，来余坪之前也没想过要准备礼物，只是在这期间突然想起来的。

她借了团里摄影师的相机，每天都在三年级的班里给大家拍照，又托去乡里买菜的人帮她拿去乡里洗出来了，给每个人都做了一个小影集，说是第一名才有，其实每个人都有。

师乐打字，想说喜欢就好，就又收到了戚宴的消息。

“我能不能，也找姐姐要一个礼物？”

师乐微微一愣，随即被他这小心翼翼的样子给逗笑了。

她喝了酒，这会儿眼睛有些发热，也就没打字，发了个语音过去：“行啊，你想要什么礼物？”

戚宴：“只要是姐姐送的都行。”

师乐笑着说：“姐姐送你一套‘五三’要吗？”

戚宴：“要。”

师乐靠着树笑，她仔细想想，确实不知道要送什么给戚宴，总不可能也送他一个影集吧？

想了会儿，她摇头：“姐姐有些想不出来。小宴没什么想要的吗？”

戚宴站在角落里，看着不远处站在树下的人影。片刻后，他拿起手机，按下语音键。

“那姐姐送我一场电影吧，可以吗？”

师乐听到这句话，有些没反应过来，送一场电影是什么意思？

“怎么送？”她问，“请你看电影吗？”

戚宴：“嗯。”

师乐问：“余坪有电影院？”

别说余坪了，窑山也没有，可能只有青城有电影院。

师乐在这个时候，竟然还认真地考虑了一下，现在从这里开车去青城，看场电影再回来的可能性。

但她想想自己现在喝了酒，借到车也不能开，也就放弃了。

“有个地方有。”戚宴说，“姐姐去吗？”

“去。”师乐把玩着手里的啤酒瓶，“我答应了给你，就不会食言。”

“那我等姐姐。”戚宴说，“我在上次停车的地方。”

师乐听完这句话，突然回头，看到教学楼那边突然亮起了灯，看来是车灯了。

他来了多久了？

这一刻，师乐心里突然冒出了一丝隐秘的喜悦。

师乐将啤酒罐扔到了垃圾池里，往那边走了过去。

戚宴靠在摩托车上，抬起眸，浅浅笑着：“姐姐。”

车灯在前他在后，面容有些看不清，却能模糊地看到他的笑脸，师乐也跟着笑了起来：“你什么时候来的？”

戚宴说：“想找姐姐讨礼物的时候。”

他骑上车，将车掉了个头，示意师乐上来。

师乐回过头，看向学校的方向：“要经过学校吗？”

“嗯。”戚宴似乎是知道她在想什么，他从摩托车后面的架子上拿出了之前那件雨衣，“姐姐可以穿上这个。”

师乐微微挑眉，走过去：“你准备得倒挺齐全。”

"是啊。"戚宴把雨衣打开，抬手套在了自己身上，露出那双好看的眼睛。

师乐弯了下唇，走到他身后，从雨衣底下钻了进去。

她的手轻轻搭在车后的架子上，道："走吧。"

车子发动，戚宴骑着车带着她从这方被遮住的角落里出来，两人光明正大地路过小学门口，从操场上那群还在喝酒聊天的人面前，带着风离开。

师乐回头看了一眼，有几个人也看了过来，但在夜色里，并没有人认出她。

离开学校的范围，戚宴把车停了下来，把雨衣掀开，回头看向她："怎么样？"

师乐这会儿酒劲上来了，突然被这种偷偷摸摸的感觉给刺激到，她也掀开雨衣，突然在他身后站了起来，搭住他的肩膀，看着远方的夜色："太棒了。"（注：危险动作，切忌模仿。）

戚宴微微垂眸，看着自己肩上的手，又抬起来看她："姐姐坐好，小心危险。"

"姐姐今晚高兴。"师乐低下头，对上他的视线，"让姐姐高兴一会儿。"

她嘴角含着浅淡的笑意，眸色柔软像是映着他的影子，戚宴怔了一瞬，与她对视着。

隔了几秒，戚宴才点了下头："好，不过姐姐最好还是搂住我的脖子站稳一点。"

他话音一落，一双手就搂了过来。

耳边的女声隐隐含笑："好了，走吧。"

戚宴微微闭了下眼，吸了口气，他重新发动车子，这次的车速很慢，由着她搂着自己的脖子，享受这一刻的高兴。

这段路不算好走，很颠簸，戚宴终究还是不放心，开了段距离。

他轻声道："姐姐，晚上开车很危险，你还是坐下来。"

师乐也知道这不合适，不过她方才那点任性被满足，她也高兴了，于是就收回了手，老老实实坐在后面。

"好，走吧，请我们小宴看电影。"

两人骑车到了窑山，窑山没有电影院，师乐也没问，等他把车停下来，跟着他走到了一栋楼前，这栋楼前有一个很大的广场。

小楼有四层，这时候关着门，像是什么活动中心。

"这是乡里的文化站。"戚宴拿了一把钥匙出来，"过年的时候，活动都在文化站办。"

师乐看着他熟门熟路地开门走进去，问："你怎么会有这里的钥匙？"

"同学给的，这里是他爸爸管。"戚宴回头笑了一下，"晚上没人，除了过年也没什么活动，所以多半时间都是空着的，以前在乡里读书，有时候晚上他就带着我们来这里看电影。"

因为是晚上，这里也没灯，师乐在黑暗里摸索着走进去，问："那这是我请你看电影，还是你请我看电影啊？”

“不是让姐姐请我看电影。”戚宴回头把门关上，拿出手机照明，借着那隐约的灯光，微微抬眼。

因为四周黑暗，两人距离很近，师乐看到他眼里闪着光。

他轻声道：“礼物是，姐姐陪我看电影。”

第七章 //
以后还能见到吗

直到跟着戚宴上了四楼，师乐都没说话。

四楼是个旧礼堂，很是空旷，礼堂里有台电脑，还有个投影仪。

戚宴让她坐在了中间的位置，自己打开了电脑。

两人进来了也没开灯，窗帘被拉上，电脑的灯光映在了他的脸上。

师乐隐在黑暗里看着台上的少年，她不得不承认，刚才听到戚宴那话的那一瞬间，她恍神了。

为什么恍神，好像是心跳的节奏乱了一下，又好像是那一瞬间胸口被什么压住，压得她反应不过来。

电影开场音乐响起，戚宴用手机照明慢慢地朝着她走近，师乐看着那摇晃的灯光，酒意有些上头。

她想，动就动吧。

沉寂这么些年，动一下都不可以吗？太苛刻了。

戚宴走过来，在她身旁坐下，把手机的灯光按灭，看着前方道："既然是陪我看电影，那看什么由我定，姐姐觉得可以吗？"

师乐往后靠在椅子上，笑道："你放都放了，这会儿还问我做什么？"

这礼堂很少有人用，因为是偷偷来的，音响也开得很小声，她的声音很是明显："姐姐什么都依你。"

戚宴转头，借着那点昏暗的灯光，不加掩饰地用目光去描摹她的侧脸："谢谢。"

看个电影谢什么。

师乐这会儿心思不在电影上，也不知道自己在想什么，头有些沉，脑子也不想转，她觉得累。

她闻声转过头，看到戚宴在看自己。黑暗能把人的胆子和感官无限放大，更何况是在她微醺的情况下。

她微微眯了眯眼，忽地靠近一些，歪着头靠在椅背上，轻笑道："不是看电影吗？看我做什么？"

戚宴怔了一瞬，闻到鼻尖的味道，才突然想起来："姐姐今天喝酒了？"

"喝了点。"

确实只是一点，一罐啤酒，不是多大的量，只是她酒量不太好而已。

戚宴想起她在车上说的话，道："因为高兴？"

高兴是高兴的，因为在余坪她高兴，因为师肆她也高兴，她很久没这么高兴过了。

师乐点头："算是。"

"我能问问为什么吗？"戚宴温声说，"能让姐姐高兴的事。"

师乐看他一会儿，其实对不上视线，但又莫名觉得两人在对视，他也在看她。

她低声说："如果我说'不能'呢？"

她是真的醉了。

至少戚宴觉得，在她清醒的情况下，不会离他这么近，不会用这种语气跟他说话。

戚宴觉得自己也有些醉了，他很轻地抬眼，说："可我有些想听。"

说罢，面前的女生轻轻地笑了："那我就说给你听。"

她垂着眼睫，轻声叹息："因为今天，我找到了一个很重要的人。"

戚宴微微一滞，他想问，那人是谁，却明白这很得寸进尺了。

所以在操场上，看到那个男生换了座位离她那么近的时候，他才忍不住给她发消息，引开她的注意力。

可是现在戚宴才发现，他控制不住的事情还有很多，他无能为力，他无可奈何。

"也因为，在余坪遇到了你们。"师乐不知道身旁的人思绪已经飘到了天边，接着说，"怎么办，我好像舍不得你们，已经开始想你们了。"

找到的那个人，不是他。

戚宴心中涩然，无声地深呼吸，道："我们也很舍不得姐姐。"

师乐说："是啊，那怎么办呢？"

能怎么办？

他不能怎么办，甚至只能用这些蹩脚的借口，只为了再多见她一面。

戚宴看着她，像是自言自语地低声重复："怎么办呢？"

似乎是觉得问这个问题有些蠢，师乐笑着抬手，拍了下他的头："想了就见面啊。"

她有些疲惫，手搭在戚宴的头上，又揉了揉，觉得手感还挺好。

戚宴的手微微动了下，却没有抬起来，他无声地看着面前的人，她用轻松的语气说了一句对于他来说，可能做不到的话。

——想了就见面。

他相信只要他想，在未来的某一天，他一定能见到她，并且对于这件事深信不疑。

但是他却不知道，那一天是什么时候，也不知道那一天到来的时候她还会不会记得他，或者她身旁是不是有了其他人。

她有多耀眼，他比任何人都明白。

隔了会儿，她搭在他头上的手缓缓垂了下去。戚宴抬眸，看着面前的人已经靠着椅子睡着了。她喝了酒，这会儿怕是没有熬住。

说是来看电影，但电影放了这么久，两人谁也没看进去。

他不知道等师乐离开这里后，多长时间后这人会在他心里淡去，她像是这个夏天突如其来的一场雷阵雨，来势汹汹，去势汹汹。

却将他整个人淋了个透彻。

戚宴拿起手机，打开摄像头，对着师乐拍了一张照，隔了会儿，又对准两人，将两人的脸都收进了摄像头里。

电影播放了一半，是个爱情电影，戚宴平时不看爱情电影。

戚宴选这个时没有其他想法，只是随便找了个评分高的，想跟她一起看。

是国外的电影，这会儿正好看到了字幕。

【有一个想念的人，就是幸福。】

接下来的时间，戚宴还真的认认真真地将这个电影看完了，一场年少的心动和不可得。

师乐醒来的时候，电影还在演，她揉了揉脖子，有些蒙："我睡着了？"

戚宴回过头来，笑道："是啊，怎么都叫不醒。"

师乐莞尔："这种话骗我，我是不信的。"

"嗯？"

师乐坐直身体，这会儿精神都好了不少，思绪也清醒了些："我睡眠浅，你一叫我，我肯定醒了。"

"嗯。"戚宴说，"看你睡得香，没舍得。"

师乐这会儿也看向了正在播放的电影，觉得自己不太厚道，明明说好了来看电影，却转头就睡过去了。

"要不，我们再看一部？"

戚宴似乎被她这个提议给惊到了，他失笑："为什么？"

师乐说："这不是没陪着你吗？"

"陪了。"戚宴笃定道，"姐姐不是一直在吗？"

这算哪门子在，她一直在睡。

戚宴把目光重新放到了电影上，继续道："时间也不早了，姐姐明天还要上课吧。"

"嗯。"师乐也没坚持，毕竟团里那边她回去晚了也不合适。

她看着电影，幸好睡得不算久，还能看到结尾。这电影她看过，她也是个女孩子，这种高分情感电影，被推了很多遍，她自然也没错过。

她只是没想到戚宴选的会是这个。

师乐突然间又想起了，自己睡着之前两人之间那点奇妙的氛围。

真是喝酒壮胆，幸好也没说什么奇怪的话，她想就这样吧，再过不久就离开了，方才那些奇奇怪怪的感觉，就先抛开。

“总有一天，我们会成为别人的回忆……”

嘶！师乐看到这句话，突然就不想看下去了，这是什么台词！

她回过头，看戚宴还看得津津有味的，有些不想让他听：“很晚了。”

戚宴闻言，看了眼时间，确实不早了：“姐姐要回去了吗？”

师乐点头起身：“回去吧。”

戚宴也不多说，跟着她站了起来，拿手机重新照亮了路：“姐姐慢慢走。”

走到台前，师乐靠在门口等他去关电脑，关投影仪，整个礼堂重归安静。

师乐耳边回响着方才那句台词。

变成回忆？变成什么回忆？

她要是不想变成回忆，每个人都得是她的现在时。

她靠在门口问：“小宴，我走了你会不会想我？”

戚宴锁电脑的动作一顿，轻声道：“会。”

“那就好。”师乐觉得，自己对这个回答，算不上满意，但又挑不出什么毛病来。

在操场时，这人跟她说，以后看的就不是一片天空了。

那会儿她想，为什么不是呢？就算是她在天涯海角，在大洋彼岸，看的都是同一片天空。

对她来说，这不是距离，她甚至觉得，如果自己想了，随时随地回来看看孩子们，看看虎子，再看看他，那也不是不可以的。

戚宴从里面走出来。

两人又原路返回，下楼后，他把门锁好又带着她骑车离开。

回去的路上，两人都没有说话。

直到离学校不远处时，戚宴又拿出雨衣，给她套上，忽地问：“姐姐什么时候走？”

这个问题，戚宴不是第一次问了，上一次还是在看星星那天。

师乐那会儿说快了，这会儿却是没那么快回答。

戚宴给她把雨衣整理好，也没转过头，而是在等她回答。月朗星稀的晚上，两个穿着雨衣的人在这月色下显得格外怪异。

偏偏两人还不自知。

没听到师乐回答，戚宴接着道：“怎么，姐姐说请我吃饭不算数了吗？”

师乐这才想起来，之前自己说过，离开前要请他吃顿饭，好好谢谢他。

她无端地松了口气，像是觉得自己不用回答这个问题了，笑道：“算数，结束了我来找你。”

戚宴“嗯”了声，才转过去：“那说好了。”

回到学校，操场上的人已经散了，不过戚宴还是把车停在了原来那个隐蔽的地方。

师乐从雨衣里钻出来，被夜风吹得清醒了不少。

“路上小心。”

戚宴点了下头，浅浅笑道：“谢谢姐姐的礼物。”

师乐无声地弯了下唇，挥挥手走了。

等她走进学校，才听到摩托车发动的声音，师乐没急着上楼，而是在操场上留下的一张凳子上坐了下来。

童琳洗完澡出来被操场上的人影吓了一跳，看到是师乐才缓过神，她走过去问：“你去哪儿了？去这么久？”

也没问师乐为什么出去，那会儿因为林采气氛本来就有些尴尬，师乐走了正好也给了他一个台阶下。

师乐说：“我四处逛了下。”

她离开前给大家发了消息报平安。

童琳擦着头发蹲在她旁边，嘀咕道：“最近你老是大晚上往外跑，人生地不熟的，也不小心些。”

师乐没接话。

她突然有些想笑，有个猝不及防冒出来的念头，好像她跟戚宴偷偷去的这些地方，只有两人知道的这件事，让她觉得有些愉悦。

微信上多了个好友申请，申请备注是“师满满”。

师乐点了同意后，那边很快发来了一串号码：“我电话，记一下。”

师乐顺从地把这串号码存了起来，打备注时顿了下，备注了“师圆圆”。

师玮又发来消息：“这么晚了还不睡？”

师乐回：“还早着。”

师玮很快回复：“不早，快睡。”

师乐看着这几个字，微微出神，还没等她想好要怎么回复，那边又发来了一条消息：“这样一天很快就过了。”

师乐猛地怔了下。从接到师玮那通电话开始，师乐就觉得他表现得很平静，但这个时候她才明白，他也不是那么游刃有余。

原来他也在等着那天的到来。

她指尖一动，回复：“好。”

因为是最后几天，学生们也知道，所以这几天办公室里陆陆续续来了很多人，每个团员的桌上都堆上了学生们送的礼物。

师乐的最多，三年级的孩子都给她送了礼物，六年级有刘水阳几个人带头，也给她送了不少，加上艺术节那天唱的那首歌，她几乎成了孩子们眼里的名人。

每天放学，每条路上的孩子都想让她送。

有了团里规定的前提，送来的多半都是些书信。

师乐很久没收到信了，跟那些初高中收到的信不同，这种用纸笔写下的，最普通的字句最普通的热烈让她很喜欢。

坐在办公室里写回信的时候，她想，其实也不是什么都没留下，什么也没带走。

回完最后一封信，师乐想到戚宴那天说的，没留下什么，于是又重新抽了一张纸出来，这个或许也算礼物吧。

所有的情绪好像都在艺术节那天爆发了，这几天所有人都很平静。

离开的时间越近，大家也都提得越少。

师乐记得答应请戚宴的那顿饭，师肆要来接她去江州，她自然也不会跟着团队走，所以吃顿饭是可以的。

只是她没想到，这顿饭也没吃上。

周四那天，虎子没来上学，是戚宴打来电话请假。

他妈妈一直身体不好师乐是知道的，只是这次应该很严重，他们一家都去了青城。

戚宴说，不知道什么时候回来，也不放心虎子一个人在家。

但村子里什么都传得开，师乐送孩子回家时，听到村民议论。

“怕是撑不过去，把这两个孩子叫过去，随时准备见最后一面。”

周五送完孩子们回来，大家都在整理行李，周六跟校长开完会，中午吃顿饭，下午就要走了。

来时也没多少东西，师乐没那么急，她坐在三年级的班里看着黑板发呆。

离开前孩子们都做了大扫除，里里外外都干干净净，这会儿黑板上却写满了字。

一个个密密麻麻的，都是“乐乐老师”。

很久后，师乐才伏在桌上，很低地抽噎了一声。

手机响起时，她意识还没完全回来，只是手机振动了一下就沉寂下去。

师乐拿起来，看到是戚宴打来的语音电话，不知怎么又给挂了。

她回拨过去，那边却一直没接。

他在卫生院，需要照顾妈妈，应该是很忙的，可能又遇到什么事了。

师乐顿了下，给他发消息：“怎么了？阿姨好些了没？”

到晚上那边也一直没回复。

青城医院。

虎子爬上床躺下，拍拍身边的位置，小声问：“哥你不睡吗？”

戚宴抬头：“嗯，你先睡。”

虎子很体贴地问：“哥，你今天一直在看手机，有什么事吗？”

“没什么事。”戚宴给他把被子拉上，“嘘，别吵到妈。”

虎子乖乖点头，闭着眼睛就要睡觉了。

戚宴拉着凳子在床边坐下来，在安静的夜里看着手机上那条消息，手指都泛了白。

虎子躺下后又闭着眼睛用气音问：“哥，我们什么时候回家？”

戚宴：“过几天。”

虎子抿抿嘴，摸索着扯了扯他的衣服：“那我能不能先回去，明天乐乐老师就要走了，我想送她。”

戚宴怔了下，转过头，好半晌才轻轻叹了声：“不行。”

“为什么不行？”

戚宴这次却没回答为什么不行？

因为知道，差得太远了，他够不到她的，既然够不到，那就不见了。

他不敢见。

虎子有些委屈地说：“可是，我好想见她。”

戚宴离他近了点，柔声问他：“很想吗？”

“嗯。”虎子点点头，睁开眼睛，“如果明天不见，以后就见不到了。”

戚宴微怔。

师乐一直等到第二天都没能等来戚宴的回复。

大家开完了会，吃完了饭，她拿出手机，还是一点动静都没有。她沉默了下打过去，那边依旧没接。

“乐乐，你真不跟我们一起走？”林采背着包走过来，他以为是那天他喝了酒以后说的话让她介意，于是道，“那天我喝多了，也不是让你表态，你别往心里去。”

师乐这会儿心情不是很好，“嗯”了声：“我没往心里去。”

“那你……”

他话没说完，一辆黑色的车停在了校门口，团里有人站在校门口跟来送行的学生道别，看到这车时眼睛都直了。

“迈巴赫！”

师乐站在操场的旗杆下，似有所感，目光从手机上移向校门口，副驾驶上下来了一个人。

许婧踩着高跟鞋，笑得一脸明艳，冲她挥了挥手：“师满满！”

师乐微微直起身，只见驾驶位上下来了一个人，很高，穿了件黑色半袖衬衫，里面套了件白色的T恤，戴着副眼镜，远远看着还很斯文。

师乐张了张嘴，那人似乎也看到了她，径直走了过来。

一旁的林采看到，脸色变了下：“乐乐，你认识？”

师乐没回话，定定地看着朝着自己走来的男人，手脚一时都不知道该往哪里放。

直到他在自己面前站定，近了就能看清他的眉眼了，确实是斯文的，却又有些漫不经心的随意，那些她忘掉的回忆好像一下子全都蹿了出来。

师乐撇了下嘴。

师珒看到她这个小动作，一下笑了出来：“怎么不喊人？”

师乐问：“喊什么？”

“啧。”师珒抬手在她头顶揉了下，“你说喊什么？还想不认？”

师乐下意识地想要躲开，已经很久没有人可以在她头上动土了，可是这会儿却强忍住没有动。

她吸了口气，抬眼看他：“你怎么才来？”

师肆顿了下，收回手，摘下自己的眼镜，微微俯身：“是，我来晚了，给你道歉行不行？”

师乐看他半晌，才“嗯”了声。

师肆好像没有把过去的十年放在心里，好像只是真的来接一个准备回来的妹妹。

他不跟她客套，也不跟她煽情，这让师乐很庆幸，这让她放纵了自己的这点小脾气。

师肆这才把眼镜戴上，直起身来，然后听到了一声很小的“哥”。

他动作滞了下，微微抬眼，看着面前的人，手又抬起来，在她头发上轻轻搭着：“嗯。”

团员们都还没走，师肆的车虽然大，但也坐不下这么多人，明白这是师乐的哥哥，众人也没说要一起走。

师肆没多客气，直接把师乐的行李都放到了后备厢。

来送行的学生很多，师乐坐在副驾驶，打开车窗跟他们道别。许婧坐到了后面，终于过了这段路，她扒着车椅：“看得我都有些感动了。”

师乐低头看着手机，没说话。

师肆开着车，问一旁的师乐：“先去吃晚饭再走？”

师乐抬起头：“都行。”

许婧提议：“这附近也没什么地方可以吃饭，先去青城吧。”

师乐听到这话，看着微信界面，打了几个字发过去：“阿姨在哪个医院？”

这段路全是灰尘，师肆没把车窗打开，师乐专注地看着手机，也没察觉到路边，有个少年骑着摩托车与他们擦肩而过。

戚宴赶到余坪时，学校已经空了，只有几个学生在操场上玩，看到他来了，都停下来打招呼：“宴哥！”

戚宴看着空无一人的教学楼，喉结滚了滚：“老师们呢？”

有个人回他：“走啦！刚走不久！”

戚宴还骑在车上，他轻喘了口气，从青城坐车回来，又去乡里舅舅家骑车，他花了快四个小时。

他想回来见她一面，虎子说得对，现在不见，以后就见不到了。

那为什么不能见呢，他很想见她。

拿出手机，看到那个消息，戚宴手抖了下，没有回答她的问题，而是问：“姐姐走了？”

师乐已经离开余坪好一段路才收到戚宴的消息，这时她才突然发现，自己好像一直提了一口气，这会儿才吐出来。

她回道：“我在去青城的路上。你们在哪个医院，我来看看阿姨。”

这话发出去，那边又是好几分钟没回消息。

师乐猜想他可能真的太忙了，反正一时半会儿也到不了青城，她也不急。

不过几分钟后，戚宴直接打了电话过来，他那边很安静。

师乐看了一秒，才接起来。

“姐姐。”戚宴的声音听起来有些沙哑。

师乐听到的一瞬，无端有些心疼：“嗯，你忙完了？阿姨怎么样？”

“她很好。”戚宴轻声道，“只是没来得及送姐姐，抱歉。”

师乐松了口气，又被他语气弄得有些不太满意，扬声问：“又不是生离死别，怎么，你以后还打算不见我了？”

戚宴笑了声，说：“姐姐，我原本想见你一面的。”

“我也想见你一面。”听到他妈妈没事，师乐也就把心放了下来，从包里拿出那封信，问，“所以你们在哪个医院？”

戚宴说：“我不在青城。”

师乐动作微顿：“那你在哪儿？”

“一个挺远的地方。”戚宴看着天边的落日，怔怔然道，“可能见不到姐姐了。”

师乐沉默，顿时感觉有些烦躁，转过头看着车窗外，问：“今天你不回青城？”

戚宴：“嗯。”

师乐说：“我要在江州待几天，也不远，可以……”

“姐姐。”戚宴打断她的话，声音很缓，“见不到姐姐了，所以就电话里跟你道个别。”

师乐脸色微沉，她呼了口气，也不管外面的灰尘，把车窗打开，让风吹着自己。

戚宴这意思就是不跟她见面了？就算她从江州过来，就算他不忙了，他也不见？这小子是胆子肥了吗？

“我从来不听电话里的道别。”她手搭在车窗上，对电话那头说，“要说就当面说，我不是还欠你一顿饭？你不要了？”

戚宴：“不要了。”

闻言，师乐愣了几秒，隐隐动了气：“我不是说话不算话的人。”

“是我说话不算话。”戚宴低声说，“对不起。”

师乐一口气憋着，不上不下，又不知道该怎么发出来，最后没憋住，低声说了句脏话。

她一字一句地喊他：“戚宴，你想好了。”

手机里很安静，师乐也等着他的一句话，她不知道为什么这人突然就不愿意见自己了，明明前几天还跟她要礼物，还让她记得离开前的这顿饭。

凭什么，说反悔就反悔。

他凭什么！

“戚宴，”师乐喊他，“说话。”

一旁听到这通电话的师肆和许婧都转过头看她，没明白她为什么突然就生气了。

几秒后，戚宴唤她：“姐姐。”

他应该是这几天都没休息好，声音太哑了，听起来也没什么精神。

听到这一声，师乐心里突然就软了下来。

他说：“姐姐，我以后能见到你的。”

师乐没听懂这句话的意思，微微蹙眉：“什么？”

“姐姐，一路顺风。”他不等师乐回答，继续道，“天天开心。”

“你……”

戚宴：“我很高兴，在余坪遇到你。”

说完这句话，戚宴的电话就挂了。

因为师乐开了窗，师肆把车速放慢，怕灰尘扑到她。

他问：“谁的电话？”

师乐拿着手机，看着外面往后退的景物，有些出神：“一个小同学。”

听到这个称呼，许婧稍微有些意外：“你说上次跟你在河边的那个？”

师乐“嗯”了声。

看着手机屏幕，她跟戚宴的微信通话记录还在，聊天记录也在，可不知为什么，她觉得这个瞬间，两人距离却突然拉远了。

她回过头，问：“你们说，会有两个星空吗？”

师肆和许婧都是一脸茫然：“你说什么呢？”

师乐低下头，看着手里没送出去的信，眨了眨眼：“我以前不信，但现在好像信了。”

她像是一瞬间就明白了，为什么戚宴会说那样的话，会说以后就不是同一片天。

他好像一早就打算好了，这个夏天结束，那就是结束。

他比谁都聪明，也比谁都拎得清，她一早就知道。

余坪。

路过的人看到站在树下的戚宴，打着招呼问：“小宴，你回来了？你妈怎么样了？”

戚宴回过头，点了下头，温声道：“好多了。”

“你脸色不太好。”那人拍了下他的肩膀，“辛苦你了。”

戚宴笑了下，等人离开，他视线才落回手机上，久久没有动弹。

他曾不止一次站在角落里，看着她站在现在这个位置，哭也好，笑也好，都很满足。

这会儿，那人走了。

他鼓足勇气想来见她最后一面，因为知道，以后见不到，也不能见。

可听到她离开的消息后，他心里那股勇气好像一瞬间都卸了下去，再也起不来了。

像是被戳了一个洞，让他喘不过气来。

看着天边的落日，戚宴恍惚就想到了那天在山顶的女生，她垂着眸，认真地看着手机，给他唱最温柔的歌。

“愿你成为自己的太阳。”

她说：“十七岁，这个时候就该开心一点，大胆一点。”

戚宴愣了许久，忽地转身走到校门口，问那几个在操场上玩的孩子：“乐乐老师走了多久了？”

小孩们面面相觑，迟疑着算：“没多久，可能二十分钟吧？”

戚宴点了下头，骑上摩托车，突然就冲了出去，再给自己最后一次机会，他想。

那天他们来的时候转了车，还要去青城。如果他一直开，能追上她的，他一定会给她一个道别。

他还想给她一个拥抱。

这时候已经没有去青城的中巴车，舅舅也没有在窑山。

戚宴骑着车，直接就上了去青城的路。

直到两个小时后，看到了一辆大巴，上面的人穿着熟悉的 A 大 T 恤，因为结束了一段旅程，所有人都很高兴地在车上唱歌。

车突然停下来时，大家有些诧异。童琳坐在窗边，借着车灯，看到拦下车的戚宴，他满头是汗。

童琳惊讶道：“是你啊小帅哥。”

戚宴在车上扫了一圈，没看到熟悉的身影，他从摩托车上下来：“童老师，能帮我叫下姐姐吗？”

所有的人当中，只有童琳知道这个“姐姐”是叫谁。

她愣了下，随即像是想到了什么不可思议的事，微微张大了嘴。

戚宴抬起头，目光紧紧锁着车内。

童琳微微坐直，似乎是有些难以开口，最后才道：“她没告诉你吗？她没跟我们一起走，她哥哥接她走了。”

大巴又开走了，戚宴站在原地很久没动。

夜色笼罩了这一片山路，只留有摩托车那抹灯光，却照不到他垂着的眼。

许久后，戚宴弯下腰，手撑在摩托车座上，垂着头。

一滴泪落在黑色的车座上。

“错了。”他低声说，“错了，姐姐。

“不是想见就能见的。”

又回到青城，师乐总觉得过去的这一个月像是一眨眼就逝去了。

那个压抑的火车站，那个天桥，天桥上那个明珠一样的少年，晃眼间就过去了。

师肆一进城就问：“要吃什么？”

师乐靠在椅背上，轻合着眼：“都行。”

师肆看她一眼，没说话，在手机上点了几下，最后带着她们去了一家火锅店。

这个天气吃火锅有些要命，师乐却没说什么，反而笑了下。

师肆问：“开心吗？”

“开心。”师乐率先走进去。

她小时候就喜欢吃火锅，那会儿在她心里，觉得吃火锅是一件让人很幸福的事，因为有人气。

只是翁婷他们并不会常去，所以只有师肆会带着她，两人偷偷出来吃火锅。

等菜上来的时间，师肆坐在师乐身边，自然而然地给她拿碗筷倒茶，漫不经心地问：“刚才你们说的那个小同学是谁？”

师乐动作顿了下。

许婧也不知道这事儿该不该说，也没开这个口。

反而师乐往后一靠，轻笑了声：“就是个小同学。小白眼狼。”

师肆挑了下眉：“学生？”

但听起来又好像不是。

“不是。”师乐想说，是个弟弟，但莫名地，在这个亲哥面前，她突然就说不出口了。

师肆：“那你为什么说人家的白眼狼？他做什么了？”

“没做什么。”师乐有些烦，前几天晚上堵着的那口气，还没找到个出口，这会儿又堵起来了。

说什么白眼狼，明明对她好的是他，她也没资格说他是白眼狼。

就很气，生气都没资格生气。

一顿饭下来，她这气都没生完，师肆看不过去了，上车后没开车，而是指了指副驾驶的师乐：“电话。”

师乐：“什么？”

“打电话。”师肆指着她的手机，“吃个饭都心不在焉。不是想见什么小同学吗？给他打电话，问他在哪里，我送你过去，今天就非把这面见了不可。”

师乐愣了下，道：“可是他不想见我。”

师肆无语：“什么意思？还是你死皮赖脸想要见人家？”

沉默了几秒，师乐才歪着头笑了，她垂着眼睛，笑得直发抖：“是啊，我还挺想见他的，不过算了。”

师肆被她笑得一脸莫名：“怎么就算了？”

师乐说：“因为不想小鹿再回头了，折腾来折腾去挺累的，就这样……”她一边说着，一边系好安全带，抬起眼睛，话音却突然止住。

方才来的时候火锅店那边没什么车位，车停得远了些，这会儿才发现，不远处就是青城医院。

而那个她刚刚才说算了不见的人，正在不远处的一个卖炒饭的摊位前。

他背对着摊位，面前停着摩托车，垂着头，与周围的热闹格格不入。

上次看到他这样，是不是在卫生院的时候呢？

师乐看着他身后“青城医院”几个大字，又看看那个有些清瘦的少年，突然就涌上来一阵涩然。

她突然就想：不见就不见了吧。

他有那么多需要操心的事情，肩上的担子那么重，哪里还有心思分出来去照顾她的脾气。

进了城，已经没有灰尘了，师乐却把车窗关上，整个人都陷进了椅子里。

她轻声说：“走吧，哥。”

再见，小宴。

算起来，师乐也算个“土生”的南方人，却不是“土长”，长到一半就被带走了。

到了江州，师玮把着方向盘，看着前方的路，说：“我那儿有套空出来的房子，你俩上那儿住。”

师乐应声：“嗯，好。”

先去许婧先前住的酒店拿了行李，师玮把两人带到房子那边，把钥匙扔给了师乐，车钥匙也给了一把：“明天想去哪里？”

师乐把玩着手里的钥匙，笑问：“给我这个做什么？”

“给你的就是你的。”师玮说，“还问为什么？”

师乐：“我就住几天。”

“不是住几天。”师玮转过头来，一眨不眨地看着她，“我说是你的，就是你想住多久，什么时候来都行。”

师乐忽地觉得这两把钥匙有些烫手，她指尖在钥匙上划了一下，道：“我明天想去乌停山。”

师玮说：“那就早点休息，明天过来接你。”

说话间，他的手机响了，看到来电提示，他抬头看了眼师乐，但没接，挂了以后把手机放好：“那我走了。”

师乐“嗯”了声。

这会儿已经凌晨一点多了，师玮走后，师乐站在客厅里看着窗外的夜景，问：“你说要是我明天去他们家敲门会怎么样？”

许婧整理行李的间隙，抬头白了她一眼：“你敢吗？”

师乐无声地弯唇。

师镇风和翁婷很像，两人离了婚就是仇人，连带着孩子也是仇人，再婚后都把过去那些事藏得好好的。

他有了新的家庭，在他眼里，这个女儿比陌生人还不如，至少他不会不愿意见陌生人。

师乐想起两年多前，自己一下车就被师镇风交给了翁婷的场景，叹了口气。

幸好，师玮还在。

师乐觉得，自己血脉里还是有些牵挂的。

她感谢师玮，也感谢许婧。

洗完澡后，师乐转了个身，把头埋在了许婧的肩上。

许婧仰头笑着，问："你挺在意那个小同学的，他叫什么？什么宴？"

师乐闭上眼："戚宴。"

许婧扭过头来，似笑非笑地看着她："上次问你的时候，你还不是这个态度。"

师乐闭上眼睛不回答，呼吸很是均匀。许婧等了一分钟，"嘁"了声，将房间里的灯关掉了。

整个房间陷入黑暗，师乐才慢慢睁开眼睛，缓缓翻了个身看向窗外。

明明这才到了江州，却已经是两片天了。

师乐和师肆好像有种默契，两人只字不提过去，也不提家里那些破事，他只是带她玩，带她吃，除了第一天，他也都住在了那个房子里。

那里真的像是他俩的一个家，师肆把所有的时间都用来陪她，有求必应。

师乐在江州待了一个多星期，大大小小的景点，甚至以前上过的小学都逛完了。

她把这个曾经从她记忆里淡出的地方，又一次清醒地刻在了脑子里。

回北城那天，师肆送她们去机场。

两人一路无话，直到车停在机场停车场里，许婧先下了车。

师肆把车门锁上，车里安静了好一会儿，师乐想，来了这么多天，两人都心知肚明，该有的谈话就要来了。

她看着师肆手搭在方向盘上，不轻不重地拍了下，道："师满满，你还记不记得你走的那天我说了什么？"

师乐愣了下，回头。

怎么会不记得，她记得很清楚，在那些为数不多的记忆里，这个场景是她印象最深刻的。

那个小男孩固执地看着她，说他要养她。

"我现在不是养不起你。"师肆转过头来，这几天脸上那些轻松的神色不见了，他不笑的时候，看起来就有了些震慑力。

他说："有什么委屈，你要跟我说。"

师乐看着他，过了好半天，才问："那你为什么不找我？"

师肆皱了下眉："我找过，她说让我不要烦你。"

这个"她"说的是谁，师乐明白了，她笑了下。

师肆叹了口气："对不起。"

师乐无声地等着师肆说下去，师肆自嘲地摇摇头："让你先找到我，哥哥觉得很抱歉。"

他从兜里拿出了两把钥匙，是师乐离开前，放在那房子的桌上的，居然被他发现了。

师肆伸手过来，把钥匙扔在了她的怀里，又摸了摸她的头，慢慢道："但无论如何，我还是你哥，以前说的也作数，我养你，你在那儿不开心就回来。

江州还有个家，只有你和我的家。”

师乐怔怔地看着怀里的钥匙，师琫把车门锁打开，也打开了车窗，似乎是不想让气氛变得沉重，他接着道：“行了，我就是送你上个学，记得有事打电话，放假就回家看看。”

师乐抬手按了下眼尾，然后忽然倾身抱了他一下。

师琫身体立刻僵住，反应过来后，他回抱着她，轻轻给她顺着背，轻咳了声：“我太久没捡回这个身份，有些不适应，咱们以后慢慢来。”

“嗯。”师乐在他怀里点点头，然后放开他，把那两把钥匙都收好了。

师琫这才给她拿行李，一边走一边道：“我明年可能会去北城。”

师乐：“去那儿做什么？”

“公司的事。”师琫笑着揉了下她的头发，他好像很喜欢这个动作，“我不是还要养你吗？”

师乐好像生出了一点盼头，她点点头：“好。”

上了飞机，许婧问：“你跟你哥没说其他的？”

“说什么？”

许婧给她一一细数：“可以说的太多了，说你以前找过他，说周家那个臭虫，说你受的委屈。”

因为是家事，许婧也没怎么提，觉得兄妹两人会自己沟通。

师乐说：“没必要。”

她看着飞机外的云层，缓缓道：“他也有很多事，我找他不是为了诉苦。”

许婧不是很同意她这个想法：“那是为了什么？他是你哥，不给你撑腰还给谁撑？”

“是为了证明我还有亲人。”师乐笑着看她，“至于那些糟心事，我自己不是解决不了。

“何况，师圆圆比我轻松不了多少。”

回到北城，师乐径直去了自己学校旁的小房子，她之前为了单独立户，买了一套小房子，但为了离学校近，方便照顾酒吧，她又在学校附近租了房子。

到家里好好休息了两天，她的脑子才清明了些，晚上去了酒吧。

因为是暑假，酒吧里人也不算多，只有零星几个，还有在这儿驻唱的歌手。

看到她来，店里的歌手唱完歌下来：“乐乐回来了？支教之行怎么样？”

师乐坐在吧台前，一只手撑着下巴，另一只手把玩酒杯：“挺好。”

“你这样子可不算挺好，”那歌手打量她一阵，“没点精神，乡下生活太苦了？”

师乐摇摇头：“不是。”

回到北城，她换了个手机，在看备份照片的时候，看到了那片星空，那只萤火虫，那片夕阳。她才突然间反应过来，短短时间里，自己跟戚宴的回忆有这么多。

可是这个人像是消失了一般，没再给她发过消息，她还以为自己没加过这个人。

他朋友圈也干干净净，什么也没有，一点窥探他生活的渠道都没有。要不是这几张照片和那封没送出去的信，师乐还以为自己没遇到过这个人。

温柔是真温柔，绝情也是真绝情。

再也不是他固执地拉着她，说不收回握手时的那个小乖乖了。

可能是被他照顾太好，师乐这会儿油然而生一种像是被抛弃了的错觉。

她有些烦躁，离开余坪也十来天了，她竟然一点都没把这种情绪淡化掉，实在是糟心。

歌手见她这样，笑着说："烦什么，来唱首歌缓缓？"

师乐看了眼台上的吉他和话筒，没动，忽地想起了初见那晚，蹲在天桥上，身旁有把吉他和拿着话筒的少年。

没意思透了，这个没良心的。

她起身，却没朝着台上去。

歌手："你去哪儿？"

"回家睡觉。"

"戚宴，今年是最关键的一年，你还要办走读，真的想好了吗？"

办公室里，戚宴笔直地站着，面前三个老师都在围着他，对他的回答很是在意。

"你家里的情况我们也清楚。"老师似乎是觉得有些棘手，"我听你舅舅说了，你舅妈不是可以照顾吗，你周末的时候过去也可以，不是非要走读的。"

戚宴耐心地听完老师们的话，然后温声道："老师，我决定好了。"

老师苦口婆心："戚宴，你再想想，如果这要是影响了你以后的考试可不是开玩笑的，学校领导都很在意你。"

戚宴不说话，却也没有任何动摇。

这个走读手续，终究还是办下来了。

虎子开学后，被送回了余坪，暂时住在村子里一个叔叔家。

妈妈病情反复，来回几次后，终于一直住在了医院里，戚宴每天学校医院来回跑。

戚妈妈清醒的时间还算多，看到儿子瘦了一大圈，有些心疼："小宴，我们回家吧。"

戚宴买了个床上的学习桌，闻言从书里抬头，笑了下："妈您说什么呢？"

"在医院也是浪费钱，妈知道。"戚妈妈叹了口气，她瘦得让人心疼，"回家还好，虎子我也放不下心。"

"虎子很好。"戚宴把小桌子推开，起身走到她身边，"您好好照顾身体，看开些，身体就好得快，钱的事情不用操心。"

他弯腰抱了下床上瘦骨嶙峋的女人，轻声说："妈，您坚强一点，不要放弃，我跟虎子还需要您。”

戚妈妈在他怀里无声地哭，戚宴就静静地抱着她。

等人睡着了，他才摸了下兜，轻轻走了出去，坐在医院后面的后花园里，拿出手机熟练地点开天气预报。

北城今日有雨。

她那边没有星星，这里有，确实不是同一片天。

戚宴在夜色里弯下身，扶住额头，长长地舒了口气。

半晌后，他点开手机相册，看着艺术节那天，他拍下来的人，还有礼堂里那张昏暗的两人的合影。

有的人，见了想，不见了也想。

他当初还在想，如果离开了，不知道什么时候她会忘掉自己。

他没有联系她，她也不再发消息过来。

好像陷入了一种僵持，戚宴觉得这样也挺好。

第八章 //
他跨得过

从余坪回来，过了没多久就开学了，师乐没再回周家，翁婷甚至不知道她去了江州。

开学这几天，翁婷忙，周覃今年刚高考完，学校也在北城，她忙着送他上学，当一个尽心尽力的后妈。

师乐觉得自己这些年的所有耐心和等待，都在自去余坪开始，等的这一个月耗尽了。

接到翁婷电话的时候，她甚至能平静地猜到，又是周覃有什么事了。

果然——

“你弟弟军训刚结束，你们俩学校离得近，他说过来找你，一个暑假没见，你多照顾他。”

师乐听完这话，直接把电话挂了。

翁婷打不通电话，就发微信，那个取消了置顶的微信对话框这会儿倒是被新消息置顶了。

师乐一眼看下来，全是让她顾着周覃的。

她轻“哧”了声。

晚上去酒吧时，师乐一眼就看到了坐在吧台前的周覃，他穿了一件花衬衫，面前摆的酒是店里最贵的，在这酒吧里左顾右盼。

师乐转身就走，她没加周覃的任何联系方式，但在 A 大，想要找到她，来这里是最容易的。

只是她还没离开，周覃已经见到她了：“师乐！”

师乐没走几步就被他拦住，他个子比她高一些，目光将她自上而下打量了个遍。

他笑着弯腰，抬手：“好久不见啊好姐姐。”

师乐胃里犯恶心。

她后退一步，伸手拿过门口一根用来做装饰的棒球棍：“想自己走还是我送你走？”

周覃脸色微变，但看了下周围，又觉得师乐不会在这个地方动手，于是道：“我只是来找你叙个旧。”

师乐拿着棒球棍在地上划了下，点头：“那我送你走。”

周覃有些恶意地问：“你立户这件事，需要我说给你妈听吗？”

师乐勾了下唇：“你说啊。正好，我也不想待在你家。”

“师乐。”周覃脸上笑意消失，这次换他后退了一步，“我是来好好跟你说话的，上次的事是我不对，我喝多了冲动，但咱们俩不也没什么血缘关系，你……”

“砰”的一声，周覃吓得抱着头蹲在地上。

师乐的棒球棍打在了他头旁的铁杆上，动静大得整个酒吧的人都看了过来。

有人快步走过来：“乐乐！”

师乐摆手，示意没事，然后蹲下来，球棍被杵在地上，手支着，她看着面前的周覃，眼里露出讽意。

“周覃。”她冷声说，“滚。”

周覃抬起头来，他没想到师乐会真的动手。大庭广众之下，他面子也过不去，也怕待会儿这棍子真的招呼到了他的头上。

他站起来，整理了下衣服，又觉得有些丢人，想要再说点什么。

师乐也跟着站起来，在他开口前道：“你最好不要在她面前多嘴，我也不想听到任何借口让我回去，如果我听到了……”

“周覃……”她拿起棍子，“我不怕的，咱们新账旧账一起算。”

周覃被她眼神刺激得不舒服，转身就走：“你真是疯了。”

师乐把棍子扔掉，转头回了酒吧里。

旁边的人问：“没事吧？那人是谁？”

师乐：“一个臭虫。”

想着他的那句姐姐，师乐就觉得恶心。

她又不受控制地想起另一个人温声喊她姐姐的样子，师乐闷声开了一瓶酒。

可能是周覃真的被吓到，这个学期老老实实，也没搞什么幺蛾子。

师乐安安稳稳过了一个学期。期末考试完，大家都要回家过年，酒吧本来开着也是为学生们服务的，寒假比暑假冷清，更没什么人，也就关了门。

师乐原本准备回自己买的那套小房子，才到了家门口，翁婷就来了电话。

“你们应该放假了，怎么还不回来？”

师乐借口都没找：“不回了。”

翁婷：“师乐，过年多重要的日子，你爷爷奶奶都在，你弟弟也要过生日，你说不回就不回？”

“我是什么工具吗？”师乐站在家门口，没打开门，靠在门上问，微嘲，“一个陪你们过节过生日的工具，只有这个时候才想到我。”

翁婷被她这话气到了：“你胡说什么！不是一家人谁会跟你一起过节？”

师乐沉默了几秒，笑着道：“我自己单独立户了，不是一家人了。”

翁婷语调突然拔高：“师乐！”

师乐像是知道翁婷会有这个反应，道：“你也应该是知道的，不是吗？”

她看着空荡的楼道，低声说：“过年我不回去。”

挂了电话，师乐转手拨通师肆的电话：“师圆圆。”

师肆笑了下：“没大没小。”

师乐也跟着他笑：“我今年陪你过年。”

师肆那边安静了一会儿，师乐听到他合上什么的声音。好半晌，他才道：“我给你订机票，什么时候过来？”

“明天，越早越好。”

师乐这次没带什么行李，冬天的衣服多，她也带不了多少，所以打算去那边买。师肆都说了那是她家，她得备一些衣服放在家里，所以她只提了个很空的行李箱就走了。

南方的冬天潮湿又阴冷，师肆来接她，回的还是原来给她钥匙的那个房子。

到了家里，师乐微微挑了下眉：“你都住这儿？”

这里跟以前比起来，多了很多小东西，看起来是经常有人住的。

师肆给她放行李，点头理所当然道：“我不住这儿住哪儿，这不是咱家吗？”

师乐被这句话取悦到，北城的事暂时都放到了一边。

“年底我有些忙，你自己先玩几天。”师肆说，“等我放假了再带你玩。”

师乐瘫在沙发里，仰头道：“我又不是小孩需要陪玩，你忙你的。”

师肆看她一眼，也没多说，只给了她一张卡。

师乐毫不客气地把卡收下，第二天拿着这卡去商场买了些在这边穿的衣服。

在家里待了几天，师乐总有些心痒。

都来江州了，离余坪也不远，闲着也是闲着，去看看可爱的学生们，也不是不可以。

只是那个小没良心的，以前一口一个姐姐喊得好听，这会儿就能好几个月没一点消息。

师乐敲着手机，思考着。

突然，支教团的群里发了个消息，因为每年都会用团里的公益基金给每个支教学校的孩子送礼物，所以这次也在问大家，这次买什么。

这会儿学校早就放假了，送礼物只是邮寄的，到时候校长会安排。

师乐对送什么倒没意见，她划了一会儿，突然看到童琳的私聊：“有个事儿，我一直想要不要告诉你。”

师乐：“那就不要告诉了。”

童琳：“别了，我都憋了一个学期了。你走的那天，戚宴来找你了。”

师乐一愣，从沙发上坐直身体，直接打了个电话过去：“你说什么？”

打电话就没有那么多顾虑了，童琳干脆就说完了：“那天他骑车把咱们的大巴拦下来了，说是要找你，但你不是走了吗？”

师乐不知道该怎么形容自己这种心情，她突然想起来，离开那天在青城医院门口看到了戚宴，他面前停了辆摩托车。

他是那个时候刚回到青城吗？一路骑车？

她感觉心里突然就突突了几下。

戚宴跟她说，原本要见一面的，他不在青城。

师乐问：“你怎么不早点说？”

童琳这次也是犹豫了很久的，她咳了声：“当时你拦着我找他要微信的原因我也清楚。

“但你想想，他怎么会跑这么远，专门来找你道别呢。

“我那时候觉得，都要离开了，他也没看到你，就这样也挺好的，毕竟你们俩以后也见不到了。”

她也觉得这事儿自己做得有些欠考虑：“但是今天吧，我又觉得，这事儿你应该知情。”

师乐虽然拦了她要号码一次，但也没拦第二次，因为有些事情，那也不是距离就能说清的，所以她这会儿才把事情说出来。

师乐挂了电话，在家里安静了半天，忽地拿起了之前师肆给她的车钥匙，出了门。

从江州到余坪，要五个小时。

师乐中午出的门，到的时候已经是下午了。天黑得早，飘着毛毛雨，路上有些滑。她把车停在余坪小学门口，打开手机，点开了那个几个月没点开的对话框。

她想了想，还是打了个电话过去。

只是连打了两个，那边都没有接。

师乐微微皱眉，随后打开车窗透气，心想：行，这次是我欠你的，我等。

一打开车窗，冷空气就吹了进来，师乐把外套穿上，看着这个熟悉的学校，里面空荡荡的，也不知道放假多久了。

这时，有几个人打开手机的手电筒，提着东西边说话边朝这边过来。

有个人低着头在玩手机，借着那光，师乐觉得有些熟悉。许是看到学校门口停了辆好车，那人也转过头来，随即眼睛一亮：“乐乐老师！”

走过来的有四个人，刘水阳和他爸，还有之前离家出走的赵康和他妈。

师乐推开门下车，这才看清他们手里提的是鞭炮和纸烛。

赵妈妈高兴地问：“老师怎么过来啦？去家里坐坐啊！”

师乐看他们似乎要去什么地方，于是道：“您忙您的。”

赵妈妈说：“也没什么忙的，就是村里有人办丧，晚上过去坐坐。”

师乐点了下头。

赵康和刘水阳对视一眼，刘水阳把手机收起来，问：“乐乐老师，你也是去宴哥家的吗？”

“啊。”师乐是有这个想法，但他怎么知道?

“我们也是。”刘水阳说，“一起吗?”

也是?师乐有那么一瞬间的茫然，她缓缓垂眸，看着赵妈妈手里提着的鞭炮和纸烛，想着赵妈妈的话。

她指尖动了下：“你是说，戚宴他家在办丧?”

“他妈妈前两天过世了。”刘水阳这才知道原来师乐不知道，解释说，“这两天在办事。”

师乐脑袋“嗡”了一下。

等她反应过来时，刘水阳他们已经道别走远了。

她没有跟他们一起过去，怕家长孩子们太热情，那就不太合适。

在车上坐了一会儿，师乐有些无措，她想自己是不是也要买点鞭炮，可是她不懂这边的习俗，脑子也有些跟不上。

最后，她开着车到了戚宴家那个弯道上，他家门口停了不少车，她只能把车停远一些。

她把羽绒服的帽子拉上来戴上，慢慢走了过去。

晚上人不少，搭了几个大棚子，大家都坐在里面聊天打麻将。

还有人是跟师乐一起过去的。门口戴孝的人，看到人来了，跑过来接过客人手里的鞭炮纸烛，招呼他们找位置坐。

师乐将帽子压得低，一时也没人注意到她。

她左右看了眼，没看到戚宴。

他家的堂屋被设成了灵堂，一个大大的“奠”字格外刺眼。

师乐走过去，看到虎子戴着孝跪在灵前烧纸钱，眼睛已经肿了。

“你就拿着它跟着走就行。”

“好，麻烦了。”

听到这个声音，师乐转过头。

戚宴从她左手边的屋子里走出来，穿着一身孝衣，头上也戴着白布。

少年好像又长高了些，却又瘦了很多，脸色有些白，眼下有青黑，应该是很久没有睡好觉了。

他从里面走出来，看到面前站了个人，习惯性地要打招呼，却看到帽子下的那半张脸。

戚宴瞳孔微微缩了一下，目光上移，看清了她的那双眼睛，他止住动作，直直地看着面前的人。

师乐抿了抿嘴，一时觉得什么话都说不出口。

“我……”

她话没说出口，听到了一声很低，又很沙哑的：“姐姐。”

外面的鞭炮声几乎没停过，师乐耳朵被炸得有些迟钝，但她还是听到了那声很轻的“姐姐”。

却没有她想象中的高兴，她没想过自己跟戚宴的重逢会是在这个情况下。

来时她想，或许自己这时候不该来，他应该很忙。

可是她也又想，这个人已经没有爸爸了，他现在也没妈妈了，他应该很难过。所以她到了这里，看到戚宴这一瞬，她突然觉得自己也很难过。

没人发现这里的异样，还有人不停地在喊："小宴，你看看，这个单子上写的东西齐不齐？

师乐："你先忙。"

戚宴往前走了一步，顿了几秒后，他道："姐姐，等我。"

师乐点了下头。

很多客人都要来灵前烧纸，师乐知道虎子的性格，所以也没急着过去，她又回了车上，看着前面的热闹，看着在人群中不停穿梭的身影。

人都会在一夜之间长大，她的一夜是在三年前，而戚宴好像比她更早。

面对这样的情况，他没有一丝慌乱，也不会像虎子那样哭得眼睛红肿。

他只是，像喊她那样，克制地撑起了整个家。

但他，也不过只是个少年人而已。

戚宴一晚上都有些心不在焉。他心里事多，此时就是一团乱麻，事实上他已经这样很久了，自从收到妈妈病危通知的那一天。

他像是被一根线给提着，哪里需要往哪里搬，他忙着料理妈妈的身后事，忙着请人，忙着安抚虎子，还得忙着陪妈妈最后一段。

他的神经紧绷到现在。

他知道，如果他撑不起来，这个家就塌了。

直到看到那个不该出现在这里的人。

有那么一瞬间，他以为是自己太忙太累，出现了幻觉，以至于一下子都没反应过来。

在满世界的喧闹里，像是突然间看到了一抹亮色，他紧绷着的那条弦突然颤了一下，直到这晚过去，都没有停下颤抖。

这场热闹一直到了凌晨才散，客人都走得差不多了，只留下了血亲在家里，大家也都陆续去休息了。

戚宴走出门，拿出手机看着上面的消息，那点不真实感才落到了实处，她真的来了，她在等他。

他期待又害怕。

师乐早就给戚宴发了消息，说他先忙，她会等。

开始那会儿外面鞭炮声响，她也睡不着，就一直看着他，现在也没什么困意了。

这会儿看到他站在他家的院子前，左右地看着，没一会儿，师乐的手机响了。

师乐看着远处的人，接通了电话。她说："我在路边，拐弯这里。"

那个弯道像是两人之间的一个默契，听完这话，师乐看到他突然抬头看了过来，随即很快走过来。

她将车窗降下来，把车门锁打开。

外面的毛毛雨下得大了些，还冷，待他走到窗边，师乐倾身给他开门：“来。”

戚宴只是看着她，在她微微挑起眉的时候，他低下头，慢慢把自己头上的白布给摘下来，又把孝衣脱了，才上了车。

师乐把车窗关上，看他把那团白抱在身前。

两人之间都有些沉默。

师乐过来这里的目的，好像被这突然的消息给震没了，她觉得这会儿也不是提过去那些事的好机会。

她问：“多久没休息了？”

戚宴说：“记不清了。”

师乐转过头，看着他：“那去休息会儿？我没其他事情。”

“没事。”戚宴笑了下，“也睡不着。”

他语气也没多沉重，问：“姐姐来余坪做什么？”

师乐从车上拿了一瓶水，递给他：“来看你。”

戚宴接水的动作顿住，抬起眼睛，跟她对视着。

见他愣了，师乐用水抵了下他的手：“嗯？”

戚宴把水接过去，也不知道是真渴了还是什么，一口气喝了大半瓶。他盖上盖子，喉结轻轻滚了下，看向窗外，避开了她的视线，声音很轻：“看我做什么。”

“想你了来看看你都不行？”师乐看着他这个动作，有些气不打一处来，“结果有些人看都不想看我一眼。”

戚宴背僵了下，师乐就这么看着他的背影。

直到看到他似乎是叹了口气，重新转过头来，听他轻轻地笑了笑：“谢谢姐姐。”顿了下，他继续道，“还想着我。”

师乐觉得这几个月过去，这人还是一点都没变。她舒了口气：“小宴，我来这里，不是来听你的谢谢的。”

戚宴眼睫微颤。

忽地，他听身旁的人喊了声：“小宴。”

“嗯。”

“要抱一下吗？”

戚宴猛地抬起眼来，怔怔地看着她。

师乐看了眼远处，大家基本都睡了，没睡的这会儿外面下着雨也不会出来，压根也看不到这边。

她转了个身子，抬手关掉了车里的灯，顿时只能借着远处搭的棚子里透出的灯光看他。

师乐在昏暗里看不清表情，她伸出手来：“姐姐抱一下。”

好像回到了那天在昏暗的礼堂里，虽然看不清对方的面容，但戚宴却死死地盯着面前这个人。

师乐以为他不愿意：“小……”

话才出口，黑影动了，他突然倾身上前，将她抱在了怀里，看着很瘦的一个人，怀抱却意外宽广。

他身上有股未散的纸烛味，不知道扎在里面多久了，还有淡淡的烟味。

因为在车里，师乐没穿外套，她轻松抬手，在戚宴背上拍了拍："辛苦了。"

戚宴没说话，力道却又紧了紧，甚至能听到他不怎么平静的呼吸声。

两人就怎么无声地抱了不知道多久，师乐才听到他低声说："姐姐，我没有妈妈了。"声音很颤抖，甚至连手都是颤抖的。

师乐整颗心顿时揪了起来，她微微侧过头，顺着他的头发，他头发又长了不少，还带着点细雨的湿意。

"我知道。"师乐轻声说，"我知道。"

她顿了下，这是她第一次面对这个情况，有些不知道该怎么开口，最后才道："我陪着你。"

抱完后，师乐跟着戚宴下了车，走到了戚妈妈的灵堂前，白烛闪烁，有几个大人也没睡，其中有一个是戚宴的舅舅。

看到师乐，林大峰突然也没反应过来，他看看戚宴又看看师乐，像是不知道要说什么。

师乐先笑着道："舅舅。"

闻言，一旁给她拿香和纸的戚宴动作顿了下。

林大峰这才回神，立刻走上前，止不住地惊讶："老师，你、你怎么来了？这大半夜的！"

师乐接过戚宴递过来的纸和香，道："我来给阿姨上炷香。"

林大峰显然没想到，这个城里来的大学生还会回来，更没想到还会来上香，他说话都有些结巴："你、你这也太有心了。"

面前有个干草捆成的草团子，用来给客人跪的。

师乐没有多想就跪了下去，她点燃了香，然后学着晚上看到的那些客人，慢慢磕了三个头，把香插好后，又点燃纸钱，放在面前那个装纸灰的锅里。

灵堂挂着戚妈妈的遗照，遗照上的她比上次见过的要年轻一些，师乐只见了她两面，是个热情又温柔的人。

难怪会养出戚宴和虎子这样的孩子。

戚宴沉默地看着这一幕，喉头轻滚，而后缓缓把目光上移，看着遗照里的妈妈。

您喜欢她吗？

等师乐把纸烧完，戚宴把她扶了起来。

"时间也不早了。"林大峰说，"老师在这里休息吧？小宴你赶紧带老师去休息，还是要先吃点东西？"

戚宴这才反应过来。

他蹙了蹙眉，看向师乐，她来那会儿天才黑了不久，加上他脑子浑浑噩噩的，一直没想到这一回事。

这会儿，舅舅倒是清醒的。

他立刻道："我给姐姐准备些吃的。"

师乐没拒绝，她觉得戚宴也不会给她这个拒绝的机会，再者说，她一时兴起过来的，晚饭也没吃，这会儿倒是真的饿了。

还好家里什么都是方便的。

戚宴把饭热了一下，又给她简单炒了个菜。

师乐坐在外面棚子里吃饭。

戚宴坐在一边，看她慢条斯理地吃着，问："姐姐从哪里来的？什么时候过来的？"

"从江州过来的。"可能是饿过了，师乐这会儿倒没那么多的食欲，一边吃还能一边跟他聊，"来了就来你这儿了。"

戚宴想到手机上未接电话的时间，抿了抿唇："抱歉，我当时太忙。"

"知道。"师乐看他一眼，"怎么一直跟我抱歉，我不是说了，我不是来听你道歉的。"

戚宴手搭在桌上，轻轻蜷缩了下，她说了，她想他才来的。

戚宴知道她心软，知道她对自己好，像对弟弟那么好。

他微微垂眸："那姐姐什么时候走？"

师乐笑了："这就赶我走了？"

"不是。"戚宴下意识否认，但这会儿却是有些不知道该怎么办。

因为家里的事，房间基本都被亲戚占满了，大家也没什么讲究，都是醒多睡少，都是三三两两和衣躺在床上，哪里有空睡哪里。

这会儿凌晨，师乐要睡哪里呢？

他说："我、我找个地方给姐姐休息。"

"不用。"师乐吃好把筷子放下，"我陪着你。"

戚宴一愣，然后想也不想道："不行。"

他基本也没有休息的时候，哪能让她这么熬。

师乐看着他，不见表情有多少变化："想多陪陪你都不行？"

"我也不是不睡觉。"她明白戚宴的想法，"要是想睡，车里也能睡。"

怎么能让她这么委屈，就算是去乡里找个招待所都不至于让她这么委屈。

戚宴还没开口，却被师乐抬手抵住了嘴。

天气虽然冷，但外面烧了火，她的手是热的，有股淡淡的香味。

师乐抬眼看向灵堂里打盹的几个大人，朝戚宴靠近了些，压低了声音。

"姐姐心疼你，想多陪陪你，你给姐姐这个机会好不好？我这人脾气就是倔，你这会儿要是再拒绝我，我立刻就走，而且再也不会回来。"

她抬眼示意不远处的车，轻声说："你要是觉得过意不去，那你就陪姐姐说说话行不行？"

戚宴已经很久没这么仔细看过她的眼睛了，她脸上带着浅浅的笑意，眼睛直勾勾地看着他。

半晌后，他轻轻点了下头。

两人又回到了车里，车窗把车里和车外隔成了两个世界。

师乐说让戚宴陪自己说话，其实这会儿两人也没什么好说的，她只是想找个理由陪陪他。

“小宴。”师乐没打开灯，在黑暗里开口。

戚宴温声应她。

“你难过吗？”师乐把车椅调下来了一些，仰躺在上面，转过头看他，“不许撒谎。”

戚宴也靠在椅子上，他脑海里闪过很多念头，最后却“嗯”了一声，说：“难过。”

师乐说：“那现在你可以难过一下。”

戚宴微怔。

师乐笑着抬手拍了下他的头：“因为知道你白天需要招待客人，需要撑着事儿，所以那时候的你应该坚强一些。”

“不过这时候，有我呢。”师乐放柔了声音，在安静的车里，像是蛊惑，“没有别人，你也不用撑。我大老远过来，也不想看那些，如果你累了，难过了，有我在，我想让你轻松一点。”

戚宴感受着头顶的温热，即使他比她高，这会儿却心甘情愿地垂着头。

他说：“那，能再抱一下吗？”

师乐手收了回来，戚宴听到黑暗里的她笑了声，然后俯身过来，把他抱在了怀里。

“姐姐的怀抱就那么大，你将就一些。”

戚宴闭着眼，慢慢伸手，将她回抱住。

哄着戚宴好歹合眼休息会儿，师乐也跟着闭上眼，连着开了几个小时的车，一晚上情绪波动也大，她没熬住。

她是被车外的说话声音吵醒的，睁开眼时天都还没完全亮，一看时间才六点不到，她睡了不到两个小时。

戚宴已经不在车上了，他们家里人影绰绰，看样子又忙了起来。

师乐打开手机，戚宴给她发了消息。

“姐姐醒来就过来吃东西吧。”

倒是没让她走，师乐略微挑了下眉。

她抬眼看过去，只能看到戚宴穿着孝衣在跟一个穿着道服的老人说些什么，应该是请来的法师。

昨晚他说明天妈妈要出殡，所以今天所有的亲朋好友都会过来吊唁，会比之前更忙。

师乐看了会儿，发动了车。

戚宴余光一直都在注意着那头的车，见车突然动了，拐了个弯开走，他愣了下，随即不受控制地往外面走了几步。

一旁的林大峰忙喊住他：“小宴你去哪儿？”

戚宴突然反应过来，他捏了捏手，无言地拿出手机，置顶有个未读消息。

“晚上见。”

戚宴见车子已经不见了踪影，指尖颤了颤。

师乐到乡里找了个招待所，知道今天戚宴肯定会有很多事要做，她也没去麻烦他。

她洗了个澡，跟师肆说了自己在外面几天，然后睡了一觉。

这一觉却没怎么睡好，醒来时头有些昏沉，在招待所里玩了一天手机，直到晚上她才开着车，又回了余坪。

今晚在戚宴家里的人比昨天还多，就算是深夜也不见走，或许是第二天戚妈妈要出殡，大家都想送她最后一程。

戚宴要顾着大家，自然不可能再到车上跟她休息说话了。

师乐想了下，穿上外套下了车。

这次她没遮掩，走过去时几乎所有人的目光都看了过来。

虎子正在跟小伙伴烧纸钱，一看到她，纸钱全都掉进了火盆里。

他立刻站了起来，跪得太久跑来的时候有些踉跄：“乐乐老师！”

师乐扶住他，蹲下来把他抱住：“乖孩子。”

周围有些人认出了师乐，一脸惊讶：“这不是A大的老师吗！这咋来了呀？快来坐，快来坐！”

因为虎子黏在师乐身边，所以大家都认为她是听说了虎子家里的事，这时候特意过来的。

刘水阳他们这会儿也不在，倒是他妈妈在，不过昨天她没看到师乐，也以为师乐是今天才来的。

众人纷纷道：“老师你太有心了。”

师乐抱着虎子笑了下：“我去给阿姨上炷香。”

她不是很会应付人情往来，尤其是长辈，这个理由让人无法挑剔，所以虎子拉着师乐离开，大家也不会说什么。

仪式还在进行，这会儿都是在聊天的守夜人，也没什么人在这里上香。

所以师乐干脆跟虎子一起跪在了灵前，不停地烧纸，跟他说话。

戚宴早就听到了外面的动静，可是他此时作为孝子跪在灵堂里，在法师面前顶着经书，不能起来，只是回头看了师乐一眼，师乐冲他微微点了下头。

两人在这嘈杂喧闹中对视。

“乐乐老师，你怎么会来，你为什么不跟我说啊？”虎子贴着师乐跪着，为了不打扰法师和哥哥，小声跟她说话。

师乐收回视线，弯下腰小声说：“因为虎子太忙了，老师不好意思麻烦你呀。”

虎子闷声说：“我不忙的，只有我哥忙，我什么都做不了。”

“谁说的。”师乐揉了揉他的头，搂住他的肩膀，将他揽在自己怀里，“虎子这不是做得很好吗？是个懂事的小大人了。”

虎子吸吸鼻子，抬头看着她，眼泪止不住地往下掉。他把头埋在师乐怀里，不敢哭得太大声，整个人都在发抖："我不是大人，我哥就不哭，可我忍不住。"

"谁说哭了就不是大人了。"师乐柔声说，"如果是老师，老师也会哭。虎子哭是因为虎子很爱妈妈。"

虎子："可是我没有妈妈了。"

师乐一怔，想起昨晚戚宴抱着她时，也说过这样的话。她抬起头，戚宴一直看着这边，两人对上目光后，他又转了回去。

师乐想着，昨晚他说这句话的时候，声音也哑，他哭了没呢？

"有的。"师乐回神说，"你妈妈会一直看着你，只是换种方式，看着你长大，只要你永远爱她，她就会永远看着你。"

虎子似懂非懂，但也知道老师在安慰自己，他在她怀里抹了把眼睛，又跪直了："我要多给妈妈烧点钱，让她不受委屈。"

天真又善良。

师乐"嗯"了声，跟他一起烧纸钱。

到了后半夜，虎子直接倒在旁边多余的干草垫上睡着了，头靠在师乐的腿上。

师乐想了下，换了个姿势，将他的头轻轻抬起来，抱在怀里，自己靠在草垫上，用羽绒服虚虚盖着他，让他睡。

戚宴结束了仪式过来看到这一幕，轻轻蹙了下眉，他的声音比昨天更沙哑，是没休息好，也是这几天说了太多话的原因。

"姐姐，把他放在一边睡就行，我找件衣服来。"

"别折腾了。"他家每个房间的门都是打开的，师乐也看到基本上每张床上都横七竖八躺了人，也没位置给虎子睡。

她没动："就这样吧。"

外面人少了些，但也还有守夜的人。

戚宴也就顺势跪在了旁边，一边烧纸钱，一边陪着她。

期间也不是没有其他人过来说话，戚宴会帮她一一解释，但师乐说的是普通话，交流起来始终有些困难，长辈们唠了几句嗑，就散开走了。

最后只留下了他们两个人和一个熟睡的虎子。

师乐放轻声音问："什么时候出殡？"

"凌晨四点。"

没多久了，他们一整夜都得坐在这里，不过今天师乐却没听到戚宴说要她去休息的话，她有些奇怪地看着他。

戚宴注意到她的视线，转过头来问："怎么了？"

师乐问："今天你怎么不赶我走了？"

戚宴动作微顿，随即探着身子去拿了一炷香，将原来烧尽的换掉。

师乐听到他沙哑的声音说："因为今天想要姐姐陪陪我。"

师乐一直觉得，戚宴把她放在了一个保护套里，设置了一个安全区域，他从来不会越界，也从来不会让她觉得被冒犯或者为难。

他总是把优先考虑权放在她的身上，他身上好像没有“自私”这个词。

这是她第一次从他嘴里听到这种话，单纯地为了他自己，只想让她陪着他。

师乐喜欢他这种坦诚。

她笑了下：“好。”

外面的人看着里面这一幕，小声议论：“这老师心好啊，你看，知道虎子家这情况，都走了还回来陪着虎子家守夜呢，抱着虎子也就坐在地上，一点架子都没有。”

“她心善啊，你知道我家康子和水阳他们吧？”赵康的妈妈也在，她笑着说，“多亏了这老师让他们回头，不然真的让我们头疼。”

师乐并不知道外面的长辈们怎么说她，她一直坐在这里有些口干，但怀里还有虎子也不好动，于是道：“小宴给我倒杯水吧。”

戚宴点了下头，很快起来，给她倒了杯温水过来。

师乐腾出一只手来，仰头将杯子里的水喝了个干净。

她穿衣服比较讲究自己的风格，就算是冬天，也没穿什么高领的衣服，外面套上羽绒服，里面是件圆领的毛衣。

她仰头时细白的脖颈露出来，漂亮到不行。回去几个月，她好像养白了些。

戚宴移开视线，垂着眸，等她喝完就把杯子接了过来：“还想喝吗？”

其实他完全可以把虎子抱走，只是这会儿却很贪恋这一刻的温馨。

师乐摇头：“不喝了。”

看着水杯，她突然想起什么，问：“暑假那会儿，虎子跟我说了一件事。”

戚宴把杯子放到一边，转过头来：“嗯？”

师乐低笑一声：“他说，你们家原来不喝山泉水的。”

戚宴表情空白了一瞬，随即有些无措地看着她。

师乐看着这个表情变化，笑意更大：“谢谢小宴，我很喜欢。”

戚宴抿了抿嘴，然后拿起纸钱继续烧：“姐姐喜欢就好。”

虽是深夜，这里却是灯火通明，师乐看着他有些发红的耳朵，轻轻松了口气。

他心里挂着事儿，她想要他放松些，不要那么紧绷着，这样会把自己闷坏的。

四点出殡，但不到四点的时候，已经陆续有人来了，戚宴也开始去准备出殡需要的东西。

师乐怀里的虎子睡得也不安稳，听到动静就醒了，他揉着眼睛忙着起身去帮忙。

师乐也就退到了一边，这里的习俗出殡时跟着去的都是长辈和孝子，都是亲人，有很多人都穿着白色的孝衣。

师乐不好出面，再者她跟过去也不合适。

她默默回到了车上，打开车窗，听着震耳欲聋的鞭炮声和亲戚们的哭声，看着戚宴和虎子并肩走在人群最前面，手里捧着戚妈妈的遗照，浩浩荡荡地离开了他们家。

“阿姨，一路走好。”

戚宴知道师乐不会跟他们一起上山，在她悄悄往车那边走时，他就知道了，但她没有道别，车也没动。

戚宴想她不会走，这个人跟他说过，她从不听电话里的道别。

所以当他从山上下来，没看到那辆车时，他蒙了。

他在原地站了会儿，喉间有些干涩，拿出手机，上面也没有任何消息。

她突然出现，又突然离开，没有任何预兆。

戚宴感到一阵无力，多日的疲惫好像一瞬间涌了上来，让他有些招架不住。

“你站着做什么？”

听到这个声音，戚宴猛然回头，看到师乐从后面走出来。

她撑了把伞，看起来像是新的，却不像她的风格，印着俗气的花，应该是在哪儿临时买的。

今天依旧在下雨，虽然是毛毛雨，但她伞上的雨水却顺着往下滴，应该是在外面很久了。

戚宴张了张嘴，差点发不出声音：“姐姐。”

“嗯？”师乐看着他快被雨水打湿的头发，把伞撑到他头上，“怎么不回去？”

戚宴微微吸了口气：“你去哪儿了？”

他目光直直地看着她，语气有些快，却又有些委屈，师乐一时有些愣住：“我……”

戚宴：“我找不到你。”

师乐看着他的表情，突然明白了。她笑：“你以为我走了？”

戚宴没说话。

师乐知道他这是默认，她没看过戚宴这种无助的样子，心里有些软：“我没带衣服过来换，去买了把伞，然后跟着你们去了一趟山上。”

戚宴没在山上看到她，愣住了。

师乐说：“站在远处看的。”

戚宴垂眼，这才看到她米色的鞋子上全是泥，他心里像是被压了一块大石头，压得他窒息。

然后他听到面前的人说：“不过我是该走了。”

戚宴忽地抬头。师乐把伞递给他，轻声说：“我在等你回来，和你告别。”

戚宴没接，眨了下眼睛，没了常见的温润，也没有从容，脸上更没有得体的笑意，只是沉默地站着，看着她。

他已经没有多余的精力去经营自己的表情，去管理自己的情绪了。

“我们少一个正式的道别。”他不接，师乐就把伞压低了些，挡住了路人看过来的视线，“童琳跟我说，我走的那天你来找过我。”

“我也是前两天才知道。”师乐看着他的眼睛，轻笑，“所以我还怪了你几个月，觉得你是个没良心的。”

戚宴哑声说：“我确实是个没良心的。”

这句话师乐没应，她微微叹了口气，道：“小宴，姐姐知道每个人都有每个人需要承担的东西，你也是。但是我也希望你能开心，你明白吗？”

她这两天着实有些狼狈，没有休息好，脸色不怎么好，昨天熬了夜，头发也有些乱，身上的衣服也脏了，却依旧美得那么夺目。

戚宴无声地看着她，像是定住了，也没什么动作。

“姐姐喜欢你做自己的样子。”师乐从兜里拿了一颗刚才去买伞时买的糖，递给他，“如果你难过了，还是可以告诉我的，你又不是超人，哪能那么撑着自己。

“希望你平平安安，快快乐乐，前途光明。”

师乐说完，就看着面前一直沉默的戚宴。

她一只手撑伞，还得一只手给他递糖，他却一动不动，她用手指戳了戳他的衣服：“傻了？”

良久，她听到戚宴叹了口气，然后抬手把她手里的糖接了过去，他冰凉的指尖在她的指尖轻轻抚过。

然后他把糖放进了兜里，抬起手来，把她抱住了。

他低声说：“谢谢。”

这个拥抱很短暂，那瞬间他却把她抱得更紧。

一瞬后，戚宴把她放开，还要说什么，师乐便听到一声响亮的：“乐乐老师！”

她眉眼微动，就见虎子跑了过来：“乐乐老师，我以为你走了，走吧，我们去吃饭！”

师乐把伞递给戚宴，戚宴这次接了过去。

师乐弯下腰，笑着说：“老师不吃饭了，要回家了。”

虎子肉眼可见地失落了下来，红着眼睛：“乐乐老师你不多在我们家待一会儿吗？”

师乐说：“老师还有事，如果虎子想老师了，可以给老师打电话。”她说着，又从兜里拿出了一颗糖，递了过去。

戚宴微顿，看着那颗糖，眸色沉了下。

虎子没想那么多，他把糖三两下剥开吃掉，想要留下师乐，但也知道这会儿不能任性，家里还有好多事，只好蔫蔫地点了下头：“那好吧，我会想你的。”

“嗯，我也会想你的。”师乐说，“希望你天天开心，平平安安。”

师乐走前也跟舅舅林大峰打了个招呼，以至于她上车时，是一群人送她。

林大峰挥手：“老师有空常来玩！”

师乐点了下头，目光扫过众人，最后落在戚宴身上，笑了下："那我走了。"

戚宴点了下头："路上小心。"

当着这么多人的面，两人也说不了什么话，师乐早就把车掉了头，这会儿停在另外一边，直接开着就走了。

从后视镜里看到后面的人慢慢散开，只有戚宴仍站在原地，她把车停下来，把手从窗户伸出去，朝后面挥了挥，然后继续开着车消失在了戚宴的视野中。

林大峰在后面喊："小宴，快过来吃了饭把东西都收拾一下还回去了。"

戚宴应了声。

虎子扯了扯戚宴的衣角，有些埋怨道："哥，你怎么都不留留乐乐老师？"

戚宴弯了下唇，没说话。

回到家，他把伞小心收了起来，坐到林大峰身边吃饭。

林大峰还想着师乐，念着："这个老师人很不错，当初我还说她娇气，这会儿还挺不好意思的。"

戚宴给虎子盛饭，闻言笑了下。

林大峰最近这段时间，就没见自己外甥笑过，这会儿看到就拍了下他的肩膀："你好好的，还有舅舅呢。"

戚宴点头："嗯。"

"不过那个老师是A大的，那她家是哪里的？说过来就过来了。"

戚宴："北城。"

桌上安静了一瞬，林大峰差点没拿稳筷子："你是说她从北城来的？这么远！"

"不远。"戚宴平静地拿起筷子。

"这还不远！这里到北城，那得几千公里，坐火车都要坐几十个小时，还得转车……"

林大峰听着就觉得心惊，不停地跟同桌的人描述余坪到北城的距离。

戚宴无声地吃饭，吃完饭他站在院子里，拿出了师乐给他的那颗糖。看了半晌后，他将其放进嘴里，看着不远处师乐离开的方向，视线落在连绵的青山上。

他心想，不远。

不过六千里，他跨得过。

第九章 //
姐姐，我来找你了

师乐回到江州时，师玮已经忙完了。

对于才到江州没几天师乐就突然消失，跑到之前那个山里的事情，师玮有些不满。

他所有的不满在看到师乐一身狼狈出现的时候达到了顶峰。

好好的一个人，回来时疲惫不堪、一身脏污，师玮差点没把她扔出去。

“你是跟谁滚泥巴去了？”

师乐现在有些累，好几天都没睡好觉了，想补个觉：“没谁，就是那里下着雨呢。”

师玮至今都想着几个月前离开的时候，她拿着手机对着一个莫名其妙的“小同学”发火的场景。

“去见你那个小同学了？”

师乐脚步微微一顿：“嗯。”

师玮把那件她脱下来的脏兮兮的羽绒服扔到一边，居高临下地问：“何方神圣能让你念念不忘几个月？”

师乐不是很想在他面前提起戚宴，因为这确实不是一个小同学。

对于她来说，是个弟弟。

但在有血缘关系的师玮面前，这句话她却说不出口，这个理由也站不住脚。

她走进洗手间洗了把脸，回头看着紧紧跟着自己的师玮，叹了口气：“我跟人就不能有点感情了吗？我对你还念念不忘十来年呢，你怎么不说？”

听到这话，师玮原本还有些臭的脸色突然就变好了很多，他轻哼了一声，靠在洗手间的门上，给她拿了一块新毛巾。

他暂且放过了有关这个不知名小同学的问题，问：“怎么突然想要过来跟我过年？”

师乐擦着脸靠在洗手台上，歪了下头：“陪陪你不行吗？”

师玮没搭理她这个转移重心的方式，直截了当地问：“她对你不好是不是？”

师乐勾了下唇，没说话。

师玮却懂了，他脸色沉了几分：“以后你放假都来这儿吧。”

师乐觉得没什么不好，一口应下：“你在我就来。”

“那今年就我们一起过年。”师玮拿出手机按了几下，“我都陪着你。”

师乐沉默了几秒，好像回到了某一年的时候，她跟师玮都还小，那会儿师镇风和翁婷两人已经感情不和了，基本只要一个出现，另一个绝对不会露面，甚至于两个都不会出现。

一般这个时候，就是师玮带着她：“不是还有我吗？哭什么哭。”

想起过去，她脸上笑意更大：“我们？”

“嗯，我们。”师玮也笑了一下，“就我们俩。”

师乐把毛巾扔到了他怀里：“好。”

两人都不是十来岁的孩子了，也没有那么多矫情的想法，想做什么那就做了，管别人做什么。

就像师玮不问她为什么不跟翁婷一起过年，她也不问师玮为什么只跟她一起过年。

两人都很有默契。

过年的那天，师乐接到了翁婷的电话，只看了一眼就挂了。

师玮在给她煮火锅，两人都不会做饭，大年三十师玮也没让做饭阿姨过来，火锅底料往锅里一放，照着搜来的方式就把菜都放进去了。

虽然味道一般，但她很久没有过一个这么满足的年了。

师玮也接到了电话，他直接给手机调了静音，任由它在一边响着。

吃完饭，两人一起坐在沙发上看春晚，师乐有些无聊，正回着许婧她们的消息，在各个群里抢红包发红包。

突然师乐面前多了一堆红包，师玮不知从哪儿变出来这么多。

“压岁钱。”

师乐接过来：“这得压多少岁。”

“年年岁岁。”师玮抬手胡乱地揉了下她散下来的头发，说，“这几年哥哥欠你的，以后都慢慢给你补回来。”

师乐无声地看着手里的红包，半晌后把红包好好地收了起来：“谢谢哥，除夕快乐。”

师玮：“除夕快乐。”

在城里没有什么仪式，师玮看着看着春晚就直接睡了。

师乐给他找了个毯子盖上，把电视声音调小了些，也没让他去床上睡。

临近十二点时，她起身走进了厨房，从冰箱里取出了一袋速冻饺子。

在水还没开时，她手机响了。

从余坪回来后，师乐也没找过戚宴，他总有很多事要忙，她总找不到合适的理由去打扰他。

她觉得自己已经把话说明白了，如果他需要一个人安慰，她随时都在，所以她一直在等。

还好，她也不是白等。

戚宴打的是视频电话，一接通，一张放大了的笑脸就出现在了屏幕里：“乐乐老师！新年好！万事如意！”

师乐不自觉也露出了一个笑来：“虎子除夕快乐。”

然后才看到虎子的脸移开，露出他身后的人。

戚宴穿了件黑色的棉服，里面套着白色的卫衣，他走了几步，应该是走到了安静的地方：“姐姐除夕快乐。”

他是在外面，所以周围很黑，只有手机屏幕映出的微光照着他，有些朦胧的温柔。

师乐：“你也是。”

“快十二点了。”戚宴目光抬了一下，似乎是在整理什么东西，“想送姐姐一个礼物。”

师乐把水饺放进锅里，问：“什么礼物？”

电视机里传来倒计时的声音，师乐回头看了一眼，师玮依旧还在睡。

她把视线移回来，看到戚宴那头的摄像头开始剧烈晃动。

他的声音变成了话外音：“姐姐看。”

师乐不由得仔细看过去，随着电视机里那声响亮的新年好传来，师乐看到屏幕里突然亮起了光。

戚宴那头传来了比电视里更大的声音，是铺天盖地的鞭炮声、烟花声。

下一秒，手机屏幕里，能看到一个烟花突然在天空中炸开，璀璨夺目。

锅里水饺的沸腾声，电视机里主持人的祝贺声，手机里辞旧迎新的鞭炮声和烟花声……在新年到来时的各种嘈杂声音里，师乐听到戚宴温润的声音格外不清晰。

“姐姐，新年好。”

戚宴在摄像头那头，看着穿着家居服应该是站在厨房里的师乐，她眉眼倦懒，像是舒适极了。

她的目光锁在手机上，像是目不转睛地在看着他。

他在这哄闹的夜里，又说了一句：“新年好。”

里面的人弯了下眼睛，嘴角含着浅淡的笑意：“小宴新年好。谢谢这个礼物，我很喜欢。”

屏幕那头的人始终没有把摄像头再转过来，也没说话，师乐也没逼他，天上还有很多人家放的烟花，她知道戚宴在听。

“小宴，新的一年开始了。”她说，“朝着前面走，一年会比一年好的。”

屏幕晃动了一下，师乐听到戚宴轻笑的声音，不是很清晰，但她还是听清了：“嗯，我知道。”

“乐乐老师！”虎子突然出现在屏幕里，他戴着之前师乐送的帽子，一只手拿着一炷香，另一只手里拿了几个窜天猴举起来，“我给老师放几个冲天炮，希望老师以后一飞冲天。”

师乐失笑：“好。”

屏幕里一只修长的手伸了出来，那只手的主人先是叹了口气，然后摸了下虎子的头：“小心些。”

虎子于是蹲了下来，把窜天猴插在地上，用香小心点燃。点燃的那一瞬，他突突突地跑远。

师乐不能看到窜天猴蹿到了哪里，周围烟花声还络绎不绝，也听不到夹在里面的声音。只能看到虎子跑来跑去，跑了好几回。

虎子大声地问：“老师你看到了吗？”

“看到了。”师乐说，“很好看。”

戚宴终于开了口，说：“好了，放完了就去洗洗睡觉。”

虎子已经闹腾了一晚上，守岁也过了，给师乐放窜天猴是他最后要做的事，所以放完他说了个新年好就跑去洗漱了。

看样子戚宴还不准备挂电话，师乐就等着他。

他说：“姐姐。”

“嗯？”

“你等……”

他才开口，师瑋从后面走了上来：“你干吗呢？”

“你醒了？”师乐下意识地回道，“我煮水饺呢。”

“水饺？”师瑋看着锅里已经快被煮烂了的水饺，“你煮肉呢还是煮水饺，赶紧拿碗过来。”

“你拿一下。”师乐还记着戚宴在说话，她准备绕开等他说。

“小宴你等下。”

“等会儿。”听到这个名字，师瑋动作停了下来，他把火关掉，盯着她手里的视频，“你跟谁打视频呢？”

师乐往外走：“没谁。”

师瑋把她拦住：“我听到了，小宴？你上次说的那个小同学。”

师乐没回话。

师瑋腹诽：自己到底什么时候变得这么婆婆妈妈的了。

她索性承认了：“是他，还有事吗？”

师瑋看她两眼，又看着屏幕那头的黑暗，摇了下头：“没事，你去。”

话是这么说，他的目光却没移开过。

师乐往外走了两步，没听到戚宴那边有声音：“小宴？”

“嗯。”戚宴应了一声，“我在。”

师乐问：“你刚才要说什么？”

“没什么。”过了十二点那几分钟，戚宴那边安静些了，声音也很清晰，他低低地笑了一声，“就是想祝姐姐岁岁平安。”

师乐莞尔：“好，姐姐欠你一份压岁钱，下次见面一定补上。”

戚宴"嗯"了一声，又沉默了几秒，忽地道："姐姐，我十八岁了。"

师乐一时没反应过来："嗯？"

"没事。"他轻声说，"只是想告诉姐姐，我不是小孩子了。"

"知道了。"他总是很在意自己被认为是小孩子的事情，师乐笑着说，"你长大了。"

"嗯。"戚宴说，"就是想让姐姐知道一下，你去吃水饺吧，姐姐晚安。"

"晚安。"

等那边挂了电话，师乐一回头就看到师肆端着盘煮烂了的饺子站在不远处看她。

他淡淡道："这声音听起来年纪不是很小。"

师乐没说话，师肆盯着她，好半天才哼笑一声："有你的。"

师乐在江州待到了元宵节过完才回了北城，直接回A大开学，翁婷想抓她都没处去抓。

接到翁婷的电话时，想听的她听一会儿，不想听的直接放到一边，翁婷也不知道为什么她从上次暑假开始就变得这么反骨，气得不轻。

手机上还是很少会收到戚宴的消息，只在每个月底时他会发来一张成绩单。

是他们的年级排名。

除了第一个月，他的成绩有些不理想，后面几个月都是扶摇直上，甩开了第二名很远的距离，师乐也才知道原来状元预备役不是开玩笑的。

高考结束那天，她给戚宴打了电话。

戚宴接通后，很轻地笑了一声，他说："姐姐，我应该做到了。"

"终于结束了。"师乐说，"辛苦了。"

"不辛苦。"戚宴身边有很多的声音，老师同学，每个人都在喊他。

师乐不好多打扰，刚要挂掉电话，就听他道："不是结束，是开始。"

他的新生活的开始。

成绩出来那天，师乐看到了他们省的新闻。

【本省理科状元新鲜出炉——青城高中戚宴！】

接下来是他的一系列报道。

他说他做到了，他就真的做到了。

师乐觉得自己高考成绩出来的时候好像都没这么激动，她调到地方台准备看状元的后续报道，戚宴却没再接受采访，甚至连去哪个学校都没透露过。

不是，他说过，他要去江大。

师乐愣了很久，原本要问他高考志愿的动作停住了。

她好像忘了，她问过他两次，这人都跟她说他要去江大。

想了很久，师乐终于发去一句话："恭喜了，小状元。"

那边很快回复：“谢谢姐姐。”

今年暑假支教团还是要去支教，但师肆却来了北城。

师乐被他强行压着没再跑出去，陪他在北城找房子安顿，他忙新公司的事忙得不可开交，师乐就给他当暑期秘书。

等她再回过神来，已经快临近开学了。

余坪。

虎子拉着戚宴的手，不停地喊：“哥，你要多拍拍A大的照片发给我，我去洗出来，放在床头，以后也要考A大！”

林大峰把虎子拉开：“有那点时间，不如多写写作业！以后你要是写作业再耍赖，我就打电话告诉你哥。”

大家在给戚宴办送行酒，几家要好的亲戚坐了几桌，热闹热闹。

成绩下来后，所有人都知道，A大和那些名牌大学都争着抢着要把戚宴录到自己学校去。

戚宴却想都没想就选了A大，也在所有人的意料之中。

“小宴是真的出息了。”

“我还没去过北城呢。”

“我以前还听他说要去江大，把我吓了一跳。”

…………

在热闹以外，林大峰把戚宴拉到一边，给他递了一个红包：“在那边要好好照顾自己，家里有我，虎子也有我，咱家就靠你了。”

戚宴把红包推了回去：“我知道。舅，不用给我钱，我有的。”他递了一张卡过去，“这卡您拿着，之前我妈治病那钱算我借您的，这里面是学校给的钱，还有市里给的奖金，以后我每个月都会打点进来，也算是虎子的生活费。”

林大峰差点没跟他急：“舅舅现在急用你这些钱？”

“不是。”戚宴笑着把卡放进了他的兜里，“只是给您我放心，您当给我存起来也行。”

晚上，等所有人都走了，戚宴回到房间里，看见虎子坐在床上睁着一双大眼睛看他。

他走过去：“怎么了？”

虎子说：“哥，你还没离我这么远过。”

戚宴顿了下，然后拍拍虎子的肩膀：“怕吗？”

“不怕。”虎子摇摇头，“哥你像我这么大的时候应该也没什么怕的东西。”他凑过来问，“哥，你去A大以后，是不是经常就能见到乐乐老师了？”

戚宴微怔，然后轻轻点了下头。

虎子又说：“那我能不能经常给你打电话，我想看看她，或者你看到她的时候也给我打电话。”

戚宴没有立刻应下来，好半天后他才给虎子盖上被子，道："早点睡，明天我送你去舅舅家。"

虎子乖乖躺下，看着哥哥起身去收拾剩下的行李。

他从被子里露出头，看着哥哥从木桌的抽屉里拿出了一张纸。

哥哥把纸展开，看了许久。

虎子偷偷看过去，好像是一张地图。

他小声地问："哥，你那是地图吗？"

戚宴动作顿了下，"嗯"了一声。

"你画了什么？"虎子看着上面好像有条线，还挺长的，"是不是破了？还是弄脏了？"

"没有。"戚宴目光落在面前的地图上，然后俯身，在桌面拿了一支红笔，轻轻在上面那条线上又勾了一条，喃喃，"没破，没脏。"

我相信只要我想，就一定能在未来的某一天见到你。

我应该做到了。

九月，新生入学，A 大这几天都格外热闹。

西门广场迎新点，趁着现在是午饭时间，人不多，坐在帐篷底下的志愿者有一搭没一搭地聊天："最后一天了，结束了去吃饭吗？"

"行啊，我没意见。"

提出建议的人抬起头，眼睛忽然亮了一下，用胳膊肘拐了下身边的人："问问你们副主席要不要去？"

"我们副主席？"身边的人抬头，顺着他的视线看到不远处走过来的女生时，顿时明白过来，"她啊，多半不去。"

女生戴着白色棒球帽，头发披散在身后，穿着黑色的牛仔吊带长连衣裙，腰间系了条皮带，显得腰细腿长，几乎她一过来就吸引了所有人的目光。

他微微一叹："我们副主席这校花的名号，简直无人撼动。"

师乐刚才去社团领做好的宣传册，把东西放下后转过身便看到团里的小学弟在看她，她挑了下眉："怎么？"

"没怎么。"小学弟叫明易，也是团里低一届的宣传部部长，顶着身边人热烈的目光开口询问，"学姐待会儿迎新结束一起去吃饭吗？"

师乐拿了一瓶水出来打开喝了一口，虚靠在帐篷的支架上，道："不去了，我还有事。"

她一个暑假都在忙，这才开学，打算先跟许婧吃个饭。

明易往旁边看了一眼，眼神表示：我就说吧。

这时，一个男生走了过来，站在师乐面前："学姐你好。"

师乐微微抬眼，这人她有印象，昨天刚进校的新生，在她这儿领的学校地图，一直没想走，在旁边问了很多问题。

师乐点了下头："你好。"

男生说："昨天很谢谢学姐。可以加学姐一个微信吗，等学姐忙完了一起吃饭。”

“不用谢。”师乐笑了下，依旧靠着帐篷，“不好意思，没带手机。”

那男生有些局促，看了下放在一边的纸笔，立刻道：“那我给学姐留个号码，学姐拿到手机可以加我。”

师乐没说话，男生已经慌张地写下了号码跑了。

明易围观了全程，开玩笑道：“学姐要不你开个个人公众号吧，省得这么麻烦。”

“有道理。”师乐随口懒懒地应和了声，压着帽檐挡住刺眼的阳光，将写有男生号码的字条拿到一边，压在了宣传册底下，“可以考虑。”

下午陆续人又开始多了起来，最后一天的人不少，所有人都很忙。

虽然没去支教，但师乐还是留在了支教团里，却没去竞选主席，只是做了副主席，负责一些平常的公益活动。

迎新自然是主席团需要带队的活动。

童琳是下午过来的，她接过了师乐手里一半的学校地图：“辛苦，我来替你一下。”

师乐放了手给她，也没去休息，只是又开了一瓶水站在一边，随手拿起刚印好的宣传册看。

看到册子上的图，童琳像是突然想起了什么：“欸，我前天听说了一个事儿。”

师乐低头翻看宣传册：“嗯？”

童琳：“前几天我有跟余坪小学校长联系，听他说了些学校的近况。”

听到这句话，师乐动作顿了下，却也没接话。

“戚宴。”童琳看着她的表情，状似不经意地问，“你还记得他吧？”

自从余坪回来，寒假时提起过那一次，她没从师乐这儿听过这个名字了，更不知道寒假那会儿发生了什么。

师乐问：“他怎么？”

“他不是今年他们省的状元吗？”童琳看她没多大反应，以为之前那事儿过了，接着道，“我问校长他去了哪个学校，你猜是哪个？”

还能是哪个？师乐早在一年前就知道答案了。

“那不是他自己的意愿吗？”师乐不太想提这个，仰头喝了口水，看着宣传册，笑着说，“猜这做什么。”

她把宣传册合上，看着封面上的字，指尖摩挲了下。封面图是之前去余坪支教时拍的，在小学门口，拍这张照片的，正是童琳嘴里的那个人。

师乐突然想给戚宴打个电话，看看他的新生活好不好。

“看看缘分啊。”童琳想起以前的话，还有心思打趣了，“说不准什么时候就见面……”

童琳话没说完，师乐却没放在心上。

只是这时，周围像是突然喧闹了起来。

童琳声音扬了下：“我说呢，说不准的吗。”

闻言，师乐下意识地抬起眼睛，目光忽地一顿。

人来人往的A大西门广场上，有个人缓缓走来，穿着白色的T恤，浅色的牛仔裤，身高腿长。

一年多以前见到戚宴时，他还蹲在天桥上，穿着校服，带着些许稚气。

许是这一年里经历了太多，那个小同学已经褪去了稚气，好像又长高了些，比起过年时见到的样子，也精神了不少，干净又温和，在人群里格外显眼。

师乐微微眯眼，她没动，只看着这人慢慢走过来，越来越近，越来越近。

然后她微微直起身，抬了下帽檐，在两人目光对视上的瞬间，戚宴原本有些淡然的神色忽然就多了几分笑意，眸里有光闪着。

师乐看着他在自己面前站定，眼睛弯了下，温声道："姐姐。"

师乐看他几秒，忽地抬手把帽子取了下来，抬手将帽子盖在对面的人头上，压下来遮住了他的目光。

她这会儿有些不知道该做什么反应，只能下意识地没去看他的眼睛。

太亮了。

她有点忽视不了心里那瞬间的失重感。

她问："你怎么来了？"

"他怎么不能来？"童琳站在一边，"啧"的一声，"人家是状元，百分之五十的可能都会来A大，这有什么好稀奇的，你居然不知道？"

师乐怎么会知道，她一直以为他去了江大，以至于她都没问没去关注。

师乐收回手，一抬眸，正好看到戚宴垂着的目光。

就算被帽子盖住了，站在他面前，也看得见他的眼睛，他确实长高了。

两人对视片刻，师乐终于问："怎么不告诉我？"

戚宴不答反问："姐姐看到我高兴吗？"

师乐这会儿没太体会出自己的心情，有些复杂，也不太理得清，不过惊讶却占了很大部分。

她问："你觉得呢？"

"或许会有些。"戚宴乖乖站着，没去动她的帽子，依旧是这个视角，目光里只有她的脸，"不然我可能会有些难过。"

师乐总觉得他哪里不太一样了，却又说不出来。

"那就有些。"她移开视线，转身去拿了一份学校地图，平静地问，"哪个学院？"

戚宴老实地回答："计算机。"

"就在隔壁啊。"童琳看这两人一碰面就直接忽视掉了旁边的人，直接开口，"那乐乐你带他去吧。"

师乐动作顿了下，歪头看向戚宴："需要我吗？"

戚宴笑了下，温声道："很需要。"

师乐点了下头，把要给他的地图转了个方向，拿在手上："那走吧。"

看着两人一前一后离开，坐在帐篷里的人都看傻了。

明易一脸惊疑不定地问童琳："主席，这是谁啊？你们认识？"

童琳说："嗯，以前支教认识的。"

"副主席居然亲自送他去了？"明易还是觉得震惊。

对于来的新生，他们这里是面对整个校区的，只负责指路，后面还有学院的迎新志愿者会带新生去宿舍和学工办，用不到他们。

所以师乐一般都只是在这里引个路。

实在需要带路的，也有其他人会送，她不会自己去。

这个就不一样了，有几个女生看到那个男生出现时眼睛都亮了，蠢蠢欲动，却压根没开口的机会。

童琳看向两人的背影，意味深长道："不一样嘛。"

"哪里不一样？"明易问。

只是长得帅了点！

行吧，帅很多。

童琳想起某段话，笑着说："哪里都不一样。"

师乐跟戚宴往前走了一段路，两人都没开口说话。

戚宴目光一直落在旁边人的身上，在阳光之下，她的皮肤白得炫目，垂着眸，甚至能看清她长得过分的睫毛。

在过去半年里，他无数次想过两人再见时，会是什么样的场景，她或许会高兴，或许会惊讶，或许会生气，觉得他瞒了她。

只是现在他发现她好像很平静。

所有的紧张和忐忑都只是他自己而已。

他正看着，师乐突然抬起头，声音微扬："看我做什么？"

沉默了一瞬，戚宴轻轻笑起来："挺久没见姐姐了，想看看。"

说得自然又坦荡。

师乐没说话。

戚宴把手伸出去，指尖修长。

师乐微微侧头，是她说过长得好看，却又有些薄茧的手。

她目光顺着那只手上移："嗯？"

"姐姐应该知道学校的路怎么走。"戚宴说，"这地图可以给我吗？"

师乐这才发现，刚才过来时那地图被她一直拿在了手里。

她无声地叹了口气，把地图递了过去。

戚宴接过去，又问："姐姐有什么想问我的吗？"

"没有。"师乐摇头。

戚宴明显知道她现在是有脾气的。

他脚步顿住，停了下来。

师乐也停了下来，回过头。

"姐姐。"戚宴把帽子摘下来，声音很轻，在这喧闹的校园里不算清晰，却听得很清。

他头发被帽子压得有些乱，也没整理，只是定定地看着她：“我不是不告诉你，是想给你个惊喜。”

“虽然好像没有让你惊喜。”他说着自顾自笑了一下，手指搭在行李箱上，微微握紧，“不过我很高兴，能见到姐姐。”

师乐没看到他的小动作，她问：“说这个做什么？”

“可能是觉得姐姐在生气。”戚宴乖乖回答。

师乐眼尾一挑，她还什么都没说什么都没做，算账都没找出个合理的理由，他就能把她心思猜出来了。

她转过身继续往前走，说：“我不生气。”

戚宴两步跟上，看着落在她身上的日光，走到她身旁，把手里的帽子轻轻给她戴上。

师乐脚步顿了一下。

听到身旁的人很轻地说：“姐姐，我来找你了。”

听完这句话，师乐一直堵着的那点不知名的小别扭好像彻底就散了，她在别扭为什么戚宴还是什么都不说，这几个月就像公事公办给她报成绩，多余的一句话都没有。

虽然她也不知道自己别扭这个有什么意义，但这一瞬间，她像是被顺了毛，觉得那没什么大不了的。

把戚宴带到了计算机的学工办报到处，师乐没再进去。

人来人往的，两人却吸引了绝大多数人的目光。

戚宴一直没等到师乐其他的话，也就没说话。

他看着在门口停住的师乐：“那我先去报到了。”

师乐点点头。

戚宴垂了下眸，还是转身进了学工办楼，才迈开步子，忽地听到身后的人喊他。

“小宴。”

这是今天见面后，师乐第一次叫他。

戚宴回身，看到门口的人把帽檐抬高，嘴边荡出一个笑来，他一怔。

师乐往前走了一步：“不是有些。”

戚宴一时没明白。

师乐又道：“是很高兴。”

师乐终于从刚才复杂的情绪里缓了过来，看着面前已经高了她许多的不能再被称为少年的男生。

她不可否认自己有很多小情绪，但抽丝剥茧，听到他说话，看到他对自己笑，她才知道那些情绪掩盖着的全都是开心。

她说：“看到你，我很高兴。”

新生军训操场，阳光刺眼，垂眼望去一片绿，找个人都费劲。

师乐在外面随便扫了一眼，随即带着人走到操场外，找到了一旁的总教官。

她笑了下："教官，请问下，这边大概还有多久休息？"

教官看了一眼她身后这些人手上抬的饮料和雪糕，见怪不怪，知道新生军训时经常会有些学长学姐过来，他再看了眼师乐，神情都松了些："还有十五分钟，你们在树下等会儿，正好大休，待会儿我让人集合过来。"

迎新结束好几天，酒吧那边因为开学客流开始恢复，师乐花了些时间整顿，加上忙着社团招新的事，一直没什么空余时间，直到童琳那天提了一嘴，百团招新要先去新生军训场地踩踩点。

说是踩点，无非就是每个社团先去新生那露个面，送点夏日的温暖，到时候招新也会给新生留一些好印象。

支教团作为学校唯一一个校级的公益社团，名声很大，其实在招新这一块并不愁，但因为是公益社团，每年开学新生军训送温暖都是必不可少的。

师乐最近忙得不可开交，本打算这次就不去了，刚想说话，突然想起今年的新生里多了个人。

戚宴刚来北城，也不知道习不习惯，这几天两人只是在手机上浅浅聊了几句，也没怎么说话，她应该去看看，不然岂不是辜负了这声"姐姐"。

东、西两个校区，师乐带人来西区，跟各个班的小班主任们会合，一起去送温暖。

计算机学院应该就在这里军训。

有"小班"们在，送水都是"小班"们自己送，师乐他们只管出人宣传就行，跟教官说了一下来意后，师乐便带着团里的人走到了一边的树下。

也不知道戚宴在哪个方阵，她把帽子取下来，在整个操场上扫了一圈。

一旁的明易问："副主席看什么呢？"

师乐也没藏着，挑了下唇说："找个人。"

明易跟着她的目光一看，叹了一声："这么多学院班级都在这儿，绿油油的，一模一样，你不如先问问那个人在哪个位置？"

师乐被他说得一顿，是啊，这么多人，她为什么就傻到这么一个一个看？

师乐失笑："你说得对。"

说完她正准备收回目光，想问问计算机班的"小班"他们班在哪个位置，头微微一偏，看到跑道上一个方阵正在往回踢正步。

为首的人身量很高，身形修长，迷彩服的腰带衬得他腰细腿长，腰背挺得笔直。

师乐微微眯眼，目光微微下移。可能是晒久了，戚宴脸有些红，额前头发已经湿了，他带着方阵踢着正步走过来，目不转睛，帅得一塌糊涂。

"这是表演方阵吧？"身旁的团员也注意到了，开始议论起来，"左边这个标兵是谁？太帅了吧！"

明易也愣了一下，忽地想起了迎新的时候，毕竟这个帅哥的长相非常地"不路人"。

他下意识地看了一眼自家副主席，只见副主席嘴角带着点笑意，正看着那边，然后拿出手机，毫不避讳地对着人拍了一张。

师乐也是突发奇想，看都看到了，这么养眼的小同学，不留个纪念怎么行。

她拍了好几张才把手机收起来，这时一直目不转睛的戚宴突然看了过来。

师乐动作微顿，然后对他笑了下，却见他又把目光移开了。

师乐轻轻“啧”了声。

酷帅酷帅的。

戚宴身旁的另一个标兵一歪头，小声提醒：“戚宴，手，手低了。”

戚宴“嗯”了声，默不作声地捏了下手，又调整到了最标准的姿势，甚至经过了两个小时的训练，也不见累，反而更精神了。

十五分钟后，总教官吹大哨休息，把所有的人都给召集过去了，军训休息做些小活动是常事。

“小班”在给大家发水，但表演方阵都是各个班抽出来的人，并没有这个福利，只能喝着自己水杯里的水看着干号。

戚宴身边的另一个标兵杨维东看了眼不远处多出来的几个人，有些好奇：“今天又是哪个社团的过来了？”

戚宴抬眸，轻声说：“支教团。”

“你知道？”杨维东惊讶地转头看他。戚宴平时话不多，但脾气还不错，两人又是同一个班同一个宿舍的，关系还行，这几天下来杨维东也知道他这人不像是关注这些的人。

戚宴目光落在某个人的身上：“嗯。”

顺着他的视线看过去，杨维东“嚯”的一声，赶紧把眼镜取下来擦了下又戴上，一拍大腿：“那美女也是支教团的？不说了，我今年就报她的社团！谁拦我，我跟谁急！”

这次他的室友却没有接话。

社团的介绍由各个部门的部长负责，师乐做不了什么，只是在一旁看着。过了会儿，她转身拿了瓶刚才带过来的水顺着操场边缘走开了。

“哎哎哎，她过来了过来了！”

听到杨维东突然高昂的声音，戚宴刚垂下去的眼睛忽地抬起，见师乐手里拿了瓶水朝着自己慢慢走了过来。

他是标兵，坐在最边上。

他不由自主地放轻了呼吸，好像她的每一步都踏在了他的心上，训练时出的汗都没这么多。

自从那天听到她说那句很高兴后，两人就没见过面了，戚宴想见她，却又没什么理由，他觉得有些仓皇，原来她是高兴的。

他思绪有些乱，没注意到自己正直勾勾地盯着走过来的师乐看。

师乐走到他跟前，看他有些呆，笑了一下，蹲下来，把手里的水递到他面前，轻碰了下他的脸："想什么呢？"

戚宴被脸上的冰矿泉水冻得下意识想要后退，却又忍了下来，他很轻地笑了一声，把水接过去："姐姐。"

杨维东直接看傻了。

那边一时半会儿结束不了，师乐干脆在戚宴旁边坐了下来，问："累吗？"

戚宴歪着头看她，跟她说话："不累。"

师乐说："我这两天比较忙，等你军训完了，请你吃饭？"

戚宴没有拒绝："好。"

天气太热，师乐想用帽子挡太阳，却又想用帽子扇风，想了会儿，还是选择了用手充当临时风扇，一边扇一边问："怎么样，来这边还习惯吗？"

"习惯的，"戚宴看着她的手腕，顿了下，又补充，"很习惯。"

"那就好。"师乐大大方方地坐着，也不管周围的人怎么看她。

杨维东倒是坐不住了，开口问："戚宴，你认识这位学姐啊？学姐你好，我是戚宴的室友，我叫杨维东。"

原来是戚宴的室友，师乐想了下，把自己手里另一瓶没开过的准备自己喝的水递了过去："你好，请你喝水。"

杨维东立马接过去。

戚宴神色如常，他打开了自己的水，又把头顶的帽子取了下来，一边把水递过去，一边给师乐轻轻扇着风。

师乐看着递到自己面前被拧开的水，失笑："这是给你喝的。"

"我还有水杯。"戚宴把水给她，又拿起了一边的水杯，喝了一口。

师乐看他又给自己扇风，又给自己开水，好像自己才是在军训的那个，突然就有些不好意思了。

杨维东目光一直在两人之间打转，实在忍不住好奇地问："戚宴，你跟这个学姐，是什么关系啊？"

听完这个问题，两人都沉默了下。

最后还是师乐最先反应过来："我是他姐姐。"

戚宴抿了下唇。

"姐姐？"杨维东是听到了之前那声"姐姐"的，"亲姐姐？"

"不是。"这次师乐还没说话，戚宴就先否认了。

"不是亲的，"他把水杯放下，慢慢道，"也算是朋友。"

师乐挑了下眉，"朋友"这个词好像在她跟戚宴中间没有出现过，他叫她"姐姐"，她把他当作小朋友。

只是……

她看了眼被晒黑了些的戚宴，稚气已褪，再也不像个小同学了。

戚宴这会儿也抬眼看着她，两人目光在空气中交汇片刻，戚宴那双漂亮眸子里似乎映着她的身影。

他温声一笑："是朋友？"

像是在问她，又像是在回答。

说是朋友好像也没什么奇怪的，毕竟两人的姐弟情也名不正言不顺的，看现在，反倒是他照顾自己。

师乐只愣了几秒，然后点头：“是呀，朋友。”

说罢，她自己都笑了：“看你现在比我高这么多，我还不敢说是你姐姐了。”

戚宴给她扇风的动作缓了下，眼睛弯了些许：“嗯。”

他接着说：“虎子想你，老吵着要给你打电话。”

师乐一听虎子，就把方才那点小别扭给丢掉了，她拿出手机：“你怎么不早点跟我说。”

戚宴：“怕你忙。”

“我不忙。”师乐转过头，把他给自己扇风的帽子拿过去，学着他之前的样子，给他戴上，想着戚宴讲客气，又道，“你可以随时找我，知道吗？”

戚宴垂着眸任由她动作，低低地笑了声：“随时吗？”

“嗯，随时。”师乐手上加重了些力气，敲了下他的帽檐，懒洋洋地调笑着，“都到北城了，这可是我的地盘，自然是找我，不然你还想找谁？”

“不找谁，”戚宴看着她，温声说，“只找你。”

嘴上说着不忙，但师乐这天过后除了上课，其余时间都在往主校区跑。支教团最近要跟几个省市的几所高校的公益社团一起联合举办公益活动，要举行一个联盟晚会，也是联盟仪式，地点定在了A大。

主校区在市中心，师肆来北城后在这买了套房，师乐最近忙得太晚，索性就在这边住了。

联盟晚会举办当天，师乐下了课就赶到了礼堂，A大作为东道主，主持人是A大出，毫无悬念这任务落在了师乐身上。

学校许多活动或者高校一些晚会都会选在A大办，所以主校区的礼堂也很多。

晚会礼堂是三楼和四楼的小礼堂。

在后台化完妆，换完衣服后，师乐站在窗边，看到楼下陆陆续续进来了一些穿迷彩服的学生。

她随口问：“今天大礼堂有什么活动？”

童琳也看了一眼，这才想到什么似的，说：“职业规划大赛决赛，每个学院都抽了点新生过来观摩。”

师乐轻点了下头，想起来了，每年的职业规划大赛学校都会抽新生来看，一般抽来的都是每个班的佼佼者。

她看了眼陆续进大礼堂的这些新生，指尖突然敲了下窗沿。

也不知道小状元会不会来？

晚会很快开始，因为是各大高校的联盟，来的没有外人，只有高校的团长部长们，除了介绍自己的社团，就只剩下了最后的签约仪式。

这都是为了以后支教或是做公益时互相有个照应。

晚会持续了两个多小时，结束后，团长们又聚在一起聊了起来，师乐去后台换完衣服出来，大家已经准备坐车回去了。

她最近都住在师肆这里，第二天周末，也不急着回去，而且晚上没吃饭，饿了这么久，肚子有些抗议了，得先回去吃饭，所以出了电梯她就跟大家告了别。

电梯正对着大礼堂的入口，只是这会儿里面已经没人了，想来比赛已经结束了，想着新生过来看比赛的事儿，师乐边走边拿出手机。

这几天她忙得都没时间去问问这位“朋友”，正好这会儿可以联系联系。

师乐的一句“你在做什么”才发出去，那边正好发来一句“姐姐在哪儿”。

这时，一旁也同时响起了消息提示音。

为了方便指路，宣传部在楼下放了几张联盟晚会的宣传海报。

师乐转过头时，看到海报旁站着的人正好抬起头来，两人目光交汇，导致她心突然就多跳了一拍。

顿了片刻，还是戚宴率先动了，他把头顶的帽子摘下来，放在肩膀扣上后走过来，轻声喊她：“姐姐。”

原来小状元真的来了。

师乐也从这声“姐姐”里回过神来，她把手机收起来，转身：“来看比赛？”

“嗯。”戚宴实话实说，“看到楼下有公益晚会的海报，想着姐姐应该也在这儿，看看能不能遇到。”

那万一遇不到呢？

师乐觉得好气又好笑：“你怎么不给我打电话？”

“怕你还在忙。”他走到她身旁，借着一旁的路灯看清她的脸。因为化了妆，她整个人多了几分魅意，看一眼就仿佛要了命。

“这会儿看到大家都下来了，想给你发消息，没想到……”他扬了下手里的手机，“看来我跟姐姐心有灵犀。”

师乐还想说什么，突然听到礼堂门口有车喇叭的声音，两人转过头去。

戚宴看了眼时间，轻叹了声：“学校接我们回去的车来了，我得先走了。”

从这儿回他们的校区，要坐校车，得有半个小时车程。

这次会面分别太快，师乐有些没反应过来：“那你在这儿等我，就是为了打个招呼？”

戚宴“嗯”了声，想想又补充：“也是想看看姐姐。”

他说：“姐姐不是说了吗？想找你就可以找你。”

师乐无言片刻，问：“没其他事了？”

戚宴把帽子戴上，声音在喇叭声中有点轻：“嗯，这就好了。”

师乐有点不爽，这才刚见到，怎么每次都这么急急忙忙的，好像从开学迎新那天开始，两人的见面都是这么匆忙。

但这是校车，这么晚了，如果错过了也没公交车了，从这里打车回学校有点远，晚上还会多花不少钱。

师乐突然有个想法，她最近为了方便，都开了车来，如果留下戚宴一小会儿，待会儿送他过去也不是不行。

只是这个念头才刚冒出来，胃里的不适感就让她放弃了。

“嗯。”她侧过身，“走吧，姐姐送你上车。”

戚宴这次没有拒绝，反而两步上前跟她走在了一起，他无比珍惜每一次两人在一起的这点时光。

走了一半，师乐突然想起来什么：“把虎子的电话给我吧，我最近也挺想跟他说说话。”

“那需要给舅舅打电话，虎子现在在乡里上学，住在舅舅那里。”戚宴没有立刻翻看号码，而是道，“舅舅晚上要去青城拉货，明天回去，可能只有下次才能打了。”

师乐问：“那后天呢？”

“可以，正好是周日。”

两人走到校车前，师乐停下脚步：“正好，周日迎新晚会我也要回去，那到时候见了。”

迎新晚会戚宴是知道的，只是他对这个没什么兴趣，这会儿一听，他瞬间抬眸：“姐姐是有节目吗？”

“嗯。”

师乐只在大一的时候参加过，报名时她本来不想参加，突然想起了戚宴，这才报了名。

虽然不是一个学院，但校级社团是有名额的。

“这不是为了欢迎我的新朋友来 A 大，展开他的新生活嘛。”

戚宴眸子微动，定定地看着她：“是唱歌吗？”

师乐略一沉吟：“怎么办，我好像只有这个才艺能拿得出手了。”

戚宴明知道她是在说笑，但还是认真道：“不，很好。”

他指尖不由自主地摸了下裤缝，军训这段时间养成的习惯让他原本就挺得笔直的背此刻更直，像是被罚站。

他舔舔唇，大胆又放肆地问：“真的是为了欢迎我吗？”

她为了欢迎他才去参加了迎新晚会，明明不是一个学院。

师乐想也没想就点头：“不能再真了。”

以后的戚宴，一定会交到许多朋友，像他说的，开始新的生活。

只是她时刻记得寒假时，这人在她怀里，颤抖着说没有妈妈了的情形，让人心疼。

师乐想在自己力所能及的时候，给他多一点温暖。

戚宴看着面前人的笑容，觉得喉间有些干涩，心里有个声音在说：够了够了，这样就可以了，不能再奢求了。

但他却还是开口：“那姐姐的意思是，那首歌是为我唱的吗？”

他突然好热，好想用帽子扇扇风，可是又不太敢，生怕自己多了什么动作，师乐就改变了主意。

“是呀。”师乐这会儿胃部的不适感加重，但还是耐心地回答他的问题，“为了你，为了欢迎你来到A大，不知道我有没有这个荣幸，成为你新生活的一部分。”

戚宴沉默了好几秒，他好想抱抱这个人，可是周围人来人往，可是他不敢。

校车司机将车喇叭按得震天响，把他的冲动都压了回去。他动了下步伐，声音温润：“我很期待后天的到来。”

说完，他浅浅笑着：“那我先走了，谢谢姐姐送我过来，我们后天见。”

师乐看着最前面一辆校车已经开始移动，怕耽误了他：“好，你快去吧，晚安。”

戚宴：“晚安。”

他转身往车那边走，走了两步又回过头来，看着师乐。

师乐好像又看到了他眼里的光，也听见他的声音：“姐姐就是我的开始。”

说完这话，戚宴挥了下手，终于低头上了校车，而师乐却站在原地，愣了好几秒的神。

等到校车车队陆续离开，师乐才低头笑了下，转身往停车场走了。

开车去药店的路上，她回想着戚宴的话，不知怎么，就是觉得很开心。

虽然他这话是不错，毕竟开学这才几天，她在第一天就见到了他，加上后天的迎新。

她可不就是他的开始吗。

师乐在方向盘上敲了下，心底生出一种幸好自己做了参加迎新晚会这个决定。

她是戚宴的开始，这听起来，还真的很让人愉悦。

还是小宴会说话。

从学校出来，师乐拐了个弯就找到了个药店，她找了个位置停车，走了过去。

这时，校车上的杨维东还在叽里呱啦地问刚上车的戚宴：“你刚才去哪儿了，还不回消息？”

戚宴靠在椅背上，半合着眼平复心情：“见了个人。”

杨维东惊讶：“你才来几天就认识主校区的人了？”

“嗯。”戚宴感受着胸膛里失衡的心跳，轻声道，“很早就认识了。”

“你又是认识美女学姐，又是主校区的，你真是从江省那边来的吗？”杨维东觉得奇怪，但看戚宴此时有些累的样子，也没多问，他扭头看向窗外，像是看到什么，突然拍了戚宴一下。

“戚宴，你快看，这是不是你朋友？”

戚宴有那么一瞬间没反应过来，他哪里来的朋友。

只是下一秒却又突然反应过来，戚宴猛地坐直，顺着杨维东指的方向看过去。

师乐一只手捂着肚子，另一只手上拿了几盒药刚从药店里走出来，她左右看了一眼，微微弯了一下腰，看来是肚子不舒服。

杨维东还在扒着窗户问：“她是不是生病了？”

却感觉身边的人突然站了起来，他扭头，戚宴已经走向车前了：“欸！你去哪儿？”

戚宴看着外面的人的身影，嘴上却在问：“师傅，不好意思，我有点东西落在主校区了，需要回去拿，可以停一下车吗？”

“什么东西？”司机放慢了速度。

戚宴语速很快：“很重要的东西。”

师傅看他一脸焦急，把车停了下来：“你现在下车，等下只能自己回学校了。”

“我知道了。”戚宴松了口气，“谢谢师傅。”

师傅给他打开门，嘱咐：“记得跟你们辅导员说一声！”

戚宴跑到师乐身后时，她正蹲在一旁的路边，在看手机。

他平复了下呼吸，走过去正好看到她手机屏幕上外卖的界面。

戚宴叹气，喊了一声：“姐姐。”

师乐被这一声吓得差点没把手机扔出去，她怎么还疼出幻觉了，听到了戚宴的声音？

戚宴看到她回过头，眼里还有没散完的惊讶，显得有点无辜又可爱。

师乐是真的没想到，问：“你，你怎么在这儿？”

戚宴跟着她蹲下去，看到她手里的药。在医院久了，对很多药都熟悉，他犹豫了下，还是伸手将她扶了起来：“姐姐胃不舒服？”

“老毛病了，晚上我没吃饭。”师乐借着他的力气站起来，还在问，“你怎么在这儿，你不是回学校了吗？”

戚宴没有隐瞒：“我在车上看到你了。”他轻轻皱着眉，“你怎么刚才不说？”

说完他又有些责怪自己，是自己没看出来。

看到他难得有这种表情，师乐无端地有点心虚：“突发的，突发的。”

这才几分钟就突发成这样了，戚宴知道她在胡说，却也不忍心去怪她：“晚上没吃饭？”

“这几天有点忙。”师乐被他扶着，虽然觉得不至于这么虚弱，但还是借了点力靠着，舒了口气，“我刚准备去吃。”

看到了手机外卖界面的戚宴：“准备去外卖店里吃？”

师乐无言，家里阿姨现在应该已经回去了，她跟师玮都不会做饭，只能吃外卖了。

戚宴往周围看了眼：“对面有家粥店，喝点粗粮粥？”

师乐自然不会拒绝，跟着戚宴走到粥店里，看着他先去倒了杯热水放在自己面前。

师乐捂着额头笑。

戚宴坐下："怎么了？"

"没什么。"师乐吹了下热水，轻轻抿了一口，"就是觉得，我这个姐姐太失职了，总要你照顾。"

戚宴顿了一下，想起过去，这人躺在病床上跟他说狼狈的样子都被他看到了。

这样才好。戚宴想，他想看到她的每一面，想被她需要。

师乐吃饭时没什么声音，喝了点热水后，就小口小口喝着粥，只要缓解一些胃部的不适感就好了。

戚宴回想了一下，每次看到她吃东西，都让他有一种这人格外乖顺的错觉，但明明这个词跟她搭不上边。

戚宴知道师乐是本地人，听她说后天回去，也知道最近她应该不在学校。

见她吃完后，他说："我送姐姐回去。"

师乐吃完药又喝了粥这时候已经好很多了，可以自己回去。她摸出自己的车钥匙，闻言笑道："还想着送我，你这时候还打算怎么回去？"

"我什么时候都能回去。"戚宴打算等会儿扫个小黄车骑着就回去了，但他放心不下师乐。

师乐被他这种处处关怀体贴弄得有些不好意思，她摸摸肚子准备起身："我有那么娇气？"

这时，师珒的电话打了过来。

师珒一般下班晚，这几天师乐住在家里，每晚他回来家里都有人，这会儿没看到人，就多问了一声："怎么还没回来？"

"在外面吃点东西。"师乐甩着钥匙，想着这个工作狂也不一定吃了晚饭，问，"要不要给你带点什么回来？"

戚宴无声地听着她跟电话里的人说话，这家粥店小，加上晚上没什么人，所以电话里的声音还是能听到一些，是个岁数不大的男人，两人住在一起。

他知道师乐跟家里人关系一直不好。

戚宴的指尖在桌面上轻轻蜷缩了一下。

他终是见到了她，她也还记得他，但或许有了最坏的情况，她身边有了其他人，可他却还不够强大。

戚宴仿佛被谁控制住了呼吸，连师乐什么时候挂的电话都不知道，直到一只纤细的手在他面前晃了晃："发什么呆？"

戚宴猛地回神，迟钝地眨了下眼，张了张嘴，却没说出什么话来。

师乐撑着下巴看着他有些呆愣的样子，轻笑："有心事了？"

看来她的胃已经好得差不多了，脸上都染了不少神色。

"没有。"戚宴垂下头，"那我送姐姐回去吧。"

师乐看他几秒，然后轻轻"啧"了一声，起身拍拍他的肩膀："走，跟姐姐一起回学校。"

戚宴抬头："回学校？"

"嗯。"师乐说，"正好，我也回去，一起吧。"

她知道这小孩脾气倔，说不准真要把她送回家才罢休，她回哪里无所谓，干脆直接回学校那边好了。

戚宴这会儿心思飘远又飘近的，说话有些追根究底："姐姐不是说，要后天……"

师乐在店门口停住脚步，回头："突然改变主意了。"

她用车钥匙戳了戳这小孩绷紧的嘴角："正好看看，是谁突然就惹你不开心了。"

戚宴被冰凉的钥匙刺激得回神，担心自己情绪太过外露，弯了下眼睛："没有。"

师乐收回钥匙，在他面前虚虚划了个弧度："嗯，没有，那给姐姐笑一下。"

戚宴依言看着她的眼睛轻轻一笑，一张脸瞬间就多了几分柔色，在夜色里格外温柔好看。

师乐手中的钥匙尖虚空停在他的嘴角，见状差点又要戳上去。

"小宴真是越来越好看了。"

她说了一句就转过了身，朝着停车的位置走过去，突然想起了之前戚宴说过的话。

在大学里遇到一个心动的人，谈一场轰轰烈烈的恋爱。

有了这张脸，估计有很多小姑娘争先恐后都要跟他谈恋爱吧，也不知道会便宜了谁。

就连她，曾经都有些微小的悸动。

她打开车门，低笑一声，回过头，却看到戚宴停在车前几秒后，准备拉开后座的门。

师乐挑眉："你坐哪里？"

戚宴动作一顿，他当然想坐副驾，只是想起那通电话，他又不想坐了。

谁知道副驾都有谁坐过。

师乐抬抬下巴："坐前面来。"

戚宴抿抿唇，最终还是打开了副驾的门，这不是上次她开去余坪的车。

师乐这才满意了："还想让我给你当司机。"

戚宴摇头："不是。"

"拉车门的时候没见你不敢。"师乐启动车子，察觉到这人情绪还是不太高，以为余坪那边又发生了什么事，"是有什么事吗？"

戚宴有点懊恼，他明明以前就能把自己的情绪控制得很好，却一次又一次失态。

他无声地叹了口气，选择转移话题："姐姐上次开的不是这辆车。"

师乐一下子就明白了他说的上次是什么时候，随口道："那车是我哥的。"

她看着左右的路，没注意身旁的人突然侧过了脸，重复了一遍她的话："哥？"

"嗯？我从北城开车去余坪得多久啊。"师乐觉得这时候这人怎么这么笨，"一个人开多累，你不看车牌的吗？"

那时候他的心思全在她身上了，谁还看得见车牌。

对了对了，老师们走的那天，说过师乐被她哥哥接走了，他当时脑子乱，一时没想到这一点。

戚宴努力压着心底的希望，下一秒周身又冷了下去，但这么说，这位哥哥应该在江省，不会在北城。

师乐不知道他的心情忽上忽下，但她想起来自己好像从没跟戚宴说过自己有个哥哥。

这是一件多开心的事，开心的事就要一起分享。

师乐不自觉笑了："我是不是忘了跟你说，我还有个哥哥？"

戚宴顺着她的话："没听姐姐说过。"

"我也是去年才见到他的。"师乐说，"你还记得我跟你说过，我遇到了一个很重要的人吗？"

在余坪小学门口的树下，戚宴记得，他当时吃了好久的味。

看师乐这么开心，他也暂时放下了心里的涩然，不由自主地跟着她开心："嗯，姐姐说的就是遇到了哥哥吗？"

"对。"只有支教团的人那天见过师肆一面而已，只有许婧知道事情原委，师乐觉得不该。

翁婷和师镇风都不知道兄妹两人早就见面成了一家人，两人也不想让他们知道，各过各的，互不干扰就很好，没必要让大家都不开心。

所以严格来说，除了许婧，就没人知道这件事了。

师乐想把戚宴变成第二个。

"他叫'师肆'，我平时都叫他'师圆圆'，那时候爷爷奶奶希望我们兄妹圆圆满满的，取的小名，不过我们三年级时就分开了。"师乐说。"原本以为遇到后会生疏，后来发现还好，有个哥哥很好的。"

她说这话时嘴角是毫不掩饰的笑意："想不到吧，我还有个哥哥。"

戚宴突然想起了暑假电视里经常会放的琼瑶剧，小燕子摇头晃脑高兴地说"我有哥哥了"。

放在这时候的师乐身上，也不显得违和。

她不再是那个在夜里冷声说"那不是我的家"的女生了。

戚宴喜欢师乐跟他说这些，他离她又更近了一步，所以他也温声道："想不到，恭喜姐姐。"

师乐说："他最近都在北城发展公司，改天有空介绍你们认识一下。"

戚宴一愣："在北城？"

"嗯，只是他太忙了，我也只有回市中心的时候才能在晚上见到他。"师乐嘴上是抱怨，其实表情还是开心的，"总会有时间的，他也是你哥哥，他知道你的。"

戚宴一时间被这大喜大悲弄得头脑发热，愣愣地说：“他怎么会认识我？”

“怎么会？”师乐转头看他一眼，叹了口气，“还不是他去余坪接我的时候，听到我跟某个人打电话，但某个人却不想见我。”

想起当时的情景，他耳朵背后慢慢浮上了薄红：“不是不想，我很想见你的。”

“嗯，我知道。”师乐只是逗逗他，看他这会儿情绪恢复了，才笑着说，“但我当时不知道，我还很生气，我哥差点就要开车回去，非要让我见你一面为止。”

戚宴设想了一下，如果真的开车回去，会遇到吗？他一直在追赶她，或许又还是错过。

“现在见到了。”他说，“以后会常常见到的，只要姐姐想见我，我就会出现在姐姐面前。”

“嘴巴真甜。”师乐笑着拿出手机解锁，“我开个录音，你再说一遍，不是哄我的吧？”

她只是说笑而已，却未曾料想到，戚宴真的接过了她的手机，点开了录音的功能。

“戚宴保证，只要师乐想，我一定会出现在她面前。”

他声音温润，带了些成年男人的磁性，悦耳又动听，让人产生了一种认真又郑重的错觉。

师乐不禁侧头，对上他看着自己的眼神，那一瞬间差点一脚踩在油门上。

她转过头目视前方，余光看到戚宴把手机锁屏放回了原地。

他声音里甚至还夹着笑意：“需要我再写一张保证书吗？签个名，按个手印。”

师乐缓缓呼吸两口，没转头，觉得他是在笑自己，便硬着头皮道：“也不是不行。”

戚宴应下：“嗯，但今天没带纸笔，下次见面给姐姐吧。”

“你是在把我当小孩哄吗？”师乐忍不住道，“这么纵容。”

戚宴眼底坠着点点的光：“那姐姐被哄得开心吗？”

师乐摸了下方向盘，嗯，还不错。

不是还不错，她叹息一声，然后笑出声来：“挺开心。”

她发现了，这人真的能戳中她心里某个柔软的位置，再给她会心一击。

“那就好。”戚宴靠在车椅上，看着她的侧脸，也跟着笑，然后问，“圆圆满满，那姐姐叫‘师满满’吗？”

从一个比自己年纪小的人嘴里听到这个名字，师乐有些耳热，“嗯”了一声。

“挺好的。”戚宴说，“满满，很温暖的名字。”

“你胆子大了。”师乐害羞之余，扭头故作瞪他，“开始没大没小了。”

戚宴轻轻地笑：“前几天你不是说了我们是朋友吗？”

他说："我看姐姐不是不喜欢这个名字。"

"不一样。"师乐说。

"哪里不一样？"戚宴问，"朋友不可以喊吗？"

师乐就是觉得"姐姐"听习惯了，乍一听还挺别扭的。她道："很少有人这么喊我，我还是喜欢你叫我'姐姐'。"

叫"姐姐"会让她清醒一点，这小同学让人有点上头。

戚宴轻点头："好，姐姐。"

他太过高兴，又开始得寸进尺："很少有人这么叫你，是因为知道的人少吗？"

"嗯……"师乐想了下，"你是第三个。"

爷爷奶奶不在了，翁婷和师镇风估计早就忘了。

第三个。

戚宴知道在过去很多年里，师乐身边一定有不少人，他做好心理准备，但他却没想到，自己会是第三个。

无论之前两个是谁，这个名次就已经足够让他满足了。

虽然他也希望，以后自己能成为无数的第一个，只不过那是他的梦想，他的奢求。

如今这方小小天地里，他坐在她的身侧，听她说话，看得到她脸上的笑意，是他从前不敢想的。

一步一步来，他想。

他总有一天，会站在她身旁的。

A 大没有门禁，学生进宿舍只要刷卡就行，只是晚上车就进不去了。

师乐把戚宴送到校门口，跟他告别。

戚宴问："姐姐不是回学校吗？"

"嗯。"师乐知道他怕自己又跑回市中心，"我不住校，在学校附近有房，平时都住那边。"

戚宴没解开安全带："那我先跟姐姐过去，等会儿自己再走过来吧。"他语气虽然温和，却也不容置疑，"你胃才刚好，我不放心。"

师乐拗不过他，只好开着车回了自己的那个小区。停车时，她看着副驾驶上往外看的戚宴，道："一个小同学，怎么像个管家婆。"

戚宴收回认路的视线，对自己被叫作管家婆一点都不反感，反而有些高兴，只是不喜欢她叫自己"小同学"。

他转过头，身子微微前倾，垂下眼睛看她："姐姐再看看我。"

师乐："嗯？"

戚宴弯唇笑："我不是小同学了。姐姐不要再把我当小孩看。"

美颜暴击，师乐从没这么近距离看他，清晰到她甚至觉得这人虽然笑着，却有些压迫感，不是小孩了。

师乐无意识地眨了下眼睛。

不过戚宴却又坐了回去，他解开安全带："那我先回去了，姐姐晚安。"

师乐跟着一起下了车，对他挥手："晚安。"

戚宴低头笑了下，然后走到她面前："还有件事。"

"嗯？"

"刚才的话，也不全是哄姐姐，"戚宴指了下她的手机，"是承诺。"

他说："能给姐姐的不多，这点承诺，我还能做到。只是，也希望姐姐有想见我的时候，让我有实现承诺的机会。"

说完，戚宴垂眸："姐姐回去吧，晚安。"

他那个架势，大有看着师乐上楼的意思，师乐下意识地点头转身上楼。

等她刷了脸进楼，透过透明的玻璃看着外面的戚宴，才突然低低"啧"了一声。

糟糕，不是酒精上头，也没有夜色正好了。

是这小孩，有点撩。

第十章 //
星星在你面前

迎新晚会傍晚六点半开始，不过表演的人需要提前到，师乐从店里拿了把吉他，四点就进了学校。

周末在家起得晚了一些，午饭也吃得晚，现在出来吃晚饭太早了，师乐没打算吃，不过想到过会儿不知道有没有空，所以去超市买了点牛奶和面包。

大一明天结束军训，今天早上去主校区阅兵，这会儿操场没多少人，中间的舞台已经搭好了，在试音响。

师乐走了两步过去，忽地看到另外一边一辆校车开了过来，上面坐的都是大一新生，像是刚从主校区回来。

校车直接把进操场的入口给堵住了，师乐不想跟下车的新生们挤，打算等他们下车后，车走了再进去。

她靠在铁网上低头给许婧回消息。许婧周末回了家，不在学校，好多周家的事，师乐都是从她那里知道的。

她已经快一年半没回周家了。

或许是那一次周覃被她吓到了，回去没敢说什么，前些日子大家还是相安无事的，只是最近这几个月，尤其是暑假周家老爷子过寿，她就算是在北城也没去，翁婷被气得不轻，扬言要跟她断绝母女关系。

师乐都不知道自己这会儿到底是期待还是不期待了，只是翁婷这么说却也没有行动。

许婧给她发消息："不是马上要放国庆假，也放中秋假吗，你妈来我家让我劝你回家，说什么一家人没有过不去的坎，让你不要耍小脾气。"

师乐短促地笑了一声，玩笑着问："那你打算怎么劝我？"

许婧："我打算劝你去，我给你递刀，让周家中秋变清明。"

她打字速度很快："你别搭理他们啊知道没，不知道哪来那么多糟心事。"

"放心，我还不想让他的血侮辱了这么伟大的节日。"师乐才回复过去，忽地听到一个熟悉的声音。

“姐姐。”

戚宴坐在后排，还没下车就看到了从超市走出来的女生，看到她慢慢靠在操场的铁网上。

隔得远了，戚宴不太能看清她的表情，却觉得这时候的她，好像初见那晚靠在路灯下打电话的模样。

美得慵懒又极致。

戚宴下了车就走了过去，看到有人路过跟她打招呼，她便轻轻点下头，勾唇笑一下，说了句什么，来往的人目光或多或少都落在她身上。

是个在哪儿都让人忽视不了的人。

听到熟悉的声音，师乐抬起头，被面前的人闪了一下。戚宴是表演方阵，又是标兵，穿的不是迷彩服，而是表演用的白色制服，那双腿又直又长，师乐靠在铁网上看得微微眯起了眼。

不像其他人都被晒得蔫不拉几的，戚宴好像只是黑了一点，不仅不影响颜值，还多了些男人味。

她好早就发现了，就算是在余坪的时候，这个人似乎也是晒不黑，老天爷就是对他格外偏爱。

她看他时，眼神一点都没躲闪，直勾勾的，毫不掩饰眼里的笑意。

戚宴最后只好有点无奈地把帽子戴上，笑说：“别看了。”

“挺帅的，怎么不让看？”师乐直起身，看了一眼他身后，校车都离开了，“怎么现在才回来？”

“今年先在分校区阅兵，再去的主校区，”戚宴说，“所以弄到现在。”

他看了眼师乐手里提着的面包：“姐姐没吃饭？”

“嗯，现在才四点多，吃饭太早了。”

看来是给她自己准备的晚饭了，戚宴看了眼操场，眉头轻轻蹙起来：“晚会六点半开始。”

师乐指指自己的吉他：“需要先过来过下流程。”

她胃才好，学校超市卖的这面包都是袋装的，也不养人。戚宴想了下，问：“姐姐这边的流程什么时候结束？”

“不知道。”师乐也不清楚这些，“怎么了？”

戚宴垂着眸，温声说：“我先回宿舍换衣服，把衣服还了，回来看姐姐流程有没有结束，如果结束了，我们先去吃饭；如果没结束，我给姐姐把晚饭带过来可以吗？”

他声音轻缓，像是在跟她商量，却伸出了手，把手掌摊开在了她面前。

是想让她把面包和牛奶都给他。

师乐愣了下，叹息一声：“还想抢我东西？”

“你胃才好，这个不养胃。”戚宴说，“姐姐觉得我说的可以吗？”

“你都快把手拍到我脸上了。”师乐把牛奶和面包都塞给他，“给你给你。”

戚宴这才低笑一声：“抱歉。这个我先给你保管一下。”他把东西提在手上，“那我先回去，等会儿过来给你电话。”

两人朝着两个方向走，师乐走了一半回过头，看到戚宴的背影，又看看他手上的牛奶和面包，微不可察地弯了下眉眼，拿出手机，拍了一张。

师乐来得早，这边活动策划只是确认了一下她需要的设备和出场位次，又让她调试了一下麦克风和舞台位置正不正确就可以结束了。

因为是学校的名人，师乐的节目被安排在后面，作为压轴之一，空出来的时间倒很多。

沟通结束后，师乐坐在台前的凳子上等戚宴，策划坐在她身边，一边看节目的走位，一边与她聊天。

“原本还打算想想办法让学姐参加今年的迎新晚会，没想到先收到了学姐的报名表。”

策划是学生会里一个大二的学妹，因为许多大小活动，跟师乐也算是认识，知道这位学姐如果不是必要，其实很少会参加这种娱乐性的晚会。

“那还挺巧的。”师乐收好吉他。

学妹：“学姐去年晚会没来，还挺可惜。”

去年刚从江州回来，师乐没什么心情，她应了一声，玩笑说：“今年来了，是不是可以弥补一下遗憾？”

“说得对。”学妹问，“只是大三学生一般除了邀请很少会参加迎新晚会了，学姐怎么大二不来大三来？”

手机振动了一下，师乐低头解锁看到消息，笑着说：“今年有个认识的人是新生。”

学妹明白了：“应该是家里的弟弟妹妹吧！”

这时，收到回复的戚宴打了电话过来，师乐说了声“抱歉”接起了电话。

“在操场，舞台前面。”

“好，那我在这儿等你。”

挂掉电话，她回头顺着戚宴说的方向看过去，戚宴换了身常服，白色的T恤和一条浅色的七分裤，正朝着这边走来。

她沉默了几秒，才扬了下眉，道：“不是，是个朋友。”

学妹反应了一下，才明白师乐在回答她之前的问题。

这时师乐已经站了起来，学妹跟着她起身回过头，见到来人后眼睛忽地亮了一下：“这不是今年群里一直在传的那个帅哥？”

师乐一般不加什么群，听到这个有些不解：“嗯？”

学妹解释：“新生群，开学第一天就有人发他的照片了，好多人都偷偷来操场拍过他，给他送水，送水果。”

每年军训就是最热闹的时候，师乐当年也有不少人送水，虽然她没接过，但也知道这是个不小的阵仗。

师乐看了下走过来的戚宴，无声地笑了下，应道：“应该的。”

“听说他是江省的状元，叫什么来着，戚什么……”学妹有些想不起来了。

师乐接过话：“戚宴。”

“啊，对！戚宴，都在说他现在应该是学校的校草了。”

“他来得这么早啊。”学妹一直盯着那边看，突然觉得有点不太对，“我怎么觉得……”

他好像在看你。

她的话没说完感觉就成真了，这位新校草径直走了过来，看着自己身旁这个美女，浅浅地笑了一下：“结束了吗？”

嘶……

学妹瞪着眼睛没敢说话。

她在群里看到过不少戚宴的照片，但无论是哪一张，都没见他笑得这么温柔过，他总是疏离又礼貌，看起来不太好接近。

说起来，他跟师乐还有些像。师乐也是看起来好说话，但实际上距离感强得很。

但现在看着，戚宴却笑得很真实，让人不自觉陷在他的温柔里，只是他眼里看的，却是师乐。

“刚结束。”师乐绕过椅子走过去，“现在走吗？”

戚宴自然地伸手帮她拿吉他：“好。”

这吉他不便宜，不能放在这里，见戚宴自然而然接过去背上，师乐只好咽下了拒绝的话，转过头对呆滞的学妹道：“那我们先走了，待会儿见。”

“待会儿见。”学妹看看戚宴，又看看师乐，最后没忍住，“学姐，他就是你说的那个朋友吗？”

闻言，戚宴微不可察地抬了下眼睛。

师乐“嗯”了一声，很是坦然：“是他。”

才走出操场，戚宴就递了个什么过来，师乐低头一看，是一瓶水。

见戚宴修长的手指将瓶盖打开，师乐突然就有些走神了，想着学妹的话，她前段时间忙，也就来过一次，倒是没见过谁给戚宴送水，原来有很多人吗？

戚宴不知道师乐在想什么，见她没立刻接水，便笑了一声，说话的声音带了点哄人的味道：“天气热，刚才还把姐姐的牛奶没收了，是我不对，给姐姐赔礼。”

他的话在师乐这里左耳朵进右耳朵出，师乐直到喝了一口水才发现自己刚才想了些什么乱七八糟的，她看了眼手里的水，觉得自己有点好笑。

走了几步，她忽地听到戚宴问：“刚才你们是聊到我了吗？”

“是聊到你了。”两人走在路上，有不少人都看了过来，师乐笑了下，“说你长得好看，好多人都给你送水，原来小宴这么受欢迎啊。”

戚宴脚步微顿，然后道：“没几个人。”

“嗯？”

“没几个人送水。”走到食堂门口，戚宴先停了下来，微微仰头看着台阶上的师乐，认真道，“我只接过姐姐的水。”

师乐垂着头对上他的视线，怔了一下，其实接不接水都跟她没多大关系，只是听到这话，她确实觉得有些愉悦。

她微微弯腰，闷笑："那是姐姐不对，给你送水送少了。"

没想到戚宴还真的点头，弯着眼睛说："那希望下次姐姐注意。"

师乐再没忍住，直起身笑出声来："那怎么办呀，军训都结束了，我还有机会注意吗？"

"会有机会的。"戚宴上了台阶，跟她站在同一级台阶上，"先吃饭吧。"

在食堂吃完饭，师乐又用戚宴的手机给虎子打了个电话。

虎子长高了不少，眼睛还是亮得惊人。

他看到哥哥又看到师乐，激动得不行，什么都能聊："乐乐老师！我上学期期末考试又是第一！你跟哥哥等等我，我以后也要上A大的！"

师乐被他感染，也笑着说："那老师在这里等你，你要加油。"

虎子问："乐乐老师，我周末都放假，可以经常给你打电话吗？"

"好啊。"师乐说，"找哥哥也行，找我也行，我随时都等着你。"

"太好了。"虎子蹦跶着，"我现在放假都帮舅舅做事，努力存钱，等我存够钱了就来找你们！"

师乐想着他卖水的那些钱，又是心酸又是心软："没事，太远了，你还小，不安全，等老师放假了，老师来找你玩好吗？"

"好的呀！"虎子立刻应声，"但哥哥明明说不远。"

听了这话，戚宴明显僵了一下，他没想到虎子记得自己说过的这句话。

师乐也看向戚宴，却没想多，觉得可能是戚宴之前怕虎子想他才说安慰的话。

"嗯，是不远。"师乐哄他，"那你等着老师有空了来找你，自己一个人不能乱跑知道吗？"

"我知道了！"

挂了电话，戚宴才微微松了口气，两人朝着操场走，他说："虎子还小，姐姐不要太纵着他了。"

他知道师乐说出了这句话，就一定会做到，这人太善良也太温柔了。

师乐听了笑着说："他想见我，我也想见他，就不是纵容，这是奔赴，所有的奔赴都是双向的。"

操场上的灯光落在她的侧脸上，因为要表演，她化了淡妆，睫毛随着笑容微微颤动。

戚宴呼吸都放轻了："姐姐说得对。"

这时操场上已经坐了不少人了，戚宴指着一个方向，说："我们班在那个位置。"

离舞台还挺近的，是个不错的地方，戚宴接着说："我坐在最后排最右边。"

师乐吃饱了，这会儿正犯懒，听着这话觉得不太对，却也懒懒应道："好呢，姐姐记住了。"

戚宴听她这语气就知道她没明白自己的意思，眼看着就要走进操场了，这时候不比刚才，他一个无关人员不能去后台的。

他把吉他拿下来，双手伸到师乐面前："我的意思是，姐姐既然是给我唱的歌，等会儿一定要记得找到我。"

师乐接过吉他，背上后，用手上的空水瓶抵了抵他的肩膀："真的霸道，还有那么多新生呢。"

戚宴摇了摇头，把她的瓶子接过去拿在手里："既然是给我的，那自然要霸道点。"

"知道了。"师乐回头又记了一下他的位置，"我会看着你唱的。"

看着师乐走到舞台那边，戚宴才慢慢转身，把水瓶先扔进了垃圾桶，然后去了班上。

杨维东看到室友回来，给他递了一张节目单，看到他脸上的表情，有些稀奇："什么事这么高兴？"

"谢谢。"戚宴坐下，在节目单上找师乐的出场位次，指尖停在她的名字上，"新生活就要开始了，值得高兴。"

迎新晚会就在苦兮兮的军训结束当天，岂不就是美好的大学生活开始了吗。

杨维东以为他说的是这个，赞同地点头。

这时，戚宴身旁落下了两道阴影："戚宴同学。"

杨维东对这个情况见怪不怪了，揶揄地"哦"了一声。

戚宴把节目单放在膝盖上，抬起头，看到身旁的两个女孩子："有事吗？"

其中一个女孩红着脸："我们是隔壁网络班的，想和你认识一下，方便加一个联系方式吗？"

戚宴："抱歉，不方便。"

两个女孩似乎对这个结果并不意外，两人对视一眼，又道："没事，我们两个班有很多课都是一起上的，以后认识也行，拜拜。"

等两个女孩走远了，杨维东碰了碰戚宴的肩膀："高一点那个，前几天我就听到有人在议论了，好像是网络班的班花，不觉得可惜？"

戚宴摇了下头，没回答。杨维东看戚宴又看起了节目单，也不知道有什么好看的。

他继续劝说："你都不打算在大学发展段感情啊，听说大一不脱单以后就没机会了。"

戚宴"嗯"了声："是吗？"

杨维东："对啊。所以你不要总是拒绝女生的示好，你看看哪个妹妹好，可以试着发展一下吗！就刚才那个，以后一起上课不是没有机会啊！人家话都说到这个份上了。"

戚宴淡淡道："不想。"

杨维东："为什么，人不好看吗？"

戚宴："没注意。"

杨维东：行，算你狠。

晚会很快开始，戚宴对这些节目没什么兴趣，只是到了他们班的节目时，他抬了下头，跟着大家捧了场。

其他时间他都在手机上跟还没上场的师乐聊天。

“姐姐唱的这首歌，是上次看落日的时候那首吗？”

他看到了名字——《愿你》，因为师乐说能搜到，所以他回去搜了这首歌。师乐不在的时间里，他都在听这首歌，还有余坪小学办艺术节那天，他偷录下来的那首《和你一样》。

他像是得到了宝藏，一遍一遍地播放，听着她的声音，度过了那些难熬的日子。

只是《愿你》这首歌，不管听别人怎么唱，都没有那天他在山顶听到她低声吟唱时的那种心动。

她惊艳了他的世界，惊艳了他自那以后的所有时光。

再没有人会比她更能吸引他的目光了。

师乐回复很快：“是，带你梦回余坪。小宴，一起加油啊。”

好像每一天，都更喜欢这个人了，尤其是喜欢的时候，还能离她这么近。

他在努力朝着她奔赴，却不希望她也朝着自己奔赴，那样太累了。

戚宴想，她只要回下头，他就能跑着去，去她身边。

“戚宴，给你看个东西。”杨维东把手机递过来，打断了戚宴的思路，“你朋友的视频。”

戚宴看过去，是师乐表演的视频，时间是前年的迎新晚会，她也是弹唱。

戚宴盯着手机屏幕，问：“哪里看到的？”

“新生群里传的，听说今晚也有她的节目啊。”杨维东去翻看节目单，“对对对，就是倒数第二个！要到了！你看到了吗？”

“嗯。”

他早就看到了，一直看着。

“她叫师乐。欸，你那天都没告诉我她的名字。”杨维东一直看着手机，“真漂亮。”

他忽地听到身旁的戚宴问：“她好看吗？”

杨维东愣了一下，一脸你在说什么屁话的表情：“这还用问！她可是校花，你知道今天因为她要表演，来了多少其他年级的人吗？”

戚宴看着手机里那个安静弹唱的人，眸色渐深。

就在这时，师乐的节目到了，戚宴立刻抬起头，顺便扣上了杨维东的手机。

师乐上台的那一瞬间，整个操场都响彻了口哨声，她面不改色地坐下调话筒，然后抱着吉他看向台下。

这会儿操场只有灯光和舞台灯，舞台灯刺眼，她其实并不能很好地看到戚宴的位置，只是等她根据大致位置看过去，却看到那里亮起了手机的灯，她微微一顿。

紧接着，好多灯光缓缓亮起，师乐却看着最初那束光，笑了一下。

她指尖微动，轻轻启唇。

你是晚风渐息
星河若隐，一场小别离
你是破晓清晨，灿烂眼中的光景
你是时光轻轻哼唱，宛若星辉铺满小巷
黑白的琴键，闪着晨曦的光

愿你的身后，总有力量，愿你成为自己的太阳
愿你永驻时光，爱上彼此的模样
你眼中的光芒，依旧闪亮，诉说着那些疯狂
有梦想，我来陪你，收藏
…………

戚宴在无数的喧闹声和口哨声中，静静地看着台上的人，她的目光一直落在自己这里，她看到自己了吧，他想。

他与师乐隔着人群，隔着灯光对视，却没有听到自己的心跳声，他觉得心跳都快要停止了。

这时候的他，身在喧嚣中，却听不见除了台上那人以外的任何声音，在喧闹中寂静，呼吸快要停止，感受到的只是铺天盖地的，汹涌而来的淹没了他的爱意。

师乐表演结束后，就是学生会最后的煽情节目了，但气氛一直都没有冷下去。

戚宴正低头在看新生群里大家之前发的那个视频，听到杨维东在一旁说：“戚宴，你朋友还开酒吧啊？咱们周末有时间去玩玩啊！”

他把视频保存好，抬头：“酒吧？”

没一会儿，新生群里已经有师乐的不少信息了，包括她在哪个社团，什么专业，什么班，甚至连她的课表都有了一份。

当然也都知道她在学校附近有个酒吧。

戚宴沉默地翻看着这些消息，一时不语，好像自己的宝藏突然就被大家看到了，让他不爽。

杨维东在地图上找到了酒吧的位置，问：“怎么样？要不要去玩？”

戚宴把地址记下来：“再说吧。”

晚会结束后，各回各家，戚宴却没急着走，他一直关注着舞台那边，逆着人群走了过去。

因为露天场地，晚会又结束了，所以这会儿大家行动都自由，这边围了不少人。

戚宴目光转了一圈，在角落里看到了靠在树上的师乐，她戴着耳机在发消息，对周围那些慕名过来打量她的视线似乎视而不见。

下一刻，他的手机振动了。

戚宴心里一跳，拿起手机，正是她发过来的消息："我回去了，新生活愉快！"

戚宴立刻把电话拨过去："姐姐。"

师乐似乎是有点累了，声音懒洋洋的："嗯？"

他一只手摸了下兜，说："我有东西给你。"

师乐沉默了一下，随即抬起头来，只看了两眼就看到了人群外的戚宴。

两人目光对上，她笑了一下，对着电话里说："等我。"

戚宴见她起身背上吉他，跟身边学生会的人打了个招呼就走了过来，似乎是没看到意图要过去搭讪的人。

走得近了，她才把耳机摘下来："什么东西？"

戚宴把兜里的东西拿出来，看着她收耳机的动作："姐姐这么吵还能听音乐？"

师乐微顿，笑了笑，然后抬手把耳机贴在了他的耳边，里面一片安静。

她的指尖轻轻拂过他的耳郭，有些冰凉，他看着她的手腕，愣了会儿神。

师乐把耳机收回去，放在耳机盒里："戴着耳机可以避免很多麻烦事。"

比如那些想要搭讪却没上前的人。

戚宴明白过来，扬了下唇，然后把手上的东西递过去："这是那天答应姐姐的。"

一张纸。

师乐打开纸，借着操场外的灯光看清了上面的字，字迹清隽。

【戚宴保证，无论什么时候，只要师乐想，他就会出现在她面前。】

煞有介事地签了名，写了日期，还有手印。

师乐脚步放缓，看着这几行字，听不出什么情绪地问："怎么按的手印？"

戚宴跟她的步伐一致："宿管阿姨那里有印泥。"

师乐顿住，如果说那天在车里，猝不及防听到那句话，没让她反应多久，那么今天这不会突然消失的字句却一直在她脑子里盘旋。

沉默许久，有句话突兀地浮现在脑海里，这好像给女朋友写的保证书。

这个想法一冒出来就把师乐吓了一跳，她迅速把纸折了起来。

她声音和思想不太同步："我先收着，以后找你兑换。"

戚宴应得很快："好。"

迎新晚会结束后，两人都只在微信上聊天，师乐要忙着招新，戚宴大一公共课多，没那么闲。

招新那天，戚宴下了课在广场上绕了一圈，过来给师乐送了瓶水就走了，没再打扰她。

童琳回过头发现人走了有些疑惑："他不是来报名的吗？"

招新这里是有水的，但师乐还是打开了戚宴给她的那瓶，喝了一口后摇了下头。

童琳觉得有点可惜："我以为他会进我们社团呢。"

师乐笑说："他有自己的打算。"

她问过戚宴，如果他想进社团估计都不用面试，加上以前的那些关系，直接可以给他开后门。

只是他没有参加任何一个社团，而是在几个直系学长的邀请下，去了他们实验室当助手学习。

师乐尊重他的选择，她不认为大学不参加社团就是遗憾，总有很多路要走。

周末的时候，师乐去了酒吧。

酒吧里兼职人员多，每年开学期末都是人员流动最大的时候，现在开学又要开始招人了。

白天酒吧没什么人，正好可以面试，许婧也在，她翻看着兼职信息，说："今年还好，一楼这边加个人手就行，就是这边接到的电话有点多。"

师乐坐在小舞台上调吉他，闻言道："找个懂事的。"

有不少来这里兼职的，都是些"玩咖"，到头来还是麻烦。

许婧也赞同她的说法。

到了约定时间，来了几个人，许婧都没怎么看对眼，明明是已经挑过一轮的了，见到真人还是觉得不行。

师乐也在看着，提了一句："刚才那个女生还行。"

"我留下她的电话号码了。"许婧伸了个懒腰，嘻嘻哈哈地说，划拉着手机，"再看看后面的，主要是我们这儿的女服务生有点多，想找个小帅哥。"

话音才落，酒吧的门就被推开了。

"打扰一下。"

师乐调音的动作一顿，条件反射地抬起头，看着走进来的戚宴，一时之间竟然有些茫然。

"你怎么来了？"她放下吉他下了台，"找我？"

她对于戚宴知道这个酒吧一点都不觉得奇怪。

戚宴摇摇头，又点点头，抬起手机："我来应聘兼职的。"

师乐还没说话，许婧直接在吧台那边一拍桌子："就你了！"

这，符合她要求的小帅哥，太符合了。

"兼什么职？"师乐轻皱着眉，"你不是去了学长的实验室吗？"

"实验室那边是没课的时候去，还有辅导员特批的晚自习时间去。"戚宴柔声给她解释，"我周末是空出来的。"

许婧已经走了过来，她仔仔细细地看着戚宴，总觉得有点眼熟。她认识师乐这么久，没见师乐身边有过这么一个人。

但她突然一想："你是不是窑山那个……小同学？"

那次她见到戚宴时是晚上，只有车灯，所以她一时没记起来。

戚宴点头："你好，我叫戚宴。"

对了，就是这个感觉！

许婧打量着他，又看看师乐。她可是记得当时离开的时候，师乐因为没见着这个"小同学"生了好久的气。

许婧笑得意味深长："长大了，长大了。"

戚宴礼貌地笑了一下，随后问："那我现在面试吗？"

许婧摆手："面什么试！就你了。晚上就可以上班，不用做什么，你坐在门口当个吉祥物就行。"

师乐直接把这人嘴巴给堵上，将她转回去，这才看向戚宴："真要兼职？"

戚宴低笑着："姐姐觉得我不像吗？"

太像了，只是师乐一下子有点接受不了，他突然变成自己店里的人。

但一想到戚宴的家庭状况，好像在她店里她确实会更放心。

许婧虽然是看中了他的脸，但更大一部分原因是把他当作熟人，水放得很多。

师乐却知道，按戚宴这么细心的程度，做这些小事绰绰有余。

"好。"她终于点头，"那你就从周末下午四点上到晚上十二点。"

戚宴乖巧地应着："那就谢谢姐姐了。"

当天就是周末，戚宴自然而然留在了酒吧里，师乐也就没那么快离开。

许婧跟她一起坐在吧台前，看着做什么事都上手极快的戚宴，满意得不行："这么好一小同学，怪不得你当时那么紧张他呢？"

戚宴这会儿不在旁边，在给一个客人点单，师乐先朝他那边看了一眼，这才喝了口水，缓声问："这么紧张他？"

许婧似笑非笑："当时你只差把手机瞪穿了还不紧张？"

师乐挑了下眉，没说话，也没否认，她那天确实是气着了。

正说着，师乐手机响了，是师肆打来的。江州那边的公司还在，这几天有个项目出了问题，他得回去一趟。

他一直以来都是两头跑，师乐见怪不怪，只是这次预计要一个月。

中秋快到了。

师乐没多说什么，提醒他注意安全就挂了电话。

"你哥？"

师乐点了下头，去看日历，再次确定一下中秋的时间："嗯，他回江州一趟。"

"正好。"许婧看到师乐的动作，心底大致明白了一些。高三以后，师乐都是一个人过的中秋，哪儿也不去，就连许家也不去。

她起了意，凑过去道："今年国庆和中秋不是一起的吗？我爸又给我找了个相亲对象，还要一起出去旅游，我愁死了，反正你不陪你哥，陪我去好了。"

师乐推开她：“你那对象不得把我吃了？”

她把手机扣上，撑着下巴玩着自己的杯子：“谁要跟你去玩，我去江州陪师圆圆。”

许婧一噎，是她格局小了。

这人一向是想去哪儿就去哪儿，去趟江州不就是一张机票的事。

不过这也说明了，师乐不打算去周家了。

她放下心：“那随便你吧。”

因为今天戚宴在店里，师乐回去也晚了一些，她一般没有演出很早就回去了。

跟戚宴一起从酒吧里出来，戚宴先送她回家。

离得近，师乐也没开车，两人一起往小区走。师乐抬头，北城很少有星星，今天倒是看到了不少。

她突兀地笑了一声，问：“我们现在看的是同一片星空吗？”

戚宴跟着她一起抬头，轻声说：“是了。”

他为什么不去江大来了 A 大？为什么当时明明去找她了，却那么固执地在电话里告别？师乐有好多问题，却都没问，只说：“那就好。”

关于那些，好像在那个寒假，她隐约有了答案。

戚宴垂眸，目光落在她脸上，只一瞬后又看着两人映在地上的影子。他往前走，想碰一碰，却总是碰不到，最后觉得自己这个行为有点幼稚，无言失笑。

戚宴一直等着师乐问他，问他为什么当初不联系她，问他为什么改变了主意来北城，但她好像都没提过。

只是今晚，她提到了这一句话，再没有其他。

她那么聪明，或许已经知道了。

所以戚宴突然停住了脚步，师乐察觉到他的动作回过头来。

“那时候只有江大是最好的选择。”戚宴低声说，“虎子还小，我不能离开我妈很远，只能去那里。”

“姐姐太远了。”他轻笑了一声，“远得像星星，因为知道碰不到，所以干脆不碰了。”

师乐没说话。

“我欠了姐姐一个告别，欠姐姐一个正式的抱歉。但是现在我不想告别了，希望以后我们都没有告别。”他伸出手去，学着当年师乐的样子，“对不起姐姐，为我以前的胆小和自私。但我依旧很高兴认识你，以前是，现在是。”

说完，他又轻轻摇头否定了自己的话，说：“不是很高兴，是何其有幸，能认识你。”

他修长的手被月光照得冷白，但面前的人再也不是那日那个紧张又害羞拉着她的手说不收回的人了。

他不再躲着她，目光坦荡又温和，把自己的那些心思都剖开给她看。

师乐沉默了好久，戚宴手却没收回去，他耐心地等着，等她的回应。

终于，师乐吐了口气，伸手与他交握，过了几秒两人的手又分开。

戚宴自然地把手收回来，没再贪心。

下一秒，属于师乐身上，独特的淡淡的清甜扑鼻而来，戚宴毫无防备，下意识地张开双手，又不敢碰她，只能虚虚地搭着她的肩膀。

他生怕自己杂乱无章的心跳被听见，欲盖弥彰地开口："姐姐这是做什么？"

师乐没有真的抱着他，只是抓着他腰侧的T恤。

她只是单纯地像寒假那时候一样，想给他一个拥抱，抱抱这个努力又温柔的人。

师乐抱了一下后松开他，往后退了一步："不是说我是星星吗？"

"'星星'原谅你了。"她语调微扬，"不仅原谅你了，'星星'还给了你一个拥抱。"

戚宴一怔。

师乐笑了一声："小宴，我不远的，你走一步就到我面前了。"

戚宴定定地看着她，觉得喉咙有些干涩："我可以走吗？"

师乐反问："为什么不可以？"

她话音才落，面前的人就动了。戚宴上前一步，将她锁在了怀里，师乐轻拍了下他背。

戚宴不敢多留，怕自己想要的更多，只抱了一下就松开了："谢谢。"

他笑出来，温声说："谢谢姐姐，我也把星星抱在怀里了。"

师乐弯唇："那现在星星邀请你一起过中秋，你来吗？"

那天晚上师乐在沉默的时间里想了很多，理来理去都没理出个所以然来，所以干脆放弃了。

说是要去江州陪师肆，那是哄着许婧的，师肆这次回去的事，师乐在家这几天也多少听到了些。

无非就是他现在开始往外发展了，师镇风那边不得不警惕起来，这才把他叫回去，师乐不想见到这个血缘上的亲爹。

看着月色下小心翼翼地问她"可以吗"的戚宴，师乐心软成一团，心想组个团过个中秋也不是不可以。

国庆很快就到了，中秋就在国庆的后两天。

师乐没什么过中秋的经验，在她的印象里，那天只不过是大家围在桌前吃一顿饭，象征性地拿几个月饼，再看着周家一家人其乐融融。

她又不姓"周"，她一直是个局外人。

后来许婧也让她去许家，师乐都没去，她羡慕别人家的阖家团圆，却不想旁观。

这几年中秋，师乐都是一个人待在学校附近的房子里，酒吧放假了，她就一个人在里面唱几首歌，再回家点个外卖，吃个月饼，过了这个仪式就睡过这一天，也不是过不去。

今年却不一样了。

师乐在放假没事的上午都起得比较晚，等她自然醒来看到手机上的未接来电时，才恍惚了好几下，给戚宴回拨了过去。

戚宴的声音听起来清爽又温和："姐姐醒了？"

"嗯。"师乐靠在床头整理了一下头发，说话带着点没有睡醒的惺忪，"一早打这么多电话，怎么了？"

那头沉默了两秒，戚宴叹了一声："今天是中秋。"

"啊……"师乐脑子转了一会儿，总算清醒过来，她看了眼时间，爬起来拉开窗帘，"我睡晕了。"

戚宴轻笑一声："不是反悔了就好。"

师乐想着今天的计划："我现在起床，我们等会儿出去吃饭。"

"今天外面人多，还热。"戚宴笑着说，"姐姐愿意委屈一下，吃我做的饭吗？"

"吃戚大厨做的饭我还叫委屈吗？"师乐坐在窗前的椅子上，想起了之前在戚宴家，他戴着围裙做饭的样子，不知怎么还有点期待，"好，那你早点来，我们去买菜。"

"嗯。"

挂了电话，师乐不自觉地笑了一下，走到厨房转了一圈。她一般不用厨房，但定期会让人过来打扫，锅碗瓢盆是本来就有的，卫生干干净净，只是少了点什么。

嗯，少了一条围裙。

把围裙记在备忘录上，师乐才去洗漱。

她随便吃了点麦片、酸奶和水果垫肚子就准备看看戚宴有没有出学校，买菜做饭应该需要花不少时间。

回房间拿了手机，师乐看到上面有好几通未接来电，都是翁婷打来的。

她看了半晌，最后还是没有回拨过去，只是点开微信，给翁婷发了一句："今年不回去，中秋快乐。"

消息才发出去，戚宴的电话就打过来了："姐姐，我到楼下了。"

师乐嘴角扬了下，拿上包出了门。

今天的戚宴穿了一件浅黄色的T恤，站在楼下的树旁等她，阳光透过树叶缝隙落在他身上，像是给他镀了一层光边。

他一直注意着这边，看到师乐出现的一瞬间就笑了起来，眉眼都染了浅淡的笑意。

师乐光看着就觉得方才的那点不开心都散了不少。

附近就有超市，不需要走很远，几分钟就到了，戚宴去推了辆购物车，微微偏过头询问她的意见："姐姐想吃些什么？"

师乐拿起一个胡萝卜，笑着转头问："我还可以点菜吗？"

"当然。"戚宴推车跟在她身后，"姐姐今天收留了我，所以大可以为难我，让我努力一下。"

“那我不点一些山珍海味还说不过去了。”师乐故作沉思。

戚宴轻笑，纵容她的这点骄纵：“那我看看现学行不行。”

师乐自然不会点什么山珍海味，她四处看了眼，说：“那我们吃火锅吧。”

戚宴点头，问：“那我给姐姐做一个江省的特色火锅好不好？”

师乐当然答应，于是换成戚宴推着车选菜，师乐在一旁跟着他，时不时挑一点自己喜欢的配菜进去。

戚宴无声地把她挑的这些菜记在了心里，最后要去结账时，师乐突然想起来什么，又跑回去，再回来，手上多了条红色的围裙。

她拿着围裙在戚宴身上比画了一下，满意地点头：“这就圆满了。”

戚宴没动，由着她比画，等她放下围裙了，这才说：“为什么加上围裙才圆满？”

“这不是厨房标配吗？”师乐把围裙放进车里，“我一直觉得，家里有个人戴着围裙在做饭，是一件很幸福的事情。”

戚宴垂眸看她，一秒后道：“那是不是应该再拿一条？”

“一条就够了。”师乐摇头，家里平时只有她一个人，今天拿这个是给戚宴的。

“怎么够。”戚宴推着车走回去，声音里还含着笑意，“不是圆满吗？姐姐叫‘满满’，这里只有一个‘满’，还少一个。”

师乐愣了下，眼看着戚宴又拿了一条放进车里，而后抬起眼：“这才是满满。”

结账时，师乐才拿出手机，戚宴就先她一步把钱结了。

虽说买这点东西花不了多少钱，但师乐还是有些担心他。看到她欲言又止的目光，戚宴知道她在想什么，便缓声解释：“姐姐不用担心我。高考后拿了不少奖金，学校也给了奖学金，所以我暂时不缺钱。”

师乐突然想起来，每年的状元得到的奖金都不是一笔小数目，加上学校招生时对各个状元承诺的奖学金，在学校里他们基本都没什么花销的。

于是她心安理得地蹭了戚宴这顿饭，以后总能补回来的。

提着菜上楼，出了电梯，师乐在看到电梯口那个抽烟的人时，好心情顿时一落千丈。

听到电梯的声音，周覃转过头来，看到师乐，又看到她身旁的戚宴，扯了扯嘴角。

他把烟掐灭，扔到一边：“好姐姐，这是去哪儿了？不仅不回家过节，还带了人回来。”

他说话时拖腔带调，听得人很不舒服，戚宴蹙了下眉。

师乐看了下电梯，然后按了一楼，转头对戚宴道：“你先在楼下等我。”随即在电梯门要关上时，一步跨了出去。

戚宴两只手都提着买来的菜，还没来得及腾开手阻止，电梯门已经关上了。

师乐往周围看了眼，没什么可以上手的东西，只在对面的邻居家门口看到了一把废弃的扫把。

她语气平平："你怎么找到这儿的？"

周覃笑说："当然是咱妈说的。"

那年搬出来时，师乐是跟翁婷说过的，那会儿她还觉得，作为一个母亲，应该让她知道这些事，避免以后找不到她。

后来她才发现自己想多了，翁婷根本没提过要来找她，即使是同城。

没想到，她倒是记得地址，只是却把这个地址给了别人。

师乐自嘲地笑了一声，随后走到一边，拿起了那把扫把，轻描淡写地问："滚不滚？"

周覃一看到她拿东西就想起了上次那根棒球棍，只是这次他没那么容易被吓到了："我是来接你回家过节的，大家就等你一个了，你自己想想你有多久没回去了？"

师乐掂了掂扫把，漫不经心地抬眼："等我？"

"周覃，你们周家怎么样你自己心里没点数？"她用扫把指着周覃，"少来恶心我。"

周覃拦住她的扫把，问："你不回去是因为刚刚那个人？你新男朋友？"

"什么时候我的事也轮得到你来过问了？"师乐将扫把转了一圈，躲过他的手，"再不滚，你的下个节日就是清明。我是不是说了，再烦我，新账旧账一起算？"

周覃这次反应快，捏住了扫把的另一头，往前拉了一下："姐姐，我等你的时间也不短了，你转头就找了个男朋友，是不是太不把我放在眼里了？"

他始终是个男人，师乐力气比不过，又不像上次是她突如其来的偷袭，师乐只僵持片刻就放了手，干脆利落地掏出手机。

周覃看着她："你干什么？"

师乐没回答他的话，而是将手机解了锁，直接按了110，然后把手机屏幕远远给他看："周覃，你真以为我不敢吗？"

周覃脸上的表情出现了一丝裂缝："我们是一家人。"

师乐冷然地看着他："我姓'师'。"

周覃立刻扑过来想要抢师乐的手机，师乐趁他分神不注意，一把抢过他手里的扫把，重重地打在他的背上。

周覃疼得闷哼一声。

师乐冷声道："滚。"

周覃也看清了师乐手机上的拨号界面，那只是一个改过的备注而已，他再没了耐心，回过头一把按住她："好姐姐，我不介意把没做完的事继续做完。"

师乐弯起腿，刚要踢周覃一脚，却见周覃突然往后一仰，整个人踉跄着摔到一边，她愣了下，才看到满脸寒气的戚宴。

师乐张了张嘴："小宴。"

戚宴抿了下唇，把周覃按在墙上，头也没回，话却是问她的："他欺负你了？”

周覃对上戚宴的视线，一直生活在舒适圈里的人哪里见过这么暗沉如墨的眼神。他咽了下口水，试着挣扎：“放开我！你是谁啊？”

戚宴没得到回答，举起拳头。眼看着戚宴要动手，周覃赶紧喊：“我是她弟弟！你敢打我！”

戚宴动作一顿，周覃赶紧挣脱开来，他揉了把脸，想要还手，师乐的扫把却戳到了面前。

他一笑：“好姐姐，你在护着外人？”

“你碰他试试。”师乐恍了那一下神，这会儿已经反应过来了，她吸了口气，“周覃，别再来烦我，我已经不是周家人了，你再来烦我，我就告你骚扰，说到做到。”

说完，师乐按了下电梯。电梯从刚才上来就停在这里，门一打开，师乐就一把拉住戚宴走了进去。

两人买的菜被戚宴扔在了电梯里，刚才他没想那么多，这会儿也没人去捡，也没人说话。

直到电梯到了停车场，师乐才松开戚宴，蹲下去提地上的袋子。

下一秒，戚宴伸手过来，接了过去，轻声问：“我们去哪儿？”

“去市中心。”师乐不想待在这里，师肆回江州了，晚饭就回那边吃。

戚宴点头：“好。”

直到两人都上了车，戚宴见她启动车子，才道：“先休息会儿吧。”

师乐：“嗯？”

戚宴说：“你情绪不太好，不好开车。”

师乐愣了下，然后轻笑一声，往后靠在车椅上：“听你的。”

戚宴没再打扰她，他打开手机给杨维东发消息：“上次考驾照的驾校报名方式你是不是有？”

杨维东很快把号码发过来：“要考驾照？之前不是说没时间吗？怎么突然想学了？”

戚宴看了师乐一眼，她闭上了眼睛，在揉眉心。

他低头打字：“时间是腾出来的，谢了。”

过了几分钟，师乐才睁开眼睛坐起来，看着身旁一言不发的戚宴：“我们出发。”

开车上了路，师乐看起来情绪恢复了不少，她打开了车里的蓝牙，放着轻松的歌。

戚宴的目光随着她的动作移动，好半天才问：“为什么要让我下去？”

师乐动作顿了顿，笑了下：“怕疯狗咬到你。”

戚宴语气很平静：“那你自己呢？”

师乐有点出神，她自己呢？她好像一直都是一个人，有了许婧后，许婧会给她出头，但也没正面遇到过她与周家的冲突。

与师肆重逢后，师乐也没让他知道这些糟心事，她觉得自己能处理好。

师乐说："我自己能处理。"

"你不能。"戚宴说。

师乐不禁侧头，对于他的笃定有点想笑，反问："怎么不能？"

"因为我在。"戚宴回过头，黑眸里情绪很淡，认识这么久以来，师乐基本没在他脸上看到过这种情绪。

戚宴又重复了一遍："他欺负你也好，怎么着都好，因为我在，你可以找我。"

师乐的目光转向前方，指尖微微屈起，在方向盘上划了一下，没多言。

戚宴放软了点语气，又说："就算是你欺负别人，多个人也多个帮手不是吗？"

师乐被他逗笑："怎么，还要帮我欺负人哪？"

"嗯，什么都帮。"戚宴应声，又温声说，"所以下次，不要让我走了。"

师乐垂眼笑了声，也不知道是不是认真的，点头说："好，从犯。"

市中心的小区不论是安保还是各种设施都要比学校那边的小区好很多，师乐带着戚宴进了家。

因为这边平时还有给师肆做饭的阿姨，东西都比那边多，只是今天师肆不在，原本师乐也不在，阿姨放假了，正好给两人腾出了空间。

进了门，两人都当作刚才什么事都没发生一般，自然地把东西都放进了厨房。

师乐把围裙拿出来，将其中一条递给戚宴，自己像模像样地戴上了另一条，她低头看了眼，笑出来："穿上了感觉就不一样了是不是？"

戚宴含笑点头："嗯。"

戴上围裙就有了使命感，师乐帮不了其他的，就帮他洗洗菜，又去洗了些水果。

戚宴做的火锅不需要火锅底料，所有的底料都是他自己炒的，最后师乐插不上手，就在一旁看着，看厨房的暖光照在他身上，有些入神。

她的视线没移开过，戚宴背都僵了，最后只好停下手里的动作，回头问："怎么一直看我？"

"看你好看。"师乐当时有些放空，其实都没想很多，只是有个念头，这样也挺好的。

被这么一说，又觉得自己好像看过头了，她移开视线，端起刚洗好的圣女果："辛苦了，来，吃点水果。"

戚宴手上满是方才切肉的油，他摇了下头："待会儿吧。"

师乐低头，看了眼他的动作，随手拿了一个递过去："来，犒劳你的。"

戚宴怔了一下，看着自己面前的手，红色的果子都没她细白的手惹眼。

师乐看他不动，挑了下眉："怎么，嫌我啊？"

"不是。"戚宴压着眸底的神色，低头将果子咬进了嘴里，他其实不太喜欢吃这个。

只不过……

把嘴里的东西咽下去，他道："我还能吃一个吗？"

师乐没在意："全给你都行。"

戚宴眨了下眼："我没手。"

话音才落，师乐又递了一个过来，戚宴又低头咬下去，快速吃完："还要。"

师乐转头看他一眼："这么喜欢？"

戚宴舔了下唇："嗯。"

师乐笑了，又递了一个过来："你早说我就多买点。这是阿姨之前买来的，没剩几个了。"

戚宴压着喉咙里那股酸味，轻声说："可惜了。"

师乐低头大致看了一眼："没事，还有十几个，不行打电话让人送来。"

她说得一本正经，戚宴实在没忍住，低低笑出声来。

只不过后来没有机会再被投喂，因为手机响了。

戚宴目露遗憾，然后温声问："我手机在沙发上，能帮我拿一下吗？"

这个时候打来的，他大概知道是谁。

果不其然，是虎子的电话。

因为都是认识的，师乐就让他不要碰了，自己帮他拿着手机。

戚宴原本要洗手的动作停下来，乖乖地答应了。

电话一通，虎子就迫不及待地喊着："哥！中秋快乐！吃月饼了吗？"

戚宴看向摄像头，笑着说："吃了，你们吃了吗？"

"吃啦！"虎子把摄像头转到桌上，让哥哥看今天的晚饭和舅舅舅妈，"舅妈做了好多好吃的，说是要让你馋一馋。"

"嗯，我好馋。"戚宴应声，"看起来真好吃，辛苦舅妈了。"

那边开的是免提，戚宴说的话舅舅舅妈都能听到，舅妈一听就笑着说："哪里辛苦，小宴一个人在外面要对自己好一点啊。"

戚宴柔声说："知道的舅妈，你们平时也多注意身体。"

说了几句，虎子突然觉得他哥在的地方有些陌生，跟宿舍不太一样，又问："哥你这是在哪里啊？"

戚宴抬眸看了眼拿着手机的师乐，笑了一声："你猜猜看。"

"我猜……"虎子沉吟半晌，他跟戚宴知道的人和事重合得不多，唯一多的，大概就是……

虎子一下子瞪大眼睛："你跟乐乐老师在一起吗？"

戚宴弯了下唇，看向师乐。

师乐把镜头转了过去："虎子，中秋快乐呀。"

"真的是乐乐老师！"虎子拍了下桌子，凑到镜头前，"老师你跟我哥一起过中秋啊，正好，让我哥请老师吃月饼，连我的份一起请了！祝老师中秋快乐。"

小孩子一高兴起来说得没完，最后还是戚宴出声："好好吃饭吧，你乐乐老师也要吃饭了。”

师乐最后也跟两个长辈打了招呼，虎子这才恋恋不舍地挂了电话。

晚上七点多，火锅端上桌，戚宴从厨房把配菜端出来时正好看到师乐用手机在拍。

见他出来，师乐将摄像头上移：“来，笑一个。”

戚宴依言眉眼柔和下来，露出浅笑。

师乐满意地翻看照片，看着戴着红色围裙对着她浅笑的戚宴，指尖在屏幕上点了两下。

退出来时，她才发现，自己好像最近拍了不少戚宴的照片。

她愣了愣。

戚宴给她把碗筷放好：“先吃饭吧。”

师乐迅速把手机倒扣在桌上：“好。”

这火锅没有火锅底料那么重的味儿，却很香，她吃饭是不习惯说话，是因为以往在周家巴不得赶紧吃完饭逃离，大家在饭桌上也没什么好说的。

可吃火锅时不一样，师乐喜欢吃火锅时的热闹。

她吞下一口肉，突然笑着说：“要不你把酒吧里的兼职辞了。”

戚宴抬眸：“嗯？”

师乐半开玩笑说：“以后换个兼职，去给我做饭吧。”

戚宴毫不犹豫：“可以。”

师乐：“嗯？不多考虑一下？”

戚宴用勺子把肉都捞起来放进她面前的盘子里，温声反问：“这么好的事，还需要考虑吗？”

师乐好喜欢他这张会说话的嘴巴，也就顺着说下去：“那你说我要给你开多少工资好？”

“都行。”戚宴放下勺子，眼眸里含着笑，目光比这沸腾的锅都要暖上几分，“不要钱都行。”

师乐笑着：“那我岂不是占大便宜了。”

戚宴把刚才榨的果汁给她倒在杯子里，浅笑一下：“嗯……说不准。”

“说不准什么？”

说不准是谁占了便宜。

“没什么。”戚宴没说出来，而是问，“刚才忘了买月饼了，吃完饭去消消食，顺便买点月饼吗？”

“吃不吃都行。”师乐思维被带跑偏了，“我好饱了。”

“少吃一些，下次喜欢再给你做。”戚宴没再往锅里加菜，又缓缓说，“过节需要一个仪式感，我答应虎子，要请你吃月饼呢。总不能说话不算话。”

师乐自然不会拒绝。

吃完饭，把桌子收拾好，碗放进洗碗机后，两人又出了门，难得天气好，又是中秋，外面有不少人都出来赏月。

虽然都饱了，但为了过节气氛，还是一人都买了一个月饼拿在手里，在广场上跟着人群赏月。

换作以往，师乐绝不会出来跟这么多人挤，但今天走在戚宴旁边，看他时不时小心地替她隔开人群，她突然觉得，这感觉好像也不错。

广场上有人在表演嫦娥奔月，这里聚了不少人，师乐跟戚宴也在人群里。

她踮着脚看舞台，到了嫦娥奔月那一幕时，人群开始骚动起来，人推人。

师乐被前面的人推了一下，踮着脚没站稳，往后倒了下去，她的手下意识抬起来想要抓住什么。

这时一只温暖的手握住了她的手，而后背也撞上了一个人的胸膛。

师乐赶紧回头，戚宴一直在她身后护着她，这会儿低下头来："小心些。"

两人距离近得他一低头就快碰到她的额头，说话的热气都隐约洒在了她的额头上。

这人好看的眼睛里似乎映着她的身影。

两只手还搭在一起，师乐被他环着，一瞬间热气直升脑门，指尖下意识缩了一下。

戚宴眉眼微动，侧过头去，轻笑了一声："挠我手心做什么？"

师乐猛然回神，赶紧起身离开他的怀抱。

她把自己的手从戚宴的手里拿出来，转过头没看他："太挤了。"

戚宴垂眸，看着自己的左边胸膛，那里的心都快跳出来了，他舒了口气，手虚虚地合了起来："嗯，人很多。"

师乐看戏的心思被打乱，这会儿什么都看不进去，索性说："那我们要不走吧。"

戚宴依着她："好。"

从人群里出来，师乐才觉得呼吸顺畅了点，但回想起刚才，还是有些不自在，只好没话找话地说："奇怪不奇怪，这些故事都不编得好一点。"

戚宴看着她的背影，有些心不在焉，但还是接着她的话："什么？"

"像中秋、七夕这种日子，是多美好的日子。"师乐说，"为什么总要有嫦娥后羿，牛郎织女这种分开的故事？不都应该是阖家欢乐，长长久久吗？"

戚宴短促地笑了一声："牛郎织女不是见面了吗？"

"一年见一次。"师乐终于静下心来，"这算什么。"

戚宴"嗯"了声："那你觉得应该要怎么样才好？"

"我觉得？"师乐转过头，继续自然道，"那当然是要永远在一起了，我喜欢的人，我巴不得时时刻刻都要跟他在一起，一年见一次，那才是痛苦吧。"

"嗯。"戚宴点了下头，"是。"

师乐越说越觉得有道理，"哧"了声："还有后羿，都有射太阳的本事了，居然连月亮都射不下来。"

戚宴觉得她今晚好像有点过于兴奋了，是一种她自己都没发现的小活跃，说话也是，处处都透出了点任性的可爱。

他低笑着："是啊。"

师乐说完，听到他的笑声，突然意识到自己说了什么幼稚的话，也没忍住，跟着笑起来。

戚宴看了眼月亮：“幸好。”

“嗯？幸好什么？”

幸好我喜欢的人不住在月亮上，也不是每年只能见一次面，而是现在就站在我面前，只要我向前一步就能够到。

而且，我还曾把我的星星抱在怀里了。

戚宴向前一步，走到师乐身边，低笑着说：“幸好今晚月色好。”

师乐听到这句话，心里忽地有了一瞬间的失重，好像一瞬间回到了方才那让人无所适从的时候。

她看着路，好半天才说：“是挺好的。”

从广场出来，把师乐送到小区门口，戚宴准备回学校了。师乐原本想让他住在这边，不是没有空房间，只是他坚决拒绝了。

两人在等车时，戚宴突然把手里的月饼递过来：“我们交换一下。”

师乐有些疑惑，但还是把月饼跟他换了一下：“嗯？为什么？”

“仪式感。”戚宴拿过月饼，笑说，“交换礼物了。”

师乐笑了下，由着他去。

等车来了以后，戚宴打开车门，在上车前一秒，突然转过头来：“满满，中秋快乐，晚安。”说完就坐上去关上了门。

他车窗都没打开，是不敢，师乐只能好笑地看着里面的人，说了句“晚安”。

等车开走，师乐才拿出手机给他打电话：“没大没小，叫什么‘满满’。”

说完她突然发现，今天从下午到现在，戚宴没叫过她一句“姐姐”，敢情在这儿等着她呢。

“满满挺好听的。”戚宴在电话里笑着说，“以后就叫满满吧。”

师乐问他：“怎么不叫姐姐了？”

车里的戚宴笑容淡了点：“因为被别人叫了。”

虽然会有很多人叫她“姐姐”，但是下午听到那个人叫师乐“姐姐”，戚宴就觉得怒火上涌。

他不想跟那个人一样。

师乐明白了他的意思：“你们不一样。”

“既然不一样，那叫‘满满’也可以。”戚宴说，“我也希望以后你能圆圆满满的，何况……”

最后两个字他说得很轻，轻得自己都几乎听不见了。

何况，我不想做你弟弟了。

“晚安，满满。”

第十一章 //
很难不心动

原本以为师肆在江州还要再待一段时间，没想到中秋第二天他就回来了。

师肆在江州打了一仗，回来就在沙发上睡着了。

师乐拿了条毯子出来准备给他盖上，才走到他身边就见他睁开了眼睛，师乐干脆不盖了：“去房里睡。”

师肆“嗯”了一声，起身准备回房，走了一半，像是突然想起来什么，回头随口喊道：“师满满。”

“嗯？”

师肆笑了一声，指了指她，又指了指自己，神色轻松：“以后，咱们俩就要相依为命了，你得对我好点。”

师乐微微一愣，师肆却打了个哈欠回了房间。

师乐在沙发上坐了很久，最后拿出手机，找到了之前在师肆公司帮忙的时候存的他秘书的电话。

她大概知道江州那边的情况，师镇风在外面还有个孩子，比师肆小不了多少，一直以来都是个二世祖，吃着公司股份的红利。

“老爷把手里的股份都给了二少爷，大少爷来北城这段时间，二少爷也在公司，出了很大的乱子，大少爷就把那边所有的股份都还了回去，以后不插手江州公司的事了。只是，老爷很生气，说要跟大少爷断绝关系。”

听完前因后果，师乐挂了电话，看向师肆房间的方向，微微挑了下眉，自言自语：“还有这么好的事？”

师肆一觉睡到了下午，起来时发现客厅里堆了不少东西，月饼、零食、水果：“你做什么呢？”

“十五的月亮十六圆。”师乐抬起头，扔了个月饼给他，“我们家过十六的中秋。”

师肆接过月饼，轻嗤了声走过去，揉了下她的脑袋：“没能回来陪你过中秋，抱歉。”

师乐沉默了下，莫名有点心虚，她的中秋好像过得挺好的。

看师肆坐下，师乐又开了口：“哥。”

师肆打开月饼咬了口：“说。”

“我看你前段时间接了家娱乐公司。”师乐说，“有没有考虑把我算进去？”

师肆睨了她一眼：“本来就有你的股份。”

“我不是这个意思。”师乐回房拿着平板电脑出来，那是她早就准备好的PPT，“之前学校有意让我参加过职业规划大赛，但因为我这职业规划领导觉得不太行，所以就没去了。圆圆领导，你看看，我这规划行不行？”

师肆将目光移到平板上，随手划了下，然后把没吃完的月饼放了下来。

“歌手？”他皱眉，“你想去做歌手？”

“你可能不知道，你妹妹我呢，在学校还稍微有那么一点名气。”师乐微抬下巴，“也不是没有星探来找过我，这个机会就给你了。”

看师肆没什么反应，师乐接着道：“你知道我专业不对口，公司大事我管不了，不过成为你的赚钱机器，我是可以的，你看这样对你算不算好？”

“我没把你当赚钱机器。”师肆把平板电脑放下，没当回事，“你要愿意，当个咸鱼混吃等死就行。”

师乐扬声：“不给我一个跟你并肩奋斗的机会？”

沉默半晌，师肆笑了下，重新拿起没吃完的月饼：“不是要过中秋吗？想给我怎么过？”又补充，“过完，国庆结束带你去新公司。”

师乐弯了弯眼睛。

因为想要对自己这个“无家可归”的哥哥好一点，师乐最近都没去学校那边，而是在家陪他过了一个国庆假期。

离开那天，经过厨房，师乐忽地转了个方向，准备把之前买的两条围裙收起来。

路过的师肆看到，拦住她的动作，拿过围裙：“你拿这个做什么？”

“带回去。”

师肆盯着这两条围裙，觉得匪夷所思：“你差两条十几块钱的围裙？”

“是啊。”师乐把围裙从他手里抢过去，“就缺这两条。”说完还好好地把围裙折了起来。

师肆眯了下眼，他本以为这是阿姨买的，看情况应该不是。想了下，他突然道：“阿姨说厨房多了不少东西，你十指不沾阳春水，那些东西谁买的？”

那天买的菜根本不可能吃完，又不能浪费，所以剩下的都在冰箱里，师肆回来，做饭阿姨自然就回来了，知道里面多了什么。师乐不在意道：“就不能是我买的？”

“煮速冻水饺已经是你的极限了。”师肆冷笑一声，“还会带人回家了，说吧，谁？”

师乐：“许婧。”

师琺都被气笑了："你说话不能过点脑子？"

他打开手机，摊到师乐面前，许婧出去玩的朋友圈已经发得尽人皆知了，更何况这也是个速冻水饺都不屑吃的大小姐。

"你要说个靠谱点的还行。"师琺看了眼已经有点不耐烦的师乐，"说吧，是不是有什么情况了？"

"没有情况，就一朋友。"师乐是想不到自己有什么亲近的朋友可以带回家了，这才随口说了个许婧，没想到师琺还追根究底的。

"你都大三了，也是奔三的人了。"师琺说，"谈恋爱我管不着，但是不能带回来。"

师乐："没谈。"

"还有，没奔三。"她拿了个袋子装上围裙，懒散地说，"严谨点，奔三的是你。"

师琺："真没谈？"

"没谈。"

师琺："你们学校的？大几了？"

师乐："大一。"

师琺："有我高吗？"

师乐："差不多。"

师琺："呵。"

师乐倒吸了口气，捡了个圣女果塞到他嘴里："我走了。"

她摔上门的前一秒，师琺还在客厅里下最后通牒："我再说一遍，不能带回来。"

回到学校这边的房子，师乐把两条围裙挂在厨房里，看了半晌，自己都笑了起来。

也不知道为什么，在哪儿都能买，只是觉得挂着这个，好像更舒心一点，也方便以后戚宴来给她做饭的时候用不是？

国庆假期结束，师乐才上半天课就接到了师琺的电话，他说到做到，要带她去公司。

一旁的秘书听完老板打电话，忍不住问："老板，娱乐圈水这么深，您真放心让师小姐进吗？"

师琺笑着说："深就深吧，做哥哥的，总不能还护不住自己的人。"

秘书点头，又道："你们兄妹感情真好，那天您从江州回来，她还给我打电话问了您的情况。"

师琺抬了下眼睛，微挑了下眉，只一瞬间就想通了关窍："可以，还知道打探消息了。"

师乐的合同是她自己找人拟的，师琺由着她去，过后才知道这人基本没给自己留什么。

等他拿着合同去找人算账，师乐只轻描淡写道："我没钱从你那儿拿不就好了，要钱做什么。”

“我现在挣不了多少钱。”师乐慢条斯理地说，“你拿着也不要有负担，我俩相依为命，不分你我。”

师肆被她堵得什么也说不出来，过后想了一下，也是，这钱跟存在他这里也没什么区别。

师乐签了约后就忙了起来，学校公司两头跑，虽然是说自己做不了什么，但她要做就要做到最好。

经纪人张萍每天都会把最近的行程给她安排好：“过两天周末，正好约了去拍组写真。”

师乐半睁着眼：“嗯。”

张萍看着日程，问：“你的歌都准备好了吧？”

师乐这些年一直都在写歌，拿出几首没问题，她也不算哄师肆，做歌手确实是她的职业规划之一。

她点了下头：“差不多了。”

“好。”张萍点头，看了眼自己带的这个老板兼即将出道的艺人，就她这张脸，放在圈里要火很容易，更别提她背后的资源，“你现在还是学生，用这个噱头出道很不错。”

“姐，咱们能不用这些就不用。”师乐的手机振动了下，她低头一边看消息一边说，“私生活和工作分开些。”

张萍抬起头，看她说这话完全都没思考和犹豫，看来是一早就想好的，便点头说：“姐知道了，那周六我一早过来接你。”

师乐一边打字，一边说道：“辛苦姐了。”

是戚宴发来的消息。最近她都没时间去酒吧，跟戚宴自然也见不到，这人每晚都会给她发个消息，也真的从那天开始就没再喊过她一声“姐姐”，倔得跟头驴似的。

聊天记录往上一划，看着这些满满，师乐居然觉得没什么不高兴。

看到她嘴角的笑意，张萍心里有些意外，工作这些天以来，师乐平时笑得不少，却没见她这么放松过。

“乐乐。”张萍决定先跟她说一下，“虽然咱们是歌手，不走偶像路线，但如果你有感情上的问题，一定要提前跟我说。”

师乐眉梢微微一挑，抬起眼睛，半晌后笑了一下：“好。”

拍摄场地在隔壁市的一个森林公园里，拍摄当天，天还没亮师乐就被张萍喊了起来。

换了几套衣服和几个造型，加上需要白天晚上的景，直到晚上八点工作才结束。

她的团队是师肆配的，也算是第一次这么正规地聚在一起，师乐请大家吃了顿饭，就在森林公园里的餐厅。

她出来结账的时候，正好接到师肆的电话。

周末来这边的人多，怕打扰到别人结账，师乐先走到了外面。

师肆："我今天也在这边谈事，等会儿过来接你一起走，或者我发你地址，你让张萍送你过来。"

师乐累了一天，这会儿精神不太足，干脆靠在一旁角落的墙上，目光虚虚地看着周围，应了声："嗯。"

旁边有个便利店，师乐目光定了下，打算买盒薄荷糖醒醒神，这时却看到里面走出来一个人。

眼里的疲惫散开了一瞬，她还以为自己看错了，再看过去，没看错，就是戚宴。

她微微直起身子。

师乐眯了下眼，对电话里道："有点事，先挂了。"

师乐挂电话的同时，戚宴已经坐在便利店外的椅子上，低头看手机。

师乐默不作声地走了过去，可能是以为周围没人，他的语音是外放。

是一个男生，声音有点耳熟："还不回来？人家都问你好几回了。"

戚宴说话时的声音有点哑："有点闷，我坐一会儿，你们玩。"

"我知道你对她没意思。"那头的人说，"我这边给你劝退一下。"

"嗯。"

师乐看他放下手机，又拿起来，没几秒，她手里的手机振动了下，工作时她一般都调振动。

"我们今天秋游。"

师乐站在他身后，看看手机，又看看他，屏幕显示他还在输入中，她无声地笑了下，没急着过去，等着他。

过了几秒。

"你好久没来店里了。"

"最近是不是很忙？"

"还要忙多久，虎子说想跟你说话。"

一连收到几条，师乐正要走过去时，消息又来了。

"满满，我喝酒了。"

师乐挑了下眉，没说话。

但这次却等了两分钟，师乐看他埋着头一直打字，心想是不是有什么事。

直到戚宴最后的消息发过来："我可不可以给你打电话？"

发完这句话，戚宴就把手机扣在了桌上。

师乐直接一个电话打了过去，戚宴似乎是愣了一下，然后侧头看着自己的手机，有那么几秒没动。

师乐耐心地等着，看到他动了动手，把手机拿起来，然后接通放到耳边。

她没说话，戚宴也没说话。

最后师乐实在没忍住笑了一声，她走上前，微微俯身，侧头看着他故意对着电话说："不是要给我打电话吗？怎么不说话？"

戚宴没有防备，陡然转过身来，电话都还贴在耳边，看向她时表情还有些怔然。

师乐也拿着手机，勾唇：“喝酒了？”

戚宴怔怔地看着她，“嗯”了一声。

师乐闻到了一股淡淡的酒味，她没见过戚宴喝酒，也不知道他酒量怎么样，于是点了下头，问：“醉了？”

好像是醉了，不然怎么会出现幻觉，戚宴有一瞬间有点想掐自己一下，又觉得有点傻，只是拿着手机没说话。

师乐戳了下他拿手机的手，笑着：“说话。”

戚宴这才像是找到了点实感，他轻轻“啊”了一声，随后将手机放下来，轻笑了一声，起身说道：“好像有点醉了。”

师乐累了，就坐在他对面的椅子上，问：“有什么事不开心了？”

戚宴垂眸看着她，而后轻轻应了声：“有那么一件事。”

师乐抬头：“嗯？”

戚宴把她的眉眼都印在心里，指尖轻轻在桌面划了下，笑着说：“不过现在好了。”

师乐被他这一起一落弄得有点不明白，她点开手机上跟他的聊天记录：“那怎么看着这么委屈呢？”

戚宴看着她的眼睛，笑着点了下头，温声问：“如果我受委屈了，你要替我出气吗？”

师乐抬眼，听出了他话里这玩笑的意味，也看出来他现在也不像有事的样子，所以往后靠在椅子上，懒懒道：“嗯，替你出气。”

戚宴看到她没有遮掩的疲倦，问：“最近很累？”

“有点。”师乐打了个哈欠，收到张萍的消息，说他们结束了，问她在哪儿，她一边回着消息，一边半开着玩笑说，“没办法，得赚钱养家。”

戚宴“嗯”了声：“今天怎么会在这儿？”

“过来拍点东西。”师乐去做歌手的事虽然没有昭告天下，但戚宴和许婧这些亲近的人是知道的，她站起来，“等我会儿。”

“好。”

原本师乐还想让张泙送她去帅埭那儿，只是在这儿遇上戚宴，她就干脆等师瑋结束过来接她了，于是打算先把团队的人送走。

饭店门口站了几个人，有男有女，戚宴看着师乐走过去，跟那些人说话，看他们上了车。

方才见到师乐的那一点惊喜和雀跃这会儿好像又消散了。

师乐那边打好招呼，又朝他走了过来，他掩下晦涩的神色，看着她走向自己。

他得再跑快一点才行，不然追不上她了。

师乐回去后没立刻坐下，而是进了便利店，买了一盒薄荷糖，又买了一瓶柠檬水。

出来后她把柠檬水放在了戚宴面前。

戚宴似乎在走神，他看了眼柠檬水，然后低头打开，自然地递到师乐面前。

师乐刚送了颗糖在嘴里，见状“哧”的一声，把水推过去，含笑地问：“真喝醉了？”

戚宴：“嗯？”

“不是喝酒了吗？”师乐抬眼，“喝点水会舒服些。”

“还好。”戚宴想说自己酒量还不错，但话到嘴边又咽下去，他拿起水默默喝了一口，问，“你不跟他们一起走吗？”

“本来要走，”师乐点开手机，准备给师瑾发消息让他过来接自己，边打字边似笑非笑地说，“这不是遇到一个喝了酒要给我打电话，结果到现在还没说是什么事的小醉鬼了？”

戚宴抿了下唇，他也没想到，师乐会出现在这里。

“我没什么事，”他把水盖上，低声说，“就是挺久没见你了。”

师乐动作停住，她抬眸，眼里还有没散完的笑意，语调绵长：“怎么，听这话的意思，是挺久没见，你想我了？”

戚宴平静地解释：“我在这边没什么朋友。”

师乐点点头，替他得出结论：“所以想我了。”

戚宴沉默了下，轻轻点头。

师乐被他这别扭又乖的样子逗乐，都忘了自己还在打字，她把手机放在桌上，靠着椅子笑，眼里都是揉碎了的光。

笑了会儿，她说：“下次想我，你就给我打电话。”顿了下，又含笑道，“小心翼翼地问，是故意让人心疼呢？”

戚宴看着师乐的样子，突然弯了下唇：“嗯，那你心疼了吗？”

师乐逗人却被反将一军，她顿了片刻。

是啊，看到戚宴一人坐在这儿，看到他发的消息，她好像都没考虑直接就选择留了下来。

“心疼啊。”她咬碎了糖，轻声说，“这不，才在这儿陪你喂蚊子嘛。”

现在已经入了秋，夜里还冷，哪里还有蚊子，但戚宴还是顺着她的话道：“嗯，谢谢满满陪我喂蚊子。”

他问：“你开车来的吗？”

“没有。”师乐这才想起来，自己要让师瑾过来接的，消息还没发完，她重新拿起手机，“等会儿让我哥过来接我。”

戚宴问：“明天还有工作吗？”

“没了。”

戚宴又喝了口水，温声说：“晚上这里有个篝火晚会，满满想看看吗？明早还可以看日出。”

“看日出就免了。”师乐摇了下头。

戚宴点了下头，垂眸隐去自己的神色。

下一秒就听到什么放下的声音，他抬起头，看到师乐把手机放在了桌上：“最近我都没怎么睡过懒觉，早上是起不来了，不过篝火晚会可以看看。”

她问：“什么时候开始？”

戚宴：“晚上十点。”

“行。”师乐又剥了颗糖放进嘴里，“走吧，我先去酒店开个房间。”

森林公园是景区，里面有不少酒店，随便都能找到。师乐开了个房间后也没上楼，直接跟戚宴一起往篝火晚会的地方走，边走边有一搭没一搭地聊着天：“森林公园里弄篝火晚会，胆子还挺大。”

戚宴：“不少学校来这边秋游，在山下的大广场上，很安全。”

师乐其实对什么篝火晚会没什么兴趣，她看了眼身边的人，无声地笑了下。

只是这人想她了，下一次见面还不知道是什么时候，多陪他一会儿好像也不是不行。

何况，她也有点想他。

秋游一般是几个班约着一起去一个地方，遇到热闹的时候，可能还有其他学校的人，所以就算晚会是十点钟开始，现在广场上也有很多人了。

确实是一个大广场，因为人多，弄了两个火堆，还没点火。

师乐才跟戚宴走过去，就看到有个人坐在两个火堆中间的位置，抱着吉他在唱歌，周围站了不少人。

师乐才想着还挺会，就觉得这人有点眼熟。

她碰了碰戚宴的手臂：“小宴。”

戚宴自然也看到了那边的人，他愣了下：“他怎么也在这儿？”

师乐：“你不知道？”

戚宴摇头：“我不知道。”

坐在那里的就是刘明安，当时在天桥上卖唱的个性小朋友。

“他是在这边读了个艺术学校。”戚宴没走过去，“可能他们今天也秋游。”他露出个无奈的笑，“等他表现完再找他吧。”

大家出来玩，都是自由的，所以也没有规定要集合，师乐也不爱凑那种热闹，两人就站在场外等着晚会开始。

突然，场内大灯灭了，只留下了广场边缘的灯，仿佛受到感染，整个广场上的年轻人都沸腾了起来，欢呼声、口哨声络绎不绝。

戚宴微微低头问：“开始了，我们过去吗？”

师乐：“嗯。”

主持人让工作人员拿了两个火把上来，用大音响放了音乐，伴着节奏欢快的音乐声，主持人拿着话筒喊：“今晚的‘青春之舞’主题篝火晚会即将开始！各位同学们，牵起你们同伴的手，走上前来吧！”

篝火晚会一般都要牵着手跳来跳去，师乐倒是有心理准备，只是她手才刚抬起来，又听主持人皮道：“有对象牵对象，没对象牵暗恋的对象，为什么关灯，你们心里没点数吗！”

场上顿时又响起了一片震耳欲聋的欢呼声。

突然就觉得有点奇怪了，她抬起的手又放了下去。

又觉得这样有点刻意了，她转过头，看戚宴没什么反应，也没有要动的意思，开着玩笑问：“我们小宴要不要先去找找自己暗恋的对象啊？”

戚宴垂眸看她，笑着摇了下头。

师乐伸出手：“那就委屈你陪我这个大同学玩玩了。”

她毫不介意，戚宴看着她的手心，微微捏了下拳，确定手心的汗已经没了，这才轻轻拉住了她的手。

师乐觉得他的手有些热，热得她原本还算平和的心都有一点小波澜了。她牵着戚宴往前：“走吧。”

两人走到其中的一堆篝火前，有很多人已经围了起来，看到两人走近后，周围的人都纷纷侧头注视着。

都是同龄人，不管认不认识，玩“嗨”了谁都牵，戚宴注意着师乐那边的情况，看她身边是个女生才松了口气。

戚宴身边原来也是个女生，只是在看到戚宴后，女生旁边的男生就跟女生换了个位置。

戚宴跟那男生对视了一眼，手虚虚地搭着，谁也没碰谁。

师乐被戚宴紧紧牵着随着人群走动，过了开场那股劲，师乐漫无边际地想，好像也就这样，真的没意思。

可不知怎的，手上的触感越来越鲜明，她思绪又开始跑偏，这人手心好像出汗了，怎么还拉得这么紧。

明明有两只手牵着，她目光却不受控制地落在戚宴牵着自己的那只手上。

初见那会儿，她就注意到这人手很好看，骨节分明，指尖修长，有一层薄茧。

师乐抬起两人的手，戚宴转过头问：“怎么了？”

“没怎么。”他的手紧紧扣着自己，也看不出什么，但还是挺赏心悦目的。

师乐突然想拍下来，但一想这个举动好像有些奇怪。

她放下手，掀起眼帘看向戚宴，戚宴在看篝火，火光在他脸上明明灭灭，侧脸轮廓好看得一塌糊涂。

师乐暗暗“啧”了声，还是想拍。

戚宴手脚都快不同步了，牵着师乐本来就紧张，这会儿师乐却突然看他，他面色僵硬地盯着篝火，心想如果师乐再看下去，他说不准真的会踩到自己的脚。

还好，就在他要撑不住时，主持人突然喊了停。

“下面，就请大家由两个圈围成一个大圈。”

两个圈从中间断开，大家又分散开，最后围成一个巨大的圈。

这时，有个男生突然从人群里跑了出去，走到主持人面前，问："我可以借话筒表白吗？"

主持人还没说话，周围听到的人纷纷大喊："可以！"

因为这一出，晚会直接变成了告白大会。

师乐觉得新奇："你们这学期才过一半，就有这么多情侣了啊？"

速度还挺快。

也不怪她，她以前都不关注这些，对于向她告白的人她基本都是冷处理，压根没想到能成这么多。

因为晚会变成告白大会，大家都坐了下来，戚宴坐在师乐身边，低笑一声说："可能比较着急？"

"着急什么？"

戚宴笑着转头："他们说，如果大一不脱单的话，以后可能就没机会了。

"所以比较着急吧。"

师乐脱口而出："那你呢？"

戚宴顿了下："我？"

"你不着急吗？"师乐想起他以前的话，"我记得你以前说，期待在大学里遇到一个心动的人，谈一场轰轰烈烈的恋爱。"

师乐感觉牵着自己的手突然紧了下，这才发现两个人的手还牵着，她刚想出声提醒，便听戚宴道："不急。"

师乐笑了声："你不怕以后脱不了单啊？"

戚宴反问："满满急吗？"

师乐都大三了，要说急，还真没怎么急过，用她以前的话来说，还没遇到一个能让她对谈恋爱有期待的人。

她甚至从没想过，自己的另一半会是什么样子的。

感受着手里的温度，她恍惚了一下，不对，有那么一次。

林采问她喜欢什么样的人，她那次说的是什么？

乖一点的。

"满满？"

师乐回神，看着两人的手，其实可以松了，但她觉得感觉还不错。

她有些不着边际地想，这算不算一点期待，有个人牵着，好像感觉还挺好。沉默了下，她低笑一声说："可能还不急吧。"

戚宴"嗯"了声："我也不急。"

师乐撑着下巴，指尖在脸上点了点。她看着戚宴，缓声说："那说不准，或许过不久我就急了呢？"

戚宴也看着她，温声说："那满满记得告诉我。"

师乐失笑："告诉你做什么？"

"说不准，"戚宴转头，看着中间告白后抱在一起的两个人，轻声说，"或许我也急了。"

听他说这话，师乐愣了下。

什么意思？

她急他也急？她急了关他什么事？

她正疑惑着，又听戚宴补充道："看到身边的人谈恋爱，不是会受感染吗？"

他说这话时，一直看着场内，师乐顺着他的视线，看到这些成双成对的小情侣，明白了他的意思。

"行啊。"她语调微扬，抽回了自己的手，半真半假地说，"到时候我一定告诉你，组团脱个单。"

戚宴手里一空，指尖下意识地收拢，抓了个空。他喉结轻滚，轻轻"嗯"了声："那说好了。"

篝火晚会以表白成功后那些欢天喜地的情侣为结尾，散场时都快十二点了，大家看起来还是兴致勃勃的。

师乐懒懒地垂着眸，又剥了颗糖吃着醒神。

戚宴很久没见她了，已经自私地留了她两个小时，这会儿舍不得再让她累着，便说："我送你回去休息。"

师乐有些心不在焉："嗯。"

送师乐回了酒店，戚宴才给刘明安打了个电话。刘明安这会儿正精神着呢，接到电话没一会儿就找到了他。

"行啊你。"他拍了下戚宴的肩膀，"几个月没见，过得怎么样啊戚状元？"

"挺好，你呢？"

"我当然不错。"刘明安叹了一声："兄弟，你苦尽甘来了。"

戚宴没说话。

刘明安跟他多少年的兄弟了，看他这样子就问："怎么看你有心事啊？"

戚宴摇头："没有。"

他只是觉得师乐有心事，好像回来的路上她就没怎么说话，是他哪里做错了吗？

刘明安说："你一个人在这边，我可以照应下你，有事随时说一声，咱们隔得也不远是不是？"

"嗯。"

"还有。"刘明安凑过来，笑了下，"到A大找到你那个'姐姐'没有？"

戚宴轻飘飘地看了他一眼。

"别这么看我。"刘明安指着他的手机，"你那手机里存着多少关于她的东西你心里没数？"

戚宴微微皱了下眉："你怎么知道？"

他存的所有关于师乐的东西都是上了锁的，这是他一个人的秘密和小心翼翼。

刘明安干脆承认："高三那年我偶然看到的，你老悄悄地看她照片。"

也不是他故意偷看，主要那段时间戚宴状态实在不好，有时候他真怕戚宴撑不住就倒下了，所以关注戚宴多了点，这才发现戚宴还有其他的精神支柱。

戚宴沉默了。

刘明安：“你现在也没那么多顾虑了，喜欢就追，我看那姐姐肯定也很多人盯着，你再不抓紧，真的很难。对了，她现在是单身吧？”

“嗯。”

“那你还等什么！”

沉默了下，戚宴说：“再等等。”

“嗯？”

戚宴的脸隐在不算明亮的灯光下，声音微哑：“等我再跑得快一点。”

另一边的酒店里，师乐把自己摔在床上，抬手扶额，轻叹了声，自言自语道：“你疯了。”

人家把你当姐姐，当陌生环境里的一个依靠，你居然有这么肮脏的想法。

师满满，你是不是太困了，脑子不清醒了？

她翻了个身，觉得自己是不是真的单身太久，才有了这种错觉，还是说没有跟其他男生亲密接触过，所以乍一下碰到戚宴，才有这种莫名的念头。

可是她想跟其他人牵手吗？

师乐光是想想就起了鸡皮疙瘩。

安静的房间里，师乐叹息一声：“师满满，你清醒一点。”

这会儿，床上的手机振动了一下，她拿起来，看到戚宴发的消息。

“晚安，满满。”

师乐：“……啧。”

她还是有点高兴。

师乐第二天起床的时候，已经快中午十二点了，她随手拿起手机看到不少未读消息。

有师玮的，昨晚她跟师玮说今天自己回去，师玮早上问她什么时候回。还有张萍的，让她醒后打个电话。

最后，也是消息最多的，是戚宴。师乐起床倒了杯水，坐在小沙发上点开了他的对话框。

都是些图片，往上拉是他发的早安。

“早安，满满，出发去看日出了。”

“很漂亮，下次你有空了，可以来看看。”

师乐随手点开几张，确实漂亮。她划拉下来，打算给他回个消息，这才看到众多的图片里面夹了一句话。

应该是图片还没发完他就发的话，后来被淹没在图片里了。

“我们一起看过日落，看过星星，看过月亮，还没看过日出。”

师乐将水杯靠在唇边，停了好几秒，看着那句话，好半天才轻轻笑了声，自言自语说了句话，也不知道说给谁听。

“这么下去，我可真把持不住了。”

从酒店里出来，张萍要过来接师乐去录音棚，有个录音老师提前从国外回来了，让她趁着周末试试前几天交的歌。

师乐来前台退房，给戚宴回消息。

戚宴：“这次要忙多久？”

师乐想了下，有点把握不住：“不清楚，会一直很忙吧。”

隔了几分钟，戚宴那边又发了条消息过来：“昨晚你说的话还作数吗？”

昨晚？什么话？组团脱单？

师乐笑意敛了些，刚要回复，又看他发了条：“如果我想你了，就可以给你打电话。”

“还作数吗？”

师乐眯了下眼，这时张萍也到了，她穿着高跟鞋急急忙忙地走过来道：“快，抓紧时间，你明天学校还有课，我们时间不多。”

师乐收起手机跟张萍先上了车，等她坐好后打开手机，看到戚宴那边还在输入中，她等了好几分钟，一直都没等到。

他又在写小作文了。

师乐耐心地等着，等到他最后他只发来一句话。

“师满满，你不能说话不算话，后悔也没用。”

师乐突然笑了一下，慢悠悠地回复：“那如果我说后悔了呢？你要拿我怎么办？”

又过了几分钟，他的信息发过来：“不能怎么办。”

戚宴：“你就不能不后悔吗？”

师乐撑着半张脸，低低地笑，直接发了语音过去：“我不后悔，你想打就打吧。”

发完语音，她撑着头看之前的聊天记录，把戚宴说的那句话截了下来，最后又点开图库，把有关戚宴的图片都挑了出来，单独放在了一个相册里。

从余坪到现在，说多也不多，说少也不少，零零碎碎，一共三十张。

她指尖点了点，弯唇。

再等等，如果集满了五十二张，那就不怪我把持不住了。

可是你先动的手。

为了赶在生日当天发专辑，师乐又开始忙得团团转，虽说她会写歌，但毕竟不是专业的，很多地方都得让老师指导，其他时间要么在录歌，要么在拍 MV，要么在试造型，要么就是上声乐课。

等到许婧问她圣诞有没有时间的时候，她才突然反应过来自己已经忙了这么久了。

看师乐最近忙得不可开交，张萍也没太为难她，圣诞当天还是给放了假，只是嘱咐不能喝太多酒。

许婧挂了电话，这才对一旁店里的歌手道：“来来来，她来。”

往年圣诞当天店里的生意都爆好，因为在店里驻唱的所有歌手都在，更别提还有师乐。

所以大家都会提前排好各自的节目，店里当晚就是一个大联欢。

戚宴在一旁听到这个消息，弯了下嘴角。

师乐当天早上还在跟公司商量宣传事宜，下午才赶到了酒吧，店里已经有不少人了。

见到她过来，一个个哭爹喊娘：

“师大明星，你这一去不返啊，我都白了大半个头你才出现。”

“快快快，我提前准备了纸笔，你先给我签个名，如果以后你火了我可就有得吹了。”

“说什么如果，乐乐必火！”

师乐目光在店里转了一圈，没看到熟悉的身影，笑着把围着的人推开：“少贫。”

许婧走到她身边，指了指自己身旁的一个男人：“介绍一下，我男朋友，时骏。”

师乐看过去，对方穿了一身低调舒适的休闲装，看着年轻，却也能看出不是学生，很沉稳，文质彬彬的。

时骏伸手：“你好，时骏。”

师乐跟他握了下手：“你好，师乐。”

“时”这个姓，师乐没少听过，是周家巴不得结交上的世家，在北城根基很稳。

许婧她爹这次给她找的是这个时家？

两人许久不见，许婧很快抛弃了自己的男朋友，拉着师乐走到一边。

她悄悄地问：“怎么样？”

“看着不错。”许婧交的男朋友不多，带到她面前的更不多，师乐知道一般这个情况，就是她认真了的，这才两个多月，这个时骏有点本事。

许婧笑道：“我也觉得很不错，我快欲罢不能了。”

师乐挑了下眉，装作推她一把：“这话你别跟我说，跟你对象说啊。”

许婧：“这不是先让你把把关吗？”

师乐觉得好笑，却也留了几分心思在那个男人身上，毕竟自己好姐妹的终身大事马虎不得。

她到处看了眼：“今天没看到戚宴。”

“他来了啊，去仓库拿东西了吧。”许婧叹了口气，说，“他最近也很忙，后来调了班，只有周日来兼职了，听他说实验室那边的学长让他协助做什么东西，我也不懂那些专业术语。”

师乐点了下头：“我去看看。”

她往仓库走，走到拐角，看到戚宴也正在朝着仓库的方向走。

师乐笑了下，没走过去，而是靠在了拐角的位置。

他应该是拿完东西了，回来关门。

师乐仔细听着他的动静，在听到脚步声越来越近的时候，准备突然出现。

但脚步声却突然停了。

她等了会儿，都没等到戚宴继续走过来，只好回过头，想看看是什么情况，不料她才刚一回头，就看到墙角站了个人。

她吸了一口气，往后退了一步，没想到撞到了身后的一个花盆。

师乐立刻手忙脚乱地想要扶住花盆。

这时，身后的戚宴眼疾手快地伸手过来把花盆扶住，同时把她整个人都圈在臂弯里。

花盆护住了，师乐松了口气，回过头："你怎么走路没声？"

戚宴笑了下，胸膛微微震动，他就着这个动作，伸手把花盆微微摆正，含着笑意说："有声不就让你得逞了？"

师乐摸了下鼻子，觉得自己这个行为有点幼稚："你怎么看到我的？"

"你来了我就知道了，刚想去找你。"他顿了顿，声音里掩不住的笑意，"结果你自己送上门来了。"

师乐垂下眼，慌乱过后才发现两个人离得有多近，她甚至能看到戚宴微微起伏的胸膛。

酒吧灯光昏暗，把两人之间的气氛烘托得更加暧昧。

师乐有一瞬间，想贴上去听听这人的心跳声有没有像她一样，有点乱了。

不过戚宴却在她这个想法没成型之前就放开了她，他微微低头问："吃过饭了吗？"

从那天犯胃病之后，他每天发消息都要问她有没有吃饭，见面也要问。

暧昧气氛散了点，师乐随意摇了下头："没。"

戚宴轻声叹了口气："我去给你烤几个蛋挞。"

师乐抬起头，看到他眉眼里的柔和，她轻笑一声，语调慵懒："好啊，麻烦你了。"

两人一起走到了酒吧里做小吃的小厨房，这会儿客人还不多，小厨房里也没什么人。

戚宴熟练地拿出蛋挞液和蛋挞皮，又拿了几个水果，去给她榨果汁。

师乐看他低头认真地切着水果，顿了下，拿出手机："戚小宴。"

第一次听到师乐这么叫自己，戚宴动作微微一顿，掀起眼帘："嗯？"

他侧脸笼了一层光晕，师乐打开相机，笑着说："笑一个。"

戚宴想起那天在她家，她也是举着手机让他笑一下，想到这儿，他不禁莞尔，依言轻笑。

师乐按下快门："好看。"

戚宴抿了下唇，继续低头切水果。

师乐凑过去，饶有兴致地看着他："你耳朵这么红？"

戚宴"嗯"了声，语气倒是很平静："有点害羞。"

"还害羞上了？"

“你夸我，还不能让我害羞一下吗？”戚宴笑着把水果放进榨汁机里。

师乐：“那以后不夸了。”

戚宴沉默了一下，回过头来：“可以夸。”

师乐笑出声，摇头：“怕你害羞。”

戚宴一本正经道：“所以要多夸，得练练。”

说完，他看着师乐，温声问：“满满还拍吗？”

师乐收起手机：“不拍了。”

她把照片放到专属相册里，声音悠悠：“慢慢来。”

师乐在小厨房开了个小灶，把肚子填得差不多了，才跟戚宴走到外面。

跟许婧站在一起的时骏目光在戚宴身上定了几秒，问：“那人是你们店里的？”

许婧顺着他的目光看过去，点头道：“对，门面担当，乐乐的朋友，怎么了？”

时骏摇了下头：“觉得有点眼熟。”

“眼熟什么。”许婧觉得他看花眼了，“他是江省的，才来北城上几个月学，跟你们不是一路人，上哪儿眼熟去？”

时骏微微蹙眉：“江省？”

“嗯。”

时骏又看了眼戚宴，问：“他叫什么名字？”

“戚宴。”许婧感到奇怪，“你问这个做什么？”

时骏：“随便问问。”

圣诞夜里，所有人都在狂欢，歌手们唱的歌都是精挑细选的，到最后整个酒吧气氛直接被点燃。

平时的酒吧没这么闹腾，但每年这几个节日总是例外。

师乐选了首五月天的歌，她最近上了不少课，舞台表现力跟以往完全不是一个等级，歌唱了一半，下面的人已经疯了。

> 一颗心扑通扑通地狂跳
> 一瞬间烦恼烦恼烦恼全忘掉
> 我再也不要 再也不要
> 委屈自己一秒

唱着唱着，师乐把话筒从支架上拿下来，走到台边。

戚宴站在一旁，微仰着头静静地看她，对上她的目光后，他眼睛弯了个弧度，漫上笑意。

师乐挑了下眉，下一瞬就从台上跳了下去。

戚宴瞳孔微缩，刚要上前却瞬间被人群淹没。

“太帅了吧！啊啊啊！”整个酒吧响起了穿透耳膜的尖叫声。

师乐在众人中间，看着戚宴，目光又移开，抬起手：“一！二！三！”

一颗心扑通扑通地狂跳
一瞬间烦恼烦恼烦恼全忘掉
我再也不要，再也不要
委屈自己一秒
一颗心扑通扑通地狂跳
一瞬间烦恼烦恼烦恼全忘掉
我甩掉地球地球甩掉
只要越跳越高

师乐在人群里万众瞩目，吸引着所有人的目光，是每个人都能看到的，那颗最亮眼的星。

戚宴近乎痴迷地看着人群里的她。

他妄想把这颗星星据为己有。

最后一个音落下，师乐没回台上，把话筒直接交给了下一个人。许婧穿越人群递给她一杯酒：“师满满！圣诞快乐！”

师乐这会儿被气氛感染，跟她碰了个杯，将杯子里的酒喝了大半。

回过头看到走过来的戚宴，她抬起杯子，刚才的激情未褪，此时她眉眼都是一股带着放纵之后的倦懒媚意：“戚小宴，圣诞快乐。”

戚宴目前还是员工身份，不方便喝酒，他屈起指尖，在师乐的杯壁上轻轻一敲：“圣诞快乐，满满。”

“什么？”听到这个称呼，许婧瞪着眼睛，怀疑是自己喝多了听错了，“你叫她什么？”

师乐低笑，也挑着眼尾，似笑非笑地问：“是呢，你叫我什么？”

许婧才不管师乐这玩笑的态度，要知道“师满满”这个名字，除了她和师肆，就没人知道了，师乐也不是会主动说的人。

可现在这名字从这个所谓的小同学嘴里喊出来了，看师乐的反应，还不是第一次，她都习惯了！

戚宴现在也知道了，许婧就是三人之一。

另外一个就是师乐的那个哥哥。

得到这个信息，方才他心底那复杂的情绪突然又铺天盖地地漫了出来。

他道：“‘满满’很好听。”

许婧这次确定自己没听错了。

“戚宴。”她又倒了杯酒，意味深长地对戚宴说道，“你这小同学深藏不露啊。”

戚宴浅笑。

整个酒吧认识师乐和许婧的人不少，两人走向吧台的路上，不停有人过来要跟她们干杯。

师乐酒量一般，方才跟许婧喝的那杯已经够了，所以遇到的人她只是轻轻抿一口，到最后人实在太多，她干脆躲到了三楼。

三楼是员工休息室，平时有些员工因为太晚了不想回去，就能在这里休息。

师乐和许婧在这儿都有自己的房间，只是她没有回房里，而是站在柱子旁看底下的人肆意舞动。

她觉得，这样的张狂很难得，也不想一个人回去。

戚宴不知道什么时候上来了，他递过去一杯水："喝点蜂蜜水。"

师乐目光移到他的手上，把水接过来，懒懒道："不在下面玩吗？"

圣诞夜与其说是正经营业，不如说更像是大家一起玩。

戚宴摇头，他对这种节日没有多大的共情，今天也不是他的班，只是实验室放了假，而他想来看看她。

他看了眼时间，已经十二点多了，想着她最近忙得团团转，轻声问："累了？"

师乐一喝了酒反应就会有些迟缓，下面又吵得一塌糊涂，她没太听清，只好微微倾身："嗯？"

戚宴微微抬眸，看着她小口喝着蜂蜜水，心里突然涌上了点隐秘的坏。

他小声说："是不是累了？"

原本想要让她再靠近点，但师乐却"啧"的一声，离远了。

她回头看了眼底下："好吵。"

戚宴笑着，不打算再逗她了，下一秒却被扯住了手腕："来。"

戚宴被她握住的手腕开始发烫，他指尖收拢，顺从地跟着师乐进了后面的休息室。休息室的隔音很好，门一关上，外面的声音就被隔绝开了。

师乐自然地松开他的手，自己先坐在了沙发上："刚才你说的什么？"

戚宴走过去，想了下，坐在她身旁，离她有几个拳头的距离："问你是不是累了？"

"嗯。"师乐把杯子放在桌上，靠着沙发，若有似无地应声，"是有点。"

最近她一直连轴转，基本都没什么休息时间。

她耷拉着眼："你陪我坐一会儿。"

"好。"

戚宴还是第一次进这个房间，不算大，像个酒店的房间，也不知道她是心大还是真的相信他，直接就把他带进来了。

隔了几秒，师乐看着墙上的投影，突然想起在窑山时，跟戚宴看的那部电影。

她几乎是睡过去的，只记得一句什么"我们终会变成别人的回忆"。

那会儿她很不舒服，她不喜欢活在别人的回忆里，也不希望别人活在她的回忆里。

又想起戚宴之前自作主张要跟她划清界限那些事，她虽然理解，但也不是不介意。

她侧过头，看向安安静静真的只是陪着她的戚宴，酒意开始上头，也不太想那么善解人意了，她喊："戚小宴。"

"嗯？"

"虽然之前我们已经说过了，"师乐边说边打开手机，又打开了投影仪，"我也原谅你了。但是一码归一码，有些事还是想让你明白。"

把电影投屏后，师乐根据自己的记忆，找到了那段台词的片段，还专门按了暂停，打算好好给他上堂课。

"我对你应该还算好，所以你可能不知道，我脾气算不上好。"她懒洋洋地笑了下，"打算把我当成回忆这种事，不会有下一次。"

戚宴怔住，听师乐接着说："变成回忆这种蠢事，我不会做，如果是我，我会把关于你的所有东西丢掉，把你忘了，忘得干干净净，知道吗？"

房里一片安静，戚宴没说话。

师乐该说的也说完了，她继续按了播放键，耐心地等着他。上次她心烦没把电影看完，没头没尾的，这会儿还有心思去看剧情了。

看了一会儿，看到电影主人放下过去，开始新的生活，她挑了下眉，意味深长地看向戚宴。

戚宴目光没落实，也不知道在看电影还是在走神。

戚宴确实在看电影，但思绪却也飘了。他好像突然明白，不是所有人都能在原地等他的，都在往前走，都有自己的生活，他在努力跑，别人也在努力跑。

他以前想，不知道再一次见到师乐，她会是什么样，身旁是否有了其他人。

现在是没有，那以后呢？

等到她突然着急的时候呢？

再退一万步，如果开学那天再见到她时，她已经跟林采或者其他人在一起了，那他要怎么办？

他自顾自地让自己脱离了她一年，又自顾自地想让她等着自己跑过去。

她没有义务等的。

她完全可以开始新的生活，再远离他，再慢慢把他忘掉。

他以前觉得，如果她身旁有了别人，那他也可以用弟弟的身份陪着她。

可这几个月以来他才发现，他比自己想象的，还要贪心。

戚宴捏紧了手，没有哪一刻像现在这样，急切地想要师乐眼里有自己，只有自己，把自己深深刻在她的脑海里。

见他好半天都不说话，师乐以为是自己话说重了，她回想了一下，好像确实有点，于是清清嗓子："我的意思是……"

“不会了。”戚宴突然抬头，眼底情绪浓厚。

这突然的动作让师乐咽下了要说的话，她迟疑了一下，没太明白：“嗯？”

“不会自作主张，也不想把你变成回忆，”戚宴顿了一下，继续说，“也不想你把我忘掉。”

我比任何人都要希望，你能够永远记得我。

他看着她，目光坚定又柔和：“你要记得我，师满满。”

师乐被他看得有些不太自在，她喉咙有些干，拿起水杯喝了一口蜂蜜水，嘴角扬起一抹笑。

她说：“要我记得你，那你得一直在啊，我这人忘性大。”

“你忘了吗？”戚宴见她笑了，心放下了一大半，“我给你的保证书，只要你想，我随时都能出现在你面前。”

师乐想起来她拍的那张保证书，“嗯”了一声，忽地笑问：“只有我想的时候你才在吗？”

戚宴愣了下。

师乐指尖摩挲着杯子，看着里面的水，若有所思：“我想见你的时候你就会出现。你想见我的时候只是打个电话，你是不是亏了？”

戚宴没料到她会这么说，一时竟然不知道该说什么。

他不敢奢求太多，能打电话已经是他敢提出的最大胆的要求了。

“那你吃点亏吧。”师乐低低笑了两声，带着点商量的语气，“以后我给你补回来，你看行不行？”

“不吃亏。”戚宴轻声说，“如果你想见我，就是我占了大便宜了。”

闻言，师乐微微偏过头，看了他几秒，目光里带着几分迷蒙的酒意和探究。

“是我喝多了吗？”师乐靠近他，眨了下眼，眼睛含着笑意，轻轻地问，“怎么觉得，你说这话，好像是在撩我啊？”

“戚小宴。”她没管戚宴的反应，带着点蛊惑的意味，“我这人最不禁撩了，你要撩我，我可是当真的。”

戚宴的心在这瞬间重重地跳了一下，他看着师乐，不知道她是醉了还是没醉。

他喉结微滚：“如果……”

“砰砰砰！”

门突然被人敲响了，两人恍若梦醒，齐齐看向门口。

戚宴听到师乐不明显的一声“啧”，像是不耐烦，然后起身往门口走去。

“你干吗呢，怎么就突然……”许婧已经喝高了，她一手扶着时骏的手臂，含混不清地说话，话音在看到房间里的戚宴时戛然而止。

“这……”她像是清醒了点，又看看师乐，沉默了三秒，然后头靠在时骏肩上，“我喝醉了，我在干吗，快带我走。”

时骏笑了下，按着她的头，对师乐道：“她想过来叫你们去拿礼物。”

这是酒吧圣诞节流程之一。一楼有一棵大圣诞树，到了十二点就会放很多礼物盒子，就像开盲盒一样，就是凑个热闹。

师乐跟戚宴两人之间那点微妙的氛围也因为这个插曲戛然而止。

她扶着门框，微抬下巴，无奈道：“给她也倒杯蜂蜜水醒醒酒。”说完回过头，“戚小宴，走吧，拿礼物去。”

戚宴心跳恢复正常，楼下早就已经等了很多人，就为了拿到礼物盲盒。

师乐只是过来走个形式，没跟着挤，她边走边随口问：“有什么想要的东西没？”

戚宴注意着她下楼的动作，怕她摔倒，闻言想了一下，说：“想要的都会有吗？”

“不会。”师乐回过头来，拖着调子，“不过呢，你说出来，说不准就有了。”

她笑着说：“圣诞老人会把礼物悄悄放在你的袜子里。”

戚宴勾唇：“那可能装不下。”

师乐脚步微顿：“装不下？”

“嗯。”戚宴笑着，微微抬眼，看着蠢蠢欲动的一群人，转移了话题，“满满想要哪一个，我帮你拿？”

师乐眯着眼看他几秒，下了楼梯后，干脆不走了，就近坐在了一旁的椅子上。圣诞树下堆了一堆礼物，哪能看清哪个是哪个。

她轻轻“啊”了一声，像是在思考，然后得出结论：“我要最好的那一个。”

听到这话，一旁装醉跟着走下来的许婧不由得回过头。

师乐一向都是不会麻烦人的性格，更不会对别人提什么无理的要求，就连当初对师肆，她都把自己这些年受的委屈瞒得好好的，哪里会有这么孩子气的一面。

哪个是最好的？都是盲盒，谁知道哪个是最好的？

许婧意味深长道：“原来她不是不会任性。”

时骏顺着许婧的视线，自然也听到了师乐的话，他把许婧的头扭过去，淡淡地说：“人都有例外。”

许婧哼哼两声跟着他走了。

戚宴听到师乐的话，也没有恼，反而好脾气地点了下头：“嗯，拿最好的。”

师乐偏着头：“好啊。”

十二点一到，台上的话音刚落，就有很多人冲着圣诞树去了。

见戚宴真的也要往那边去，师乐失笑，一把拉住他：“你这人怎么傻乎乎的。”

戚宴垂眸看着她的手：“你要的，我都会给你。”

师乐抬眸，意味不明地笑了声：“这应该不是我的错觉了吧。”

“什么？”

师乐没回答，松开了戚宴的手，看着已经几乎被抢完的礼物，指了指最角落被人踢出来的那个：“我要那个。”

戚宴回头看了一眼："好。"

他真的走过去，把那个礼物盒子捡了起来，拍掉灰尘，才转身走回来，却看到师乐举着手机，又在拍他。

戚宴动作顿了下，不明白为什么最近师乐这么热衷于拍自己。

师乐那边已经放下了手机，对他招手。

戚宴把礼物放在她面前，看师乐慢条斯理地把盒子拆开，边拆边说："让我看看最好的礼物是什么样的。"

对于里面是什么东西，戚宴不清楚，其实也不在意，他只是沉默地看着她的动作，很奇怪，他甚至觉得自己能猜到师乐接下来会说什么。

她会说这果然是最好的那个。

"戚小宴，你运气这么好。"师乐拿起盒子里那个圣诞老人的手机挂件，挑着眉懒懒地说，"真是最好的那一个呢。"

戚宴眉眼都柔和了下来，像是再也没忍住一样，轻轻地笑，止都止不住。

师乐抬起眼睛，不觉得自己说的是什么奇怪的话："这么好笑？"

"不是。"戚宴看着她手里那个红色的圣诞老人挂件，笑着说，"是高兴，给你拿到了最好的礼物。"

她从不会让他觉得难堪，甚至会贴心地在很多细节上去迁就他，让人心软得一塌糊涂。

师乐靠在椅子上，仰着头看他，顿了几秒后把那个圣诞老人拿起来，递到他面前。

戚宴的笑意还没收起来，疑惑："嗯？"

"为了给我拿礼物，你不是没拿到吗？"师乐说，"这个给你了。"

"给我？"戚宴没接。

师乐起身，指尖绕着挂件的绳，抬起手在他面前晃了晃："我的礼物已经收到了。"

圣诞老人的脸对着戚宴，背上还背着一个白色的包。戚宴看了眼，又把视线转回师乐脸上，没说话。

师乐另一只手拿过刚才拆开的盒子，把盒子上的蝴蝶结取了下来："我的这个礼物，我拿走了。"

"这个呢，是你的。你把你想要的礼物偷偷告诉他。"师乐放低声音，像是在哄小孩，给小孩讲故事一样，说着童话，却又说得格外认真，"等到了晚上，圣诞老人就会把礼物偷偷放进你的袜子里了。"

戚宴静静地看着她，然后微微偏头："那我希望，圣诞老人能早点实现我的愿望。"

师乐："你还没说呢。"

戚宴轻笑，把挂件拿在手心，紧紧握着，说："她会知道的。"

圣诞结束，师乐又要回到工作里来，不过因为基本都是后期的事，她更多只是为了配合宣传跟公司和团队确定宣传方案。

一眨眼就要跨年了，元旦学校放了假，师乐却因为要做提前的宣发工作，跟公司一个歌手前辈去了隔壁市参加跨年演唱会，只是合唱几句，算是让她露个面。

虽说是三十一号跨年，但因为要提前彩排，师乐三十号就跟着前辈离开了北城。

演出当天，师乐在休息室等着，不少人给她发了消息，都在问她什么时候出场，大家都在看直播了。

师乐笑了下，给他们复制粘贴了个时间。

前辈看她似乎还挺游刃有余的样子，问："看你状态还不错，不会紧张？"

师乐摇头："还是紧张的，但不能让别人看出来。"

"怎么？"

她笑着："怕给您丢人。"

前辈被她逗笑，说如果她紧张，可以去外面深呼吸透透气。

后台休息室很多，师乐也不乱窜，找了个没人的角落，默默地站了会儿，正要给手机调振动，却看到戚宴发来了两条消息。

"还有一个小时。"

"满满，你有没有什么新年愿望？"

师乐看了眼时间，确实还有一个小时就要跨年了，看着戚宴的消息，她便把刚才那点紧张抛到一边，开始想，她有什么新年愿望呢？

她觉得自己要的不多，不贪心，看得也开，有些不属于她的，她已经不强求了。

属于她的，好像已经得到了。

仔细想想，她好像确实没什么想要的，未来自己也在努力去争取了，只要她想，就能得到。

至于其他的，看着这条消息，师乐突然有种奇怪的感觉，她突然想见这个人一面。

翻开相册，找到那张承诺书，师乐逐字逐句地看过去，最终还是没告诉他。

万一这人真的跑过来了，那倒是让她有些手足无措了。

想了会儿，师乐打字："倒是有一个。"

"什么？"

师乐说："跨年的时候，给我说声'新年快乐'吧，打电话的那种。"

戚宴回复很快："好。"

师乐弯唇，把手机调好后，转身进了休息室，心里那丝紧张好像在这时候陡然变成了期待。

而这边的戚宴在满场的尖叫声中放下了手机。

刘明安在他身边，两人的票买得晚，又便宜，位置不是很好，只能看着大屏幕。

刘明安觉得这人真的像个怪人：“好不容易来看场跨年演唱会，你一直玩手机？跟谁聊天呢？那个‘姐姐’？”

戚宴点了下头。

刘明安觉得他的行为真的很奇怪：“那你怎么不去陪她跨年，跑这儿来陪我看什么跨年演唱会啊。”

闻言，戚宴反而笑了一下：“我是在陪她。”

刘明安一头雾水地继续看表演，直到两首歌后，看到升降台上镜头拍到的那个人，他猛地跳起来：“戚宴！戚宴！”他扯住戚宴的衣服，“我是不是看错了，你看那是谁？”

戚宴早就注意到了师乐，因为她还是没出道的身份，所以预告里是没有她的，但他知道师乐跟谁一起唱歌。

刘明安从来没想过有一天会在这种情况下看到师乐，人都有些发狂了：“姐姐！是姐姐！！！你姐姐啊！！！她真是明星啊！”

戚宴扒拉开刘明安的手，目光直直地看着大屏幕。

师乐镜头不多，只有几句歌词，但凭着音色和颜值，周围已经有人在议论了。

这个人，前不久还在跟他聊天，约好了要打电话说新年快乐。

这些事，其他人都不知道。

戚宴心里诡异地生出了一份满足感，好像是，他背着全世界，把星星偷偷藏了起来。

跨年演唱会零点的嘉宾需要全部出席，但师乐除外，她只是个陪衬的，只要在后面等着前辈回来就行。

她看着手机，也没给戚宴发消息，想看他会不会准时给她打电话。

她都想拿着秒表计一下时了。

突然，手机振动起来，看到来电提示，师乐不自觉地弯唇。

接通电话那一瞬间，听到戚宴那边喧闹的声音，师乐愣了一下。

“你在哪儿？”

戚宴没回答，而是安静了几秒，师乐清晰地听到手机那头传来的铺天盖地的倒计时的声音。

“五，四……”

“三，二……”戚宴的声音夹着人群的呐喊传到手机里，到了最后一刻，他笑着说，“满满，新年快乐。”

师乐又问了一遍：“你在哪儿？”

戚宴那边又传来了歌手唱歌的声音，不用戚宴说，师乐都听得出来这个歌手是谁，她前不久才在后台见过。

戚宴也没瞒着，道：“在海市。”

师乐“噌”地站起来，但理智又让她坐下：“你来海市做什么？”

“跟刘明安过来看演唱会，”戚宴自然地说，“也想跟你说新年快乐，送你新年礼物。”

“还好。”他像是松了口气，说，“还好你的新年愿望，我能实现。”

他那边实在太吵了，师乐只能断断续续地听他说话。

师乐明白，这时候是出不去的，更别提戚宴在那万人之中，找也找不到。她干脆冷静了一下，坐下来，努力听清他的话：“那你的新年愿望呢？”

戚宴沉默了几秒，然后笑着说：“没有新年愿望，不过收到了一份礼物。”

想到他是跟谁来的，师乐以为是刘明安：“那我还没送呢。”

“现在送吧。”戚宴说，“我跟满满一样，满满送我一句新年快乐就好了。”

师乐“哧”的一声，对着手机：“你那里那么吵，听得到吗？”

戚宴：“听得到。”

师乐也就没再多说，垂着眸，笑着说：“戚小宴，新、年、快、乐。”

一字一句，字句清晰，她生怕他听漏了一个字。

“收到礼物了。”戚宴微微动了动自己一晚上已经站得有些僵硬的腿，眼里都是满足，“我很高兴，谢谢满满。”

现场太吵了，师乐的手机还一直有电话打过来，许婧、师肆他们，都是来给她说新年快乐的。

两人后来就改成了打字聊天。

师乐问：“你什么时候回北城？”

戚宴如实道：“陪刘明安两天，后天回。”

师乐算了下时间：“回去就是期末周了吧。考完试你是不是要回窑山了？”

“对。”

戚宴早就买好了回去的票，毕竟春运，都得靠抢。

他说：“十三号的火车。”

一算又是一个月见不到，师肆现在在北城发展，师乐自然不会去江州过年。

马上又要发专辑，她好像没什么空了。

师乐想着自己还没存完的图片，皱了下眉，回了句：“好。”

一旁听到戚宴打电话的刘明安回过头，疑惑地问：“今天你收到礼物了？什么时候？”

他怎么都没看到。

戚宴笑：“刚刚。”

在他猝不及防的时候，师乐把他的新年问候当作礼物，就是给他最好的礼物了。

陪他跨过新的一年，也是她送他的礼物。

只要跟她有关，都是礼物。

而这头，张萍才推门进来，就看到师乐若有所思地坐在那儿，像是在思考什么大事。

“今天效果不错。”张萍走过去，随口问，“想什么呢？”

师乐抬头问：“姐，宣发行程，有江省那边的吗？”

张萍摇头：“那倒不用去那边，基本都在北城，歌手又不是演员，不用到处跑。”

师乐点了下头，沉默了会儿，又突然道：“姐，跟你说个事。”

“什么事？”

师乐很平静，像是在说一件很平常的事：“你之前说，如果我感情上有什么变动，要提前告诉你。”

张萍眼皮一跳，这个老板说这话像是在聊天一样，压根不知道自己在说一件多大的事。

“我提前告诉你一下，”师乐短促地笑了一声，“或许要有什么变动了。”

第十二章 //
过往

大三的课说多也不多，但也有几门，虽然说要忙着工作，但考试也要考。

考试周师乐还是抽出了时间回学校考试。

考完最后一门，她跟许婧一起走出教室。许婧听着她寒假的安排，满是“包在我身上”的自信：“情人节，我觉得这个日子真的很不错，我今年的压岁钱就全给你买专辑了！”

师乐笑了声：“你拿个零头就够够的了。”

“我说真的。”许婧想了下，觉得还不够，“到时候我就包下市中心那个双子楼，一栋写‘师满满生日快乐’，一栋写‘专辑大卖’。”

师乐相信许婧是真的做得出来，在许婧有更夸张的念头前赶紧打住她发散的思维：“行了，你那天什么都不用做，好好陪你男朋友就行。专辑也不用担心，我到时候送个亲笔签名的典藏版给你。”

“谁要跟他过，当然是你最重要。”许婧说了一半，突然想起了什么，“倒是有些人什么时候才能知道你过的是情人节，不是生日啊。”

“有区别吗？”师乐低头回公司消息，笑了一声，“不都是同一天。”

“区别大了。”许婧压低声音，“圣诞那天，你跟戚宴在房里干什么呢？”

师乐指尖微微一顿，道：“看电影。”

在给这个人上课，但这话师乐没有说。

“人家在下面狂欢，你倒好，带人去房间里看电影。”许婧意味深长地说，“我以前就觉得你跟这个小学弟有点问题，那时候你还不承认？”

师乐：“那时候我们本来就没什么。”

“那这时候呢？”

“这时候吗。”师乐收起手机，懒洋洋道，“暂时还没什么吧。”

暂时还没什么，就是以后会有什么。

许婧停下来拉住她：“你是认真的？”

师乐抬起眸，然后轻笑了一下：“我什么时候不认真过？”

许婧看她半晌：“你跟戚宴，差别很大，你确定？”

师乐嘴角的笑意敛了点，没说话。

许婧以为她之前没考虑到这个问题，现在被问住了："其实如果现在你们的感情还不……"

"有什么不确定的。"师乐淡淡地打断许婧的话，反问，"我们有什么差别？"

家庭，身世，距离，不都是差别？

从小生活在这个圈子里的师乐不可能不知道，她一双鞋的价格可能是人家一个月的生活费不止。

师乐低头，短促地笑了声，说话的声音不高不低："我还觉得委屈他了。"

许婧："嗯？"

师乐看着地面，想着虎子、戚妈妈、戚舅舅。

"有一个多温暖的家庭，才会有这么一个戚宴。"师乐说，"我在乎的，他有就行；我不在乎的，管他有没有。"

语气带着点慵懒，又有些轻狂。

许婧看了师乐半晌，最后也不再劝，只要师乐觉得开心，确实不是什么问题，反正她也不缺钱。

许婧被时骏接走了，师乐回这边的房子收拾点东西，这个假期多半是回不来，也没时间回来。

她才走到楼下，背后就突然蹿出了一个人。

师乐反应极快地闪到一边，但周覃还是一把拉住了她的手腕。

师乐的脸顿时冷了下来："放手。"

周覃在这儿蹲守了她多少天，才把人给蹲到，哪里那么简单就放手。

他紧紧捏住师乐的手腕："姐姐，弟弟是来接你回家的。"

师乐垂下眼睛，一脚踩在他的脚上，趁周覃吃痛时抽回了自己的手，她不想跟他多说，转身就要走。

周覃却立刻上前，想要挡住她的去路："你真这么绝情，连你妈都不要了？"

听到这两个字，师乐深深吸了口气，转过身来。

周覃在她开口前立刻补充："她在小区外的车里等你。"

师乐微微一愣，转头看过去，小区门口确实停了一辆车。

三年了，这是翁婷第一次来她住的地方。

师乐在原地站了几秒，朝着小区门口走去。

门口停的车也把车窗降了下来，翁婷坐在后面，岁月好像从没在她脸上留下什么痕迹，华丽又富贵。

看到师乐，翁婷转过头来："上车。"

师乐没说话。

"姐姐上车吧。"周覃走过来给她拉开了车门，然后他自己走到了副驾驶，一副乖儿子的形象。

师乐在车门前站了几秒，在翁婷又看过来的时候，上了车。

车里很安静，师乐看着车窗外，也没说话。

她跟翁婷已经很久没见了，好像也不知道要说什么，连一声“妈”似乎都喊不出来了。

为什么明明有血缘关系的人，这么陌生，但有些人没有血缘关系，却依旧那么圆满？

到了周家。

一下车，周覃就问：“姐姐好久没回来了，想吃什么，让厨师做。”

师乐没说话，倒是翁婷回过头来：“弟弟跟你说话，哑巴了？”

师乐抬眸，然后笑了一下：“都行。”

她进门坐在一楼的沙发上，翁婷坐在一边，周覃坐在另一边，给她剥橙子。

翁婷直接打开了电视，电视连着网，上面恰好就是师乐跨年那天在舞台上的表演。

她指着屏幕问：“这是怎么回事？你在做什么？”

师乐只看了眼，淡淡地道：“唱歌。”

“我之前怎么跟你说的？”翁婷看她这么理直气壮，一副无所谓的样子，更是来了气。

翁婷把遥控器摔在地上，站起身来，指着师乐：“你以前年纪小，在不三不四的酒吧混混我都由你去了。你现在要做什么？去娱乐圈？唱这种东西？”

好像刚才在车上的平和安静都是假的。

师乐突然觉得好累，这半年来每天满满的行程都没这么累。

“嗯，唱这种东西。”师乐抬起头，平静地说，“如果今天你来，是要问我以后的职业，那么我可以告诉你，我已经跟娱乐公司签约了，做歌手。”

“啪！”

一个清脆的巴掌落在她侧脸。

师乐眨了下眼，看着翁婷打自己的那只手，像是还没反应过来。

“我当初要你做什么？”翁婷吼了一声，她的华贵外表都撕裂开来，变成了一个泼妇，“覃儿以后要接手家里的公司，他一个人压力大，你要协助他，帮助他，这才是一家人。打你电话不接，连家也不回，他亲自找你却被你赶回来，是不是如果我不去请你，你也不会回来了？师乐，你现在本事怎么那么大？”

师乐看了眼还在剥橙子的周覃，勾唇：“协助他？他也配？”

翁婷：“师乐！”

师乐站起来，看着满是怒火的翁婷，忽然笑了一声：“妈，我有个问题。”

她轻声问：“你知道我自己立户了对吗？”

周覃动作一顿，抬起头来。

翁婷方才的愤怒好像平息了点，她扭过头："立户又怎么了？你长大了，有自己的想法我不管。"

师乐又问："那你知道，我为什么立户吗？"

"姐姐。"周覃站起来，想要打断她，"妈，都是一家人，姐姐好不容易回来一趟，有什么话不能好好说，别吵了。"

师乐淡漠地抬眼，看着走过来的周覃，忽地抬起手，一巴掌扇了过去，她用尽了力气，手心都在发麻。

周覃没想到师乐敢在翁婷面前动手，惊愕地看着她，半张脸都红了。

翁婷也没想到："师乐！你疯了！"

"我之前说过，"师乐揉了揉手，"你们想要好好的，那就你们一家三口好好过，不要打扰我。但是，周覃，你贱不贱？"

周覃脸青一阵白一阵。

翁婷："怎么说话的！"

"妈。"师乐一把将周覃拽了过来，推到翁婷面前，用手指着周覃的额头，一字一顿道，"你要我协助的你这个好儿子、乖儿子，曾经企图要灌醉我，"她笑了下，继续说，"强、暴、我。"

话音一落，整个客厅陷入了一片死寂。

周覃脸色发白，回头看了眼翁婷："妈。"

师乐也在看翁婷，她没有任何一个时候像此刻这般想要这么清晰地去看清翁婷的表情。

这时，门口传来开门的声音，周覃的爸爸周林强走了进来，看到客厅的情况："乐乐回来了？"

师乐没说话。

她对这个继父没多大感觉，这个继父也从来不会管她，两人更像是陌生人。

但今天，她觉得周林强喊自己的语气，似乎比以前好了很多。

觉得气氛不对，周林强走过来，问翁婷："怎么回事？"

翁婷似乎刚反应过来，她把周覃推到一边，整理了一下表情，对周林强笑了下："没什么，乐乐想要去做歌手，我在跟她说这件事。"

"这个啊。"周林强坐下来，看了眼电视，像是没觉得大家脸色不好，抬头对师乐道，"乐乐，叔叔不想干涉你的私生活。"

他语气缓和："但是你知道娱乐圈不好闯，等你毕业了，来公司，跟覃儿一起把公司越做越好，这不是更好吗？何苦那么累着自己？"

"凭什么？"师乐转头，"周叔叔，你也知道我立户的事情吧？既然我不是周家人了，你的公司就跟我没什么关系。"

"话不能这么说。"周林强甚至还笑了下，他看了眼自家儿子，像是没看到周覃脸上的红印一样，"户口吗，在不在一起都无所谓，总会成为一家人的不是？"

师乐皱了下眉："什么意思？"

这下，周林强不说话了，只是把目光放在了翁婷身上，周覃也没说话。

师乐看向翁婷，后者慢慢走到师乐身边，拉起她的手："乐乐，一家人有很多种。"

"怎么？"师乐看着自己的手，似笑非笑地问，"还有哪种？做不成姐弟，难不成还想要我跟他结婚？"

她说完，翁婷就沉默了。

师乐笑意渐收，她指尖动了动，抬起眼睛。

半晌后，师乐缓缓地问："你这次接我回来，是要跟我说这件事。"

她好像想通了关窍，语气慢慢平静："所以你知道我立户也不生气，也是因为这个。"

"所以——"师乐转过头看周覃，"你肆无忌惮地骚扰我，也是因为这个。"

她点点头："你们放任他去找我，也是因为这个。"

师乐看着自己被翁婷拉住的手，嘲讽地笑了下，然后抽了出来。

"我看不是我疯了，是你们疯了。"

她抽了张纸，用力地擦着自己的手，擦红了都还在擦，像是魔怔了。

翁婷往前走了一步："乐乐。"

师乐往后退，看着翁婷："就算你听了刚才我说的话，你还是把这件事告诉我了。"

翁婷似乎是觉得自己这样做确实有点过分，但话赶话说到这里，周林强还在这里坐着，也没别的办法。

"你哪怕犹豫几天。"师乐一边擦着自己的手，一边轻声说，"你从来不知道，我这几年忍着多大的恶心是为了谁。"

她把纸巾扔在地上，转身朝着门口走去。

"姐……"

师乐拿起一个摆在门口的花瓶砸了过去，阻挡住了周覃要上前的路。

"从今天起，我跟你，再也没有任何关系了。"师乐看着翁婷，"如果你们任何一个人再来烦我，我会立刻报警。如果你儿子还来，别怪我不客气。"

师乐头也不回地离开了周家。

周家在别墅区，要走出很远才能打到车。

外面雨夹着雪，师乐走出别墅区，在街头茫然地走了两个小时，不知道自己走到了哪里，也不知道自己该去哪里。

最后，她还是准备打车回学校的房子，自己这副样子不能让师肆看到。

冬天下着雨雪，路上又堵，很难打车。在叫车软件排了几分钟的队，师乐最后蹲在路边，脑子跟手一样麻木。

她翻着手机相册，突然划拉到戚宴的那张承诺书。

师乐迟钝地动了动手指，找到戚宴的电话，她有点想见他了，但也不想让他看到自己的狼狈。

太狼狈了，师乐，你像只没人要的狗。

怎么能让他看到呢。

忽地，风雪骤停。

师乐抬起头，一把漆黑的伞挡住了上方的视线，映入她眼帘的，是一张清俊的脸。

“师满满。”

那人伸出手，覆在她的脸上，擦去了她脸上不知是雨雪还是眼泪的水痕，指尖温热。

随后他轻轻点了一下师乐屏幕上的电话，拨通了那个一直没有拨出去的号码。

没几秒，他的手机铃声响了起来。

戚宴拿出手机，接通，视线直直地看着师乐，对着手机道：“嗯？”

他黑眸如墨，声音很缓很轻：“满满想见我？”

沉默了一秒。

“好。”他微微低头，轻柔地将师乐头顶的水珠擦掉，低声哄她，“那我来了。”

戚宴的声音响在耳边，又响在手机听筒里。有那么一瞬间，师乐觉得是自己听错了，这个人怎么会从她心里走出来，突然到了她身边呢?

她迟疑了几秒，慢慢低头，将耳朵靠近了手机。

戚宴一顿，看着她的动作。

她像是极其小心地在听手机里的声音，甚至都没有正眼看看他这个在她面前的大活人。

从认识到现在，戚宴从没有见过她这么无助又茫然的样子。

落水时的她，半醒不醒时都还能笑着借他肩膀靠一靠；在医院偷偷落泪的她，也依旧孤傲得像只黑天鹅；看着学生感动的她，也还要恼羞成怒地拉着他一起下水。

可现在的她，却什么都不是，像是被磨去了一身的傲骨，团着身子，一碰就会碎。

他心里像是被什么捏住，让他呼吸不畅，让他窒息。

戚宴把手机收起来，轻声喊她：“满满。”

手机里的声音戛然而止，现在是耳边的声音，原来不是手机里的人出来了。

师乐抬起头，像是终于反应过来：“啊。”

“戚小宴。”她自言自语似的，“我好狼狈啊。”

这次她装都不能装了。

“不狼狈。”戚宴把她的头发撩到一边，看到她的侧脸上那个清晰发红的巴掌印。

他指尖颤了颤，没敢碰：“不狼狈。”

他低声重复了一遍。

他问："脸怎么了？"

师乐扯了扯唇，把脸转到一边，没回答。

叫的车到了，戚宴什么也没说就跟她一起上了车。师乐的头靠在窗上，车里开了暖气，把外面的一切都笼上了一层雾气。

"抱歉。"戚宴在打电话，余光一直注视着她的动作，"嗯，有点事，我先走了。"

师乐察觉到他放下手机，随后动了一下。

下一秒，他的手伸过来，将她的头和窗户隔开："窗户冰。"

师乐微微偏过头，看戚宴自然地把手收了回去。

她沉默几秒，忽地笑了声："那怎么办？"

"嗯？"

车内的温度好像让她情绪有所缓解，师乐歪了下头："我有点累了，得找个地方靠靠。"

闻言，戚宴微微抬眸，看她一眨不眨地看着自己，那一瞬间，他好像突然福至心灵。

安静两秒，戚宴往师乐那边靠了靠，轻叹了一声："靠我。"

话音才落，师乐就靠上了他的肩膀，低笑一声："谢谢戚小宴。"

潮湿微凉的头发抵着戚宴的下巴，把他冰得清醒一瞬，却又甘之如饴地继续沉沦。

戚宴低头，师乐半合着眼，不知道在看哪儿，睫毛微微颤抖着，她的手有些红，不知是不是冻着了。

戚宴单手取下了自己的围巾，盖在她的手上。

围巾上似乎还带着他的体温，师乐没说话，轻轻把围巾捏紧了。

下了车，师乐还是将围巾捏在手里，团了又团，裹在手上。

她头发被雨雪浸湿，羽绒服外层也湿了。她抬头看着路灯，说："戚小宴，我还没吃晚饭。"

戚宴给她撑着伞："嗯，给你煮火锅好吗？"

师乐弯了下眼睛："好。"

回家后，师乐不用提醒就自己回房去换衣服了。

这房子不算大，戚宴把伞放在阳台上，回来路过厨房时，看到里面挂了两条红色围裙，跟之前买的那两条一模一样。

他愣了两秒，然后听见师乐出来的动静，她换了件毛衣，走进了洗手间，开始洗手。

戚宴倒完水发现不对，走过去时看到她手已经被搓得很红，但还在用力地一遍又一遍地清洗。

他皱了下眉，把水关上："师满满。"

师乐垂着眼看着自己的手。

"脏了。"她说。

戚宴深吸了口气："很干净。"

他抽了张纸轻轻地给她把手擦干，带她走出洗手间："喝点水，过会儿菜送来了我们吃火锅。"

师乐坐在沙发上，看着戚宴用手背试了试温度，把水给自己端过来，她抬手遮住眼睛，忽地笑了一声。

戚宴转过头，也没问她在笑什么，只是坐在了她的身边。

"十三号。"师乐靠在沙发上，仰头看着天花板，"你明天要走了。"

戚宴没回答。

师乐自顾自地说着："今年我不去江州了。说起来，我还欠你一个红包是不是？"

"戚小宴。"师乐说话声音越来越轻，"这么一想，我好像欠了你很多东西。

"那怎么……"

戚宴打断她："要抱一下吗？"

师乐说话的声音戛然而止。

"师满满，"戚宴又问了一遍，"你要抱一下吗？"

师乐放下挡眼睛的手，她眨了眨眼，过了好几秒才转过头。

戚宴离她很近，目光一直落在她的脸上，也不知道是不是在一直看着她。

她忍不住想，好像每次她看向他的时候，这个人的视线都是在她身上的。

她好像突然明白了，自己在戚宴那里的特别。

她何德何能呢？

师乐像是突然松了一口气一般："要。"

她怔怔地看着他，讷讷道："戚小宴，你抱抱我吧。"

话音才落，戚宴起身，把她抱在了怀里，他进门脱了外套，身上没有外面的寒气，很暖。

师乐的手垂在两边，只是头动了动，埋在他怀里。

戚宴觉得很无力，这个人在他怀里，可是他什么都不知道，不知道她为什么难过、为什么受伤。

她也只字不提，她把自己最脆弱的一面藏得很好，他甚至清楚地明白，如果今天不是他遇到了，跟着她回来，这件事师乐永远都不会让人知道。

这么想着，戚宴又气又不甘。

他把师乐搂紧了些，好像这样他就能离师乐更近一点。

门铃这时候响了，戚宴想松手，但一直没动的师乐却突然拉住了他的衣服。

戚宴只好继续抱着。

直到跑腿骑手敲门没人应，打来电话，师乐才推开他："开门吧。"

骑手送来了菜和药，戚宴把菜先放在餐桌上，然后拿着药走到师乐面前。他蹲下身来，拆开药，又抬手把师乐的头发给撩到耳后，露出她红肿的半张脸来。

戚宴呼吸有些不稳，他捏着药瓶，说话时语气却是平静的。

“喷了药，我去做饭。”

他打开药，轻轻地喷在她的脸上，又用棉签涂匀，继续说：“你想一想，要怎么说。”

师乐眼睫微微一动，垂着眼看他的动作：“说什么？”

“想说什么就说什么。”戚宴给她涂完脸，又拉过她的手，也喷了些药上去，“你想说的我都听。”

“但你不能什么都不说。”戚宴耐心又温柔，“师满满，你开心我可以不问。你可以躲着一个人开心，但你不能躲着一个人难过。”

他涂完药后，拉着她的手，放到唇边吹了一下，而后抬起眼睛来：“说你生气，说你委屈，你说了，我都帮你出气。”

他看着她的眼尾：“好不好？”

厨房里不间断传来戚宴洗菜的声音，他走之前，打开了电视，给安静的客厅增加了一点声音。

师乐在沙发上发了好一会儿的呆。

她要说什么呢？

好像一直以来，所有的事情都被自己埋在心里，她不想麻烦别人，也不想惹人烦，没有那么多人会愿意管她的糟心事。

哪怕是许婧和师肆，她都不愿意去说。

她觉得这些事，自己能解决，也能承受，大家只要知道那些高兴的就好了，剩下的不好，她可以自己承担。

可刚才，她真的有一瞬间的冲动，想要告诉他，她很难过、很委屈。

她甚至不想要他离开，想要他一直抱着自己就好。

她可以说吗？

她觉得好像在戚宴的温暖里，自己显得很不堪。

但她又很贪心，就像在看到戚宴突然出现的那瞬间，她才明白，她虽然不愿意说，但真的非常渴望有一个人能在这个时候出现。

她太需要了。

既害怕，又渴望。

师乐起身，走到厨房门口。

戚宴拿了之前的一条围裙系在身上，正在准备配菜。

他一直注意着客厅，听到动静就转过头来：“饿了？”

师乐摇摇头，她没感觉到饿，只是有些急切地想要确认，这里有一个人陪着她。

她站在厨房门口，也没动，只是目光一直追随着戚宴，看着他把一切准备好。

戚宴也不催她，任由她看着。

到最后，他关了火，洗手走到师乐面前，先看了眼她的脸，像是要把发呆的她叫醒，声音很柔：“满满？”

师乐：“嗯？”

戚宴笑了下：“吃饭了。”

一般吃火锅的时候，师乐会说话，但她今天只是埋头默默地吃。

戚宴给她把菜都烫好，看了她半晌，然后问：“今天满满不拍照吗？”

师乐动作一顿，抬起头来。

隔了几秒，她摇了下头：“不拍了。”

“嗯，那今天换我来拍。”戚宴拿起自己的手机，打开摄像头，对着她的脸拍了一张，轻笑一声，“好看。”

师乐身体有些僵硬，她刚才是什么表情？她笑了吗？以往怎么笑的来着？

但戚宴已经把手机放下了，他把菜捞出来：“吃吧。”

“吃了才有力气，”他顿了一瞬，说，“告状。”

这顿饭，师乐吃得很慢，可能是因为有了刚才戚宴的预告，知道过会儿会发生什么，可她还没想好。

察觉到她的抗拒，戚宴压着神色，也慢慢陪她吃完了这顿饭。

把一切都收拾好以后，他走出来，看到师乐靠在沙发上，睡着了。

戚宴脚步微顿。

到了师乐面前，他蹲下身来，看她呼吸平稳，睫毛似乎也没动，像是真的睡着了，只是拳头虚虚握着，嘴巴也轻轻抿着，不太自然。

虎子以前偷懒装睡时，有了太多的招数，戚宴有了经验。

只是他没想到，师乐也会这么做，真是让人无法自持的可爱。

戚宴短促地笑了声，微微靠近：“满满，睡着了吗？”

师乐没有反应。

她确实想不到该说什么了，只能这么去逃避，只希望戚宴能赶紧放过她，却没想到，戚宴蹲了下来，慢慢靠近了她。

以前他会这么大胆吗？

师乐的脸被碰了一下，是她被打的地方，戚宴动作很轻，像是怕弄疼她，只是一瞬间就收回了手。

她听到戚宴叹了口气。

“正好你睡着了。”戚宴轻声说，“那你应该听不见了。”

他笑了一下，像是自言自语：“还好你睡着了，不然我还会有点紧张。师满满，我有话跟你说。”

师乐心里“嘭”的一声，突然炸开来，他要说什么？

她虽然情感经历是零，但不是个什么都不懂的天真女孩，早在她心思不纯的时候，就特意关注着戚宴。

有些东西，其实不难看出来，但戚宴向来小心翼翼，她以为他会一直沉默。

师乐觉得自己快装不下去了。

戚宴不知道她内心的挣扎，而是靠近了一点，在她耳边放轻声音："师满满，我喜……"

师乐猛地睁开眼睛。

戚宴察觉到她的动作，话音也停了下来，往后退开了些，无声地看着她。

师乐看着他的表情，只瞬间就懂了，他知道她在装睡，所以，刚才那些都是为了刺激她。

她有一瞬间不知道心里是遗憾还是什么情绪，只是跟戚宴对视着。

也睡不下去了，师乐干脆起身，垂眸看着蹲在面前的戚宴。

戚宴弯了下唇："想好了吗？"

跟戚宴这么斗智斗勇下来，师乐心里那股烦闷好像都散了很多，几个小时之前发生的事突然就觉得好远了。

她想起来就觉得费劲。

比起那些事，她觉得自己好像更想听到戚宴把刚才的话说完。

戚宴发现，师乐睁开眼睛以后，整个人的情绪好像都变好了很多。

她垂着眸，像是在思考什么。

隔了几秒，师乐忽地勾了下唇，她微微挑眉，带着挑衅似的，看着戚宴。

她说："想好了。"

戚宴略感意外，又听师乐继续道："但秘密嘛，总有要交换的。"

戚宴眸色微沉，隐隐有了预感，再看着师乐挑衅的神色，他心下多了几分恍然。

他缓声问："你要怎么交换？"

"我把秘密告诉你，"师乐弯下身子，看着他的眼睛，美眸里有着明晃晃的引诱，"你把刚才没说完的话说完。"

整个客厅仿佛只剩下了电视机里的声音，从打开到现在，没有人知道它到底在放什么。

两人之间好像就隔了一层薄薄的纸，心知肚明，却又差最后一步。

师乐依旧看着他，哄着："你刚才想说什么？"

戚宴沉默许久。

"师满满。"戚宴站起身来，垂着眼睛，黑眸沉沉，声音很轻，"我不是要跟你做交换的。"

师乐愣怔一瞬。

"我知道你聪明。"戚宴微微弯腰，认真地看着她的眼睛，"很多事你都知道，但是我要说的话，并不是作为交换的筹码。"

他努力控制着自己的情绪，问："如果我告诉你了，接下来你要做什么？"

师乐被问住，是啊，她要做什么？

她想跟他交换秘密，把这当成牌桌上的筹码，互相交换，然后话题就会转移，这件事就翻篇了，以后两人就开始了甜蜜的恋爱生活。

她笑了下：“你都没说，我怎么知道要做什么。”

“那下次呢？”戚宴又问，“如果还有下次，你想让我用什么交换？”

他很少有这么咄咄逼人的时候，尤其是在她面前，他永远都是没脾气的样子，耐心又温柔。

这个时候的他却有一种莫名的压迫感。

师乐笑意慢慢敛了下来，她抬着眼睛，与戚宴无声地僵持着。

难道这不好吗？

你对我有意思，我对你也有意思，我们不提那些不开心的事，开开心心地过不好吗？

皆大欢喜。

“师满满。”戚宴叹了口气，收敛了自己方才的那点压迫感，“我不希望，以后你遇到什么事，还是会一个人蹲在某个我不知道的地方，电话都不敢打。”

他像是无奈极了，克制着自己涩然的声音：“世界这么大，如果你不告诉我，我要去哪里找你？”

他无法形容，在看到师乐一个人蹲在地上，淋了一身雨雪的样子时，那种感受。

像是哪里受了伤，不疼，但浑身都在叫嚣着难受。

她应该是最亮的星星，恣意地笑着，对什么都志在必得，张扬又自信。

如果他那时候不在那里，没有看到这一幕，她就会一个人回来，一个人待着，第二天又是那个看起来美丽又慵懒的她，她无所不能。

师乐挺直着背，像是失了声，好久都说不出话来。

而戚宴还在等着她，等着她松口，等着她示弱，把刺收起来。

等了半天，师乐却先失去了对峙的勇气，她垂下眼睛，笑了声：“不早了。”

她起身，走到了阳台，拿起戚宴放在那里晾干的伞又走回来，递到他手里：“明天什么时候的车？”

说这话时，她很平静，仿佛刚才那些对峙、那些暧昧都未存在过。

戚宴没接伞，目光沉沉地看着她：“师满满。”

“我最近工作比较忙，就不送你了。”师乐想了下，又回头，从房间里拿了几个红包出来，“这是补上去年的红包，你跟虎子都有，还有今年的。”

戚宴看也没看红包一眼，只是盯着她，仿佛是气笑了：“你想了半天，这是结果？”

师乐没说话，她把红包塞到了戚宴放在沙发上的外套兜里，给他把外套拿起来，意思很明显。

戚宴觉得自己好像又回到了之前那种无力的状态，他什么都不能做，他以为自己能够让这个人柔软一点。

可是她的柔软原来还裹着一层坚硬的壳。

是她说的，他可以往前一步，可是他往前了，依旧还是离她很远。

戚宴定定地看着她。

师乐这人犟起来，没有谁能撬得动。她看戚宴没动，于是固执地把外套给他套上："晚安，小宴。"

不是戚小宴了，是小宴。

戚宴指尖微微动了动，半晌后，他把伞拿上，转身走向门口。

师乐站在原地没动，看着他的背影，一句话也说不出来。

关上门的那一瞬间，戚宴回过头来，他动了动唇。

"师满满，你也就仗着，我这么喜欢你了。"

"砰"的一声，门被关上。

师乐猛地抬头，她站在客厅里，看着关上的门，有点茫然。

她终于听到了这句话，却没有想象中的那么高兴，那个人是被她气走的。

为什么会变成这样，刚才不是还好好的吗？

师乐觉得这好像触及了自己的盲区。

她喜欢戚宴，喜欢他的温暖，喜欢他的善良，所以也想把自己最好的一面给他。

这不可以吗？

她缓缓低头，为什么不可以？

师乐在客厅待了很久，她想起了好多事，一直以来都被她抛到脑后，努力遗忘的事情。

她生过病，除了她自己，谁也不知道。

师乐越来越恍惚，想起过去。

从她记事以来，好像家里就没有太平过，总是在吵，后来不吵了，因为他们都不回家，不见面就是最大的安静。

师乐被保姆带大，还有个不懂事的师玮。

兄妹两人磕磕绊绊地长大，师乐也学会了把自己房门背后那句"爸爸妈妈不要吵架"用橡皮擦涂掉。

后来他们的婚姻走到尽头，师乐被翁婷强行带走，没有问过她跟爸爸还是跟妈妈，只是有一天醒来，师镇风指着师玮："我要儿子。"

师乐知道，翁婷也不想要她的，可她要付抚养费。

所以她只能被带走，她连师玮都没有了。

到了北城没两个月，翁婷又做了富家太太，摁着她叫周覃"弟弟"。

周林强眼里没有她，翁婷眼里只有周覃和周林强。

翁婷觉得，这个女儿是她跟师镇风那段感情最恶心的见证。

而周覃，开始只把她当作一个外来的不速之客，只会欺负她，把她关在酒窖里，砸她的房间。

后来她把周覃打了，打得很重，那天以后，周林强有意无意让她离周覃远一点。

她在北城只认识了许婧，可没过两年到了初中，翁婷就把她送到了寄宿制的学校。

暑假有夏令营，寒假有冬令营，他们总是有各种各样的理由，把她往外面送。

师乐终于知道，自己是不受这个家欢迎的。

她找不到一个可以去的地方，就这么在外面“浪”着，“浪”了好几年，每年只有在周家有什么大事的时候，需要她出面，给大家营造一种家庭和谐的假象。

翁婷只会在每次让她回去的时候，告诉她：“乐乐，妈妈很不容易，你需要一个家，妈妈也需要，你多体谅体谅妈妈好不好？”

后来有一天，周覃看她的眼神变了。

他开始想方设法地黏着她，叫她“姐姐”，留她在家。

师乐觉得恶心，觉得反胃。

但周覃是个变态，他们总有无数的理由，让她回去，让她面对这些都不想见的人。

那一年，周覃过生日时是寒假，整个周家都很热闹。

第二天晚上，喝了酒的周覃不知从哪里拿了钥匙，半夜进了她的房间。

偌大一个周家，那晚一个人都没有，周覃早就算好了。

师乐从来都不是任人宰割的性子，她挣扎间，拿着自己放在枕头底下的发带，死死地勒住了周覃的脖子。

她那瞬间豁出去了，想一了百了。

只是周覃拿起了她放在床头柜的笔，刺在了她的手上。

她被疼醒，松开手，把周覃推开，周覃捂着脖子在喘气。

她拿着手机和包转身就离开了周家。

“师乐。”周覃在她身后，像是知道她要去做什么，充满恶意地说，“这里是周家，你要知道，家里谁说的话管用，而你什么都不是。”

“还有你那个妈。”他说，“如果今天的事，你说出去一个字，你就毁了你妈这些年来经营的所有东西。”

她没有什么了，如今还剩下的，只有一个有血缘关系的妈。

但可笑的是，她甚至不知道，也不敢去确认，如果知道了这件事，她这个妈妈会做出什么样的选择。

师乐离开了周家，直接买了去江州的机票。

她存了好多钱，翁婷不管她的这些年，唯一没断过的，只有钱。

师乐想用这个钱去江州，去找师肆，她急切地需要找到一个人，去证明自己存在这个世界上还有意义。

师肆说过的，他会养她的。

她在机场里睡了一晚，第二天坐上了去江州的飞机。

落地后，她只能按当年的记忆，寻找路线往师家走。

她满身都是狼狈，终于找到那里时，开门的不是师肆，也不是师镇风，是另一个女人，还有一个陌生的男生。

那男生却不是师瑾，师乐一眼就认了出来。

女人问她："你找谁？"

师乐木然地说："我找师瑾。"

"哦，他不在。"

说明没找错地方，可师乐并不想跟这个女人说她是谁，她只是点点头，看着女人把门关上，然后自己走到外面，坐在路边，等着师瑾回来。

一直到晚上，师瑾都没回来，倒是师镇风回来了。

看到师乐那一瞬间，他就皱起了眉头。他认出了她，却没认，转头就给翁婷打电话。

"你女儿跑到我这里做什么？"师镇风说，"翁婷，你别不知好歹。"

他转头警告师乐："你别来扰乱我的家庭。"

师乐像个皮球被踢来又踢去，翁婷被气着了，觉得师乐丢了她的面子，直接飞到江州把她带了回去。

周家还是那个周家，什么都没变。

那天，师乐下了飞机后，问："妈，你觉得周家好吗？"

"什么周家周家，那就是你家！"翁婷直接回手就给了她一巴掌，"别给你周叔叔他们听到你说这种话！还有师乐，你长大了，别给我找事，能不能消停点，你以为你现在的生活是谁给你的？"

师乐站在人来人往的机场，沉默了好久，最后轻声说："我知道了。"

那是她为这个有血缘关系的母亲，做的最后一次让步。她彻底从周家搬了出来，那一年休了学，因为她发现自己根本什么都学不进去。

她不止一次地站在阳台，站在十字路口，她觉得自己胆小又懦弱，想要解脱，却又贪恋着世界的热闹。

即使这个世界里没有人要她，她想活着，可她不知道该怎么活。

因为她好难过，她从来都过得不开心，她暗无天日地挣扎着，最后只能自己偷偷去看医生。

那段日子里，她都住在自己租的小房子里，去酒吧里驻唱，去给人写歌，她拼了命地去挣钱，直到情况好转，她才重新回了学校。

对此，翁婷一概不知，翁婷只以为是她成绩不好，想重来。

许婧以为她是在对抗。

只有她自己知道，她在无数个睡不着的夜里，经历过多少生死。

她曾经在那个日落的山头，跟戚宴说，她的十七岁，在计划一件很大胆的事情。

而这一切的一切，都是她不敢提及的噩梦，她一直都在黑暗里寻找希望。

师乐觉得自己是一个无法共情的人，从小就没有人教她，要怎么去与人相处，她只能自己摸索。她觉得自己足够不幸了，所以尽可能地想要自己在乎的人都经历最好的事。

这样就很好了。

自己的那些过往，其实都没必要摊开来跟谁说，对别人好，对她自己也好。

包括对戚宴。

许婧说他们差距大，她不在乎，在她看来，她才是那个一无所有的人。

她喜欢他，那就在一起，没有什么好顾虑的。

难道不是过得开心就好吗？

…………

“师满满，这世界这么大，我要去哪里找你？”

“师满满，你就仗着，我这么喜欢你了。”

“师满满，我找不到你了。”

…………

师乐从梦中惊醒，客厅里一片明亮，她躺在沙发上，做了一个好长好长的梦。

她缓了半天神，耳边仿佛都在回响着戚宴说的那句话。

他找不到她了。

他在找她。

师乐扭头看向窗外，一片漆黑，窗户还没关，是她之前给戚宴拿伞的时候打开的。

桌上还摆着之前没喝完的水，已经凉了。师乐端起来喝了一口，把心里那股躁郁压了下去，随即起身走到窗边去关窗。

楼下有个黑影。

师乐动作忽然顿住，她呆滞地看着楼下那个人影，雪停了，那把黑伞放在地上。

那人低着头。

师乐脑袋空白了一瞬，好半天才回过神来，她正准备下去，戚宴却突然抬起头来。看到师乐，他似乎也愣了下，动作都停住了。

两人对视着。

紧接着，师乐见他拿出手机，她像是预见了什么，回头看自己放在桌上的手机。

手机果然响了起来。

师乐走过去，拿着手机回到窗边，接通电话。

戚宴声音很低，也很哑：“对不起。”

师乐想了很多他会说的话，却没想到他会道歉。

“什么？”

“对不起。”戚宴又重复了一遍，他抬头看着师乐，路灯照在他的脸上，把他和黑夜隔开。

“我想了很久，”他哑声说，“才突然觉得自己好像没什么立场去要求你做什么、说什么。”

他才到楼下就后悔了。

戚宴发现自己真的是很能得寸进尺的人，师乐纵容着他，给了他太多的例外，让他觉得他就能一瞬间去触及她最深处的内心了。

他有什么立场呢？

一个暗恋者，还是一个追求者？

无论是哪一个，他好像都没有理由那么理直气壮地去要求她对他剖开内心。

"所以，师满满。"戚宴喉结滚了滚，认真又克制地问，"我能不能有一个机会，去拥有立场。"

师乐无声地看着楼下的戚宴。

冷风把她吹得清醒了些，脑海里突兀地冒出了一个念头：是有差别的。

是她配不上戚宴，配不上他的温柔，配不上他所有的退让。

无论她多么尖锐，他都把最柔软的那一面毫无保留地给了她，任由她刺伤。

就像他说的，她就是仗着他的喜欢。

"戚宴，"师乐自嘲地勾了勾嘴角，低声说，"你能不能不要对我那么好？"

戚宴想也没想："不能。"

天空又开始飘雪了，师乐抬眼盯了几秒，问："你冷不冷？"

"师满满，"戚宴没回答她的问题，他不想让她又把话题转移开，"我现在要把话说完了，你听好。"

不问她听不听，而是告诉她，他要说了。

可现在的师乐，并不是那么想听。

师乐："我……"

"我喜欢你。"戚宴声音一字一顿，字字清晰，仿佛透过了这风雪传到她的耳朵里。

这比几个小时前的那一句话更让她心神震颤。

"师满满，我不做弟弟，也不做朋友，"戚宴轻柔地说，"从头到尾，都是喜欢你。

"所以我不能不对你好。"

他仰着头，师乐看不见他的眼睛，可她这瞬间却突然想知道，他看的是她吗，他眼里有光吗？

如果是刚才戚宴说了这句话，师乐一定会毫不犹豫地上前抱住他，告诉他："正好，我也挺喜欢你的，那我们在一起吧。"

可是现在她却像是被什么堵住了嗓子，一句话也说不出来。

她好像意识到了，戚宴说的喜欢，跟她的喜欢不同。

看到师乐的沉默，戚宴却也不觉得有多失望，他今天说这个的目的，并不是为了要得到她的回答。

他可以等，可以奋力去追，前提是，他想要让师乐知道。

“满满，我说这话不是想让你立刻答复我，而是让你知道，因为我喜欢你，所以你在我这儿有所有的特权，你想做什么、说什么，我都可以接受。”

戚宴想了很久，但表白，说这些露骨的话都是第一次，他觉得自己喉咙有些发热，说话很费劲，组织好的语言在这一刻都忘了干净，只是凭着本能把要表达的意思说完，即便逻辑混乱。

“我会努力一点，让你觉得，你也可以在我面前，肆无忌惮地委屈和难过。”戚宴顿了几秒钟，师乐听到他浅浅的呼吸声，而后问，“满满，我这么说，你能明白吗？”

好想抱抱他。

师乐有了这个念头，但她依旧没动，她不敢抱他。

隔了好久，戚宴笑了一声，说：“满满，你再不说话，可能我的心就要跳出来了。”

师乐恍若梦醒，她动了动已经冻得有些发僵的手指：“戚宴，你不要努力了。”

戚宴沉默下来。

下一刻，他听到师乐说：“你让我努力努力，你再等等我。”

戚宴忽地抬眸，他的心真的要跳出来了，这句话比任何一个他能想到的答复，都要让他高兴。

“师满满，”戚宴笑着，“不是你说的吗？所有的奔赴都是双向的，我等不了你，一直在朝你奔赴，如果你准备好了，随时都可以奔到我怀里。”

奇怪，明明没有星星，师乐却觉得，这个人满身都是星光。

戚宴是早上的火车，打完电话他并没有上楼，只是叮嘱师乐关好门窗去睡觉，他在师乐关了灯以后才离开。

寒假开始，所有人都进入了休息的状态，只有师乐一个人忙了起来。

而她跟戚宴，好像又恢复了以前的状况，每天都是微信联系。他记挂着她的一日三餐，偶尔在她空闲的时候，会打个电话，只是有些不一样了。

以前的他会小心翼翼地问可不可以打电话。

而这时候他只会把师乐每天的空闲时间记下来，直接打电话。

师乐刚录完宣传采访的短视频回来，闭着眼睛在沙发上休息，接到电话时笑了下：“你还挺准时。”

戚宴对她行程的掌握程度已经不亚于她的经纪人和助理了。

“嗯。”戚宴那边有敲键盘的声音，虽然放了暑假，但他依旧在帮实验室的学长们做东西，“一会儿你该睡了。”

师乐含糊地应声：“都告一段落了，后面这段时间到出专辑，都不会很忙，明天休息，到时候打电话也可以。”

“师满满，”戚宴那边声音停下，含笑地说，“你怎么还说话不算话的？”

师乐：“嗯？”

“不是你说的吗，想你了可以直接给你打电话。”

“我没说不可以，”师乐侧身躺在沙发上，“是说只有这么点时间。”

没过几分钟，说不了几句话，这人肯定就要催她去睡觉，也不知道他到底图什么。

戚宴轻叹：“那怎么办？”

他说：“我好像每时每刻都在想你。”

师乐合着眼，弯了下唇。

似乎察觉到了她的疲惫，戚宴提醒她：“洗漱一下，去床上睡。”

“嗯。”师乐没挂电话，放下手机，起身去了浴室。

等她洗完澡出来，戚宴的电话还是通的，她很喜欢有些人在等着自己的感觉。

听到动静，戚宴问：“好了？”

师乐躺下，把手机放在一边：“好了，你什么时候休息？”

“快了。”戚宴说，“这段代码改完就可以睡了。”

师乐又问：“你什么时候回学校？”

今年过年早，过完元宵学校才开学，好像还挺早的，师乐却觉得戚宴已经离开很久了。

“我会提前回来。”戚宴如实回答，“实验室那边需要做测试。”

提前多久啊。

师乐闭上眼睛，“嗯”了声：“好。”

没一会儿，戚宴听到她那边没了声，他顿了下，把手机音量调到最大，听到她若有似无平稳的呼吸声。

戚宴无声地笑了下，把手机放在耳边，听了好久，最后才用气音自言自语似的问：“所以满满，你什么时候才会准备好？”

第十三章 //
想见你

师乐这几天暂时没事，就给自己放了几天假。师肆公司忙，她就去找了许婧，还好时骏似乎也忙，许婧是有空的。

寒假酒吧里没什么人，两人边喝酒边聊天。

许婧看她时不时就看一眼手机，了然地问："等你家小同学的消息啊？"

师乐略微一顿，把手机按灭。

许婧："你今天有点心不在焉，是累了？"

"不是。"师乐抬起头，看了许婧好一会儿。

跟她比起来，许婧感情生活还算丰富，不至于一窍不通。

见师乐这个表情，许婧大概知道是有什么事了，她放下杯子："说吧，有什么事要说。"

"你跟你男朋友……"师乐也不拐弯抹角，她想了一下自己的问题，组织语言，"你跟他在一起，都怎么相处？"

许婧被问住，一时竟然回答不出来这个问题："还能怎么相处，就平常该怎么样就怎么样啊。"说完，她好像发现了"亮点"，"等会儿，你跟戚宴在一起了？"

师乐摇头。

许婧笑着说："那你问这个做什么？你得和他在一起了才知道怎么相处，牵手亲吻想干吗就干吗。"

"不是这个意思。"师乐一只手的指尖在杯壁上轻轻敲着，另一只手撑着下巴，垂着眼，淡淡地问，"高兴的事你会跟他说吗？"

许婧："为什么不说？高兴不得说出来一起高兴？"

师乐："那不高兴的事呢？"

"那更得说了。"许婧一拍桌子，"我要是不高兴了，他就得哄我，不然我会更生气。不是，你问这个做什么？你们不是还没在一起吗？"

师乐顿了顿，说："他跟我告白了。"

好像还是她一手引导的。

许婧顿时来了兴趣："你接着说。"

师乐看着杯子里的液体，抬起来喝了一口，扯了下唇："但是我没答应。"

"……为什么？你不是还信誓旦旦地说什么都没有问题吗？"

师乐沉默了好一会儿，才舔了舔干涩的唇："我好像还没做好准备。"

许婧莫名："谈恋爱要做什么准备，不是你情我愿的事吗？"

师乐摇摇头，又点头，缓缓说："那天，翁婷来学校接我。"

许婧顿了几秒才反应过来，翁婷是谁。她脸色沉下来："然后呢？"

师乐睫毛颤了下："她想让我跟周覃结婚。"

许婧瞬间暴走："这说的是人话？"

对这件事，师乐没想说太多，接着道："从周家出来，我遇到了戚宴。"她略过那些狼狈的画面，快进到戚宴这里，"他送我回家，问我怎么了。"

"没问题啊。"这逻辑没大毛病。

师乐转过头："可我不想告诉他。"

许婧："为什么？"

"因为我突然发现，我好像只是做好了跟他谈恋爱的准备，仅此而已。"

她觉得自己的过往糟糕透了，不应该被他知道。

许婧好像听懂了她的意思："你打算只跟他谈一辈子的恋爱吗？如果以后，你们结婚，有了孩子。"

师乐下意识地道："不会的。"

"什么？"

"不会有孩子。"师乐嘲讽地笑，"我怕我教不好，毁了孩子的一生。"

她不希望以后的孩子受到她的影响，苦难的有她一个就够了。

许婧吸了口气："行，就算没有孩子，师满满，不管是谈恋爱还是什么，都是两个人的事，你们肯定要一起去经历很多事情的，去一点一点渗入对方的生活。"

"打个比方，"她说，"如果今天戚宴出现在这里，他好像很难过，很不开心，你难道不想知道他发生了什么吗？如果你问他，他却只字不提，你又是什么感受？"

师乐被问住。

许婧点到为止，不再多言。

师乐思绪有点飘远，她想起之前戚妈妈过世时，戚宴在她的肩头，跟她说"我没有妈妈了"。

如果戚宴也固执地什么都不说，那她会怎么样呢？

说起来，戚妈妈的忌日好像也要到了。

师乐点开手机日历的备注。

许婧看气氛有些凝固，转移话题道："不过我突然想起来，之前我男朋友好像说，戚宴跟他叔叔长得很像，他叔叔之前有个儿子，很小的时候被保姆抱走了。"

师乐喝多了脑袋有点昏沉，她把戚妈妈忌日那天调了一个提醒，听到许婧提到戚宴，却没听清："嗯？"

"没什么。"许婧也觉得这事有点离谱了，她看了眼师乐，"你这酒量，等会儿找代驾，还是你哥接你啊？"

师乐收起手机："代驾吧，他最近忙。"

戚妈妈忌日那天，师乐花了不少钱，让快递送了一束菊花到窑山。

晚上的时候，戚宴才打电话过来，一开口就是："抱歉，今天比较忙。"

"你别总跟我道歉。"师乐不喜欢听这句话，"客人都走了？"

"嗯。"窑山的习俗，逝者第一年的忌日家里会来很多人。

戚宴笑了下，看起来情绪还行："谢谢满满的花，我妈很喜欢。"

师乐："你又知道了。"

戚宴含着笑意说："我喜欢的，她都喜欢。"

师乐听了半天，没听出他哪里不对。她迟疑一瞬，问："你还好吗？"

戚宴："嗯？"

师乐想说"如果你不高兴，可以跟我说说"，但话到嘴边又压了下去，她好像有点懂许婧的意思了。

这片刻的时间，戚宴好像也懂了她的意思，他温声说："我很好。"

"满满可能不知道，我妈生病以后，从没睡过一次好觉，有时候我想，或许这对她来说也是一种解脱。"

他慢慢说："虽然，我还是会想她，但想念这种东西，是时时刻刻存在的，并不是某一天突然而起，也不是过了今天就不想了。"

"所以你不用担心我，我一直很好。"戚宴看着外面的细雪，想起了那晚师乐身上的雪花，"倒是你，师满满，你现在好不好？"

师乐前两天又去了一趟自己以前的医生那里，她低头看着桌上的病历，缓缓笑着："我好像，也挺好的。"

除夕这天，师肆在一个私房菜馆包了个包间，师乐跟他一起过了第二个只有兄妹两人的年。

除夕夜外面也很热闹，不少人都在外面吃年夜饭。吃完了饭，两人也没急着回去，有了去年的经验，反正也没谁会去看春晚。

正好晚上北城一条古街上有祭祀礼，两人便逛去了那里。

城里不让放烟花，但每年过年时，这条街是例外，每隔一个小时都能在这里看到烟花秀。他们到的时候，第一场正好开始。

师乐想起来以前小时候在江州，那会儿还没这么严格，每年吃完年夜饭，她都会跟师肆跑到院子里玩，小孩放不了大烟花，就买些仙女棒。师肆一脸嫌弃，却还是认命地在一边给她点火。

这周围也有卖仙女棒的，师乐买了一把拿在手里。

师肆看了一眼，提醒她："这里人多。"

“回家放。”师乐把仙女棒塞到他手里，懒洋洋地说，“你欠了我好多年的仙女棒，不得补回来？”

师肆“咴”的一声：“幼不幼稚。”

他一眼扫过卖仙女棒的小摊：“够不够啊，给你全买下来，满足一下你那长不大的少女心，免得你说你哥不疼你。”

“谁家用仙女棒疼人。”师乐往里走，“你今年红包还没给，别耍赖。”

“在家，回去给你。”师肆说着，走了两步，又像是想起什么，像是不在意地随口问，“你之前带回家那个男朋友，今天怎么没点动静？分手了？”

师乐脚步微顿：“什么分手，我们又没在一起。”

“你都带回家了，还没在一起。”师肆“啧”的一声，“你别是玩弄人家的感情。”

师乐简直不想跟他说话，不过今天戚宴确实没给她发消息，难不成还是要等到十二点吗？

往前走了点，人越来越多，都是在这儿看烟花的。

师乐听到了耳熟的声音：“覃儿，小心点，这里人多。”

她面不改色，头也没回，只是抬头看着天上的烟花，没什么情绪地说：“师圆圆，什么时候咱们也找个地放这么大的烟花。”

“想玩？”师肆看了眼时间，“不是不可以，现在开车出去，要不了两个小时。”

师乐回头，看他一脸不像是说笑的样子，微微眯眼，笑了下：“那走啊。”

两人转身就走，这时，师肆脚步却是一顿。

师乐从他身后走上前，也看到了面前的人。

她刚才不想见不想听其说话的人不知怎么回事，就走到了他们身后。

看到师乐和师肆那一瞬间，翁婷的脸色也变了。师乐在周家闹的那一场，谁也不好看，都不愿意提起，除了一个不懂眼色的。

周覃看了眼师肆，笑着说：“好巧啊，姐，你们也来看烟花？这位是？”

师肆扫了他一眼，没什么情绪，他略一抬眸，又轻飘飘地扫过翁婷。

像是没听到周覃的话，师肆语调微凉：“借过。”

师肆长得比周覃高，又有上位者的气势，周覃压根不敢说什么，他侧了下身。

“师满满。”走过他们身边的时候，师肆突然出声，“我怎么记得，咱家只有咱们两兄妹？”

师乐点头，笑：“是啊。”

“那怎么……”他睨了周覃一眼，“什么玩意儿都敢管你叫‘姐’。”

师乐歪了下头：“可能贱吧。”

周覃的表情僵住。

周林强皱起了眉，大概也知道了师肆的身份。

“周夫人。”在周林强还没开口之前，师肆先发制人，看向翁婷，“我跟我妹妹呢，都不太喜欢陌生人来攀关系，希望你们能把自己的脸好好兜着。”他慢条斯理地把玩着手中的仙女棒，“别叫得让人觉得还挺反胃的。”

翁婷咬牙：“我好歹是你长辈。”

师肆忽地一笑：“长辈？”

“我以前呢比较忙，没足够的时间。”他顿了一下，把目光放到了周林强身上，递过去一张名片，“过段时间可能就要上门，跟各位长辈好好算算，我妹妹这些年受了你们什么‘情’了。”

说完，他收回手，回头按住师乐的头，把她往前推：“走吧，放烟花。”

两人走了好长一段，师乐才转头看向师肆：“哥。”

师肆：“嗯。”

师乐没忍住，笑出声来：“被你帅到了。”

“那不应该？”师肆把仙女棒塞进她的手里，去开车门，“擦亮你的眼睛，看看你哥跟你那个男朋友，谁帅？”

师乐坐上车，不回答了。

“这不明显？”师肆气笑了，“话都不会说。”

师乐弯唇，说：“不放烟花了。”

“怎么？”

“刚才不是放过了吗？”师乐笑着说，“你噼里啪啦那一顿，已经够精彩了。”

“出息。”

师乐算了下时间，主要是她还在等着戚宴的新春祝福。

师乐问：“不过，你刚才那么说他，不怕周林强对付你吗？”

毕竟他才来北城没多久，就算前些年在北城有预先的发展，也不一定能扎稳根。

“放心，周家什么样我早清楚了。”师肆不在意地说，“吃着那点老本，什么都没有。你什么时候才能认清一下你哥的实力？”

师肆说：“不会让你受委屈的。”

师乐“哦”了一声，不说了。

“所以师满满，我都说要给你出头了，你打算什么时候跟我说，你在他们那里受过什么委屈？”

师乐一愣。

师肆开车看着前面，话却是对她说的：“我不想去找人麻烦的时候，还得问别人，你对我妹妹做了什么。”

一直到了楼下，师乐都没说话。

师肆停下车：“怎么，打算在车里守岁？”

“哥。”师乐扭头问，“你们为什么都想知道，我经历了什么？”

师肆皱眉：“你这是什么屁话？”

“还为什么，就因为我是你哥。”他扯了一下师乐的围巾，“一个小姑娘整天把事情都闷在心里，也不怕给闷坏了。

“怎么，就准你偷偷打听我的消息，把自己偷偷卖给我，我还不能知道点你的了？”

“师满满。”他扯着师乐，“你不能这么自私，你让关心你的人怎么办？那多伤心。”

师玮扯完就松开了，有些狐疑地看着她的围巾：“这围巾哪儿来的？怎么像男款？”

师乐把围巾整理好，面不改色道：“偷的。”

她偷偷把这围巾留了下来。

除夕夜，家家户户灯火通明。

师乐跟师玮下了车没立刻回家，师玮真就陪她放仙女棒，一个大男人，仙女棒在他手里小小的一根，他点燃后递到师乐手上。

小时候他还别扭，这会儿就是一副“无所谓，爱怎么怎么”的表情了。

师乐把仙女棒拿起来在手里晃了晃，其实不管怎么玩，都没有以前的意思了。

她突然想起去年，戚宴给她看的那场烟花。

师乐拿出手机，也想给他看看，这发着微弱的光的仙女棒。

她看师玮垂眸在看手机没注意这边，于是自己慢慢挪到另一头，打算悄悄打个电话，免得这个人又开始阴阳怪气。

师乐边走边翻找戚宴的微信，等她拨出去后，抬起头的一瞬间，忽然看到楼下站了个人，灯光很暗，她却一眼认出了那是谁。

手机屏幕在他的手里亮起，戚宴没管，他把手机放进了兜里，抬脚走了过来。

他穿了件黑色的棉服，从阴影里走出来，到了她面前，垂眸看她：“满满。”可能等了很久，很久没说话了，他声音很哑，但黑眸底浅浅映着光。

今天是除夕，他怎么会在这儿？

他不是应该在余坪，陪虎子，陪舅舅。

戚宴说话时，目光也落在了她戴的围巾上，稍稍一愣。

师乐却没心思管太多，她手上的仙女棒都灭了她都没在意。

好半天，她才找回自己的声音：“你怎么来了？”

戚宴沉默几秒：“有点事。”

师乐这才注意到，他脸色不太好，嘴唇也有些干裂，明明是冬天，额头上却隐隐冒着汗。

师乐皱了下眉，伸出手探上他的额头。

戚宴躲了一下，被师乐一把拉回来，触到了一片滚烫：“戚小宴，你发烧了。”

戚宴喉头微滚：“嗯。”

嗯是什么意思？自己发烧了自己不知道？

师乐看他一直盯着自己的模样，气都发不出来："走，去医院。"

戚宴没动，喊了她一声："师满满。"

师乐动作停住，抬头。

戚宴微微低下头，可能是太难受了，呼出的气息都有些重："我想抱抱你。"顿了下，又弯了下唇，问，"可以吗？"

师乐有种感觉，戚宴现在这样好像不全是因为生病，即使笑着，神色却是有些茫然。

她看了他几秒，随后抬起手，轻轻环在他的腰上。

两人才抱上，另一边冷不丁冒出了师肆幽幽的声音："打扰一下。"

师乐僵住，赶紧松开了手。

师肆神色不明地走过来，没看师乐，倒是直直地看着戚宴，看清他的脸时，露出了点诧异的表情。

"这就是你带回家那个人？"

戚宴没太明白这对话是什么意思，但听到这话，再看两人的长相，就猜到了这个人的身份。

他收敛了神色："你好，我是戚宴。"

"戚宴……"师肆觉得这个名字有点耳熟，隔了好几秒，他忽地眯眼，"窑山那个小同学？"

他似乎是觉得有点荒唐，前因后果一联想起来，合着早在之前她就已经勾搭上人家了。

戚宴点了下头。

师乐这会儿不想说其他的，戚宴这还烧着，她伸手，说："哥，你的车借我一下。"

师肆没动："大过年的，做什么？"

"他发烧了。"师乐回过头，看向戚宴，见他抿着嘴，在师肆面前似乎有些放不开，应该是没想到师肆也在这儿。

师肆瞥了眼戚宴的脸色，不冷不热道："路滑，我带你们去。"

"不滑。"考虑到戚宴不自在，师乐没让师肆去，她给师肆使了个眼色，"我很快回来。"

师肆冷笑："你最好会回来。"

但看戚宴似乎烧得很严重，他也没那么咄咄逼人，把钥匙扔给师乐，自己转身就走了。

上了车，师乐才转头问："什么时候来的？"

戚宴有问有答："昨天。"

戚宴肯定不会无缘无故过来，师乐安静几秒，问："出什么事了？"

"嗯？"戚宴像是没听清，又像是听清了，缓缓地说，"没什么事。"

听到这话，师乐轻轻拍了下方向盘，把剩下的话全都塞回了肚子里。

过了会儿，戚宴的手机响了，他看着屏幕上的电话好一会儿，才接起来。

“在一个朋友这里。”

“可能不回来了。”

“谢谢。”

语气礼貌又疏离，师乐听到那头说话的是个男人，其余的也听不清。

在医院打了退烧针，又开了药，两人又回到了车上。

想起之前他的那通电话，他说不回去，师乐斟酌了一下，说：“去我那儿？”

戚宴侧过头，看了她半晌，随后轻轻摇头。

“去学校那边。”师乐说，“我哥不在。”

戚宴像是笑了下，又像是错觉，师乐听他说了句：“好。”

师乐开车回了学校那边的房子，路上给师玮发了个消息，师玮只回复了一个“呵”。

想着今天的日子，师乐给他发了个红包过去，特意安慰：“自己买点饺子吃吃。”

师玮把钱收了，却没回复。

师乐一向是两头跑，哪里近就在哪里休息，这边还是整洁的。她倒了杯水给戚宴吃药，然后坐在了他身边。

戚宴把药都吃了，又把杯子里的水喝完，很轻地舒了一口气。

整个客厅又陷入了沉默。

师乐看着他面前的空杯子，片刻后起身，把杯子拿了起来。

随着她的动作，戚宴也抬起眼睛，视线跟着她动，好像是怕她走了。

就像在余坪时，他说：“我找不到你。”

师乐一瞬间又想起了那天做的那个梦，戚宴说，我找不到你了。

她心里顿时涌上一股莫名的涩然，叹息一声：“给你倒水。”

端着水回来，师乐把水放在桌上，却没坐下去，刚才被师玮打断，现在不会了。

戚宴依旧仰着头看她，她微微俯身，笑问：“还抱吗？”

戚宴没回答，而是伸手把她抱住。

他轻声说：“满满，我十九岁了。”

师乐总觉得这话好像在哪儿听过，她回想了一下，突然想起去年除夕，戚宴给她打电话时，说的那句“我十八岁了”。

沉默了一瞬，她问：“生日是今天？”

“嗯。”

师乐松开他，开始拿起手机找蛋糕店。

大年三十，又是晚上，哪里营业的蛋糕店，一个都没有。

戚宴却没有阻拦她，直到她把手机从上拉到下，极其不耐烦地“啧”了声，才轻笑着伸手挡住了她的手机屏幕。

师乐视线顺着他的手上移，最终看向他："你来找我过生日吗？"

"是，又好像不是。"可能是因为生病，他眉眼在灯光下显得格外柔软，"只是想见你了。"

师乐不相信，他只是因为一句"想见你"，除夕夜从余坪跑到北城，就为了见她一面，甚至过生日这个理由都站不住脚。

戚宴不会做出这样的举动。

她想问，但之前两人闹得不愉快的原因，这时候就突然冒了出来。

是的，她也没有立场问。

仿佛是为了验证许婧的话，戚宴突然出现在她面前，看起来很不开心、很难过，但她却不知道理由……师乐这瞬间好像突然懂了那种感觉了。

像师肆说的，什么都不说，那关心你的人要怎么办呢？

她也很无力，她也想知道，戚宴为什么难过，为什么这么大老远跑过来，只为了跟她说一句"想见你"。

对着戚宴的目光，师乐把手机放下："没蛋糕了，我去给你煮碗面。"

戚宴有些意外，但还是没多言，跟着师乐走进了厨房。

师乐虽然不会做饭，但简单煮个面还是会的，即使味道也不能保证。

见师乐把围裙系上，戚宴走过去："上次我就想问了，这是我们之前买的围裙吗？"

师乐动作顿了一下，又恢复如常："嗯。"

戚宴目光又移向进门后被她取下来放在沙发上的围巾，眼里染了点笑意："那围巾呢？"

师乐把火打开烧水，回过头，挑着眼尾，也没有任何心虚的意思："你的。"

戚宴点头："原来是我的。"

他问："满满为什么要戴我的围巾？"

师乐："暖和。"

戚宴没追问，也不知是信了还是没信。

师乐动作有些生疏，她想把冰箱里能吃的东西都拿出来，一看却只有鸡蛋了。

像是看出了她的窘迫，戚宴上前，取下了另外一条围裙系上，把鸡蛋拿了出来。

"你还发着烧。"师乐皱眉，"说好我给你煮。"

"嗯，这水是你烧的，等会儿面条你来下。"戚宴耐心地说，他轻车熟路地把平底锅拿出来，烧热打鸡蛋，"我还没那么脆弱。"说着，他喉咙里短促地发出一个笑音，"只是，在你面前表现得可怜一点，让你心疼心疼我。"

他说："看来，我表现还不错。"

水开后，他还真的往旁边移了一步："满满下吧。"

师乐没觉得这样不好，她也动手了，这面也有她的一份功劳。

“多下一些。”戚宴提醒她，“陪我过生日的话，要一起吃。”

“好。”师乐刚才吃了晚饭，这会儿还饱着，但她还是听了戚宴的话，多下了面。

家里没多少东西，最后只是简单地放了一些调料，又加了两个鸡蛋。

师乐把自己碗里的鸡蛋夹给戚宴：“先将就一下，明天给你补一个大蛋糕。”

戚宴没把鸡蛋夹回去，他咬了一口，笑说：“过两天生日吗？”

“不。”师乐手搭在桌上，身体微微前倾，语调扬着，“北城的习俗，如果生日撞上了除夕，就要往后顺延一天。”

“是吗？”戚宴顺着她的话问，“为什么？”

“因为辞旧迎新，大年三十辞旧。”师乐语气慵懒，却说得格外认真，“大年初一迎新，一个新生命的诞生就是新的开始，所以就推迟到迎新这天了。”

“戚小宴。”师乐撑着下巴，“你看你，每一岁都是一个新的开始，多好。”

师乐说话时，戚宴就静静地看着她，黑眸里情绪很浓。听到这话，戚宴像是忍不住似的，移开了视线。

他安静地吃着自己碗里的面，因为师乐估算不好量，所以煮得多了些，他也一言不发地都接下。

吃完面，只有两个碗，戚宴顺手洗了。

师乐跟着他进厨房，把围裙挂上时，听到他忽然开了口。

“余坪没有蛋糕，每年除夕的时候，一早起来，我妈都会先煮碗面，她说早上是生日，晚上就过大年了。”

师乐慢慢放下手，回过头。

虽然没见过几次，但她一直知道，戚妈妈是个很温柔的人。

戚宴洗碗的动作很慢，说话的语速也慢。

等他把碗洗好，转过身来，看着身后一直没动的师乐，轻笑了下：“但其实大家都知道，除夕不是我的生日，他们是在除夕这天捡到的我。”

他说话的语气很平静，压根听不出来现在他到底是什么情绪，一晚上过去，师乐却又在他的眼里看到了茫然。

这时，客厅里的手机响了。

戚宴目光移开，说：“先接电话吧。”

师乐不想接电话，想听戚宴把话说完。

但手机一直响，她也没办法，只好走了过去。

是师肆打来的：“你还不回来？”

师乐随口“嗯”了一声：“你先睡。”

师肆又说：“我给你发的消息你看到没？”

“什么消息？”

压岁钱？

师肆："关于你那个小同学的。"

师乐一愣，把师肆电话挂了，她才点开手机，看到师肆之前发来的消息，好多条，但当时她在跟戚宴吃东西，都没看到。

"我说你这个小同学怎么这么眼熟，长得跟时琛很像啊。"

师乐不知道时琛是谁，但也知道这个姓，她猜测着，果然师肆接下来也说了。

"就是北城那个时家。我跟时琛是大学同学，他有个弟弟，很小的时候就不见了，听说最近才接回来，是他吧。"

看着师肆发过来的照片，师乐彻底怔住了。

戚宴，是时家的孩子？

那他过来，难不成也是因为这件事？

师乐把手机放下，戚宴已经回到客厅了，他坐在沙发上，察觉到师乐的视线，抬起头："嗯？"

师乐好像突然知道戚宴的茫然是为什么了。

但如果他真的是时家的孩子，找到亲生父母，为什么会在这个日子大半夜跑来找她，跟她吃面？

她有好多事情都想不明白，也猜不出来，可是她无比清楚地知道，自己很想知道。

他的一切她都想知道。

她也明白了，为什么戚宴会那么坚持，会想要努力地靠近她，想知道她的过往，知道她为什么难过。

一瞬间柳暗花明，师乐终于动了，她走过去，指尖在手机上滑了几下，嘴巴微动。

"还差七张。"

戚宴："差什么？"

师乐没回答他的话，微微俯身，低声问："戚小宴，马上十二点了，我想许个新年愿望，不知道你能不能满足一下？"

戚宴像是被蛊惑了似的，讷讷地问："什么愿望？"

师乐勾了下唇："给你拍几张照片。"

戚宴更为茫然，一颗心七上八下，师乐离他太近了，只要是眼睛眨一下都像是抓住了他的命门，可他偏偏又反抗不了。

"那你就是同意了。"师乐拿着手机，拍一张数一张。

"四，三，二，一。"

她笑了一声："五十二张了。"

说完，她把手机转过来，给戚宴看这个相册。

于是戚宴看到相册里，每一张都是他，还有以前在余坪的，都与他有关。

又听到"五十二"这个数字，他几乎是忘记了呼吸，凭着本能开口："五十二张了，然后呢？"

"戚小宴。"师乐目光与他对上，清晰地在他眼里看到了自己，"这半个月我想了挺多事情。

"也问了不少人，他们说，因为在乎一个人，才会想要知道对方的事情。

"如果要在一起，以后是要一起经历很多事情的。"

"我以前觉得，两个人在一起谈恋爱，只要开心就好了，只在乎谈恋爱。"师乐歪了下头，看着戚宴逐渐僵硬，轻笑了一下，"现在才知道，原来'一起'两个字也很重要。"

"之前我打算，如果这相册里凑满五十二张与你有关的照片，那我们就在一起，后来出了点意外。"她顿了顿，抬手轻轻擦掉了戚宴额头上细密的汗，有点担忧，"很难受吗？"

戚宴摇头，喉结微动："我紧张。"

师乐"扑哧"一声笑出来，看着他的模样，也继续说了下去："今天我才知道，原来我跟你一样，也很想知道，你身上发生了什么，但我不能自私，对你有所保留，却要求你对我坦诚。"

"但是我太长时间一个人了，已经习惯了很多事情自己去做，不知道该怎么去向别人示弱。"她扯了下嘴角，"因为那样很不堪。"

"所以戚小宴，你愿不愿意，跟我一起，"她轻轻问，"教教我，该怎么做？"

视线在空中交汇，师乐说完这句话后，整个世界都安静了下来。

师乐不知道自己说的话他听懂没有，以往对什么都很有自信的她，第一次觉得好像表达得也不是那么完整，但她却不知道该怎么说了。

戚宴像是走神了似的，师乐纳闷这个时候这个人怎么还能走神，她紧张得手心都冒汗了。

"戚小宴。"她轻轻点了点戚宴的额头，"怎么还发起呆了？"

"一起。"戚宴抬眸，直勾勾地看着她，似乎是要把她的每一个表情都记得清清楚楚，"师满满，你说的'一起'，是什么意思？"

"你这状元怎么考的？"

师乐直起身子，视线有些飘忽，转来转去也不知道到底该看哪里，又觉得不看他吧又有些没诚意，只好又移到戚宴身上，却看到这人轻抿着唇，一刻也没把视线从她这里移开。

他每时每刻，都是在看着自己的，这个念头一出来，师乐稍稍一怔，略微不自然地摸了下耳朵，叹了口气："戚小宴，一起的意思，就是……"

还是觉得有点不太自然，师乐自顾自笑了一声，掩饰自己的局促："在一起，谈恋爱。"

几秒后，戚宴突然站起来，不知道是因为烧没退还是怎么，眼睛有些红。

师乐被他的动作逼得往后退了一步。

"嗯？"

"师满满。"灯光照在头顶，戚宴背着光，一眨不眨地看着她，"你要跟我在一起，跟我谈恋爱。"像是把话又重复了一遍，语速很慢，仿佛要确认好每一个字。

"啊。"这么听他说出来，还真挺不好意思的，师乐点头，"是这样吧。"

戚宴语气坚定："就是这样。"

师乐原本还有些紧张的神经听到这句话后突然就松弛了下来，她含笑应着："嗯，是这样。"

"所以，戚小宴，你愿不愿意？"

戚宴垂眸："你怎么还问？"

"师满满，先动心的人是我，先喜欢你的人是我，先告白的人也是我。"他轻轻呼了一口气，"我从来都没有不愿意。"

"叮！"

师乐的手机响了起来，这是她之前设置的提醒，准备给师肆煮饺子，看来已经十二点了。

师乐看着那个数字，然后抬头，轻轻问："那你是不是要做点什么？"

戚宴蒙了一下。

原本就混乱的脑子这会儿更乱了，他要做点什么？

谈恋爱要做什么，牵手，拥抱，还有……

他表情平静，耳朵却慢慢红了起来，还有些事他可以做吗？

戚宴目光不受控制地从师乐的眼睛上缓缓下移，落到她的唇上，浅浅的粉色，看起来好像很软。

戚宴嗓子突然有点干："我……"

"戚小宴。"师乐微微眯眼，似笑非笑，"你想什么呢？"

戚宴的脸彻底红了，迅速把视线移开。

师乐看他手足无措的样子，起了点逗他的意思，微微靠近："你想什么啊，脸这么红？"

戚宴被她逼得闭了闭眼，只好妥协："满满……"无奈极了。

师乐笑着拍了下他的手背："手。"

戚宴："什么？"

师乐见他今天这反应，也不指望他能想起什么了，只好自己动手，把他的两只手抬起来，然后主动靠进了他的怀里。

"不是你说的吗？"师乐拉着他的手环在自己的腰上，自己才抱着他的腰，"如果我准备好了，就可以奔到你怀里。"

戚宴这才有了一丝清明，想起了那天说过的话，他缓缓把手收紧。

"嗯，你不会是一个人，我都教你。"

抱了会儿，师乐松开他，伸手探了下他的额头，还是有点烫。

她念着戚宴的身体："客房是干净的，先休息？"

戚宴没动，好半晌才低声道："再抱一会儿。"

师乐这一觉睡得很浅，第二天很早就起来了。

她走出房门的时候，戚宴站在阳台上，似乎已经醒了很久了。

听到声音，他回过头，定定地看着她，一时没说话。

师乐走过去，轻轻搂了他一下，声音含着些困意：“早啊，男朋友。”

随后，戚宴眉眼一点一点舒展开来，浅浅笑了，也环住她，温声说：“早，女朋友。”

师乐懒洋洋地“嗯”了声，抬手去探他的温度：“好点了吗？”

戚宴感受着她温热的手，想伸手碰一碰，又忍住了，笑着说：“好了。”

戚宴看来起得真的很早，厨房里已经做好了早餐，似乎还出去买了菜。

师乐看着他端出来的早餐，心里漫出一点满足的甜意，慢慢扩散开。

吃完早餐，师乐接到了师玮的电话。

“你这个小同学……”

“纠正一下，”师乐慢悠悠地打断他，“是男朋友。”

听到这话，一旁的戚宴转过头来。

师乐不避着他：“我哥。”

“你男朋友。”师玮凉凉地改口，“昨天大年三十从时家跑出来，昨晚我就不打扰你们了，今天得看清情况，毕竟时家才把他接回来，不要太胡闹。”

师乐表情没多大变化，懒懒地应声：“知道。”

把电话挂掉，师乐拍拍自己身旁的位置：“过来。”

戚宴更靠近了她一些。

他烧退了以后，脸色已经没有昨晚看上去那么差了，但还有些白，师乐扯了下他的脸：“休息好了吗？”

戚宴摇了下头，他侧过身，意外地诚实：“我昨晚没怎么睡。”

“然后呢？”师乐认真地听着，“想什么了？”

“昨天发生了很多事，我有些猝不及防，也不太缓得过来。”戚宴回想起来，都觉得有些不真实，“所以花了些时间整理。”

师乐问：“整理好了吗？”

“还有些乱，不过也差不多了。”戚宴低笑了下，“所以今天有好多话想跟你说。”

“好。”师乐点头，“那我们一件一件来。”

她给他开了个头：“就从昨天你来找我，想说的话开始吧。”

“是因为想你。”戚宴说，“因为很茫然，也有些不知道怎么面对了，所以很想见你，好像在这里，只有见了你才能让我安下心。”

所以才在那个时候，极度渴望见她一面，让自己找到一点真实感。

师乐问：“是因为时家的事吗？”

戚宴稍稍愣了一下，似乎是没想到她怎么会知道。

“我哥昨天提了一下。”师乐把聊天记录给他看，也没瞒着。

戚宴看完，缓缓点头：“嗯。”

“我一直知道，自己跟妈妈没有血缘关系，但是也觉得很好，因为我们跟一家人没什么两样，我很爱他们。”戚宴顿了一下，说，“但没想到，会多出来新的父母。”

师乐听他简单几句话把当年的事说完，觉得有些离谱。

戚宴是早产儿，亲生母亲也因为这个身体不好没多久就过世了，他父亲也消沉了很久。

戚宴几个月大的时候，生了一场病，在医院里住了很久。正逢过年，大家都忙，医院里能休假的也休了，有一天，负责照顾他的保姆趁着他父亲回老宅拿东西，把他从医院抱了出去，说难得冬天天气好，带他晒太阳。

因为经常见面，值班医生护士也没太当回事，直到保姆带他上了火车到了青城。

保姆是青城人，因为生不出孩子，一直被丈夫家暴，被公公婆婆嫌弃。

正逢过年，丈夫变本加厉，她一时糊涂，才起了这样的念头，上了车就后悔了，又怕自己坐牢，于是下了车后就把戚宴扔到了火车站附近的一个巷子里。

后来时家人追过来，保姆再回去找，却已经找不到戚宴了。青城是个小县城，更何况那时候巷子里也没摄像头，根本就不知道谁抱走了戚宴。

戚宴说：“是我爸打工回来过年，晚上在垃圾堆旁捡到我的。因为我当时穿着的衣服上，缝了个‘宴’字，才给我取名是戚宴。”

师乐明白了，难怪，虎子的名字跟戚宴的名字差了很多。

“青城，窑山，余坪。”戚宴缓缓地说，“我爸我妈不上网，也没有智能手机，外面的消息根本传不到山里，我就在余坪长大了。”

师乐能理解，一个小山村，不会知道外面的天翻地覆。她突然想起来，之前在酒吧的时候，许婧说的那句跟戚宴有关的话是什么了。

“所以，是时骏觉得你跟他们长得像？”

“不是。”戚宴摇头，“只是一部分原因，在高考成绩出来那会儿，他们就知道了。”

“因为是江省，他们一直很关注，看到媒体上的照片后就开始计划找我了。”

“只不过那会儿……她，”他顿了下，“我亲生父亲再婚了，那个人怀着孕快临盆，后来才有时间求证。”

师乐几乎瞬间就明白了他的意思，他的“后妈”当时怀着孕，现在才生下来。

更何况一个大户人家认回孩子，一定是要把每个细节都给认全了。

“今年过年，他们找到我，想让我和他们一起过年。”

所以他才会出现在北城。

“满满。”戚宴看着她，“我不习惯，因为我本来就有亲人，我习惯了虎子，习惯了舅舅他们，我对这些人，很陌生。”

大年三十，时家来了很多人，直系旁系都来了，就为了见他，很热闹。

但他心里却总是很空。

他轻声说："我跟他们，好像只是有血缘关系的陌生人。"

师乐问："那个家里有几个孩子？"

他眨了下眼："一个哥哥，还有刚出生的，妹妹。"

他眼神有些空，又像是真的茫然，手虚虚握着。

师乐无声地叹息，把手搭在他的手上："那你怎么想的呢？"

戚宴指尖动了动，垂眸看着她的手，随后反手扣住了她。

他掌心温度很高，没怎么用力。

"没怎么想。"戚宴说，"我丢不下虎子，他只有我了。

"我昨天出来之前，跟那个，父亲谈了很久。养育之恩弃不了，余坪还是我的家。

"这个家，对我来说，只是多了几个陌生的亲人，或许以后会熟悉，但也没什么不同，我还是会按照原来的路走。"

"他也很好，"戚宴眼底多了些温度，"会尊重我的决定。"

师乐把玩着他的手，轻轻摸着他手上的薄茧，想到了那年在青城天桥上看到的他。

他还是他，不管遇到什么，都不会变。

她很庆幸。

她动作很轻，戚宴却被她摸得有些痒，手痒，心里也是。

戚宴喉结滚了滚，看着她垂着的眼睫："这就是，昨天我想跟你说的事。"

师乐抬眼，笑了下："这很好，可能是之前看你吃了太多苦，所以老天爷想让你苦尽甘来。"

"我觉得很不真实。"戚宴垂眸跟她对视，"新的亲人不真实，你也不真实。"

所以他才那么迫切地想要找到一点真实感。

师乐笑："我哪里不真实？"

戚宴看着她，好半天才低声说："因为你是星星，所以就算是握在手里了，也让人觉得像是做梦。"

她在家里比较随意，头发披散着，戚宴看了一会儿，抬起另一只手把她微乱的头发整理好："师满满，你可能不知道，我有多喜欢你，我也无法具体地告诉你有多喜欢。"

他说："喜欢到，就算我还不够好，甚至还很差劲，也想贪心地把你归为己有。"

他怕自己如果再晚几步，现在这个人就是别人的了，他做好了要追随师乐很久很久的准备，却没承想，就这么把她抱在了怀里。

戚宴眼底的神色晦暗不明。

直到现在，戚宴都觉得这像是一场梦，他甚至都来不及去细想，师乐是什么时候喜欢自己的，在听到她说在一起时，他就迫不及待地想要把人给牢牢抓住了。

但师乐却不乐意听到这种话，她下意识地蹙眉，反问："你哪里不好？"

戚宴想说自己哪里都不够好，但师乐已经抬起头，扬声接着说："你在质疑我看人的眼光？"

戚宴想要解释："不是……"

师乐扯了扯他的脸："那就不要说这种话。"

不知道戚宴哪里来的那些想法，师乐却觉得，好像遇到的人里，没有人会比他更好了。

她从来都不会在谁面前低头，却在面对戚宴时，头一次有了想要退缩的想法。

这么温柔的一个人，哪里会不好呢？

师乐指尖点了下戚宴的侧脸："你太好了，戚小宴。"

戚宴脸上像是被羽毛轻轻拂过，他指尖蜷缩了一下，想要抓住，却还是忍住了。

等师乐收了手，戚宴才垂眸，认真地看着她，把两人牵在一起的手一点点收紧："满满，我一直在努力地成为一个更优秀的人。在这之前，你既然已经抓住我了，就不能放开。"

师乐知道，戚宴从进校开始，就在为以后做打算，包括加入学长的实验室，他每一步都走得很稳妥。

她不会去阻挠他变得更好。

"不是。"师乐无奈地笑了下，"我在你心里是什么形象？对感情这么不认真吗？"

说完，她顿了下，以她之前那个态度，真会让人觉得不认真？

所以师乐抬起两人的手，晃了晃："不会放开，你走你的，我等你。"

"不是希望你等我。"戚宴一字一句道，"你一直在往前走，我不能成为你的拖油瓶，只是希望，我们一起努力的时候，你不要放开我。"

"满满，我一直很贪心，拿到了手里就不会放开的。"他手上的力道加重，温柔又固执，"你做好准备。"

"嗯，我做好准备了。"师乐失笑，"咱们俩'锁'死了。"

戚宴晚上还得回时家，师乐却还记着要给他补一个生日蛋糕，在跟戚宴聊着天时就给他订了个蛋糕，中午时就送到了。

白天点蜡烛气氛烘托不够，师乐把家里的窗帘全拉了起来，还好窗帘遮光性强，才有那么一点点意思。

她给戚宴把蜡烛点上："许愿吧。"

不过三秒，戚宴便道："许好了。"

师乐惊讶："这么快？"

"嗯。"戚宴俯身把蜡烛熄灭，在昏暗的客厅里抬眸，"太多愿望，都不如自己实现。"

他都有把握把所有的愿望变成现实，唯一拿不准的，就是希望面前的人，能跟他长长久久。

所以他只有这一个愿望。

师乐点点头，倒也没强求。

这小房子本来就是临时住的，也不大，餐桌也小，师乐跟戚宴面对面隔着餐桌站着，师乐没马上把灯打开。

她双手撑着餐桌，微微抬眼，像是勾着点笑，带着遗憾的语气："我好像没准备什么生日礼物。"

戚宴把蜡烛抽出来，放到一边，闻言低低笑了："我已经收到最好的礼物了。"

"嗯？"师乐靠近了点，"什么礼物？"

她那双漂亮眼睛里明晃晃地写着"我就是明知故问"。

戚宴也惯着她这点恶趣味，温和地顺从她："最好的礼物是满满。"

这个接连两天都要给他过生日的人。

师乐露出一副了然的样子："我还什么都没做就成了你最好的礼物了啊。"

"不是什么都没做，"戚宴轻轻摇头，"你站在这儿，本身就是恩赐。"

师乐歪着头，看了戚宴好几秒，又是感动又觉得好笑，她干脆明示："我是说，那你想不想做点什么？"

戚宴一愣，是真的没反应过来。

这个问题似曾相识，好像昨天，她也这么问过。

戚宴想了下，虽然情况不一样，但问题差不多，于是打算绕过去，给她一个拥抱。

就在这时，对面的人动了，她身体微微前倾，撑着桌子的手拉住了戚宴的两只手，往自己这边微微一带，戚宴对她没有防备，身子被带着往前。

在他还没反应过来时，侧脸突然印上了一抹温热，紧接着，温热又挪到了他嘴角，这才离开。

戚宴一动不敢动，生怕自己一动，不知道跳到哪儿的心脏就归不了位了。

师乐没有放开他的手，只是跟他面对面，在昏暗的房间里对视。

让人窒息的暧昧氛围在这狭小的空间里迅速扩散开，戚宴整个人都要被吸进她的眼睛里了。

"既然你说我是礼物，那这个就是附赠的了。"师乐轻声说，"只要是我，这个附赠的礼物永远生效，随时兑换。"

戚宴的喉结无意识地动了动。

太快了，太轻了，太猝不及防了，他都没来得及好好感受，这人就离开了。

很热，很软。

他真的碰到了吗？

戚宴看着师乐的唇，一时怔住。

师乐见他没什么反应，以为他害羞了，毕竟不是谁都像她这样，想做就做了。

他呼吸都像是止住了，怕他紧张，师乐松开了他的手，回头把窗帘拉开。

窗外的光照到了屋子里，让失神的戚宴找回了一点理智。

师乐走过来，拿过刀来切蛋糕。

有了明亮的光，能看到她的唇色有些浅，透着粉，戚宴微微闭眼。

他现在就想兑换。

可他又怕自己的鲁莽吓到了师乐，只好微微捏拳，拿过了师乐手里的刀：“我来。”

师乐也就放了手，看着他耳朵的红晕，止不住地想笑。

因为只有两个人，蛋糕不大，师乐从戚宴手里接过自己的那份，忽地听到一直害羞沉默的人开了口。

“先留着。”

师乐吃了一口蛋糕：“嗯？”

戚宴看着她嘴角的一点点奶油，终于忍不住伸手，给她把奶油抹去，他看着自己指尖的那抹白。

几秒后，他将指尖轻轻贴在自己唇上，又抬起眼，浅浅地笑说：“以后再兑换。”

师乐脸上顿时冒出了一股热气。

第十四章 //
不会不要你

过完生日，师乐把戚宴送到了时家，不过隔得远，她也没进去。先不论戚宴跟那些人关系如何，师乐觉得自己并没有做好跟长辈打交道的准备。

回到家里，师玮坐在沙发上，看起来像是工作，但师乐知道他在等她。

她放下外套走过去：“哥。”

师玮不冷不热地说：“还知道回来。”

“这不是特殊情况吗。”师乐把手里的盒子递过去。

师玮瞥了眼：“这是什么？”

师乐：“蛋糕。”

师玮看了几秒，伸手拿过去。

他又听师乐补充：“我男朋友过生日，蛋糕太大吃不下，我就给你带了点，沾沾喜气。”

师玮把蛋糕放下，觉得无语：“他过生日，我沾什么喜气。”

“年轻人的朝气。”师乐轻描淡写地说，“你放宽心，不要总生气，老得很快的。”

师玮把那蛋糕推得更远了，跟她说起了正事：“你那男朋友，你是玩玩的，还是认真的？”

师乐觉得有点不可思议，她看起来真的很不靠谱吗？怎么师玮也是这种不相信她的口吻？

师乐轻“哧”一声：“从余坪到北城，你说我认不认真？”

师玮想了下，这人去年放寒假还巴巴地跑到余坪待了几天，把自己搞得那么狼狈回来，也不是不认真的样子。

师玮：“听说他还要回余坪去。”

“嗯。”

那边有虎子，还有舅舅，师乐觉得他要回去也不奇怪。

“不忘本，挺好。”师玮说着，状似无意地又道，“但他没有要时家的钱。”

师乐：“什么钱？”

“当然是补偿的钱。他这些年都不在他们身边，他爸想了很多法子弥补，他都没拿。”

师肆没说的是，戚宴不仅没拿，还把自己对于未来的规划一一说给了他爸听，没一步跟时家有关。

拿了就不是戚宴了，师乐勾唇：“对于他来说，有了时家，不过就是多了个亲人而已，又不是多了提款机。”

师肆挑了下眉，终于露出了点笑意：“想得倒是挺开。”

师乐觉得他不对劲：“你对他这么感兴趣做什么？”

“你男朋友，我不得多问问？”师肆一想到这个就觉得牙疼，“大过年的，一出去还不回来了。”

师乐：“人家不是生病了吗。”

师肆懒得跟她扯，他伸手从另一边拿了几个红包出来：“拿去。”

师乐接过红包，笑了下：“谢谢哥。”

她昨天不在，他就给她留着了。

师肆拿着电脑起身，走了几步又回过头来，说：“给你那男朋友也拿一个去。”

师乐一点都不客气，懒声说：“好啊。”

另一头，戚宴回到时家，家里除了用人，没看到其他人。

倒是时大哥时琛在，他从楼上走下来，看到戚宴时脚步顿了下：“回来了？”

戚宴：“嗯。”

时琛：“爸和阿姨带小妹去拜年了，这几天可能会忙一点，你有什么事找我就行。”

戚宴点了下头：“谢谢。”

昨晚他就知道了，这个家虽然大，人情世故也多，过年像是在办宴会，一大家子人，但其实能说话的没几个。

戚宴想了下，问：“我可以回余坪吗？”

时琛看过来。

戚宴不卑不亢：“我弟弟一个人还在余坪，我不放心他。”

时琛皱了下眉，但想了下，却又不得不同意：“你跟爸说吧。还有，你那个女朋友……”

戚宴一愣，但又立刻反应过来，昨天师乐给他看了聊天记录，时琛跟师肆是同学。

周家的事虽然明面上不说，但明眼人都知道这些年来，这个继女跟那边的关系不好。

加上时琛跟师肆的关系，也多少知道些。

时琛说：“她跟周家，如果有什么需要帮忙，来找我。”

听到时琛的话，戚宴瞬间抬眼：“周家？”

他以前听师乐打电话时提过，对于她说的话他都记得很清楚，那个她不愿意承认的家。

说起来，除了师肆，戚宴从没有听到师乐提到过她的家人，就连说到这个哥哥，她说的也是遇到了。

戚宴知道师乐心里有很多事，就像天桥上唱歌的那个她，那些事埋在她心里好久，才会让她看上去那么颓然。

——“我一直是一个人，所以也不知道该怎么说，你教教我。”

这话又一次砸在戚宴心里，在她心里，她一直是一个人，所以才在遇到事情的时候，把自己藏起来，什么都说不出口。

戚宴头一次展现了多一点的情绪，话也多了，他主动问：“周家怎么了？”

这是众所周知的事情，不过时琛知道得也不详细。

因为他跟师肆是朋友，所以师肆之前说要来北城找妹妹时就开始接触这边的一些合作了，其中也是他在搭线，师肆也不瞒着他。

后来才知道这个妹妹在周家过得一点都不好，过年都要跑到江州。

“父母再婚那点事。”时琛说，“周家还有个孩子，估摸着对她也不好吧。”

戚宴几乎是一瞬间就想到了那天在电梯口压制着师乐的那个男人，嘴里喊着姐姐，但眼神却不是。

小学三年级跟哥哥分开，去年才遇到，戚宴都不知道这些年她是怎么过来的。

戚宴声音发涩：“谢谢。”

因为大年三十跑出去的事，师乐在家安安稳稳陪了师肆两天，说是陪，不过就是一人坐在一边看手机，一人坐在另一边处理工作。

师肆还挺嫌弃：“你不去找你男朋友了？”

师乐应得很快：“他最近忙。”

因为知道时家找回了当年丢失的孩子，最近来拜访的人很多，戚宴也走不开，两人只能打打电话，发发消息。

师乐知道这种场合，周家也不会缺席，不过周家是去拜访的那一方，不过她知道，戚宴做得一定会比她好，她不会应付，他却很周到。

但她却受不了他每天跟她说的一句“我想你了”。

师乐从来不知道谈恋爱可以这么腻歪，却又腻歪到了她的心里，怪甜的。

糟糕的是，不是只有戚宴想她了，她也挺想他的。

想到这里，师乐又觉得自己有点婆妈。以前离开余坪的时候，她口口声声说想了就见面，这会儿都在北城了，却反而见不了了。

这么想着，师乐回头看了眼师肆。

察觉到她的视线，师肆抬起头来：“怎么？”

师乐收起手机：“晚饭你自己吃吧。”

师肆：“你干吗去？”

师乐笑了一声，说：“多亏你提醒，突然想跟男朋友约个会。”

前几天师乐来过时家一次，这会儿倒是轻车熟路。到了这个别墅区，考虑到不知道这会儿时家有没有客人，她也没有贸然过去，再者她是来见戚宴的，又不是来拜访的。

把车停在了上次的位置，师乐拿出手机给戚宴发消息。

两人的聊天记录还停留在那句“我想你了”上，师乐打开车窗，有些压抑不住自己的嘴角，给戚宴打了个电话过去。

电话很快就通了，戚宴那边倒是很安静。

师乐先开了口：“戚小宴。”

“嗯？”

师乐指尖在车窗上轻轻敲着，含着笑说：“之前说，你想我了可以给我打电话，我想你了你就可以出现在我面前，你有点亏了。”

戚宴记得她当时说以后补上。

他拿着手机，弯了下唇：“嗯，满满说要补偿我。”

“是啊。”师乐看向他们家的大门，“现在就补偿你。”

戚宴：“什么？”

“出来。”师乐打开车门下了车，伴着车门被关上的声音，她的声音钻进了戚宴的耳朵里，“你想见我的时候，我也可以出现在你面前。”

话音才落，戚宴那边就挂了电话，没多久，师乐看到他家大门被打开，戚宴只一瞬间就看到了她在的位置。

她穿着白色的羽绒服，围着他的围巾，立在雪中，看着他的方向。周围的一切仿佛都成了背景，他的视野里只有她。

他几乎是跑着过来的，在师乐面前站定后，头发被冷风吹得有些乱。

师乐伸手给他把头发整理好：“这么急做什么？”

戚宴毫不掩饰：“想到要见你。”

所以很急。

所以要跑着来。

师乐挑了下眉，对这样的坦诚很受用。

外面冷，师乐刚才在车里没穿外套，这会儿外套是敞开的，戚宴微微蹙眉，一颗一颗地给她把外套扣子扣上，然后顺势抱了下她。

他声音很低：“突然很安心。”

他出来得急，外套也没扣上，师乐把手伸进他的衣服里，环住他的腰。

前几天下了大雪，外面很冷，两人傻傻地站在外面抱着，师乐只觉得好像心里挺热的。

不过考虑到戚宴发烧才好，她先松开手，把后座的门打开，推他上去：“先上车。”

车里的空调把两人都烘暖了，师乐把身上的围巾取下来，问：“今天家里还有事？”

戚宴看着她的动作，点头：“嗯，晚点有人要来，过几天我要回余坪，所以这两天人多。”

师乐没听他说起这个，顿了一下：“回余坪？”

戚宴解释：“今年没在余坪过年，要回去陪虎子和舅舅过个元宵。”

还挺忙。

这才确定关系，又要谈一段时间异地恋了，虽然元宵过后就要开学，但师乐总觉得这段时间怎么想怎么长。

她拿出手机看了眼元宵节的日子，很轻地“啧”了声。

察觉到她情绪的变化，戚宴转过头来：“怎么了？”

师乐把手机放到一边，微微扬起眉梢，靠近他，目光直直地落在他的脸上：“没怎么，就是得好久不能见你了，多看看。”

戚宴最受不了她满心满眼地看着自己，就好像现在她的世界里只有他一样，这种想法一冒出来，就让他觉得整个人都烧了起来。

他眸色越来越深，有些控制不住自己心里那快要喷薄而出的占有欲。

饶是师乐再怎么迟钝，也觉得戚宴此时的目光有些过分浓烈了，像是要把她吞吃入腹似的。

但师乐一向都喜欢这种浓烈，她也知道，戚宴心里一直都对她小心翼翼的，得治治。

所以她隔了几秒后，突然伸出指尖，抵了抵戚宴的侧脸，轻声开口：“戚小宴。”

戚宴：“嗯。”

“有个说法，我一直没办法验证。”师乐眸里像是闪着光，带着浅浅的诱惑，“你看着我。”

戚宴视线定在她的脸上：“看着。”

师乐：“看十五秒。”

戚宴不知道她是什么意思，但他还是照做了。他虽然一直都在看着她，但很少有这么刻意，像是带着目的性对视的时候。

好像提前给了预告，让人不得已把所有的念头抛开，眼里只有她。

戚宴只看了几秒就有些受不住了，他看着她的眼睛，看着她微微颤动的睫毛，看着她若有似无的笑意。

师乐也好不到哪里去，觉得自己是在自讨苦吃，这种气氛，一看就很适合做点什么，她想撑不到十五秒，怕是自己先坚持不住就要把戚宴吃了。

就在她思绪乱飘时，戚宴开了口，声音沙哑：“满满。”

师乐猛然发现，不知不觉两人已经隔得很近了。

戚宴声音像是气音：“生日礼物的附赠，我想兑换了。”

师乐还没来得及反应什么兑换，戚宴突然就压了下来，不是那种蜻蜓点水，而是重重地压在了她的唇上。

师乐心猛地跳了一下，下意识地靠在了车椅上，戚宴欺身而上，在她唇上慢慢研磨，却又不得章法。

最后他轻吮了下，又退开。

他切实感受到了，跟他想的一样，软、甜。

他定定地看着师乐，拳头越捏越紧，怕自己忍不住把她吓到。

他的手搭在驾驶座的车椅上，师乐只看了眼就知道他现在是什么状态。

方才那点紧张也没了，她微微仰头，把他的手拿下来，自己的手覆上去："谢谢。"

戚宴："嗯？"

"验证了。"师乐笑着说，"对视十五秒，你果然会亲我。"

戚宴一怔，后知后觉地耳朵漫上了薄红。

他刚才意乱情迷，压根没想那么多。这会儿被师乐这么一说出来，知道她是有意为之，他突然心生一股羞耻感。

师乐偏头，看着他耳朵上的红色，坏心眼地伸手摸了一下。

戚宴呼吸一顿，方才压下去的情绪又卷土重来。

师乐似有所感，她一只手点了点戚宴的手背，那力道像是在给他挠痒，又像是明晃晃地调情。

她嘴角勾起来，有些挑衅的味道，另一只手拨了一下戚宴的耳垂，靠近他耳边轻声开口："兑换券，还想用吗？"

戚宴吸了口气，反手就把她的手扣住了，另一只手又把她在他耳朵上作乱的手拿下来。

他克制着："师满满，你真是……"

要命了。

师乐笑着，问他："那还要吗？"

戚宴捏着她的手，黑眸沉沉："别总招我。"

师乐扬起尾音："我偏要呢？"

戚宴微微转头，与她对视，像是豁出去了一般，正要靠近，他的手机响了。

两人动作皆是一顿，师乐看向他的手机，来电提示是"时琛"。

她了然："你哥？"

"嗯。"戚宴这会儿一口气上不去也下不来，但时琛的电话却也不能不接，他吐出一口气，拿起电话接起来。

时琛问："去哪儿了？"

戚宴："有点事，在门口。"

时琛说："结束就回来，家里来人了。"

戚宴："嗯，知道了。"

挂了电话，两人之间那点暧昧危险的氛围也散了，慢慢多出来的，是暧昧被打断的尴尬。师乐方才还挺大胆，这会儿也有点不自在："要回去了？"

戚宴点了下头，看起来情绪很快就低沉下去了。

师乐失笑，抬起两人牵在一起的手在他指尖上轻轻亲了口："怎么感觉我们像是不被认可，跑来这儿偷情的呢？”

戚宴微微抬眸，听了她的话，再看看她的动作，心里软了一块，也笑了下：“不是偷情。”

他说：“没有人会不认可你。”

师乐问：“那这是什么？”

“是奔赴。”戚宴柔声说，“你想见我，我也想见你，这是奔赴，不是你说过的吗？”

师乐微微一愣，继而愉悦笑开。

下了车，目送他回去之前，师乐拉住他，踮脚在他唇边亲了下。

退开后，她低声说：“刚才忘了说，看你的时候，我也想亲你的，被你抢了先。”

家里来的人戚宴都不太认识，他先上楼换了套衣服，这才走下来，一下来就跟一个人对上了视线。

戚宴脚步停住，周身气压都低了下来。

不用他走上去，周覃已经走上前来：“原来你就是那个时家找回来的儿子。”

戚宴没搭理周覃。

正要绕开走过去，周覃突然道：“你跟她在一起了？”

戚宴微微侧头。

“我在门口看到你们了。”周覃阴恻恻地说，“看到你们搂搂抱抱。”

还看到，师乐主动亲了他。

周覃心里涌上一股阴鸷，满满都是怒气。

凭什么，这个从山沟里出来没见过世面的人，一朝飞上枝头变凤凰？

“是。”戚宴终于开了口，他比周覃高，居高临下地看着周覃，“看到又如何？”

“她就是只白眼狼。”周覃压低声音，“连自己妈都不要，自己才成年就迁户口的白眼狼。”

迁户口？

“所以？”戚宴见过太多跳梁小丑，他压着心里的烦躁，淡漠地看着他，“我喜欢她，不是喜欢她的户口，这跟我有什么关系？”

周覃没想到他一点反应都没有，愣了下。

戚宴不想跟这种人多费口舌，也不想在时家跟他有什么冲突，转身就要走。

周覃却立刻拦住了戚宴的去路，他转头，说：“那你知不知道，她得过病，精神有问题。”

戚宴的目光忽地变得锐利。

他一把将周覃的手扭到一边：“不会说话就闭嘴。”

“我又不是胡说。”周覃一副“我得不到你也别想好过”的样子，

“她没告诉你吧？她休学那年干吗去了，谁也不知道，但我知道，她去看病了。”

他恶意道：“你喜欢的，不过是个精神病。”

戚宴拉起周覃的衣领，冷声说：“上次没动你，是因为她，这次也是因为她。”

戚宴从小就在鱼龙混杂的集市上长大，冷起来就有让人不寒而栗的本事。

“你姓周？”看着人过来了，戚宴压着声，“别去烦她，也别来烦我，再让我从你嘴里听到她的一点不好，你的嘴也别要了。”

周林强和时琛都过来了。

戚宴放开手站起来。

时琛知道周家那些事，大概也知道两人的矛盾，他明知故问：“怎么回事？”

戚宴冷然地看了地上的人一眼：“嘴脏。”

周林强原本就是带着周覃过来认人，挣个面子的，没想到会发生这种事。

他又气又急地把人从地上拉起来：“你怎么回事？”

周覃死死地盯着戚宴：“没事。”

戚宴从头到脚，发丝都没乱，倒是周覃狼狈不堪，让周林强脸都没地方搁。

周林强硬着头皮道歉：“不好意思，他可能今天喝了点酒，失了礼。”

戚宴没说话。

时琛只笑了笑：“喝多了就在我们家闹事，这大过年的不合适吧？”

“是不合适。”

但谁被打不是一目了然吗？

周林强虽然这么想着，但也不敢说什么，只好咽下一口气：“是，覃儿，道歉。”

周覃就是不开口。

“算了。”时琛抬手打断，“也别道歉了，都一样，反正都不接受，怪麻烦的。”

这话简直就是把他们的后路堵死。

时琛笑意淡了点，直接下了逐客令：“大过年的，也不要闹得不开心，请吧。”

周覃临走时，意味深长地看了戚宴一眼，戚宴却一个眼神都没分过去，像是对那话无动于衷。

周林强带着周覃灰溜溜地走后，戚宴才动了动：“抱歉。”

“抱什么歉。”时琛摆手，“说了，有什么需要帮忙的，找我就行。”

戚宴这会儿心乱，没说什么。

什么叫她休学一年，去治病？

这不仅仅只是她孤身一人的问题了，戚宴闭了闭眼，无法想象她到底经历了什么，想问，却又不敢问。

这会儿他突然觉得自己有些残忍，是他逼着她说那些话，做选择。

如果真的有什么事，也是他逼得她去回想的。

只要她好好的就行了，他为什么要去逼她呢？

戚宴初十回余坪，时家有人送他过去。过了年，师乐马上也要发专辑，都在忙着宣传，也没时间送他，两人只在他离开前一晚见了一面，把给虎子的红包和新年礼物给了他。

师乐拿完红包，又拿出了一个东西："还有这个。"

典藏版的专辑。

这是提前准备好的，因为还没正式发售，目前只有这独有的一份。

戚宴把专辑拿在手机，轻轻摸了下，笑了："以后，你就要变成很多人的'星星'了。"

师乐没有否认，早在她要走这条路的时候就有准备了。看了看戚宴的神色，她倾身抱了下他："但只有你一个人抱得到我。"

"他们远远地看着，"师乐说话像是在哄他，"但不知道这'星星'上已经刻了你的名字。"

所有人都看着他的星星，但只有他知道，这个星星是他一个人的。

戚宴眸色微动，侧头在她额头上轻轻吻了下。

元宵节前一天，结束发专辑前的最后一个采访出来，张萍拍了拍师乐的肩膀："好好休息，等后天发了专辑，又要连轴转了。"

师乐点头："辛苦。"

张萍临走前，想起什么："你之前说你感情要有变动了……"

张萍话没说完，师乐却明白了，她大方地承认："嗯。"

张萍还是头一次见着这么年轻进娱乐圈就结束了单身状态的人，不得不说，够大胆，也敢赌。

不过师乐的发展路线跟别人不一样，张萍也就没多说。

"给你接工作时我会注意的。"张萍叮嘱，"话是这么说，开始这几年，还是先不要给别人抓到什么，主要重心还是你的歌，你的根基不够稳。"

师乐知道利害关系，她还想保护好戚宴，不想让他暴露，所以很干脆地应声："我明白的。"

回到家，正好看到师肆提着行李箱要走。

明天就是元宵节，这时候他要去哪儿？

师乐站在门口问："你要去哪里？"

"有个项目要临时去趟Y国。"师肆把箱子推到门口，"公司那边我都安排好了，你后续行程没问题。"

师乐一向不会干扰他的工作，再者以后她忙起来，说不准不止元宵，可能年也不在家过。

她让开路。

师肆一面换鞋，一边说："明天去找你男朋友过节？"

师乐："他回余坪了。"

师肆这才想起来什么，直起身："他有没有跟你说过，之前在时家，他和周覃的冲突？"

师乐一愣："什么时候？"

"你找他的那天。"师肆觉得还挺有意思，这种场合，戚宴居然也没多想就下手了。

师乐有些担心："为什么打的？"

"不知道，说是周覃嘴脏吧。"师肆说，"还没等我忙完，已经有人找他们麻烦了，你这男朋友不错。"

得到师肆的认可，师乐却没有松口气。

周覃嘴脏，那他到底说了什么才惹得戚宴动了手？

她拿起手机给戚宴发消息。

"你跟周覃打起来了？"

戚宴那边隔了一会儿才回复："嗯，没什么事。"

师乐问："他说什么了？"

戚宴回："没说什么，就是想着他那次欺负你。"

他没继续说，又转移到了其他话题。

师乐一口气松下来，却又觉得不上不下。

这人说好的要教教她，可这些天也没什么动静，好像已经把这件事忘了，就算是遇到了周覃，也没多问什么。

周覃那个变态，师乐不知道他会说出什么话来，戚宴不是冲动的性格，为什么会在大庭广众下动手呢？

但他却不说。

师乐觉得自己好像很被动，一直在等待着那一天的到来，却又很害怕。

触碰到一点她都害怕。

晚上，师乐又一次失眠。

梦里又回到了之前那些暗无天日的日子，她在拼命地挣扎，拼命地跑。

一觉醒来，她满头都是虚汗。

师乐叹了口气，去洗了把脸，拨通了之前那个医生的电话。

她不能等着戚宴，自己也要努力才是。

医生抽时间见了师乐一面，听完她的话，他笑了下。

"如果出现了一个人，让你有想要敞开自己的想法，这是好事，那可以试一试，先把最外层给他看。"

"慢慢来。"他说，"重要的不是他，而是你自己。"

从医院出来，师乐坐在车里，想着医生的话，又想着戚宴。

最外层？她的最外层是什么呢？

一声喇叭打断了她的思绪。

师乐转过头，看到路边停了一辆车。

周覃将车窗降了下来，正死死地看着她："姐姐。"

师乐脑子"轰"的一声。

周覃为什么会在这里？

周覃拉开车门下来，慢慢走到她面前，装作看了一眼她身后的医院："姐姐又来看医生了？"

师乐看着他："看来你的腿是不想要了。"

周覃倒是不怕了，笑着："姐姐想要就拿去。"

师乐转身就走："不要这么叫我，恶心。"

"那你呢？"周覃立刻追上来，反问，"你口口声声说我恶心，那你自己呢？你看了这么久医生，是不是还没好呢？"

师乐停在自己的车前，回过头："你说什么？"

"来看精神卫生科的吧。"周覃像是早就知道了。

师乐的呼吸都有些不畅，他是怎么知道的？

像是知道她在想什么，周覃笑得更开怀了："你不在家那段时间，我实在是想你，这才找了点办法，跟着你，我是关心你的安危。"

他凑近："好姐姐，只有我，是知道一切还不嫌弃你……"

"啪！"

师乐一巴掌扇在了他的脸上。

周覃捂着脸，舔了舔唇。

师乐又一巴掌扇了过去："你再说一个字。"

周覃笑了下："我……"

在师乐又要一巴掌扇过来之前，他把剩下的话说完："我把你的事都告诉那个人了。"

师乐动作顿住，她一字一句地问："你说什么？"

"你为什么休学，是因为来医院看精神卫生科，我告诉他了。"周覃笑得很开心，"师乐，他没跟你说吗？"

师乐指尖掐进了手心里，脑子又有些空白，她还没迈出去的步子，就被周覃阻止了。

周覃想着最近这段时间周家受到的那些排挤打压，更为气愤，看着师乐的表情就觉得畅快。

"师乐，你们不要我们好过，你们也别想好过。你妈不要你，你爸不要你，现在你那男人也不会要你的。"

师乐一阵呼吸困难，有些呆愣。

周覃看目的达到了，"哧"了一声，转身就要上自己的车。

师乐觉得手脚有些发软，看着周覃的背影，一直埋在心底的阴暗念头又一次冒了出来。

她一步步上前，像是以前一般，扯下了自己捆着头发的蕾丝发带。

没什么的，她想。

周覃已经上了车。

师乐看了一眼马路，把发带缠在手上，转身走向了不远处自己的车。

发动车后，她死死地盯着前面周覃的车。

同归于尽吧，她一边想着，一边慢慢踩下油门。

突然，手机响了。

是独属于戚宴的来电铃声。

师乐恍若梦醒，陡然收回脚，停下车子。

她捏着手机，接通了电话。

“满满。”

师乐：“嗯。”

戚宴那头安静了下，听出了她声音不对劲：“怎么了？”

“没怎么。”师乐声音很轻，有点哑，“刚睡醒。”

戚宴声音柔和：“元宵快乐，满满。”

师乐没说话。

戚宴又道：“满满有什么元宵愿望吗？”

师乐低声说：“元宵节也可以许愿吗？”

“可以。”戚宴说，“你每一天都可以许愿。”

师乐视线有些模糊，好半晌才听到自己的声音。

她说：“我想你了。”

她果然还是贪恋着美好的。

挂了电话，师乐换了条路，直奔机场。

师乐是个不会遮掩自己情感的人，她会毫无保留地展现出她对他的偏爱。

所以每次她说“我想你了”的时候，戚宴都能分辨出她是在调情，还是其他。

包括现在。

如果是往常，她会懒洋洋地笑着告诉他：“我想你了。”

而不是像呢喃细语。

戚宴几乎是一瞬间就知道，她现在状态不好，而她少有外露心情不好的时候。

他不受控制地想起了那天在街上看到的那个说着“我好狼狈啊”的人，顿时捏紧了手机。

师乐到达江州时，已经是晚上八点了。她下了飞机，又从江州到青城，花了不少时间。

因为是元宵，这时候的青城很热闹。

但也因为太晚，也没有去窑山的车了。

手机早就没了电，她在一家店里借了人家的充电器充了电开机，好不容易才租了个充电宝，站在路边，有些头脑发空，甚至有些没反应过来，自己突然就站在了这里。

下车的位置正好就在青城的火车站附近，师乐往前走了几步就看到了当初那个初见戚宴时的天桥。

有那么一瞬间，她退缩了。

——“你爸不要你了，你妈也不要你了，现在他也不会要你，你是个神经病。”

这话像是锤子似的砸在师乐的脑子里，让她头痛欲裂。

她想要说的。

可是，她还没做好，被从里到外被人扒出来的准备。

南方的冬天很是湿冷，师乐感觉自己从头到脚都发凉。

这时，有电话打进来。

许婧张口就问：“刚才怎么一直打不通电话，你在哪儿？你哥出国了？要不要来我家啊？”

师乐沉默了好一会儿：“我在青城。”

“你在哪儿？”许婧像是很吃惊，“你什么时候跑到那里去的？”

师乐嗓子有点沙哑，她咽了咽口水，想要自己的嗓子润一点，好发声：“刚到。”

许婧一瞬间就想到了：“去找戚宴？”

这回师乐却没答。

她是来找他的，但又不敢见他。

为什么他不告诉她，他已经知道了那些事呢？

天上飘的雨开始变大，师乐抬头看了眼天，慢慢走上了天桥。

现在的天桥上一个人都没有。

许婧还在问：“找到了没？”

师乐看着以前蹲着个少年的位置，轻声说：“没有。”

那个人那么干净温柔，她第一眼就知道了的，可她不是。

许婧觉得师乐的情绪不太对，过年这段时间她家里也忙，跟师乐没怎么联系，只大概知道师乐和小同学好上了，但还没来得及细问。

许婧问：“你们吵架了？”

“许婧。”师乐站在原来戚宴蹲的位置，手搭着天桥的栏杆，把上面的雨水慢慢擦掉，“我看过病。”

许婧听得没头没尾：“什么？”

“几年前，我去看过病。”师乐捻着指尖，感受着冰凉的雨水被指尖焐热，指尖却慢慢变凉，“因为觉得过不下去了。”

好像是一道口子被人划开了以后，所有的冷风都灌了进来，师乐被冻得麻木，觉得什么都不重要了。

那头的许婧陷入了沉默。好半天，她才微微吸了一口气，压着火：“师满满，这件事，你瞒了我这么多年？”

师乐“嗯”了声：“今天我遇到了周覃。”

许婧：“周覃周覃，又是周覃那个王八蛋！”

“他以前偷偷跟踪过我。”师乐目光变得有些缥缈，“他知道这件事，他告诉戚宴了。”

许婧那边一阵响动，又问：“然后呢？”

“许婧，我还没来得及坦诚。”雨洒在脸上，师乐毫无所觉，她甚至还笑了一下，“如果……如果他不要我了……”

许婧听不下去了：“你放什么屁。”

“赶紧买机票回来，我要知道所有事情的前因后果。”许婧骂了句脏话，“或者我过去也行，你看看怎么办？”

师乐没吭声，好半天，她才轻声说：“许婧，我这个人，一直以来没多大的追求，只觉得以前不开心的事太多了，所以不追了，只要当下过得好就行。

“本来也就什么都没有，好像多一个少一个都无所谓，很多事也觉得自己一个人可以解决。

“但他说过，他会教我，会接住我。

“我一向不撞南墙不回头。”师乐蜷起指尖，藏起了心里那些纷杂，“但在他这里，却拐了好几个弯，总要去撞一撞的。

“他不能食言。”

话说了一半，又有电话打了进来。

是戚宴打来的电话，她的呼吸猛地一滞。

电话一直没挂。

许婧听得一头雾水，压根不知道师乐在说什么，她基本没有见过师乐这样。

唯一的那次，是师乐一边喝酒，一边质问翁婷为什么会那么对她的时候。

从那天以后，师乐就变得神龙见首不见尾，要么就是在演出的时候遇到，要么就总是有事。

原来她是在治病。

师乐看了戚宴的名字好久，电话挂断，又再一次打进来。

师乐眸子微微一动：“他找我了。”

“他找你不是应该的吗？”许婧咬牙，“你现在打算怎么办？”

“接电话。”师乐说，“要接他电话啊。”

戚宴说过，如果什么都不说，世界这么大，他找不到她。

她怕戚宴找不到她。

把许婧的电话挂掉，师乐接通了戚宴的电话。

“把伞打好，不用管我。”他用方言像是在嘱咐谁，那边有点吵，应该在走路。

或许是察觉到电话通了，戚宴安静了一秒，开口："满满？"

"嗯。"

师乐听到他舒了口气，轻声问她："你在哪儿？"

师乐听到他声音的那一瞬间，整个人都颤了一下，她比自己想象的，还要在乎戚宴的想法。

她说："在外面。"

戚宴的语气似哄她："现在回家好吗？"

"我……"

"不是想我了吗？"戚宴放柔了声音，"回家等我。"

师乐眨了眨眼，没体会出来他的意思。

戚宴又补充："给你实现元宵节愿望。"

她的元宵节愿望是，她想他了。

师乐指尖好像在慢慢回温，她转过身："可我……"

"哥，还有二十分钟。"虎子清亮的声音透过听筒传过来，有些清晰又有些远，像是双重奏。

师乐顿了一下，缓缓转过身。

像是如她预测的一般，天桥下上来了两个人，一大一小，大的提着行李箱，一手打着电话；小的背了个包，打了把伞。

天桥不宽，师乐也没有任何遮挡，格外显眼。

戚宴往前走的步伐猛地停了下来，一动不动地看着她。

她只穿了一件白色的羽绒服，头发散着，被雨打湿了大部分，嘴唇有些白。

察觉到戚宴停下来了，虎子抬高伞："哥？"

他顺着自己哥哥的视线看过去，眼睛忽然一亮，惊喜地喊："乐乐老师！"

两人都被这响亮的一声给唤回了神。

戚宴最先动了，两步就走上前，把自己的围巾摘下来，围住了她的脖子。

师乐今天穿的是低领毛衣，羽绒服也没拉上。

师乐微微低头，把自己的下巴埋进了他的围巾里。

戚宴算了下时间，又把她羽绒服的帽子拉起来，盖在了她的头顶。他微微倾身，拉着她的帽子靠近，在她额头上轻吻了下，语气发颤："师满满，你傻不傻。"

师乐在那一瞬间恍惚地想，她好像撞到南墙了，但南墙却没有把她撞疼，还吻了她一下。

虎子站在后面，被戚宴挡住了视线，等他推着行李箱上前时，只看到自己哥哥拉着乐乐老师的帽子，在低声说话，有点奇怪。

两人都没打伞，虎子把伞递过去："乐乐老师，你怎么来了？"

师乐还没说话，戚宴又开了口，他把虎子的伞接过去，说："你先去下面超市避雨。”

虎子惊讶：“可我们的车马上要走了。”

“今天不走了。”戚宴说，“过两天再走。”

虎子满腔疑惑，但看着哥哥的表情，知道自己现在不适合在这里，他只好转身下了天桥。

戚宴打着伞，把伞举在师乐头顶，给她挡雨：“下午电话打不通是在飞机上？”

“嗯。”师乐感觉身体在迅速回温，说话声音也恢复了点，“后来手机没电了。”

戚宴看到她手上的充电宝，心里一阵发闷：“到了多久了？”

“刚到。”

师乐看到一边的行李箱，好像猜到了：“你要回北城？”

“嗯。”戚宴把她被打湿的头发拨开，“你不是说想我了吗？”

师乐：“今天是元宵。”

戚宴懂了她的意思：“跟舅舅他们吃了晚饭才走的。”

师乐就不说话了，她也不知道自己该说什么，这个情况下遇到戚宴，是她想都不敢想的，也是毫无准备的。

戚宴叹息一声：“差一点。”

差一点他就要坐上去江州的火车，从江州去北城了。

戚宴想着就觉得后怕，如果他还没打通师满满的电话，这会儿师满满该怎么办？一个人待在这里？还是一个人去余坪？

戚宴不想让“一个人”这个词出现在她身上。

“师满满，你知道我有多后怕。”戚宴靠着她的额头，“如果没打通电话，你要怎么办？”

“不会。”师乐摇了下头，“我想让你找到我。”

所以她才拿了充电宝，才接了他的电话。

戚宴愣了下，才明白她说的是什么意思，他沉默下来，看着她那双此时过于平静，却依旧让人看出颓然的眸子。

想着刚才见到她那一瞬间，她周身那种萧条感，戚宴低声喊她：“师满满。”

师乐微微抬眼，下一刻，戚宴把伞微微倾斜，一只手拉着她的帽子往前，贴上了她冰冷的唇。

两个人都是冷的，呼出的气息却是热的。

羽绒服的帽子足够大，帽子周围的绒毛把两人的脸都隐藏在了里面，两人靠得那么近。

师乐伸手勾住他的脖子，好像这样才能让她觉得真实一点。

师乐闭着眼，感受着这瞬间戚宴带给自己的安心。

好一会儿他才移开，轻轻抹了下她的唇，又摸了下她冰冷的手：“外面冷，我们先回去。”

晚上没车了，是打车回去的。虎子被赶到了副驾驶，一个劲地回头想要问问师乐怎么来了。

戚宴替她回答："老师不是说，有空了就来看你吗？"

师乐现在精神恢复了很多，也笑了下："嗯。虎子欢迎吗？"

虎子立刻说："欢迎！老师，我们家还有没放完的烟花，回去我给你放！"

师乐点头："好啊。"

戚宴看他上蹿下跳，淡淡地提醒："坐好。"

虎子就老实了。

乡下没有限制，回去的路上，外面确实有很多放烟花鞭炮的人家，师乐透过窗户往外看。

"元宵节要祭祖，放烟花是传统。"

后座的灯光很暗，戚宴不知道什么时候已经离她很近了，在她耳边轻声说。

师乐看了前面的虎子一眼，推了推他。

戚宴顺势把她的手包在掌心里，压低声音："没事。"

像是想到了什么，他笑了声，又说："这才是偷情。"

打车要快很多，晚上也没什么车，两个小时就到了窑山。虎子说家里有烟花，但因为他们要去北城，都拿到舅舅家了。

戚宴又把烟花抱了回来。

师乐坐在车里没出去，大晚上的出现在这里，不好解释，也不方便露面。

到余坪家里时，已经快十一点了。家里没什么东西，戚宴回来时买了些汤圆，煮给师乐吃。

虎子搬了个椅子出来给师乐坐。

戚宴从不让他放大的烟花，只给了他几个窜天猴和礼花弹。

师乐给许婧发了消息后就被"砰"的一声给吸引了注意力，虎子这一年又长高了不少，是个大男孩了，站在他们家门前的水泥地上，满目都是欢喜。

他放了一个礼花弹，大声说："乐乐老师的红包我收到啦！老师新年快乐，元宵快乐！"

师乐起身，跟他一起走进雨里，一起摆放下一个礼花弹，扭头笑："元宵快乐。"

天气不好，热情都会消减很多。

虎子今天奔波多了，放完烟花的就开始打哈欠。

戚宴又放了一个大的，伴随着在天空炸开的烟花，他站在了师乐身后。

他说："元宵快乐。"

师乐听到声音，向后用头轻轻磕了一下他的下巴："元宵快乐。"

放完烟花，虎子实在是困了，戚宴推推他："去洗洗睡觉。"

等虎子进了房间，戚宴把门带上，又走了出来。师乐这会儿已经回到屋檐下了，靠在堂屋门口，怔然地听着远处的烟花声，不知道在想什么。

戚宴走过去，把凳子拉到一边，轻轻把她带过来，换了个方向，自己靠着门，把人揽在怀里。

两人好像终于有了一个能安静下来，好好说话的机会。

戚宴低头问："冷不冷？"

"还好。"师乐缩在他怀里，抬起头，"怕我冷怎么不让我进去？"

"怕虎子打扰你。"戚宴坦荡地说，"想跟你单独待会儿。"

师乐觉得自己都快要陷在他的柔软里了，陷得甚至让她觉得没有什么事是重要的。

有一瞬间，她又想，这样就挺好的，一直这样下去就好了，但理智又告诉她，还有一颗不定时的炸弹。

师乐想着，突然开了口："你那天，为什么打周覃？"

戚宴神色怔了一瞬，这个问题，她已经问过了，现在再问一遍，显然是知道当时发生了什么。

师乐问："他说了什么对不对？"

戚宴沉默了半晌："嗯。"

然后他看到师乐好不容易才缓过来的神色又一瞬间白了下去。

师乐说："你没有什么想问的吗？"

戚宴叹了口气，把她搂紧："以前是我不对，不该逼着你去想过去的事。

"比起你不高兴，我更希望你高兴一点，不重要的人的话，我不听，你也不要听，好不好？"

师乐原本是这么想的，就像现在这样，岁月静好。

可是她很怕这件事以后会让她一直提心吊胆，戚宴给她开了门，她为什么不试着走进去呢？

一声让她慢慢来，可现在她被推到了这一步，不如一股脑儿说出来，是撞得疼了还是死了，后果她都有心理准备。

师乐这么想着，她从戚宴的怀里退开，然后伸手在自己羽绒服的兜里摸了摸。

戚宴靠着她，看她慢慢从兜里拿出了几张纸、一个病历本，还有两盒药。

她的羽绒服很宽，兜里竟然装了这么多东西。

戚宴视线凝在那个病历本上。

师乐把东西一股脑儿都推给了他，语气里听不出什么起伏来："我是生过病。"

戚宴没说话，翻开了病历本，从三年多以前到现在，三年前的时间很密集，后来空了，却又从前一段时间开始。

戚宴记得这个时间，是他在街上遇到师乐开始。

从病人失眠，头痛，少言，封闭，一直到病人有轻生倾向。

戚宴指尖都在颤抖，捏得病历有些变形。

那个跟他说要做自己的太阳，跟他说要勇敢一点大胆一点，把所有的温柔都给了他的人轻生……

“戚宴。”师乐转过身，看着外面漆黑的夜空，“我骗了你，我十七那年，在计划着一件事。

“我其实没那么大胆，我还是想逃避的。”

戚宴忽地扣住了她的手，那力道像是要把她的手腕给捏碎。戚宴哑着声：“师满满，你不可以。”

“我也知道不可以。”师乐没挣开他，而是道，“我挣扎了很久很久，但还是贪恋着一点点的温暖。”

“许婧是我的温暖，后来，你也是我的温暖，还有我哥，我觉得自己已经有的足够多了。”

“我把你们，当作唯一的希望。”她回过头，做好了最坏的打算后，竟然也觉得没什么不能接受的，甚至还能笑了，“所以一直不想让你们觉得，我很不堪。”

戚宴摇头：“没有不堪。”

“我妈带我嫁到周家，其实我是那个多余的人。”她继续缓缓说，“他们不待见我的时候，把我送去寄宿，在那种环境里，没人教我怎么去跟人相处，我只好一个人。

“后来，周覃长大了，把主意打到了我的头上。”

师乐眸色沉沉，语气却轻描淡写：“虽然没让他得逞，但那天，我是想跟他同归于尽的。”

“可我还有个妈。”师乐嘲讽地笑了一下，“有血缘关系，却仅此而已的妈。那时候的我跟所有同龄人一样，渴望着一个家，爱我的父母，可什么都没有。”

同归于尽。

需要多大的失望和绝望才能想到这个词。

戚宴觉得自己浑身冰冷。

“为了她，我忍了。”师乐抬手，指着江州的方向，“后来，我跑到了江州，想要找我哥，不仅没找到，还被我爸转手推给了我妈。那天在机场，我妈给了我一巴掌。

“他们谁都不想要我。”

“可我贪心啊。”师乐垂眸，“我留着最后的希望，希望她能回头看看我，毕竟我才是她的亲闺女，我把户口迁出来，想让她知道，让她回头。”

“直到那天，她跟我说，想要我跟周覃结婚。”师乐像是说不下去了，她张了张嘴，小小呼吸了一口，“即便知道周覃想要侵犯我，她也没有犹豫。”

“我很茫然。”师乐歪了下头，仿佛真的疑惑，“为什么，你跟阿姨没有血缘，却那么好，而我这个与她有血缘的，却连一个普通人都不如？”

戚宴越听越心惊，仿佛下一刻，师乐就要消失了。他拉着师乐，把她转过身来，两只手禁锢着她，低声说：“那些人，我们不要了。”

“戚宴。”师乐低着头，看不清表情。

戚宴：“我在。”

“这些事，没有人知道。”师乐说，“你是第一个，因为你说，你会接住我。

“我不是星星，你才是耀眼的那个，你有很多我羡慕，却得不到的东西。”

师乐鼻子有点堵，一下子说了很多话呼吸有些困难，她只好又呼吸了两下，说：“我把自己全都剖开给你看了。

“原本我想，如果你知道了，不想要我了也没关系。”

远处又有人家在放烟花了，师乐被突如其来的爆炸声吓得一抖，她抬起头来，直直地看着戚宴。

“后来发现，我好像没那么洒脱，我还是一个很自私的人。”

她的手机“叮”了一下，是她设置的时间提醒，十二点了。

今天是情人节，是她发专辑的日子，也是她的生日。

“你说过，我每一天都可以许愿，我没那么贪心。”师乐呼了口气，有点无赖，“昨天许了一个，但是我自己找来的，不算，今天再许一个可以吗？”

戚宴一只手抬起来，抹了下她的眼角：“今天不是你生日吗？许多少个都可以。”

师乐呆了一下：“你怎么……”

戚宴看不得她眼睛发红的样子，轻轻蒙住了她的眼睛：“你觉得我为什么要赶去北城？”

因为要给她过生日。

师乐从来不过生日，对于她来说，生日这天不如不要想起来，她不知道自己的出生到底值得谁庆祝。

可这会儿，她突然就生出了期待来。

戚宴低声问：“你想许什么愿望？”

师乐被他蒙住眼睛，只能透过些许缝隙才能看到光，她努力在这个缝隙里找到他的脸。

她轻声说：“你不能不要我。”

戚宴没了声。

师乐捏紧了手，到了这一步，她好像有了答案，但她急切地需要一个承诺。

过了会儿，戚宴陡然靠近，他的鼻尖跟她相抵，说话时呼吸喷在了她的脸上。

戚宴说："这个不作数。"

师乐眼睫轻颤，刚要说话，戚宴就压了下来，他一只手把她搂向自己，另一只手总算松开了她的眼睛。

师乐看着他目不转睛地看着自己，他轻轻吻了她一下："这个不算愿望，再想想。"

说完，他又吻了下来，话也消失在了两人的唇舌间。

"师满满，我永远都不会不要你。"

也不知道到底亲了多久，师乐感觉整个人都被戚宴揉进了怀里。

原本那么小心翼翼的一个人，这会儿却像是要把她吞吃入腹，师乐却奇异地在他这种失控里得到了满足。

他没有食言。

她不是撞得伤了或是死了，而是撞进了新的一条路上。

她搂着戚宴的脖子，把自己也陷入这种失控里。

房子隔音不好，两人也怕吵到虎子，回家时动作很轻。

她什么都没带，凭着一股子冲动就过来了。戚妈妈过世以后，家里也没有再留下她的东西。

师乐盯着戚宴给她烧热水的动作，忽地说："我穿你的吧。"

戚宴动作一顿，回过头来。

或许是刚才在外面发泄了好一顿，师乐这会儿神情正常了很多，虽然带着些疲惫，眼睛却是有神的，唇上还有些艳红。

是方才戚宴不管不顾，弄出来的。

看戚宴转过身来，师乐撑着下巴问："不可以吗？"

戚宴喉结动了动，好半天才点头："好。"

等师乐换完衣服打开房门，就见戚宴抱了干净的毯子和被子过来，他目光在师乐身上一顿，又飞速躲开。

给师乐穿的是一套新的衣服，灰色的家居服，之前从时家回来时，那边准备的。

对她来说有些大，袖子长，裤子也长，却意外地给她加了几分慵懒随性，她的头发都披在身后，雪白的脖颈露在外面，几乎都要烫伤了他。

戚宴垂眸说："家里没有空调和暖气。"

师乐让开路，戚宴熟练地把床铺好，她走过去，坐在上面，加了一层后毯子的床格外柔软。

她拍了拍："谢谢。"

戚宴起身，垂眸看着她："不用跟我说谢谢。"

他掀开被子的一角："试试，会不会冷？冷的话再铺电热毯。"

师乐点点头，顺着掀开的一角，就把自己埋进了被子里，没有想象中的冰凉，几乎是一瞬间，毯子的温暖和柔软就蔓延开了，这种被包裹得严严实实的感觉，让人很有安全感。

师乐看着床头的戚宴："有点冷。"

戚宴眉心微蹙："那我……"

师乐摇头："不要电热毯。"

戚宴没反应过来，师乐把手伸出来，勾着他垂在一边的手指，朝自己的方向拉了拉："你给我暖暖？"

戚宴的身体瞬间僵硬，耳朵上的红晕怎么都掩饰不住。

偏偏师乐还坏心眼地晃了晃他的手："行不行？"

戚宴闭了闭眼，把她作乱的手指合在掌心："师满满。"

师乐轻笑出来，这是她今晚露出的第一个放松的笑，她视线移开，看着天花板，像是遇到了什么好玩的事情，止都止不住笑。

戚宴知道她在逗自己，叹息一声，坐在了床边，把她的手塞回了被子里，给她裹得好好的，随即俯身隔着被子抱了一下她。

师乐微微侧头，看着他的耳朵。

戚宴声音很低，像是在跟她轻声呢喃："对不起。"

师乐没说话。

"抱歉让你一个人吃了这么多苦。"戚宴接着说，"没事了满满，以后都有我。"

师乐笑意很浅，隔了很久，才说："戚宴，你说的每一句话我都信。"

她轻声说："所以你不要食言。"

她很贪心，巴不得抓住每一个能让自己过得好一点的机会，尤其是有关戚宴。

戚宴微微起身，在她额头上亲了一下，目光与她对视，满满都是她，满满都是柔情和不掩饰的情意："不食言。"

师乐看着他："戚小宴，生日愿望，我想到了。"

戚宴耐心又温柔："嗯？"

师乐说："你陪着我，等我睡着再走吧。"

戚宴愣了一下，有些意料之外，似乎是没想到是这么一个简单的愿望。可他再想想，就连上一次她提的新年愿望也只是要一个电话里的新年快乐而已。

她的愿望每一个都很简单，却也格外让人心疼。

戚宴点头："好。"

师乐这一天情绪起伏太大，又有戚宴在身边，原本以为会很久睡不着，实际上，没一会儿就沉沉睡了过去。

在她睡着后，戚宴静静地看了她许久，也没动，生怕把她吵醒，过了会儿，才用指尖在虚空里描绘着她的脸，吐出气音："生日快乐，晚安。"

戚宴轻轻起身把灯关上，再把门带好后，出了门。

外面雪又下大了，戚宴拉过一旁的凳子坐下，把方才师乐给他的东西又拿出来，仔细看了一遍。

医嘱和病历上的字句都字字戳在他的心上。

“戚宴。”他自言自语，“你看你都做了什么。”

夜晚安静的余坪，戚宴家门口。

过了许久，戚宴把东西慢慢收了起来，这才回去休息。

第十五章 //
预定余生

师乐睡了很沉的一觉，她已经很久没有睡得这么安稳过了。

闹钟响起的时候，她睁开眼，看到陌生又眼熟的环境，有些茫然，隔了几秒才慢慢坐了起来。

今天新专辑上线，她头一次出道，后续的活动要明天才开始，但她也没放下心来，起得很早。

换好衣服出去，正好遇到戚宴烧好了他们家的铁炉，在煮粥。

听到声音，戚宴抬起头：“醒了？”

因为生了火，家里很暖和，他只穿了件驼色的毛衣，看起来温柔极了。

“嗯。”师乐走过去，倾身闻了一下粥的味道，然后伸手在他脸上掐了下，“这是谁家的小帅哥，这么贤惠。”

戚宴笑了下，握着她的手，感受了一下温度才放开，轻声说：“你家的。”

师乐对这个回答很满意，勾了下他的掌心：“虎子呢？”

“昨天睡太晚，他还在赖床。”戚宴松开手，起身去给她准备牙刷牙膏，边走边问，“昨晚睡得好吗？”

“很好。”师乐跟着他的步伐，想起自己的生日愿望，“你昨天什么时候睡的？”

戚宴动作不停：“你睡后不久。”

他倒了温水给师乐刷牙，师乐拿着杯子出去以后，呆了一瞬，随即回头：“戚小宴，下雪了。”

北城在北方，下雪很常见，师乐生活在城里，却没见过乡下的雪，不厚，只有几厘米，却把远山和少有人走的路都给覆盖住了，美不胜收。

“嗯。”戚宴跟着她走出去，“下了一晚上了。”

师乐说：“等会儿去拍照吧。”

听到拍照，戚宴突然就想起了五十二张照片的事，他眼眸微转，点头：“好。”又催她，“先去洗漱，等会儿水冷了。”

师乐走到以前那个洗漱台前刷牙，过了会儿，戚宴又给她端了盆水过来，温度适中，毛巾都是新的，服务细心到家了。

等她洗完脸回去，看到戚宴已经把粥端了下去，正在烧水，而手里抓了把面。

师乐挑了下眉："给我煮的？"

"嗯。"戚宴说，"刚才你没醒，怕煮了坨了，这会儿煮正好。"

他把面放进去，又加了些蔬菜和西红柿。

比起之前自己下的那碗面，师乐觉得有点自惭形秽。

她走过去，看着戚宴把烫好的西红柿拿出来，放在碗里，笑了声："其实我不太想过生日。"

戚宴："嗯？"

师乐靠近他："今天还是另外一个日子。"

察觉到她的靠近，戚宴眼睫微微颤了下，抬眸，等着她把话说完。

"生日过了二十几年，也腻了。"师乐看着他那双干净的眼睛，低声说，"不然，咱们今年过情人节。"

戚宴过去的这些年，从来没有什么情人节之说，他要么就是在家里照顾妈妈，要么就是出摊，更何况这个日子一般都是在寒假。

虽然有人给他送过东西，但从来没收过，所以没什么概念。

这一天对于他来说，最大的意义也只是师乐的生日。

这会儿师乐的脸近在咫尺，他目光微凝，随后垂下头，把煮好的面捞了起来。

"不冲突。"戚宴把面碗放在一边，把筷子放下，他轻轻看了眼虎子房间的方向，随后伸出一只手把师乐的下巴抬了起来。

在热水沸腾的烟雾里，戚宴微微往前，在她唇上印了一个吻。

"生日快乐。"

又亲了一下。

"情人节快乐。"

最后又亲了一下。

"你快乐就行。"

很轻的三个吻，师乐却快要呼吸不过来了，她怀疑戚宴是不是背着自己补过课。

两人对视着，师乐微微眯眼，眼见着暧昧的氛围弥漫升级。

这时另一边传来了响动。

师乐目光一动，立马撤开了身子，下一刻，虎子从另一头打开门揉着眼睛走了过来。

戚宴镇定地收回手，淡淡道："去洗漱。"

"哦。"虎子看到师乐，睡意就清醒了，他跑到师乐身边，"乐乐老师洗漱过了吗？要一起吗？"

师乐想起之前两人一起洗漱的场景，笑着揉了一下他的头：“我洗过了，你快去吧。”

虎子只好拿着自己的牙刷杯子出去了。

听着外面虎子大呼小叫地说着下雪了，再看着戚宴慢条斯理地准备早餐，师乐从心底生出一种前所未有的满足来。

吃完早饭，虎子穿上衣服就要跑去跟小伙伴打雪仗，戚宴拽住他的帽子：“昨晚跟你说的还记得住吗？”

虎子看了师乐一眼，点头：“记住了，我一个字都不会说！”

戚宴这才把他放走。

师乐觉得跟自己有关，问：“说什么了？”

戚宴笑了下，拿过一旁的围巾给她围上：“说要把你藏起来，所以不让他告诉别人。”

这话一听就是在哄人。

但师乐清楚，过年村子里回来的人多，她一个人跑到戚宴家里，难免招人非议，这也是昨天她没下车的原因。

但现在以她跟戚宴的关系，她觉得其实也没什么。

戚宴又给她穿上外套，把衣服扣好后才拉着她的帽子说：“不行，不想让别人说你一句不好。”

她是老师，又突然跟支教的孩子的哥哥在一起了，戚宴知道有些人可能没恶意，但在他如今羽翼还未丰满的时候，这种话他不想让师乐听到。

收拾好后，戚宴拉着她出门：“不是要拍照吗，走了。”

两人走的是一条没人的小路，路上铺满了雪，戚宴牵着她的手，防止她摔倒。

他说：“这种天气没什么人出门，所以山上可以看雪景。”

说是去山上，其实也不算高，上了山没走一会儿就看到了一片松林。

师乐眼睛微亮，松林覆了雪，晨间又有淡淡的雾气，美似仙境。

师乐有时候觉得，如果能一直住在这里，也是一件很幸福的事。

她松开了戚宴的手，慢慢朝前走，像是没见过雪似的，小心翼翼地踩着。

戚宴在她身后，踩着她踩过的脚印，跟着她的步伐往前走，想着又拿出手机，对着她的背影拍了一张。

“满满。”

师乐回过头，看到戚宴的动作，立刻明白过来了，她挑起嘴角：“知道从今天起，我的身份就不一样了吗？”

戚宴知道她今天发专辑的事，点了下头。

“所以不能随便拍照。”师乐回头走近，拿过他的手机，戚宴也由着她拿过去看。

师乐看到镜头里的自己，穿着白色的羽绒服，跟雪地成了一种颜色，她有种莫名的感觉，好像自己很久都没有这么放松过了。

戚宴从善如流地问：“要怎么才能拍？”

师乐把玩着他的手机，语调微懒："那得经过我的同意。"

"嗯。"戚宴微微低下头，"那怎么样，你才会同意？"

师乐被他看得有那么一秒的愣神，戚宴明明穿的是黑色的外套，神色却比雪还要耀眼。

师乐："说几句好听的。"

"嗯。"戚宴又靠近一点，问："说什么？"

"说我漂亮，唱歌好听，聪明……"

"师满满。"戚宴忽地打断她，紧紧盯着她的脸。

"嗯？"

戚宴："我喜欢你。"

师乐愣住。

面前的人满目都是认真，黑眸像是要把她整个人都吸进去，师乐的心在这一瞬间迅速失了重心，一时失了话音。

"我喜欢你。"戚宴又重复了一遍，一点没有躲闪。

"从很早以前就很喜欢，所以小心翼翼，所以若即若离，因为太喜欢了。"

只是想要个"彩虹屁"的师乐没想到为什么事情会突然变成这个样子，让她有点招架不住。

可一对上戚宴的眼神，他却什么也想不了了。

有这么一个人，她能不栽吗？

这个人，给了她所有的期待了。

师乐指尖在戚宴的手机上点了两下，调回摄像头的自拍模式，随后轻轻踮起脚，把自己送了上去。

在两人双唇触碰到的一瞬间，照片也定格下来。

师乐亲完偏了下头，凑到他耳边，轻声说："戚小宴，我好像没说过。

"我也很喜欢你。"

万物寂静，戚宴仿佛听不见别的声音，原来真的有一个人，只用一句话就能让他丢盔卸甲，心甘情愿。

回程的路上，师乐看着刚才拍的照片。照片里，阳光洒下来，落在两人的头顶，背景是那片银装素裹的松林。两人逆着光接吻的画面，美好得一塌糊涂。

师乐满意了，退出来的时候看到戚宴的手机屏保，指尖一顿，脚步也停了下来。

屏幕上是她，却是她没见过的照片。

灯光很暗，她侧靠着椅背睡得正香，背景是空旷的会场。

她想起了戚宴那句"很早以前就喜欢了"。

师乐短促地笑了声："戚小宴。"

戚宴站定，一回头就看到她拿着手机对着自己，上面是自己偷拍的那张照片。

师乐大概记起来这是什么时候的照片了："文化站里看电影那天吗？"

戚宴短暂地愣了一下，耳朵有些红。

师乐问："那后来那些日子不联系我，你怎么忍得住的啊？"

"忍不住。"戚宴摇摇头，"所以每天都在看这些照片。"

他那个学期因为心思不定，医院、学校来回跑，其实学习成绩很不稳定，他不是神，学习是要努力的，虽然在青城上学，但青城县城小，每年能上A大的，少之又少。

他也怕，自己最后上不了A大，但也知道自己的责任。

直到妈妈过世时，他在余坪见到了师乐。

她的出现，让他把心里放弃了的东西都给捡了起来。

他想要自己努力一点，去跨越山海，跨越那些鸿沟，站到她的身边。

如果不这样，以后他再也遇不到这么一个人了。

他每个月都给师乐发自己的成绩，想要看看，自己到底能不能做到，在那些日日夜夜疯狂想念她的日子，就看着照片愣神。

好在，他做到了。

对此，师乐一概不知。

她瞧着戚宴的神情，把他钩到自己面前，略一挑眉："以后忍不住了，就这么看我，知道吗？"

戚宴微微弯了下嘴角："好。"

师乐这才松开他，把照片发给了自己，看到戚宴仍旧是之前那张黑色星空的微信头像，指尖点了两下。

等回到家里，戚宴再打开手机，却看到师乐微信头像换了，是漆黑夜空里的一颗星星，看得很清晰。

他抬起头，师乐正靠着门框在打电话，听着是在说后面工作安排的事。

挂了电话，师乐走到戚宴身边，跟他靠着坐："晚上我要回北城，明天开始跑宣传。"

戚宴点头："一起。"

师乐："嗯？"

"本来昨天我就打算过去了。"戚宴把手机放下，"正好带虎子玩几天，他最近有点不安。"

师乐："因为时家的事？"

"嗯。"

虎子也五年级了，懂事很多，对于自己唯一的哥哥有了新的家人，即便哥哥现在还在这里，他心里也是不安的，所以戚宴才打算回北城时把他带着，到时候再送回来。戚宴打算等过两年，虎子上中学，而他有能力了，就把虎子接去北城。

师乐问："那他住哪里？"

应该不可能去时家。

戚宴："之前让室友看了一套房，在学校附近，可以租一段时间。"

“还租什么，”师乐捏了一下他的脸，手肘搭着他的肩膀，凑过去说，“住我那儿不就好了。”

师乐想着，还把钥匙拿了出来放在他面前：“你想怎么住就怎么住。”

“师满满，”戚宴叹了口气，不知道她是真的心大，还是不在意，“你知不知道我是个男人。”

随随便便就把钥匙给了他，以前两人关系没说破，他还能装作一个正人君子，这会儿还要怎么装。

“知道。”师乐笑得倒在他的肩膀上，“这段时间我行程紧，也不一定有几天在呢，再不行我回市中心那儿也可以。”

“而且……”她停了一秒，吐气如兰，“早晚都得住，你是不是得提前适应适应？”

早晚都得住。

戚宴深呼了口气。

他转过身抬手抵住她靠近的额头，整个脖子都是红的，看过来的黑眸里满是压抑的情绪。

师乐挑着眼尾，胆子十分大：“戚小宴，你不会是不敢吧？”

她确实不怎么放在心上，一是对戚宴放心，二是在她心里，戚宴开始亲她都那么小心，每次一逗，耳朵都会红上半天。

还是个纯情的小孩。

戚宴情绪倒是没被挑衅的话给激起来，他轻笑了一下，不答反问：“怎么把头像改了？”

师乐想起自己刚改的头像：“你不是说我是星星？”

她懒洋洋地说：“谁也不知道，你的星空里，是我这颗星星。”

戚宴微微垂眸，半晌后，抬手拿起了师乐放在炉子上的钥匙：“好。”

回到北城，师乐没有跟他们一起走。因为之前一起参加跨年演唱会的前辈也给她做了个宣传，加上公司里不少师兄师姐都有替她宣传，所以第一天专辑销量十分可观。

师乐知道之前张萍的提醒，下了飞机就让张萍来接她回了市中心。而戚宴带着虎子先去了学校那边的房子。

接下来半个月，师乐基本都是住在酒店或者在周围的各个省市到处跑，也没有回去的机会。

她是个新人，但因为歌曲都是原创，加上与生俱来的外貌和声音优势，很快就在新人歌手里打出了名号，成了一匹黑马。

然后就是更为忙碌的行程。

半个月后，师乐从邻市回了北城。

师肆给她接了个广告。

拍广告的地点在北城的游乐场，因为是冬天，加上下着雨雪，也没多少人。

师乐合着眼在休息，张萍就在旁边给她计划接下来的行程：“拍了这支广告，你就可以休息几天。因为你马上就要开学了，给你接的活动不多，下周有个综艺，你去露个面。”

“嗯。”

张萍又说：“你现在有热度，我建议不久以后再出首单曲。你知道歌手跟偶像不一样，要靠实力说话。”

听到这话，师乐慢慢睁眼，想起了什么似的：“嗯，我有想法了。”

一支广告录了大半天，休息的时候师乐裹着羽绒服喝着热水在发消息。

虎子明天就要回余坪，她想今天结束以后跟他见一面。

戚宴回得很快：“我带他在外面玩，等会儿回去做饭等你，我们在家里吃。”

两人最近都是靠着手机联系，师乐想着戚宴穿着围裙忙碌的身影，疲惫一扫而光，她笑了一下。

“好。”

导演在那边喊：“乐乐，可以补最后一个镜头了。”

师乐把羽绒服脱了，收起手机走过去，走了几步，步子却忽地一顿。

因为在拍广告，周围有些人在旁观，但人不多，她一眼就能看到不远处有两个人走了过来。

应该是听到了声音，原本低头在看手机的人也抬起头来，目光里带着探寻。

“乐……”

虎子话还没说完，戚宴掩住他的嘴：“别说话。”

两人目光对上，师乐挑了下眉，走向导演。

戚宴看着大冬天她穿着那身单薄的裙子，微微蹙眉。

虎子这两天几乎每天都在被哥哥放的歌洗脑，也知道乐乐老师做了明星，不像以前那样能轻易说话了。

但他不想就这么走了：“哥，我们看看吧。”

戚宴没说话，而是带着他往前走。

师乐的镜头表现力一直很强，看着镜头前眉目清冷与平时大不相同的人，戚宴胸腔里的心沉闷地跳动着。

这个人，会趴在他的耳边说喜欢，会像只懒洋洋的猫揽着他亲吻，而此时，会在空余时，分过来一个眼神，只看着他。

万众瞩目的人，是他的。

拍摄结束后，师乐回车上换了衣服，再下来时戴上了口罩和帽子，径直朝着戚宴和虎子的方向走来。

师乐没看戚宴，而是先看向虎子，带着些疑问和惊讶：“虎子？”

虎子茫然：“啊？”

张萍跟在后面：“这是谁？”

“以前我支教时教的学生。”师乐不见任何慌乱。

只这么一句，戚宴就懂了她的想法，他浅浅笑了一下：“乐乐老师。”

听到这个陌生称呼，师乐口罩下的嘴角扬了扬：“小同学，来北城玩？”

戚宴应得相当自然：“嗯，虎子放了寒假。”

张萍目光在两人之间转来转去，又看向戚宴，看到这张脸，心思一动：“这个小同学叫什么名字？”

“戚宴。”

张萍递了张名片：“我是满娱传媒的，小同学如果以后有进娱乐圈的想法，可以跟我联系。”

戚宴看着那张名片，想着这是师乐的经纪人，于是接了过去：“谢谢，不过我暂时没这个打算。”

“可以考虑考虑。”师乐笑着说，“来给我做小师弟啊。”

戚宴微微抬眸，看着她的眼睛，低笑：“不想做小师弟。”

张萍没听出什么来，把名片递出去以后便道：“我先送你回去？”

“不了。”师乐摇头，“虎子小同学从江省那么远的地方过来，我以前还是虎子的老师，陪他们玩玩再回去，这应该没关系吧？”

肯定没关系，甚至还会给她再立一个正面的人设。

更何况师乐这么坦坦荡荡的，就更没关系了。

“那行，你们玩。”张萍想了下，“要安排拍照吗？”

师乐拒绝：“别打扰人家的生活。”

张萍点头：“那我先回去。”

等她走了，师乐又拿出两个口罩来，给他们一人递了一个过来，煞有介事地征求意见：“一起玩可以吗？”

虎子一头雾水，戚宴却平静地接过了口罩，温声说：“荣幸至极。”

三人在众目睽睽之下离开。

戚宴跟虎子来了挺久了，人也不多，所以项目也玩了不少，这会儿快接近尾声了。

师乐问：“还有什么没玩？”

虎子指着摩天轮：“那个最高的！”

师乐看过去。

摩天轮的传说，谁都听过，但有虎子在场，他们总不能把虎子丢下自己单独坐一个舱。师乐丢开那些乱七八糟的想法，打算以后有机会再跟戚宴来坐一次。

“好，就去那个。”

戚宴买了几杯奶茶，刚才看她穿得少，怕她冷，捧在手里可以暖手。

上了摩天轮，虎子对什么都很新奇，他穿着新衣服，趴着看外面，跟戚宴说这说那。

师乐摘了口罩，小口喝着奶茶。

不知是不是玩累了，戚宴似乎有些漫不经心，师乐笑了下，把奶茶递过去：“好像有点甜了，你帮我尝尝看？”

戚宴抬眼，看着奶茶上的吸管，又看看她。

师乐依旧带着笑意，没多说什么。

亲不到，间接亲一下总可以，这么些天不见，她还挺想戚宴，这个人倒好，在她面前还走神。

隔了几秒，戚宴动了，他摘下口罩，低头就着师乐喝过的吸管，喝了口奶茶。

师乐问：“甜吗？”

戚宴语气没什么起伏：“没尝出来。”

“是吗？”师乐拿回去又喝了口，意有所指，“我怎么觉得怪甜的？”

戚宴目光看着她的唇，仗着虎子在，师乐格外嚣张，直勾勾地看着他。

他看了眼外面，马上要到最高点了。

师乐见对面的人拿出手机，点了几下，递给虎子：“虎子，拍几张外面的照片，回去给舅舅看。”

虎子转过头来接过去：“好。”

戚宴说：“多拍一点。”

虎子又转了回去：“好。”

师乐想，既然给舅舅看，那她可以代劳：“拍照，我可……”

话说了一半，戚宴动了。

他拉过师乐拿着奶茶的手，往自己身前一带，声音很低：“刚才没尝出来。”

师乐愣住。

戚宴又问：“满满冷吗？”

“还……”

“好”字没说完，她羽绒服的帽子被拉了起来，戚宴的脸瞬间放大，他一扫方才的漫不经心，轻轻笑着：“冷啊，这样好一点。”

师乐好像知道他要做什么了。

她有点紧张地想要看虎子，但被帽子遮住了视线，目光里只能看到戚宴，看着他专注的眼神。

戚宴低声说：“我再尝尝。”说着，抬着师乐的下巴，吻了上去。

师乐心如擂鼓，生怕被虎子看到，大气不敢喘，戚宴却像是游刃有余一般。

但他也只亲了几秒，含着她的唇轻轻一咬又退开。

“刚才尝错了，”戚宴指尖揉了下她的唇，勾着笑，“是挺甜。”

这小孩越来越会撩了，她有点受不住了。

虎子这时候转过身，邀功一样：“哥，我拍好了。”

戚宴泰然自若地放开师乐的帽子，把手机接过来，一本正经地划拉几下，又揉揉他的头：“好看。”

师乐深呼吸几次，坐了回去。

虎子看看师乐："乐乐老师不是冷吗？怎么脸都红了？"

戚宴低低笑了声。

师乐捏着吸管："嗯，现在又热了。"

虎子坐过去，看着她的奶茶："奶茶甜吗？我的不甜啊！老师，我给你试试？"

师乐还没说话，虎子就被一只手揪了回去，戚宴面无表情："坐好。"

看着他突然变脸，师乐方才的那点不自在也消散了点，她懒洋洋地喝了一口："没事，我就喜欢甜的。"说完还看了戚宴一眼。

戚宴目光看过来，眉眼里都带上了笑意。

下了摩天轮，三个人又把口罩戴上了，准备回去。

师乐没跟他们一起坐车，自己打车跟在后面，才上车就收到了戚宴发来的两条消息。

"亲到了。"

"以后就是一辈子了。"

"一辈子"这个词，师乐没想过，应该说她跟戚宴在一起到现在，她都没考虑过。

她切切实实地把戚宴算在了未来，却没在两人身上套过这个词。

在去余坪之前，她还在惶恐不安，戚宴给她吃了定心丸。到家后，戚宴在厨房准备晚饭，她看着他的背影，陡然生出一种渴望。

她很喜欢听到这个词，而且是戚宴亲口说的。

第二天，师乐没事，把戚宴和虎子送去了机场。戚宴要亲自送虎子回去，他不放心虎子一个人出远门。

而师乐从机场回来，直接去了许婧那里。

从余坪回来她就在忙，许婧每天都在问她的进度，她知道许婧不放心，所以要过去给许婧解释那天的那一通电话。

知道师乐要来，许婧也没出去约会，特意在家里等她。

师乐才进了许家的门，就被许婧直接拉到了房间里，她锁了门，开门见山："从头到尾，一个字都不能落下。"

这些事，虽然她已经在余坪给戚宴说过一次，但师乐每每说出来，都会觉得呼吸不顺畅。

她站在窗前，最后才道："就是那样，因为周覃对我心思不纯，我才去了江州。"

师乐跑去江州这件事，许婧是知道的，但不知道原因，只以为是离家出走。

周覃要打师乐的主意这件事，明眼人都看得出来，所以许婧一直觉得他恶心，却没想到他居然会做出这种事。

听罢，许婧火就上来了："这么大的事！你为什么不说？这么多年了！报警抓他啊！"

师乐靠着窗，短促地笑了声："我那时想着谁也别活了。"

许婧走到她身边，想来想去觉得不对："那为什么……"

为什么后来就算了，还瞒得这么好?

师乐知道许婧没说完的话是什么，笑意浅了点："因为翁婷。"

翁婷无数次哭着说，在那个家很不容易，但她念着血缘，忍了这口气。

许婧听着就觉得离谱："那她还让你跟那个王八蛋结婚？"

这不是人能干出来的事吧!

师乐扯扯嘴角："是啊。"

许婧想通了前因后果："那你生病是因为这些。"

师乐"嗯"了声。因为不能跟别人说，只能自己消化，可她没那么大本事，消化不了。

"已经好多了。"师乐回过头，"我离他们远远的，现在，不也有你们了？"

许婧看着师乐的神色，她从来不知道，一直以来，对什么都不在乎的师乐，心里藏了那么大一件事。

"那天你去找戚宴，他呢？"

许婧问完，就看到师乐眼里多了几分柔软，她微微低头："他吗……他是我最大的幸运。"

他拉了她一把，就没再放开，给了她所有的温柔。

师乐轻笑了一声，讷讷地说："许婧，明明才没多久，可我就很想跟他过一辈子了。"

戚宴要回去两天，这几天师乐放假，在家里闲着没事就开始着手写新单曲。

她跟张萍说有想法了是真的，那天在雪地里，在阳光下，她突然就有了一种重生的轻松感。

她拿出了之前去余坪支教时，写的那首歌，没成型，却一直存着。

师乐听着录下来的小样旋律，有些出神。那时候她说要给戚宴唱这首歌，戚宴在余坪小学说："如果可以，唱能让姐姐高兴一点的。"

他跟她看夜空，说："是姐姐心里有银河。"

师乐自己都不知道，原来在余坪那些时间里，被他无声的照顾和温柔浸润了这么久。

原来她不是莫名生这个人不联系她的气，她只是，很在意他，所以不愿意他离开。

师乐翻开相册里跟戚宴一起拍的照片，看着那些萤火虫，看着夕阳，看着星星，看着他的烟火气。

她轻轻摩挲了下，抱着吉他把那天雪地里想到的旋律付诸现实。

后续的宣传结束后，师乐暂时陷入了一段空闲时间。

她回到了学校，大三下学期课少，她就整天待在酒吧里，写写歌，或者跟戚宴在休息室里约个会。

除了许婧和酒吧里的人，基本没有其他人知道她跟戚宴在谈恋爱。

师乐问过戚宴委不委屈，戚宴只勾着她的手指，笑着说："满满多哄哄我，我就不委屈了。"

这天，师乐先去了酒吧。

天气转暖，也开学很久了，酒吧里晚上人不少，见到师乐过来，不少人都起哄着要她唱歌。

师乐上台唱了首专辑里最热的歌，把气氛炒热起来后才走到许婧身边。

"他还没来？"

许婧翻了个白眼。

戚宴现在像个机器人，酒吧兼职也不做了，如果师乐不在，他整日都是泡在实验室里的。

只有师乐来了，他才会过来。

许婧给两人望风："还没看到。"

有不少人是来看师乐的，师乐只待了一会儿就上了楼，反正戚宴会去找她。

戚宴来时，一看到酒吧里的人数就知道师乐来了。

许婧指了指楼上，戚宴就懂了，他正要走上去，酒吧里又来了一个人。

许婧的脸色瞬间变得不好看。

戚宴回过头，看到来人时，眸底转凉。

许婧先走了过去，直接喊："保安！"

周覃不把这话放在心上，开口就问："她今天在这儿是不是？"

许婧："关你什么事？"

周覃目光一转，看到了她身后的戚宴，微微一笑："你还在啊。"

许婧扭头就要喊保安，戚宴却走了出去，他把手机放在兜里，脱下了自己的外套放在一边，随后走到了周覃面前。

许婧拦住他："戚宴，你做什么？"

戚宴偏头："别告诉她。"说着，一把扯住周覃的衣服，就把人往外拖。

周围有人看过来，但知道戚宴跟老板关系好，也没人去管。

周覃本来是来找师乐的，但看到她之前的相好在这儿，想着找谁都一样，更何况他也有事跟戚宴说。

酒吧后的小巷子里，戚宴把人推在墙上："你来做什么？"

"自然是找我姐……"

戚宴突然用力揪住他的衣领："嘴是不想要了？"

周覃愣了一下，有些不可思议，但还是"哧"了一声："你在给她出气？你不是知道了她得过病？"

戚宴冷声道："周覃，你该庆幸，现在是法治社会。"

周覃抬眼："什么意思？"

戚宴没说话。

周覃想要反抗，却被牢牢地制住。

"周家的事，是不是你干的？"他恶狠狠地盯着戚宴，"你让时家干的对不对？"

戚宴略一垂眸，没有任何情绪起伏："是又怎么样？"

他跟时家关系一直都在缓和。时琛这个人护短得厉害，师乐是他好兄弟的妹妹，也是自己亲弟弟的女朋友，他做什么从来不瞒着戚宴。

戚宴也没阻止过，更何况，后面还有个师肆。

周覃意有所指："她现在是公众人物，你说我要是把以前她的事说出来，她会怎么样？"

"什么事？"戚宴眼神凶狠地盯着周覃，"你说说，什么事？"

周覃往后退："她是个神经病！不要她妈！"

戚宴步步紧逼："然后呢？"

这种事情，说出去其实不会对师乐造成什么影响，很可能还可以给她打感情牌让她人气更高。

但戚宴不会，师乐也不会。

说出来就是在她伤口上撒盐，还在全国人民的视野里，以后无论是谁看她，都会贴上一个标签。戚宴对这些事只字不提，就是要保护她，最好谁也不再提，但周覃就是要撞上门来，不肯自己好好待着。

"你怎么不说……"戚宴扯着他的头发，一字一顿，像是地狱里的修罗，怒气四溢，"你对师乐强奸未遂。"

周覃表情立马就变了，一片惨白："你怎么知道？"

"我为什么不知道？"戚宴有那么一瞬间，突然就懂了师乐说的，想要同归于尽是什么意思，他想把这个人掐死。

戚宴闭了闭眼，让自己冷静下来："周覃，我不是她，你觉得你有什么能威胁到我？"

周覃咬牙："你知道又怎么样，你有证据吗？再说，你会把这种对她名声有损的事情说出去吗？"

戚宴顶住了他的下巴，让他开不了口。

"不长教训。"戚宴冷笑，"你可以试试，你说不说得出口。"

周覃此时一身狼狈，但看着戚宴的神情，知道今天是进不去了。

戚宴知道了那件事，他没想过师乐真的敢说出去。

这样，时家怎么可能会放过他们。

如果师乐名声毁了……

周覃捏着手，转身离开了这里。

戚宴在外面站了一会儿，动了动手，想抽烟，但现在他一般都不放烟在身上了，只好舒了口气，压下心里的烦躁。

等他准备好要回去时，就看到师乐站在路口，静静地看着他。

戚宴愣了下，随即走过去："你怎么出来了？"

"我等了你很久。"师乐把他全身都打量了一遍，确定没受伤，这才松了口气，"他走了？"

戚宴僵了下，点头，想要抬手，又想着自己碰过周覃，就觉得恶心："我去洗手。"

师乐跟着他走进酒吧。

两人上了楼，戚宴洗完手出手，看她坐在沙发上发呆。

他把人拉过去抱住："别想。"

"我没想。"师乐靠在他怀里，叹了口气，"当年是我不对。"

"什么？"

师乐想，如果不是她当时不够成熟，不够坚定，不够冷静，放过了周覃，不然如今也不会总是被他骚扰，还无能为力。

现在虽然师玮说了，不会让周家好过。但周覃这个人，心理有问题，肯定不会善罢甘休。

"满满。"戚宴拿出手机，"刚才出去前，我开了录音。"

师乐猛然抬头。

"这个录音给你。"戚宴把手机放在她手上，"你要做什么都可以。"

师乐看着他的手机，上面的录音甚至还没停止。

她指尖有些发颤。

戚宴轻声说："总要解决的。"

这时，师乐手机响了，她看了眼来电提示，皱了皱眉。

自从上次在周家闹翻以后，翁婷再也没联系过她，这会儿又是什么意思？

她给翁婷的备注没改，因为已经很久没有打过电话，她甚至都忘了这个电话。

戚宴扫了一眼："不接了。"

"不。"

师乐划开手机，开了免提。

"乐乐。"

翁婷一接通电话就开始哭："是妈妈不对，你原谅妈妈。"

师乐眼睫颤了颤："你说什么？"

"覃儿他当年不懂事，做了错事，你别跟他一般见识。"翁婷说，"妈妈那天也是一时糊涂，以后你要怎么就怎么，我不会干涉你。"

师乐的身体一点一点凉了下去，她扯了扯嘴角："然后呢？"

"你让师……你哥哥，别动周家了。"翁婷哭着说，"还有时家那个，周家这么多年来不容易……"

"翁婷。"师乐打断她，一字一顿，字字清晰，"没有你，没有周家，我照样是想做什么就做什么。"

翁婷的哭声止住："你说什么？我可是你妈！"

"不是了。"师乐嘲讽地说，"早在我十八岁的时候，你就不是了，更何况，你不是更想做我婆婆吗？"

翁婷急了："师乐！"

"我从来都很小心眼。"师乐看着手里戚宴给自己的手机，"你也别打给我了，趁现在还有点钱，给周覃找个律师吧。"

说完，师乐干脆利落地挂了电话。

戚宴听到了她最后的话，蹲到她面前，把她手机拿开，握住她微微颤抖的手。

师乐闭着眼："奇怪，走到这一步，我居然不想哭了。"

"戚小宴。"师乐紧紧拉着他，"我一定是长大了。"

戚宴轻轻应声，捂着她的眼睛："不用为无关紧要的人哭。不论你做什么，都有我。"

师乐讷讷道："那你明天，陪我去报警吧。"

沉默一秒，戚宴沉声道："好。"

师乐这次没瞒着师肆，如今她是公众人物，有些事确实由师肆出面比较好。

师肆那天听了录音，差点就冲到周家干架，还是戚宴在一边拦着。

冷静下来后，师肆道："时间过去有点久了。我去找律师。"说着，他看向戚宴，"你哥那边，你打个招呼。"

戚宴明白师肆的意思，时家在北城有权有势，有了时家帮忙会更好。

但他却先看向了师乐。

这件事比较私人，但那是戚宴的哥哥，不是外人，而且师乐也不想放过周覃。

她说："我没事。"

周覃这些年干了不少事，在警察抓到他时，他正在一家酒吧里，跟人吞云吐雾，甚至，还接触了不该接触的东西。

许婧知道这事后，破口大骂："所以他是变态！还碰那些东西，脑袋早就弄坏了！"

师乐不想再提跟周覃有关的事，她坐在车里，有些疲惫地闭上了眼睛。

翁婷在车外哭天喊地，说不能这么对她。

师乐无动于衷。

戚宴拿耳机给她戴上，在她额头上吻了下："睡一觉，睡一觉我们就到家了。"

师乐笑了下，干脆不看车外，转过头："戚小宴，你什么时候学会了开车？"

戚宴温声说："不久。"

他没说，是他看着师乐难受，想着自己要站在她身旁，一直照顾她的那天。

师乐点点头，靠着椅子闭眼。

“师满满。”

“嗯？”

戚宴握住她的手，温声说：“会越来越好的。”

师乐弯了下唇，“嗯”了一声。

师乐毕业典礼的时候，来了很多人。这一年里，她的专辑大爆，后续出的单曲反响也很好，再加上她参加了几个歌手类的节目，效果非常好，直接爆红。

学校也因此让她在毕业典礼上表演节目。

虎子刚小升初考完试，就被戚宴接了过来，他看着自己哥哥手里的花，一脸跃跃欲试：“哥，你把花给我，让我去吧。”

戚宴手里抱着花，没搭理他。

虎子威胁道：“你就不怕，别人看出你们在谈恋爱吗？”

戚宴微微眯眼，低下头：“你说什么？”

“我早就知道了。”虎子嘀嘀咕咕，“我上次在摩天轮，打开前置摄像头，看到你们在……”

后面的话他没说，戚宴却能明白。

但戚宴还是没把花给他，只道：“自己重新去买。”

这哪里能买到！

这里只卖那些几块钱一小捧的花，还是塑料的。

虎子憋憋屈屈，最后还是自己去买了一束回来。

只是没过一会儿，戚宴便看到师玮走了过来，手里也抱着一捧花。

两人对视一眼。

师玮微微抬眼：“要送花？”

戚宴：“嗯。”

“我是长辈。”师玮毫无愧色，“长幼有序。”

戚宴丝毫不觉得慌：“这种事应该看心意，而不是辈分。”

师玮“哦”了一声：“你觉得我心意比你少？”

“不是。”戚宴浅浅笑着摇头，“但也不一定比我多。”

他缓缓提议：“哥你可以跟我一起送，看满满接谁的。”他一脸“我很公平，谁也别让谁”的表情。

师玮“呵”了一声。

师乐领完学位证和毕业证出来，面前就被一堆花包围。

经纪人也来凑了个热闹。

师乐目光在面前几人身上转了转，最后落在了虎子身上，她接过了他手里的花：“谢谢虎子。”

所有人都变了脸色。

虎子也没想到，自己居然用最便宜的花占到了最大的便宜，有些嘚瑟。

师乐看着戚宴和师肆憋屈的表情，笑着又接过了戚宴手里的，再拿过师肆手里的，最后是经纪人。

师肆差点没把花抢过来，让她再接一次，但想想还是算了。

晚上大家一起去吃了饭。

虎子被时琛接到了时家。虽然虎子跟戚宴住在外面，但虎子年纪小，时琛和戚宴平时忙，且时家有个一岁多的妹妹，也没人跟她玩，戚宴有时候放假把虎子接过来，也会带过去吃几顿饭。一来二去，虎子跟家里的妹妹还玩得挺好，加上他性格好，大家也喜欢。

所以时琛听说虎子来了，就把他接了过去。

只要戚宴在北城，师乐回市中心的次数屈指可数，师肆都麻木了，吃完饭自觉地独自离开了。

师乐跟戚宴一起回了学校，许婧在酒吧搞了个“毕业趴”。

师乐今天高兴，想着有戚宴开车，在酒吧也喝了点酒。

回家路上，师乐半抬着眼看路：“戚小宴，我没喝多。”

戚宴：“嗯？”

师乐懒洋洋地道：“你要卖了我，我是知道的。”

戚宴反应过来，笑了下：“知道也好，还可以帮着数钱。”

这条路不是回家的路，也不像去市中心的路，但师乐也不担心戚宴把她带去哪里。

她有些困倦，随口问：“去哪儿？”

戚宴说：“送你毕业礼物。”

师乐挑了下眉，点点头：“好啊。”

车最后停在了一个小区的地下停车场。

师乐已经昏昏欲睡了，戚宴把车停好，回过头，碰碰她的脸：“满满。”

“嗯。”师乐睁开眼，“到了？”

“嗯。”戚宴给她把安全带解开，摸了下她喝了酒有些发红的脸，“感觉怎么样？”

“不太好。”师乐蹭着他的手，气息吐在他的手上，“你抱我？”

戚宴习惯了她这种耍赖的方式。

在学校的时候，他偶尔住在校外，每次她结束行程回来累了，就会在停车场里赖着，说自己累了，要抱。

所以他自然地下了车，绕到副驾驶。

师乐见他打开门，却推开他下了车，她都不知道这里是哪儿，自然不会真的要他抱。

这会儿戚宴却打开后面的门，把之前送的花拿了出来，不过却只拿了他的那一束。

师乐没多问，跟着他一起上了楼。

师乐进了电梯，看他按下电梯楼层，靠在他肩上，玩笑地说："戚小宴，你别说给我的毕业礼物是套房啊。"

戚宴转过头，无声地看着她。

师乐站直了身子，真的诧异了："戚小宴？"

电梯"叮"的一声，戚宴笑了下，拉着她出了电梯，走到了一道门前。

他按下指纹，带着师乐进了房子。

打开灯的那一瞬间，师乐看到了整个房子的格局。

不大，不算豪宅，只是个小公寓，装修都是暖色调，看起来很温馨。

戚宴在后面把门关上，把花放在一边，然后拉着她往里走。

"进了学长的实验室没多久，就跟着他们一起创业做游戏了，我还存着之前高考后的奖金，后来我哥也投资了一些。"

"满满，我现在能做到的只有这个。"戚宴边走边说，"以后还会给你更好的。"

师乐一句话没说，只跟着他的步伐走。

两室一厅，是真的不大，但她却像是被什么给填满了一样。

"有个房间是给虎子留的，剩下的是我们的，不过他每次来都被我哥接过去，应该很少会回来。"戚宴推开了一个房间的门，"这是我们的。"

是主卧，也是暖色调为主，干干净净的，但他留了一点小心机，墙上有些浅色的星星。

师乐喝得不多，却感觉自己已经醉了。

戚宴手心都是湿的，紧紧拉着她的手，也不放开，看起来很紧张。师乐的目光落在他的侧脸上，他的脸被光打了一道光晕。

"满满，我说过，如果你在我手里，我就不会放手了，不论以前还是未来，都不会。

"我很迫不及待地，要跟你拥有什么。

"我们慢慢来，先有一个小家，你看，可以吗？"

没听到师乐回答，戚宴有点不安。

他回过头："满满。"

师乐放开了他的手，在房间里转了一圈，指尖缓缓触摸墙上的星星。

良久，她垂眸笑了："戚小宴，你比我快了一步。"

戚宴怔了下。

"我本来打算过两天等你们考完试，带你去的。"师乐抬起头，过来搂住他，"被你抢先了。"

"可能是从在余坪相识开始，也可能是自你穿上围裙开始，我就在想着什么时候能有一个家了。"

师乐抬头，亲了一下他的下巴，含着微微的酒意："戚小宴，我从小没有一个完整的家。

“我比任何人都要渴望，拥有这个东西。”

师乐闭着眼：“谢谢你。”

戚宴按着她的眼角，抹去了那湿润：“你要的，我都给你。”

从卧室出来，戚宴又拿起了那束花走到师乐面前。

他伸手从花里拿出了一个盒子。

师乐微微睁大了眼。

今天收的花太多，所以她也没仔细看，里面居然还有东西。

她眨了下眼，努力让自己平静下来。

“戚小宴，你应该还不到法定结婚年龄。”

“嗯。”戚宴把盒子递到她面前。

他低笑一声：“师满满，你可能不知道，在我们那里，很多只比我大一点点的，都有孩子了。”

“嗯？”

戚宴看她有点茫然，笑了：“所以你现在还觉得当初把家里钥匙给我是对的吗？”

师乐当时是觉得他是个纯情的孩子，虽然有那么一点别的意思，但也没想太多，她想自己可以慢慢教。

但都这么久了，给都给出去了，现在人也在这屋子里，师乐还真没带怕的。

“后悔什么。”她勾住戚宴的脖子，“我是怕你不敢。”

戚宴微微抬眼，目光从她的手臂移到她的脸上，弯唇：“不后悔就好。”

他把盒子打开，里面是一枚戒指。

“虽然还没到年龄，但我想自私一点，先把你套住。”戚宴拿出戒指，却没急着给她戴上，只是放在她的手心，“毕竟你是太多人的星星了。”

“师满满。”他一眨不眨地看着她的眼睛，手扣着她的手，握住戒指，温声问，“我可以先预定一下吗？”

师乐这才看到他不知什么时候就跪在了她面前。

她一手还勾着他的脖子，目光垂下，笑着问：“预定什么？”

戚宴的目光与她相接，他轻声说：“预定一下，你的余生。”

师乐定定地看他，忽地用力勾着他的脖子把他往前钩了一步。

戚宴动作不稳，手撑在了沙发上。

师乐抵着他的鼻尖，气息吐在他的脸上：“戚小宴，我呢，也快奔三了，对年龄有点焦虑，所以一般不接受预定，毕竟等不及。”

她把戒指还给戚宴：“听说前两天学校里又有女生向你告白了？体谅一下我怕自己的人跑了的心情，说点实在的话。”

她亲了他一下，诱哄着说：“余生，我都是你的了，定下来了，行不行？”

戚宴周身发麻。

师乐已经把手伸到了他的面前："来吧。"

戚宴看着她白嫩纤细的手指，缓缓抬起了手。他碰到师乐的指尖，喉结轻滚，声音都有点沙哑："师满满，你不要后悔。"

师乐"啧"了一声，拍了拍他的手："刚才你说得信誓旦旦不放手，这会儿怎么了？"

戚宴没说话。

师乐作势要把手收回来，懒洋洋地说："那算了，我再考虑考虑。"

她的手还没收回去，就被戚宴急忙拉住了，他几乎一瞬间就把戒指给她戴了进去。

他紧紧捏住她的手，看着那枚戒指："师满满，谢谢。"

师乐也看着戒指："嗯？"

他抬眸，目光温柔又坚定："谢谢你的余生。"

师乐撞进他的眼里，他的眼里一直以来都干干净净，现在满眼都是她，可能因为刚才的紧张，这会儿有些发红，感情炙热又强烈。

她心里被他的满腔柔情填满。

师乐眼睫微动，碰了碰他的脸："戚小宴，我这几天都没行程。"

戚宴双手撑在沙发两侧，抬着头："我知道。"

"看你好像有点不安，"师乐靠着他的额头，"给你打针强心剂怎么样？"

"嗯？"

师乐亲了他一口，唇缓缓移到他的耳畔，又亲了一下他的耳垂："现在我们也算是互许余生的人了，也有家了，有些事可以落实一下。"

"也算是……"她在他耳边低低地笑，"给我这个奔三的人打个预防针？"

戚宴的手猛地收紧，他耳朵烫得厉害，声音也低得厉害："师满满……"

"就当是我诱惑你了。"师乐问，"可不可以？"

戚宴还没站起来，师乐的吻已经落了下来，很轻柔，她亲人的时候，一向都很轻。

戚宴睁着眼，看着她轻合上的眼和微动的眼睫，手越握越紧。

师乐亲了会儿，看他毫无反应，忍不住"啧"的一声。

说什么这么大的人已经有孩子了，实际上他也……

师乐还没想完，戚宴突然动了，抬手捧住了她的脸，然后站直了身子。

师乐往后靠在了沙发上，主动调换了方向。

师乐喜欢戚宴为她失控的样子，喜欢他的炙热。

她抬手搂住戚宴的脖子，回应着他。

直到师乐被抱进浴室，整个人昏昏沉沉地出来，又被抱到床上，看到戚宴拿出东西，才清醒了一点。

她咬了戚宴一口："戚小宴，你跟我扮猪吃老虎呢？"

戚宴低低笑了一声，在她锁骨上印下一道痕迹，眸色很沉："师满满，现在还觉得给我钥匙安全吗？”

再给师乐一次机会，她觉得自己不会这么没见过世面地去挑衅戚宴。

主要是这个人看着乖，但骨子里恶得很。

果然是男人。

在新房子里躺了两天，师乐趁着戚宴去考试了，直接开溜——惹不起惹不起，还是躲几天吧。

接下来有个见面会，师乐这几天干脆去准备见面会的事情了。

因为要准备在见面会上发新单曲预告，师乐在录音室待了几天。

见面会当天，师乐提前到后台化妆。

见面会跟演唱会不同，场地不大，一眼就能看到头。

师乐临上台前，收到了戚宴的消息。

“开始了？”

他今天有考试，师乐以为他考试结束了：“马上了。”

戚宴问：“今天想不想我？”

师乐想着自己受的苦，无情地回复：“暂时不怎么想呢。”

戚宴说：“怎么办，我还挺想你的。”

师乐：“那就想着吧。”

“好。”

张萍来催她上台，师乐跟戚宴说了一声，把手机交给她。

走之前，张萍忽地拦住她：“手上的东西。”

师乐挑了下眉。

张萍指着她的戒指，毫不留情：“先给我。”

她换了只手：“这样吧。”

张萍看了眼，随她去了。

因为见面会上，都要跟粉丝近距离接触，所以舞台离观众席很近。

开始的流程应该是师乐先唱一首歌，但当她走到麦克风前，目光突然一顿。

坐在她正前方的，戴着口罩和帽子的人，前几天还在跟她耳鬓厮磨。

她一眼就能认得出来。

师乐摩挲了一下手上的戒指，再抬眸就见到戚宴弯了下眼睛。

我想你了，所以我来见你。

“乐乐！乐乐！”

“乐乐！我好想你！”

“乐乐！我爱你！”

师乐在无数的尖叫声中跟对面的人无声对视，几秒后，音乐声响起，师乐低头笑了下。

“我也，想你们了。”

唱完歌后，是粉丝提问时间。
是师乐自己选人。
她一直注意着戚宴，可他坐得很稳，一点都没有要举手的意思。
直到最后一个问题，师乐看他慢慢举起了手。
师乐笑了下：“那就请我面前这位吧。”
戚宴接过话筒站起来，温声道：“我很喜欢你。”
师乐：“谢谢。”
戚宴继续说：“我女朋友也很喜欢你。”
戚宴说：“可不可以借这个机会给女朋友表个白。”
师乐心里一跳，下意识地看了一眼台下。
张萍也在看，她只是觉得这个男生很熟悉，但没看出来是谁，见师乐看过来，还点了下头。
师乐语调扬了下：“好啊。”
周围已经有人小声在惊叹。
戚宴微微抬起帽檐，笑了一下：“满满，我爱你。”
“哇！”
“他女朋友在哪儿！这男生戴上口罩都遮不住的帅啊！”
师乐微微坐直身体，在所有人激动的时候，只有她知道，这个人是在喊她。她看着戚宴的眼睛：“你女朋友一定很高兴。”
戚宴点点头，话里也有笑音：“嗯，她好像很高兴。”
戚宴坐下后，不少人都在注意他，却没看到他的女朋友，只看着他一直注视台上的师乐。
有人忍不住问：“帅哥，你女朋友在哪里啊？”
戚宴微微偏过头，目光依旧看着台上：“她躲起来了。”
最后的环节是唱新单曲，师乐拿了一把吉他出来，直接坐在了舞台边上。
工作人员调好麦克风后，师乐清清嗓子。
“这首歌，很早以前我就准备好了。”她拍了拍吉他，看着前面的人，轻声说，“选在这个时间发，是因为大学生活结束了，要开始一段新的人生，有一个新的开始。而大家，都是我的开始。”
她看着戚宴：“我很幸运，拥有这段开始。”
很早以前，戚宴跟她说，她是他的开始，对于她来说，他也是。他是她在茫然黑夜里，遇到的独一无二的温柔。
戚宴指尖微微一动，与她对上视线，在大庭广众之下，他们看着彼此，说着只有彼此听得懂的话，说着没人知道的，只有两人了解的最炽烈的爱意。
这是他，最爱的最亮的那颗星星。
而他把她握在手里了。

师乐被戚宴不加掩饰的目光注视着，忽然想起了那天她醒来后，在书桌旁看到了地图一角。

她随手拿起来打开看了眼，那是一张普通的中国地图，甚至质量都不算好，唯一的不同，只有地图上连了一条很长的线。

红色和黑色的签字笔迹在线上交错，几乎看不出来最初是什么颜色。

一头是北城，而另一头，是青城窑山。

她看了许久，直到身后的人从后面拥住她。

她指尖摩挲着那些线，问："这是什么？"

戚宴安静了几秒，伸手带着她的手，从一头划到另一头，浅浅笑了一下，温声说："这是拥抱你的距离。"

为了拥抱她，他跨越了几千公里。

戚宴吻了一下她的头发，轻声道："那年你离开的时候，我就在想。

"不过六千里，我跨得过。

"师满满，我跨过了，幸好。"

…………

师乐眨了眨眼，回过神来，拨动吉他的琴弦，重新抬头，对着麦克风道："歌名是《银河》。"

众人安静下来，师乐缓缓开口：

星星仓皇踩进了雾气，
软得像是陷入美梦里，
梦里光芒和煦，花开满地，
有人在看不知剧情却温柔至极的电影，

有人说，
愿你勇敢坚定，
我永远，会接住你，

有人说，
银河万里，满目繁星。
你却是眼里唯一且最亮的那颗星。

第十六章 //
我爱你，不远万里

又是一年圣诞节。

马上就是跨年演唱会了，师乐在去彩排之前，还有几天空闲，于是干脆给自己放了个假，戚宴也空了时间出来，去接她。

张萍把人交给戚宴的时候，气不打一处来。见面会不久后她才知道，当时游乐场的那个人就是戚宴，就是师乐说的那点“情况”，这两人居然还一唱一和来骗她。

加上见面会的时候，当着那么多人的面，两人明晃晃地调情，后来才知情的张萍愣是差点被吓出心脏病来。

她千叮咛万嘱咐：“这几天注意点。”

别放几天假就被人给扒得什么都不剩。

师乐这段时间太累，有些昏昏欲睡，在副驾驶上靠着，含糊地应声。

戚宴倒是笑了：“好，辛苦了。”

张萍跟戚宴接触不多，但这些时间下来，也知道他不是个不靠谱的，于是带着其他人走了。

戚宴上了车，俯身给师乐把安全带系好。

师乐原本合着的眼睁开，抱住了他的脖子，懒洋洋的，像是没醒。

戚宴也没急着撤回去，他抬眸，把她还没摘的口罩拉下来，亲了她一下：“累了睡会儿，一会儿到家了叫你。”

师乐勾唇，说话只有点气音，缱绻又旖旎：“先看看你。”

戚宴也就不急着开车，他收拢她的手，合在自己的掌心，声音带着点委屈：“师满满，你最近忙得连我电话都接不了了。”

师乐这工作，忙起来好久都不能看手机，不能像以前一样随时接电话。

“嗯，我认个错。”师乐笑着，在他耳边低语，“这几天好好补偿你。”

戚宴捏了捏她的指尖，眸色又沉了下来，觉得这人记吃不记打。

他轻声问：“不睡？”

师乐：“嗯？”

戚宴轻笑："那这会儿先给我点补偿的甜头。"说罢，又吻了上去。

师乐是真的累了，过了几分钟就把戚宴推开，自己放下椅子，闭眼休息。

戚宴从后面拿了一条预先准备的薄毯给她盖上，在她嘴角落了个吻，这才开车回家。

师乐这一觉再醒来，天已经黑了，而她躺在之前戚宴买的那套房子的床上。

她工作忙，戚宴平常又都在学校那边，所以除了两人偶尔都有空的时候会过来过个夜，基本上这房子没人住。

师乐突然想起了自己之前的那句补偿，轻轻"啧"了声，打开床头柜，里面果然又新添了点东西。

噢，不是一点。

她不动声色地把东西拿了些出来，藏好。补偿归补偿，不能再给这人哄了去，不知节制。

从房间里出来，她一眼就看到了虎子坐在沙发上摆弄着一棵小圣诞树。

她脚步一顿，虎子也抬起头来。

虎子初中在北城上，但学校离A大更近，为方便照顾，戚宴也住在那边，加上师乐这工作忙，跟戚宴见面时间少，跟虎子就更少了，两人这一个学期以来都没在这边遇到过。

她好像还没来得及跟虎子说自己跟戚宴的关系，这会儿她从主卧里出来，就有点不对了。

虎子也上初一了，师乐并不觉得自己能再把他当作小孩瞒着，但要怎么说她一时半会儿还真没想好。

她还没开口，就听到虎子自然而然地叫了声"嫂子"。

师乐欲盖弥彰地轻咳一声："你哥呢？"

虎子指指后面，说："在厨房做饭。"

师乐镇定地走到了厨房，然后把门拉上。

戚宴听到她这么大动静，回过头来："醒了？"

师乐走过去，靠在冰箱上，平静地说："虎子刚才叫我'嫂子'。"

戚宴愣了一下，然后低笑一声："也没叫错。"

师乐："你告诉他了？"

"不是。"戚宴慢条斯理地把洗好的水果递给她，"他自己知道的。"

"什么时候？"

以她的性格来看，戚宴觉得如果她知道了是在摩天轮上，可能她今晚都不会再好好看虎子了。

所以他道："上个寒假他过来的时候，可能在那边听到我哥说了吧。"

戚宴洗了不少水果，还有圣女果。

想着他爱吃，于是师乐洗了手，端着果盘，站在一边拿了一个递过去："张嘴。"

戚宴垂眸看了一眼，依言张嘴，就着她的手把圣女果吃了下去。

她看了下，准备回头拿手机："只有几个了，我再买点。"

她的手腕却被拉住了，戚宴眉眼含笑地把她带过去："不用。"

师乐："你不是爱吃？"

戚宴温声道："不爱，酸。"

"那你……"师乐话说到一半突然懂了，她缓缓眯眼，"噢，戚小宴，原来那会儿你就藏着小心机呢。"

戚宴承认得毫不含糊："嗯。"

师乐指尖拿起一颗果子，递到他嘴边："那是不是我喂你什么你都会吃下去。"

戚宴咬住了她指尖的那抹红："是。"

师乐却突然说："不喜欢就别吃了。"

戚宴抬眼："嗯？"

师乐把果盘放下，勾着他的围裙拉近："给我吃。"

话音一落，她抬起头，咬住了戚宴唇边还未吃进的圣女果。

戚宴眸色一深，往前一步，把人按在了冰箱上。

师乐看了一眼厨房关着的门，空隙间咬了他一下："别太过分。"

戚宴低低应了声，把她的话都给吞了进去。

再出来时，两个人都跟没事人似的，师乐欲盖弥彰地咬了个圣女果在嘴里，掩盖自己有些发红的嘴唇。

好在虎子也没怎么看，他的关注点在另一件事上。

"嫂子，你能不能给我一个签名，我有个朋友很喜欢你。"

师乐心里的不自在早就抛开了，虎子显然接受度良好，她也没必要多纠结："好啊。"

"那我正好等会儿过去给他。"

师乐："等会儿？"

"要不是我哥说你回来了，让我过来吃顿饭，我也要给你送圣诞礼物，不然我就不过来了。"虎子饭也不吃了，把刚才一直在摆弄的圣诞树拿过来，"这是给你的圣诞礼物，等会儿同学们说要一起出去过圣诞呢。"

他性子好，即便是才来不久，就交了很多朋友。

果不其然，吃了饭没多久，虎子就拿着签名要出门了。

"不用送我。"他换完鞋站在门边，拿着一把钥匙，"我坐地铁过去就行，今晚回学校那边，就不回来了。"

他看着自己哥哥和嫂子，扭捏了一下，飞速地说："你们做自己的事，不用管我。"

虎子说完这句话，就以迅雷不及掩耳之势关上门跑掉了。

师乐站在原地，后知后觉地挑了下眉："这是跟谁学的？"

戚宴也笑了下，没想到虎子会这么说。

他拉着师乐坐回沙发："也算懂事了。"

师乐把玩着虎子送她的那棵圣诞树："圣诞节，你把你弟弟一个人扔回去了。"

"不是他自己回去的？"戚宴伸手拨了一下圣诞树上的铃铛，转头看她，"而且，如果他不回去，满满今天要怎么补偿我？"

师乐把那个铃铛取下来，挂在了他衣服上："给你的，补偿。"说着还颇有诚意地说，"圣诞快乐。"

戚宴听着铃铛的脆响，有那么几秒没动，最后才缓缓说："那我就，提前谢谢满满了。"

"提前？"

戚宴把圣诞树推到一边，拉着她起来："下午你睡了一觉了，先去洗个澡。"

师乐跟着他的步伐，轻轻"哧"了一声，却也没说什么。

等师乐洗完澡出来，就看到戚宴坐在书桌前，指尖在把玩着刚才那个铃铛。

听到声音，他回过头，随即起身拿过了一早就准备好的干毛巾。

师乐不喜欢吹头发，所以一般都是用干毛巾擦干。

戚宴让她坐在椅子上，慢条斯理地给她擦着头发。

师乐被伺候得非常舒服。

看她像只猫似的，仰着头闭眼，戚宴伸手在她下巴上挠了下："礼物可别睡着了。"

师乐故意道："礼物不是给你了吗？"

戚宴没回答，而是换了个话题。

"刚才我接了个电话。"

"嗯？"

戚宴问："还记得刘水阳他们吗？"

师乐注意力被转开，点头："记得，印象深刻。"

那个想要离家出走的小孩。

戚宴："他高考，志愿滑档，去复读了。"

这事儿，师乐听团里的人说过，大家虽然后来没去支教，但因为每年都要寄东西过去，所以一直有联系，当年带刘水阳的是林采和李闻华。

李闻华说，小孩本来要跟她说的，但她当时也出名了，加上他没考好，就没好意思说。

师乐点了下头："然后呢？"

"压力太大了吧。"戚宴又换了块毛巾，在她太阳穴上轻轻按着，"说想见见我们。"

师乐睁眼："我们？"

"嗯。"

戚宴是当年的省状元，一直以来都是榜样，而师乐对刘水阳他们来说，也是把他们拉上正轨的那个人。

知道两个人都在北城，所以一直在旁敲侧击戚宴，问能不能见一下。

他的原话是，见见戚宴，至于师乐他只是想有机会和她通个电话就很满足了。

他们不知道戚宴跟师乐，是一起的。

“满满想见吗？”

师乐：“怎么见？”

戚宴拿出手机，很快就拨通了那边的视频，而他站到了镜头外。

视频很快就通了。

“宴……我去！”

刘水阳一时没忍住，直接爆了粗口：“乐乐乐乐，老师！”

师乐靠着椅子，笑得很放松：“小朋友，听说你最近压力很大？”

刘水阳咽了咽口水，结巴了。

他没想到自己真的能跟师乐视频，原本跟戚宴说的话都是个幻想而已。

更没想到，师乐居然还这么轻松地跟他说话，要知道他只能在手机上见到师乐的视频了。

刘水阳憋了半天：“我、我就是，怕自己考不好。”

“有什么怕的。”师乐专心地看着屏幕，没注意戚宴把刚才的铃铛又拿了起来。

“你以前胆子不是还挺大的？”

刘水阳红了脸，挠挠头：“不一样。”

他说：“我也想考到北城去。”

刘水阳高考成绩不错，只是被北城的学校刷了，他不甘心。

“那我在北城等你。”师乐看着戚宴不知道从哪儿拿了一根绳子，把铃铛穿了进去，她移开视线，“等你高考完，来北城，我给你留一张演唱会 VIP 门票，带你去吃好吃的。”

刘水阳睁大眼睛：“真的吗！”

“我什么时候骗过你。”师乐勾着下巴，声音放轻了点，“没什么大不了的，只要尽力了，就会得到最好的结果。”

她笑着说：“老师告诉你一个秘密。”

戚宴抬眼。

师乐没注意他，而是对刘水阳道：“其实老师当年，也是复读一年才上的 A 大。”

戚宴指尖微微一颤，他没想到师乐如今竟然会笑着把这件事说出来，虽然没头没尾。

而看她，确实是没有任何的情绪了。

刘水阳挂了电话都有点恍惚，隔了好久才有了一点清明：不对，宴哥的手机？怎么视频里会是老师？

而另一头，戚宴神色已经恢复如常。他抬手把手机拿过去，调了静音放到一边。

师乐从桌上拿了一串钥匙在看，上面的挂件是之前那个盲盒开出来的圣诞老人。

她想起当时跟戚宴说，让他把愿望说出来，圣诞老人会给他把礼物放在袜子里，戚宴说放不下。

她语调微扬："戚小宴，你那年的圣诞愿望，是不是我？"

"嗯。"戚宴起身，走到她身后，"一直是你。"

师乐以为他要继续擦头发，于是闭上眼睛，仰头说："那看来，圣诞老人还是很眷顾你的，真的把我送给你了。"

"是啊。"戚宴微微俯身，把方才穿好的铃铛拿了起来，温和地说，"怕袜子装不下，所以把满满送到我心上了。"

师乐舔舔唇，戚宴这么犯规不行，待会儿她不得忍不住把藏好的东西拿出来了。

她还没开口，忽地听到铃铛的声音，随即脖子一凉。

师乐突然睁眼，戚宴已经把铃铛挂在了她的脖子上，还伸手拨了一下。

她回头，看到戚宴眸底的深色，心里"咯噔"一声。

他笑了一下，满目柔情地问："我可以拆礼物了吗？"

师乐有点别扭，可是她压根就拒绝不了这种时候的戚宴。

师乐看了眼床头柜，反正已经藏了不少，她今天本来就有这个打算。

于是她转着椅子换了个方向，戚宴也顺势双手撑在了椅子扶手上。

师乐勾唇，拉住他的衣领往自己这里靠："戚小宴。"

戚宴靠着她的鼻尖，有一下没一下地吻着："嗯？"

师乐问："这么久不见，你想我吗？"

戚宴咬着她的耳朵："想。"又吻到她脖子上，伴着铃铛的轻响，低哑着问，"姐姐呢？"

每每这时候，他都会喊她姐姐，因为知道她受不住。

"前几年还没出道的时候这个前辈就带着她上过跨年演唱会了。"

"那会不会是真的啊？"

"同一个公司的，真的也不错啊，师乐又不走偶像路线，谈个恋爱怎么了？"

"听说今天她要来公司谈新游戏宣传曲的事，是不是能看到真人啊？"

"别说了，老板来了。"

戚宴走出电梯时，员工们赶紧回到自己的工位，正襟危坐。

"戚总早！"

戚宴点了下头，正要去办公室，却在员工的电脑上看到一个熟悉的名字，他脚步一顿。

员工手忙脚乱地要关闭网页，戚宴却抬手制止了。

他看着那个醒目的标题——

【师乐与同公司前辈恋情疑似曝光。】

戚宴微微蹙眉："这是什么？"

大家都知道，这个戚总，虽然年纪轻，才毕业一年，但在公司时间很久了，能力也很强，听说大学里就开始担任开发。

而且他还是公司的门面担当，加上脾气好，待人也好，大家都很喜欢。

"对不起戚总。"员工立刻道歉，"我不该在上班时间看八卦！"

戚宴没说话，看着屏幕的神色却也没变好。

他淡淡地问："这是谁说的？"

员工顺着他的目光小心地看过去，看到师乐这个八卦消息，瞬间明白过来。

"这是狗仔爆出来的，说是拍到了昨天师乐跟前辈一起吃饭。"

"不过没事，"员工以为他是担心宣传曲的事，开解道，"两人都没有黑历史，也都是歌手，如果真是恋情曝光也不会影响宣传的。"

这话说完，她却发现老板脸色更不好了。

戚宴收回视线，没再看电脑一眼，淡漠道："假的。"

员工们一头雾水。

另一个男人从电梯那边出来，听到声音，问："什么假的？"

戚宴没说话，一旁的员工悄悄地指着电脑屏幕。

那男人挑眉，又意味深长地看了戚宴一眼，笑道："确实是假的，快关了，你们戚总见不得这些。"

戚宴叹息："学长。"

学长笑着拍了下他的肩膀："假的东西看了做什么，等会儿真的不就来了吗？"

说罢，他推着戚宴往办公室走，边走边小声问："她怎么不跟你一起过来？"

戚宴推开办公室的门，没什么情绪地道："她最近都在跑新歌宣传，半个月没回家了。"

戚宴坐下，拿出手机打开了软件。

他以前不怎么看这些，后来为了师满满才去了解，还会在她的超话里签到，给她打榜。

他熟练地点开热搜，一眼就看到了刚才看到的那个话题。

他把几张狗仔偷拍的照片都细细看了个遍，知道是假的。

师满满的行程，不仅是她自己，就连经纪人张萍都会给他也送一份。

昨天她正好活动上遇到了公司前辈，考虑到以前的照顾，师乐请他吃了饭，助理和经纪人都在。

戚宴是知道的，但他还是觉得闷。

跟师乐谈了几年恋爱，两人关系一直瞒得很好，现如今他突然觉得，好像也没必要瞒得太好了。

戚宴把热搜截了个图，打算秋后算账。

员工们看着老板走了，纷纷松了口气。

“戚总怎么看起来有点生气？”

平时就算看到他们在开小差，他也不会这么严肃的。

“可能是涉及了公司吧。”

“叮”的一声，电梯门又开了，大家看过去，只见一个穿着西装的女人走在前面，后面跟着一个穿着高跟鞋，身材高挑，头发微卷，戴着墨镜的人。

刚刚还在讨论的人突然出现，大家瞬间就激动起来了：“是，师、师乐！”

师乐摘下墨镜，扫了一眼他们的电脑屏幕，挑唇笑了下：“你们好。”

摘了墨镜，她的美就更加张扬凸显了，整个办公区的人都吸了一口气。

有人小声尖叫：“真人也太好看了吧！”

还是戚宴的秘书沉得住气，她深吸一口气：“是来找戚总吗？请跟我来。”

师乐点点头，看了张萍一眼。

张萍秒懂：“我去找吴总，你先去跟戚总谈。”

师乐跟着秘书走了。

到了门口，她对秘书笑了下，拦住了秘书要敲门的动作：“我跟他说过了，我自己进去就行，辛苦你了。”

秘书红着脸：“客、客气了，有什么需要可以随时找我。”

等秘书离开，师乐才按了按太阳穴，敲响了戚宴办公室的门。

里面传来熟悉的声音：“进。”

师乐扬着嘴角，轻轻推开门走了进去。

戚宴坐在办公桌后面，正在看着什么。

她回头把门关好。

“什么……”戚宴抬起头，看到来人时话突然都咽了回去，他立刻站起来。

“戚总。”师乐扬扬手里的袋子，“我来给戚总送咖啡。”

戚宴放下手机走过来，把她手里的咖啡接了过去，放在一边，牵着人走到了沙发上。

“这么早就过来了？”

“嗯。”师乐靠着他坐着，挑眉说，“有点事。”

“什么事？”

师乐没有回答，而是看着他的脸色：“怎么看我们戚总不太开心啊？这是怎么了？”

戚宴一听到这个，握着她手腕的力道就重了些。

他把师乐的脸转过去：“师满满……”

师乐眨眨眼，拿过一旁的手机，点了几下：“是不是生气这个？”

手机界面上显然就是她跟那个前辈的热搜。

戚宴把手机屏幕挡住，按下了她的手，沉默不语。

“果然是不高兴了。”师乐把手机扔到一边，捧起他的脸，“让我看看，我们戚小宴吃醋的样子可不可爱。”

戚宴耳朵微红，转移话题：“所以今天是有什么事？”

“大事。”师乐笑着过去亲了他一下，“感觉我们家有人要吃醋了，得赶回来哄哄。”

戚宴愣了一瞬。

“公司公关部已经在准备澄清了，前辈那边也会同步。”师乐不用他问就主动道，“都是看图说故事，没几个人信的。”

戚宴没有答话，他目光落在师乐的手上，怕关系被发现，那枚戒指她并没有戴在右手，而是一直戴在左手。

但她一直都没有摘下来过。

他伸手，在师乐的指尖摩挲了下，轻声道：“师满满，我们要不要结婚？”

师乐怔住。

戚宴说完也沉默了，他好想告诉全世界，这个人是他的，谁也不能觊觎，也不要跟任何人捆绑。

只有他，才是她身边的那一个。

他紧紧握着师乐的手，抬眸对上她有些意料之外的视线，抿抿嘴，说出实情：“这种新闻，虽然是假的，但我还是忍不住在意。”

师乐回过神来，“哧”的一声笑了。

“你要是不在意，那才不对。”她蹭蹭戚宴的肩膀，“是我不对，以后不会发生这种事了。”

“我也会在意。”师乐说，“你每次出去应酬，听你学长说有人想投怀送抱，我也在意。”

戚宴蹙眉：“他跟你说这个做什么？”

“为什么不说！”师乐拧着他的耳朵，“这种事，事无巨细你都要给我报备，我看看，是谁敢碰你一下。”

戚宴眼里总算露出了点笑意：“好，都跟你说。”

两人都没再提刚才那句突兀的结婚的话。

谈完私事，又要谈公事，学长也一起过来了。

这次主要是公司要给游戏准备一首宣传曲，师乐这个家属，正好对口。

也是师乐自己提出来的，她想在戚宴的东西上留下自己的痕迹。

谈完公事，大家一起出去吃饭。

从办公室出来，好多公司里的小粉丝都排好队想要签名。

师乐也没拒绝，一一签了名。

有个胆子大的，小声道：“女神，今天的热搜，是不是真的呀？”

师乐挑了挑眉，她签好名字把笔还回去，道：“假的。”

小粉丝得到回答，满足地点头。

下一刻却听自己的女神悠悠道：“不过，我确实谈恋爱了，对象不是前辈而已。”

公司里一片寂静，戚宴猛地转头，直直地看着她。

所有人都把目光放在了师乐身上，她却恍若未觉，反而笑着眨眼："嘘。"

"嘘什么嘘！"到了地下停车场，张萍一阵数落，"你能不能给我一点心理准备！要是她爆出去怎么办？"

戚宴道："她不会。"

张萍更气了："你搭什么话！把嘴角的笑收一收，你那么高兴吗！"

戚宴轻咳一声，难得地受了张萍的训斥。

"迟早的事。"师乐说，"提前做点心理准备也好。"

学长过来打圆场："好了好了，我们公司员工的嘴巴一向很严，不敢说的。"

一顿饭吃下来，张萍都在忧心忡忡。

直到回家的路上，她收到不省心那人发来的一条消息："姐，今天辛苦你们加个班。"

附加了一张照片。

"我们家戚小宴藏在地下太久了，有点委屈他。"

张萍一口气提上来，只觉得太阳穴疼。

今天师乐喝了点酒，回到家里就躺在床上不想动了。

戚宴给她泡了一杯蜂蜜水过来，坐在床沿："喝了去洗澡再睡。"

师乐翻了个身，抱住他的腰，却没喝。

她说："好。"

戚宴拿着水，等着她喝，却只等来一个"好"字，也没见她动，还以为她是要喂。

他将杯子递到师乐唇边，师乐抿了一口又道："好。"

戚宴微微俯身："嗯？"

"我说好。"师乐抬起头，笑着用手指抵了抵他的下巴，"戚小宴，你说的结婚，我同意了。"

戚宴呼吸一窒。

师乐把水杯接过去放到一边，把一直戴在左手的戒指取下来放在他手上，又伸出自己的右手："来吧。"

戚宴眸色很深，一眨不眨地看着她，沉声问："师满满，你是不是喝多了？"

师乐摇头："不是，我很清醒。"

她勾唇，轻声道："要不是当年你年纪不够，我就把你绑去民政局了。"

她"啧"的一声："怎么，定都定下来了，还想反悔？"

戚宴捏着戒指："不反悔。"

"师满满。"他缓缓抬起师乐的右手，在她的指尖吻了一下，"我等这一天，等了六年了。"

他眼睫微颤："我们这一生，不论生死，都要绑在一起，你逃不掉了。"

师乐勾着他的脖子："不仅不逃，还会把你锁住。"

戚宴抱着人沉沉睡去，第二天醒来，身旁的人还在睡。戚宴把手机闹钟关掉，发现手机里多了很多消息和未接来电。

他解锁，消息太多看不完，但还是优先点进了学长的。

"[链接] 行啊你，昨天才出的绯闻澄清，你们俩今天直接终结了？"

戚宴皱眉点开了链接，映入眼帘的是一张照片。

雪地之上，穿着一黑一白羽绒服的两人，轻合着眼，在接吻。

背景是冬日的阳光和一片银装素裹的松林。

师乐："[图片] 他是我的银河。"

热搜炸了。

戚宴的微信电话也炸了。

看着源源不断的消息，他把手机放到一边，回过身去看睡得不省人事的师乐。

那条微博发送的时间是凌晨五点二十分，她早早就喊累了要休息，也不知道她怎么有毅力这个时候爬起来发的。

戚宴抬手，轻轻拨开她脸上的头发，俯身在她额头上轻吻了一下，喟叹："师满满……"

她总是能在他意想不到的时候，送给他一份大礼。

师乐睡梦中听到声音，有些被吵到的不高兴，她扒拉开戚宴的手："我再睡会儿。"

"睡吧。"戚宴看着她指尖的戒指，轻轻摩挲了下才收回手，给她把被子盖好。

师乐醒来时，房里已经没人了，外面下着雨，雨声还不小。

她跟戚宴这两年换了套房子，是个复式楼，从房里出来，她一眼就看到端着粥从厨房出来的戚宴。

她在家时间不多，戚宴也不习惯请阿姨，所以家里一直是他做饭。

师乐趴在扶手上，笑着看他："今天没去上班？"

"嗯。"戚宴盛了碗粥放好，"洗漱了下来吃饭吧。"

师乐快速去洗漱好到了楼下，戚宴已经把所有的早餐都端到了桌上，正垂着眸认真地剥鸡蛋，等师乐坐下，他把鸡蛋放到师乐的碗里。

师乐吃完一个鸡蛋，对面的人都没有说一句话。

难道没收到消息吗？

但仔细想想，好像又不太可能，因为每次她发动态，戚宴总能第一时间知道。

"戚小宴。"

师乐耐不住性子，干脆直接开口了："你没有什么想跟我说的吗？"

戚宴浅浅笑了一下："嗯？

“说什么？”

师乐被他一句话给噎住，但看他这反应，似乎是看到了？

看谁沉得住气是吧。

师乐靠着椅子，慢条斯理地喝着粥：“没什么。”

戚宴抬眼，看她眉眼压着，知道她有些不开心了，于是开口：“今天你应该没有行程了？”

师乐百无聊赖地搅拌着碗里的粥：“这几天都没有。”

戚宴压住她的手：“粥不要搅。”

师乐“啧”的一声，放下了勺子，她吃东西吃得少，这会儿也差不多了。

戚宴知道她这样就是不想吃了的意思，但还是夹了个饺子放在她碗里：“那等会儿换件衣服，我们出去。”

师乐拿起筷子，咬着那个饺子：“去哪里？”

戚宴温声道：“有个地方，想带你去看看。”

师乐挑了下眉，方才心里那点不快突然就烟消云散了。

她三两下把东西吃完：“我去换衣服。”

昨晚发了那么一条微博，这会儿四处的目光都放在她身上，但师乐也觉得没什么。

毕竟对于她来说，自己跟戚宴没什么见不得光的，所以出门也没怎么避着，更何况，小区里安保很好，至今都没人知道她住在这里。

上了车，师乐扭头看着开车的戚宴，他坐得很直，像是要面对什么重要场合似的。

师乐调笑：“你要给我一个惊喜吗？”

戚宴沉默了几秒，垂眸轻笑：“也不知道是不是惊喜，到了才知道。”

师乐摸摸他的耳朵，凑过去说：“你送的，我都很惊喜。”

戚宴转过头来，瞳里闪着光：“希望是。”

半个小时后，看着面前的民政局大门，师乐呆了。

戚宴停好车，低笑了一声，给她把安全带解开，轻声问：“惊喜吗？”

师乐没想到他动作会这么迅速，昨晚说要结婚，今天一早就把她给带到这里了。她一点准备都没有。

师乐难得有些不知所措，她坐着没动：“戚小宴？”

戚宴叹了口气，把手机拿出来，点开她发的那条动态：“满满，我今天想了很久。

“虽然昨天我们已经决定了，但看到这条微博的时候，我还是觉得，不太有真实感。”

说来好笑，他们在一起这几年，谈着没几个人知道的恋爱，除了他们，好像没有谁知道，这个人是他的。

所以戚宴总是在每个深夜，把她紧紧抱着，才能得到一份踏实。

而今天凌晨，师乐却给了他这么一大颗定心丸。

戚宴发了很久的呆，却始终不觉得，那些字句给他足够的真实感，他迫切地需要给这些文字和图片盖上章，戳个印。

如果不是那条官宣，他觉得自己可能会选择一个美好的天气，再跟她慎重地商量，两人一起携手走进这个地方。而不是这样，因为担心，所以只敢先斩后奏。

听完他的话，师乐心里那点惊讶和错愕就没了，她笑问：“哪里不真实？”

她说：“你日日夜夜抱着我，都不真实吗？”

戚宴俯身把她抱在怀里：“嗯，我很怕一醒来你就走了。”

师乐任由他抱着，轻轻回搂住他：“戚小宴，是我不好。”

戚宴一顿，师乐是真心实意地觉得是自己亏待了戚宴。

她工作特殊，万众瞩目，所以一直让戚宴在暗地里受了不少委屈，让他一直在为了自己让步。

“是我不好，”师乐说，“没给你足够想要的安全感。”

戚宴没说话，把头埋在她颈窝里深深地吸了口气：“你怪我吗？”

师乐笑：“怪你做什么？”

她松开戚宴，问：“户口本呢？”

戚宴默默把提早准备好的户口本拿了出来，师乐接过：“准备得还挺齐全。”

她打开车门，笑着回眸：“戚先生，准备好了吗？成为师满满的丈夫，跟她一起，携手走完余生。”

戚宴松了一口气，莞尔：“准备好了，师小姐。”

他从很久很久以前，就在等着这一天。

窗外的雨不知何时已经停了，这会儿乌云缓缓散开，有缕缕阳光洒下来，映在两人身上。

今天来民政局的人不多，戚宴和师乐一出现，几乎就吸引了所有人的目光。

师乐没戴口罩，也没戴墨镜，戚宴下车后，朝她伸出手，她弯着眼睛，与他十指紧扣进了民政局。

当天，热搜#师乐公开恋情#热度还没下去，另外几条热搜又迅速蹿到了首页。

#师乐 民政局#

#师乐 结婚#

#师乐的神秘圈外老公#

其中一个无名小号“满满天星”突然涨粉几十万，只因为他发的一张结婚证照。

以及师乐紧跟其后的转载。

满满天星：【@师乐，师满满，我的余生。[图片]】

师乐：【@满满天星，戚先生，我的余生[图片]】

一时间，网络上全都是关于他们的讨论。

【师乐这圈外老公这颜值，真的是存在的吗？】

【A大校草，优秀毕业生，洵优科技总裁戚宴，了解一下。】

【凌晨官宣，上午领证，这速度，服了服了。】

【这两人的颜值，嗑死我了，嗑死我了！】

后来，微博评论下，开始出现其他的评论。

【这不是师乐发布新单曲《银河》见面会那天，在现场表白女朋友的帅哥吗？】

【对，就是他！那天我就坐在他旁边，我还问了一句，他说女朋友躲起来了，他女朋友就是师乐。】

【师满满是什么称呼！】

【当着所有的人和镜头，用昵称表白，这么刺激的吗？】

【视频翻出来了！点链接看！】

那段被人特意截下来的视频里，戚宴戴着口罩和帽子，拿着话筒，一眨不眨地看着台上的人，他说："我很喜欢你。"

师乐含笑："谢谢。"

戚宴："我能借此机会给女朋友表白吗？"

师乐："好。"

戚宴抬起帽檐，目光深情："满满，我爱你。"

师乐笑着看他："你女朋友一定很开心。"

戚宴："她好像很高兴。"

【我嘴角疯狂上扬！】

【这是什么神仙爱情啊，隐秘又疯狂。】

【建议所有男朋友都来学一学。】

【所以大家没发现，这位戚先生的ID是"满满天星"吗？】

【发现了，满满=师乐。满满天星=师乐是星星。】

【还有《银河》！我补课回来了！众所周知，师乐的歌都是原创，《银河》这首歌真的不是在给戚先生表白吗？】

【我居然在这里嗑到了几年前的"连续剧"！】

…………

网上的风波师乐跟戚宴还不知道，两人领了证才发了动态就被师肆一个电话叫走了。

师肆坐在客厅里，沉着脸："这么大的事，怎么不提前跟我说？"

师乐手里还拿着小红本，语调轻扬："说什么？"

"结婚！"师肆看到她这反应就来气，凌晨官宣就算了，这是迟早的事，但结婚这种事不该事先跟长辈沟通一下的吗？

“领个证，一个小时不到，”师乐说，“又不需要准备。”

眼看着师肆就要发飙了，戚宴按住师乐的手，抬眸对师肆道：“哥，这也是我临时决定的，是我们没考虑周到。”

师乐不满他把锅背到自己头上：“不也要我同意吗？”

师肆深吸一口气：“行了，你闭嘴。”

师乐坐直身体，把小红本递过去：“我知道你是觉得我比你早结婚，你没面子。”

她像是看不见师肆黑下来的脸色，继续道：“但感情到了，我们也等不及。”

“你看看，这照片拍得多好。”师乐打开结婚证，露出那张照片，“你心情有没有好一点，这么好看的妹妹和妹夫。”

师肆忍无可忍：“师满满！”

师乐撇了下嘴，把结婚证收了回来：“啧。”

戚宴觉得有点头疼，赶紧把人圈回来。

“哥，你别生气。”戚宴眼神示意师乐不要再说话了，“本来这事是应该先跟你们说，只不过，确实有些意外状况。”

他保证：“以后办婚礼，肯定先跟你们说。”

师乐添油加醋：“嗯，让他出钱。”

师肆刚刚才好了一点的脸色又难看了，他没搭理师乐，而是问戚宴：“你哥那边呢？”

“也没告诉他们。”戚宴说，“不过或许也知道了。”

师肆好像找到了一点平衡，主要他现在只有师乐这么一个亲人，这两人虽然早就住在了一起，但在他心里，嫁出去和没嫁出去完全是不一样的概念。

他没说话。

师乐推推戚宴：“我的耳环好像落在车上了，你去看看。”

戚宴明白了她的意思，点点头起身给了两兄妹空间。

等戚宴出去，师乐才坐到了师肆身边：“别气了呗。”

师肆沉默，师乐叹了口气，扯扯他的袖子：“哥。”

师肆无奈地道：“师满满，你二十六岁了。”

师乐：“嗯。”

师肆又哑声道：“我怎么觉得我好像，还没找到你多久。”

师乐眼睫微颤。

“那个奶丫头，怎么就要结婚了？”师肆短促地笑了声，“我不是生气，我只是没做好心理准备，如果你没结婚，你就还是奶丫头。”

师乐低笑了下：“结了婚我也是。”

师肆伸出一只手来，胡乱地揉了一把她的头。

他叹了口气：“我还没对你好多久，以后就是别人家的人了。”

“师圆圆。”师乐打开他的手，“你这什么意思？我就不是你的人了？”

师肆转过头去，继续抽烟：“不一样了。”

“一样。”师乐固执道，“不管怎么样，我到哪里都一样。”

“你对我好，那得一辈子好，不会因为我结婚就要变的。”师乐轻哧，“师圆圆，你也不能这么无赖。”

“别说我结婚了，就算是你结婚了，我也得赖着。”她拦住了师肆又要抬起来摸她头的手，“你是我唯一的亲人。”

师肆觉得好笑：“那戚宴呢？”

师乐：“他是我唯一的爱人。”

她轻笑：“师肆，我从小就一直在跟所有人说，我有一个哥哥，我叫‘满满’，他叫‘圆圆’，因为我们要圆圆满满的。”

“行了。”师肆打断她，“酸不酸。”

“你又嫌弃了！”师乐说道，“我是认真的，婚礼交给你了。”

她挑着眼尾，撑着下巴道：“我等着你，牵着我的手，把我交给我的爱人。”

师肆摆手：“知道了。”

从师肆那里出来，师乐打开车窗看着窗外，看起来兴致不是很高。

戚宴知道师肆是什么性格，兄妹应该不会真的在吵架，于是趁着红绿灯的间隙，捏捏师乐的手，问：“怎么了？”

师乐回过头：“我突然有点后悔了。”

她神色认真，戚宴心里猛地一跳。

怎么聊着聊着还后悔了呢？

戚宴捏着她的手，微微使劲：“师满满。”

师乐看他陡然紧张起来，笑了下：“你紧张什么，生米都煮成熟饭了。”

戚宴不答，把她一直拿在手里的结婚证拿了过去：“你后悔也没用。”

师乐任由他的动作，轻声道：“我只是突然觉得，我好像没陪着我哥多久。”

戚宴说：“以后我们还住在一起。”

“嗯？”

戚宴：“我在哥那边买了套房，以后我们可以住在那边。”

师乐没好气道：“我好不容易才有这么伤感的情绪。”

戚宴笑着：“我是想告诉你，什么都不要担心，戚先生都会给你解决。”

“师满满，以前我能力不够，一直在努力，”他轻轻地说，“就是为了能有这一天，能解决你所有的烦恼，给你做最好的护盾。”

他倾身，在她嘴角印了一个吻：“所以不要后悔。”

师乐扭过头：“骗你的，我才不会后悔。”

师乐拿出手机，总算是有时间去看网上的“腥风血雨”了。一整天下来，网上热度持久不下，粉丝们把两人大学那些事全都扒了出来。

不过都是些正面的评论，所以张萍和公司也都没管。

这一天，师乐努力了很久，让大家记住了，她只是个歌手。

她翻到那个视频，有些意外：“这居然也被找出来了。”

戚宴在开车："嗯？"

师乐把声音调大，戚宴正好听到了那句："满满，我爱你。"

他耳朵慢慢红了，师乐饶有兴致地听了又听："那会儿的戚小宴可真大胆啊。"

戚宴耳朵越来越红："别听了。"

"为什么不听？"师乐说，"粉丝们都说甜呢。

"嗯，我也觉得你很甜。"

她想了下，提议道："下次我开演唱会，你也这么跟我表白好不好？"

戚宴回头："不用演唱会，我每天都跟你这么表白。"

"那不一样。"师乐把手机收回去，"我很早很早以前，就在想有一天，你跟我可以在万人面前，光明正大地坦白关系。"

"我可以指着台下的人告诉大家。"她佯装拿着话筒，清清声音，道，"你们看，这是我老公，我最爱的人，他叫戚宴。"

戚宴周身的血液仿佛都因为这几句话沸腾了起来。

他停下车，对上了师乐的视线。

她的手握成拳放在嘴边，笑盈盈地看着他，又把手递到他面前，状似采访："戚先生，你觉得好吗？"

戚宴声音很低："好。"

他抬眸，直直望进她的眼睛里。

师乐说："那要不要先模拟一下？"

戚宴露出一个浅笑，"嗯"了声。

他握住师乐的手腕，看着她的眼睛，一字一顿道："大家好，几年前，我只能隐秘地告诉台上这个人，我很爱她。

"而现在，我想告诉大家，台上这颗叫作师乐的耀眼的星星，是我的夫人，我很爱她。"

他的气息喷在师乐的手上，师乐的整只手仿佛都酥了："哪能这么犯规的。"

戚宴弯唇："到家了，戚夫人。"

师乐对这个称呼适应很快，立刻含笑应下："好的，戚先生。"

两人上了电梯，戚宴忽地问："《银河》这首歌，你是什么时候写的？"

师乐记得很清楚："那年元宵节去你家回来的时候。"

"戚先生。"她回头，抱住他的腰，"我很感激，一身狼狈的我，被你接住了。"

戚宴环着她，吻了一下她的额头："我也很感激，能接住你。"

"新婚快乐，戚先生。"

"新婚快乐，戚夫人。"

年底，师乐难得空闲，因为婚礼日期就要到了，在那之前，他们一起回了一趟余坪。

离上一次来余坪，已经四年了，这边家里的钥匙放在了舅舅那里，他们时不时都会过来打扫，所以家里很干净。

舅舅、舅妈跟他们一起到了老房子里，舅舅林大峰道："知道你们要来，所以临时买了些东西放着，这几天也可以用。"

舅妈卢茜道："住在乡里也可以，跑过来还挺麻烦的。"

戚宴笑笑，用方言道："好不容易回来一次，麻烦您了。"

这些年下来，有时候虎子跟戚宴也会用方言说话，师乐基本上也都能听懂了。

"说什么麻不麻烦的。"林大峰不喜欢听这个，"听说你们要回来，村里的人都说想来看看，但我没告诉他们具体时间，人来人往的，怕你们烦。"

现在戚宴跟北城那个老师，也是明星结婚的事情，不仅是村里，乡里的人也是尽人皆知，林大峰家门槛都要被踏破了。

戚宴说："不会烦。"

以前戚妈妈还在的日子，村里的人都帮了他们不少忙，后来戚妈妈去了，村里的人也都帮着安葬。

戚宴都记在心里。

舅舅、舅妈离开后，戚宴把家里整理了一下，又把晚上要睡的床铺好。

冬天下着绵绵细雨，山里也很安静，师乐坐在外面，看着远处的山景，感觉这段时间心里那些若有似无的焦躁也散了一些。

这次回来，也是要提前来祭拜一下戚妈妈和戚爸爸。

戚妈妈葬在余坪，戚宴跟虎子商量过，还是没把她的墓地迁走，毕竟戚爸爸也在这里。

这里还有很多乡亲，有很多亲人，他们的根都在这里。

戚宴从屋里走出来，握住她的手，给她暖着："想什么呢？"

师乐懒声道："在想，明天见了爸妈，说我把你拐走了，他们会不会怪我？"

"怪你做什么。"戚宴温声说，"是怪我，这臭小子，居然娶了这么好的一个媳妇儿，会不会委屈了人家？"

师乐："那我们彼此彼此？"

"嗯。"

晚上，戚宴开着车去舅舅家吃饭。

舅妈卢茜做了三桌子菜，家里还来了一些近亲，吃完饭，长辈们都纷纷拿出了红包。

"这算是我们的一点心意，你们也别嫌弃少，小两口过日子，以后的路长着，一定要好好的。"

戚宴都一一接了过去："会的，我们记住了。"

大家又道："以后也要常回来，如果有小娃娃了，咱们也想抱一抱，哈哈哈。"

师乐微微一愣，她从来没想过这个问题，戚宴也没提过。

她观察着戚宴，却没看到他脸上有其他的情绪，只是笑着说了其他的话题。

回到家里，虎子先去睡了，外面冷，师乐跟戚宴早早也进了被窝。

她靠着戚宴的肩膀，问道："戚小宴，今天叔叔们说的话你怎么看？"

戚宴："嗯？"

师乐默了默，道："小孩。"

过了几秒，戚宴翻了个身，跟她面对面，把人给搂在了怀里："满满怎么看？"

师乐轻声说："我害怕。"

她怕自己教不好，怕孩子变成第二个自己。

戚宴声音虽然轻，但很坚定："那我们就不要。"

师乐抬眼："你不想要孩子吗？"

"要孩子的前提是，跟你。"

戚宴说："我的另一半是你，一起过下半生的也是你。如果有孩子，那是锦上添花；如果没有，也很圆满，所有的一切，前提都要是你。

"只要你开心，其他的都可以不管。"

在跟师乐领证后，许婧找过戚宴，她说起以前师乐找她时，说的那些话。

戚宴听了就很心疼，以前那些事给她造成的伤害是永久的，戚宴不想让她再受到任何因为过往的二次伤害。

他想过很多跟师乐的未来，有孩子也好，没孩子也好，只要有她就够了，不会影响到任何他对她的爱。

师乐无声地把他抱紧。

婚礼前这些日子，她总是喜欢想一些有的没的，心里都没个踏实的点。

"满满。"戚宴在她额头上吻了一下，"什么都不要怕，一切有我。"

次日一早起来，舅舅林大峰拿了不少烟花纸烛。

"都是店里卖的，所以拿过来了。"舅舅说，"这是喜事，应该让他们也闹腾闹腾。"

戚妈妈下葬时，师乐去过她的墓地，那时候却不知道，原来戚爸爸的墓地就在旁边。

因为一直有人打理，墓地很干净。

戚宴跟舅舅把烟花搬到一边，又把拿来的贡品摆在了墓前。

"妹，妹夫。"林大峰把带来的酒洒在墓前，"小宴要结婚了，乐乐是个很好的姑娘，他带过来给你们看一看。"

戚宴牵着师乐往前走，两人跪在了墓前。

"爸，妈，我回来了。

"她叫师乐，您见过的，当时您还夸她呢。"戚宴抿嘴笑了一下，"是我一直惦记着人家，把人给拐来了。"

戚宴轻声说："我那时候问您，您喜欢她吗？也是想告诉您，我很喜欢她，以后是要跟她一直走下去的那种。就跟你们一样，死后都要葬在一起。”

他慢慢念：“虎子也很好，在学校里成绩都是第一，以后也是要考状元了，我们家一下子就有了两个状元，你们一定很高兴。

“我会好好照顾他的。”

师乐嘴唇动了动。

她跟着上了香：“爸妈，我跟小宴很好，你们别担心。我们要办婚礼了，先来给二位磕个头，算是拜过父母了。”

林大峰跟卢茜抹了把脸，把脸歪到了一边。

师乐笑着说：“我很爱他，谢谢你们把小宴教得这么好，给了他一个这么好的家。”

说完，戚宴跟师乐在墓前，郑重地磕了三个头。

在细雨绵绵的山里，拜过戚家父母，从山上下来前，虎子在后面点燃鞭炮，响彻了晨间的山。

师乐回过头，看烟花看得不太真切，可这时，她突然就觉得，对未来有了很大的期待。

每个人都有一段自己的路要走，她很幸运，遇到了一个愿意陪着她走过这段路的人。

临走前，路过了余坪小学，现在的余坪小学变了样，原本的楼都推了，盖了新的楼，这是去年师乐跟戚宴一起捐钱修的，原本校长听说他们回来了，还想请他们吃饭。

但北城那边，师肆和时琛催得紧，师乐只好跟戚宴抓紧赶回去。

虎子就在这儿多玩两天，婚礼前再过去。

飞机起飞时，师乐从包里拿了一个信封出来递给戚宴。

“这是什么？”

师乐低笑：“留了六年的东西。”

戚宴打开，看到了里面的信纸，信纸是从笔记本撕下的纸，上面的字体很好看。

给小宴：

我想了很久，也不知道该怎么告别，也不知道要送你什么离别礼物，所以也给你写一封信吧。

小宴，我一直都觉得，你身上有一种，我很羡慕，也很喜欢的温暖，这些天多谢你的照顾了。

跟你看星星，看月亮，看落日。

这些回忆，我都会好好珍藏。

以后希望你更加勇敢，希望你保持本心，也希望你能够放肆大胆，在漫长的人生里，做一个真正的自己。

谢谢小宴。

我是真的很高兴，能够在这里遇到你，也希望我们不会只是遇到而已。

我已经在开始期待，我们的下一次相遇。

短短几行字，戚宴却看了很久。

六年前的信，她却依旧完好无损地留着，在他疯狂想念着她的那些日子，在他追赶她的时候，原来她也是在期待的。

想到电话里她的愤怒：“戚宴，我不听电话里的告别。”

想到再见面时她的笑：“不是有些，是很高兴。”

她说：“看到你，我很高兴。”

戚宴想把这封信的字字句句都给一个字一个字地刻在心上，却只能用力地捏着信纸。

他声音低哑：“师满满。”

“别说话。”师乐伸出手，指尖抬着他的下巴，让他看向窗外。

阳光从云层里穿过，冬日里难得的暖阳，绝美和煦。

“戚小宴，我们日升日落，月起月落，都看过了。”

师乐在他耳边道：“这一生，也不过是每一天的日升日落而已。”

戚宴回过头，撞进她的视线。

他心里压抑着满腔的爱意，终于忍无可忍，拉过面前的人，在她唇上狠狠地亲了一口。

师乐笑着：“戚小宴，六千里的云和月。

“远吗?

“不远。”

戚宴看着她，重复了一遍道：“不远。”

朝着你奔赴，哪里都不远。

只要想到另一头是你，我就有了跨越山海的勇气。

我爱你，不远万里。

番外 // 圆满

又是一年冬，临近年底，师乐和戚宴都忙得不可开交。

好不容易休息两天，那边张萍又开始在安排后面一周的行程了。

“最后一个活动，《风土和生活》节目的新年特辑，这一站是在江州，节目组的意思是正好趁这个时间介绍一下江州那边的风土人情。”

师乐听过这个节目，是档明星真人秀综艺节目，在全国各地旅行的同时也要介绍当地的风俗和生活，同时也能带动各个地区的热度，因为题材和嘉宾阵容，这档节目一直都很受欢迎。

但她是个歌手，平时很少接这一类的综艺，这一次节目组请她其实还有些戚宴的原因。

她同戚宴官宣后没多久就结了婚，戚宴也没藏着掖着，所以他曾经是江州青城人，还是当年的省状元这事也被大家给扒了出来。

节目组这次是因她和戚宴的关系才来请自己的，事实上师乐也没有拒绝。

因为她看到了节目的行程策划书，有一站是要去青城的，借这个综艺宣传青城，她觉得戚宴会高兴。

只是这次才回来没两天，师乐有些不太高兴，嘴上却还是道：“什么时候出发？”

“明早。”张萍顿了下，想起师乐和戚宴这对小夫妻的黏人程度，道，“今晚好好哄哄你家那位，怕是又要不高兴了。”

听到这话，师乐笑了笑：“怎么就不高兴了？”

“每次来接你，他都一副我要抢他老婆的模样，哪里还有老板的样子。”

虽然是在听萍姐抱怨，但师乐心情就莫名好了很多：“这说明我们感情好。”

自家艺人感情好张萍心里自然也是高兴的，说实话在娱乐圈这么多年，她确实没有见过多少艺人像师乐和戚宴这样，年纪轻轻就结婚，甚至感情还一如既往地好的。

总归是让人省心的。

“我倒是忘了，你们每年不也是这个时间回去？正好回家看看。”张萍说，“反正也隔不了几天。”

每年不论如何，师乐都会抽出一两天时间和戚宴回一趟老家，因为他养父母的忌日就是那几天，不过这还没到。

“他可能要先忙完这几天，再说吧。”

张萍走后，师乐在家里躺了好一会儿，这才起身戴上口罩出了门。

萍姐说得对，她还是要哄哄戚小宴的。

戚宴最近都在加班，今天也不例外，但是想着师乐这两天好不容易才休息，他还是加快速度，只不过离开公司的时候也是晚上八点多了。

他与学长才到地下车库，还没走几步他便听到了一道喇叭声。

极为刻意的声音，戚宴下意识地转过头，脚步猛地停了下来。

学长：“怎么了？”

戚宴笑了笑，脸上一天下来的疲色瞬间散了，明明还穿着西装，原本那个不苟言笑的戚总却整个人都仿佛柔和了下来。

这样的戚宴很少见，学长愣了好一会儿才反应过来什么，顺着他的视线看过去：“小师妹来了？”

“嗯。”戚宴也没否认，目光微闪。

不远处那辆黑色的车突然打开车门，师乐戴着口罩帽子走下来，见到学长也在，过去打了个招呼：“好久不见。”

学长笑：“我可是天天在网上看到你的消息，新歌很好听，下次记得给我留个特签。”

“好。”

“那就不打扰你们了。”学长眨眨眼，“小别胜新婚，我先走了。”

戚宴点头：“慢走。”

学长的车开走后，师乐一转头便看到目光灼灼的戚宴，失笑：“怎么？”

毕竟还是在停车场，这里虽然车少，但戚宴还是不放心，带着师乐往车的方向去：“满满今天怎么会来接我？”

师乐懒洋洋地道：“我接自己老公下班，有问题吗？”

戚宴又笑了，揉了把她的头：“没问题。”

他正准备去开车，但还没走到驾驶位那边就被师乐推开：“说好我来接，你去那边。”

戚宴也顺着她的话乖乖去了另外一边副驾驶，不过却没有先系好安全带。等师乐上了车，他忽地倾身将人抱在了怀里：“别动。”

两人确实好久没见了，师乐以前认为谈恋爱的时候那些时时刻刻都想看到对方的人都很矫情，可是换到她自己，不仅是谈恋爱的时候，就连结了婚她都是想一直跟戚宴待在一起的。

对于她来说，两个人在一起的意义本来就是在一起，陪在对方身边那才是最好的。

只不过因为两个人的工作关系，这一点就变得越发弥足珍贵，所以她和戚宴几乎不会吵架，因为见面的时间用来腻歪都不够了。

她回抱住戚宴，把头埋在他怀里："来，也让我'吸吸'。"说完还煞有介事地微叹，"哇，好像瞬间就不累了。

"戚小宴你是充电器吗？"

"嗯。"戚宴在她颈间轻轻地笑，配合她的这点点时不时的小幼稚，"那满满是什么？"

"我是你老婆啊。"

顿了下，戚宴慢慢松开师乐："你是不是做错什么事了？"

师乐：你怎么这么敏感？

她扯扯戚宴的脸："怎么这么想我？"

戚宴拉下她的手，放在手心里轻轻按着，一副早就把她看透了的样子："你自己想想，如果不是有事情做错了，你会这么一直哄我吗？"

师乐有点心虚，所以有时候太了解对方了也不是一件好事。

见她有一瞬间的迟疑，戚宴心里大底就明白了几分，这是八九不离十了。但他回想着最近也没什么新闻是她做了什么事的。

"算了。"戚宴还是一把将人给拉过去抱了抱，"你先哄一会儿，待会儿我再看看要不要原谅你。"

怎么还带有预先支付功能的，师乐心里又软又觉得想笑。

她笑着问："你想要我怎么哄你？"

戚宴气笑了："师满满，你能不能有点诚意，怎么这还需要被哄的人自己出谋划策的？我哄我自己？"

"我这不是看看要怎么才能取得我老公欢心吗？"

戚宴心想，你不用做什么就得到我的欢心了。

没办法，他每一天都觉得自己会比之前更爱师满满，这好像变成了习惯，也变成了他生命中一件不可或缺的事情。

他轻轻叹了口气："满满。"

"嗯？"

"吻我一下。"

师乐一顿，抬起头。

戚宴垂眸看着她，好看的眸子映出的都是她的脸，他也不闭上眼。

亲吻这种事情两人做过很多次了，但好像每一次都是让人无比期待和心动的，就比如现在。

如果你是真正的爱一个人，那么与他的一切亲密接触都会让你觉得欣喜；而如果那个人恰好也是爱你的，那么你也能在他那里感受得到所有的汹涌爱意。

一个人爱另一个人，是真的隐藏不住。

师乐微微坐直了身体，在戚宴的下巴上落下了一个吻，又慢慢移了上去，最后停在他的嘴巴上面：“两下吧，买一送一，足够的诚意。”

被她拿捏到，戚宴终是没忍住，在她眉心轻轻吻了一下：“哄好一点了，再继续努力。”

师乐被他逗得直笑。

戚宴嘴角也弯了下：“好了，现在回家吧，老婆。”

“好的，老公。”

回到家里，戚宴去衣帽间看到师乐那两个大行李箱才知道为什么今天自己老婆这么乖巧。

行李箱还有些小东西没有装完，为了方便，一般情况师乐第二天有行程的时候都会提前把行李箱收拾好，想到什么东西再慢慢加进去，这样就算是她想不到的，戚宴看到了也会帮她补齐。

而她要离开几天取决于她要带几个行李箱，照这个情况，怕是又要离开不短的时间。

戚宴换下家居服，叹了口气，又随手放了几个老婆落下的东西在行李箱里整理好，这才走出去。

见他走出来时原本已经好了很多的脸色又变回去了，师乐就知道他已经看到了那两个行李箱。

她笑着走过去：“前几天在活动的时候跟一个前辈学了几个菜，我把菜买回来了，你做好准备，我们试试。”

戚宴也挽起袖子：“好。”

见他这架势，也要一起帮忙，师乐摇头：“今天你不许动手。”

戚宴歪了下头：“真的？”

“嗯。”师乐点头，“我做好了两手准备，如果不行我还买了手工饺子。”

戚宴：“好。”

他取过一旁的围裙，亲自从后面给师乐系上，而后俯身轻轻抱住她：“这次要去哪儿？”

其实师乐的行程张萍那边都会发给他，但他也想听师乐自己说。

师乐瞬间就明白了他的意思：“江州，青城。”

戚宴愣了下：“妈的忌日不是……”

“是节目。”师乐说，“有个节目要录，我先回去，你过几天忙完了再过来。”

回想着师乐之前签了什么节目，戚宴没几秒钟就找到了去青城录的那一个：“《风味和生活》？”

“嗯。”

戚宴：“公司有他们的赞助。”

“你们不是游戏公司吗？”师乐不解，“这种赞助怎么做广告？”

“没有广告。”戚宴解释，“这个节目不仅是综艺，也有公益成分在，之前送过来一份企划书，我看了还不错。”

其实还有一个原因是，戚宴总是会关注师乐会参加什么节目或是有什么活动，大小都会有些出资，不过这些她都不用知道。

听了前因后果，师乐轻哼：“他们倒是想得周到，咱们俩哪一头都不耽误。”

戚宴一笑，也没有细说，而是道：“下周公司差不多就忙完了，我过去找你。”

“好。”

虎子每年寒暑假几乎是一放假就迫不及待地回余坪了，用他的话来说，一年两个学期在这边陪她和戚宴，寒暑假就是舅舅、舅妈还有以前那些小伙伴的，他从未和那边断过联系。

师乐低头学着之前看的视频切菜，但是刀工实在不怎么样，戚宴在后面看着，还是轻轻从后面握住了她的手。

“我……”

“是你做的。”戚宴轻声说，“我只是碰碰你的手而已，这都不让？”

“师满满，别忘了你现在是要哄我。”他说，“当然是要看我怎么做才会高兴，顺着我的心意来。”

是哦，你说得好有道理，我竟然无法反驳。

师乐顺着他的力道，将自己切得不成形状的胡萝卜切好，忽地听戚宴道：“今年在余坪过年吧。”

她没反应过来：“嗯？”

戚宴用脸贴着她的脸：“眼睛看着刀。”

师乐只好又转回去，边切边问：“去余坪的话，那你哥哥那边，时家那边怎么办？”

她倒是无所谓在哪里过年，但戚宴这边就要复杂一些。

“这几年都是在这边，他们不会说什么，也该回去陪陪舅舅。”

可是，如果在北城过年，师乐与师肆就只是隔了一点点距离，毕竟后来买的房子就在附近，过年也算得上是一起的，但如果回了余坪，哥哥怎么办？岂不是一个人过年？

像是知道她在想什么，戚宴突然笑了声：“别担心哥。”

不知怎的，结了婚以后，师乐总觉得戚宴和师肆的关系越来越好了，因为她时常不在家里，圈子也不是同一个，有时候戚宴知道的东西比她还多。

她敏感地嗅到了不同寻常的味道。

“怎么？”

“之前碰到过他和一个女孩吃饭。”顿了下，戚宴又道，“不止一次。”

师乐停下动作：“同一个？”

“嗯。”

师肆好几次和同一个女孩吃饭，这还是戚宴碰到的情况，那说明没碰到的时候更多！

她问："我认识吗？"

"不认识。"戚宴对师乐的朋友圈子还是很熟悉的。

师乐突然沉默了，察觉到这个，戚宴也停下了手上的动作："怎么了？"

师乐摇摇头。这种感觉很难说清楚，师肆是什么样子的人她最清楚，如果不是有了自己的想法，绝对不会与别的女孩子相交过密，所以很大的可能是他确实有情况了。

她马上要有嫂子了。

得到这个结论，她说不清楚自己是高兴还是不高兴，好像都有，但好像高兴要多一点。

当初师肆为了她来到北城发展，也同江州那边彻底断绝了关系，再到她结婚，其实一眨眼也好几年了，但她却觉得才过去了不久。

她问："漂亮吗？"

戚宴一时不知到底该如何回答，斟酌片刻，道："他们两人很相配。"

那就是很漂亮了。

师乐："挺好的。"

她低下头重新切菜，明显话都少了不少。

有了戚宴的"帮助"，这顿饭做出来还算可以入口。吃完饭，师乐坐在沙发上看手机。

戚宴洗完澡出来后，看到的就是她看着手机在发呆的模样，他无声地叹气，也不知道自己把这件事告诉她是好还是坏。

"师满满。"他走过去，将人轻轻拢在怀里，"想什么呢？"

"没什么。"

戚宴贴了下她的脸："不是要哄我？现在是谁哄谁？"

这件事被师肆那个消息打断，师乐自己都忘了，她笑笑回过身抱住他："我，我哄你。"

"先不急。"戚宴说，"这会儿先让我哄哄你。

"让我猜猜，你是因为哥哥的事情不高兴了？"

师乐抱着他的脖子，用一个全然把自己交托出去的状态依偎着他："不是不高兴。"

戚宴很是耐心地"嗯"了一声："那是什么？"

"就是好像突然间明白了之前我们结婚的时候，我哥说的那句话。"

"什么话？"

师乐记得，在听说自己和戚宴去领证了的时候，师肆很生气，那会儿师乐也不是很明白他在气什么，因为自己找到了幸福，对方还是一个不仅优秀，自己也很爱，也很爱她的人。

但那时候师肆却对她说："师满满，你二十六岁了。"

"我怎么觉得我好像，还没找到你多久。"

师乐至今都还记得，她是如何跑去江州找师肆却被赶走；也记得当初师肆时隔多年给她打电话的时候，调笑着问她“你怎么回事师满满”；也记得后来再次和师肆相遇，他来余坪时说“对不起，我来晚了”；记得过年的时候，他还是愿意给她买那么多的仙女棒……

那时候她对那句还没找到你多久还不懂，但现在好像有那种感觉了，她好像也才没找到师肆多久啊。

那是她唯一的亲人，唯一的哥哥。

师乐轻声说：“他说他觉得还没找到我多久，我突然就是别人的了。”

“那如果现在用你当时对他说的话反过来他对你说呢？”

这么一想，师乐自己都笑了：“怎么办戚小宴，那我还是会觉得有点难以接受。”

那她是不是对师肆还挺过分的。

戚宴也笑了：“如果哪一天，虎子告诉我他要有自己的家庭了，不需要我了，我也会很难过。

“但也会很高兴，因为他在往更好的生活走去。”

他问：“满满高兴吗？”

师乐点头：“高兴。”

“那就对了。”戚宴低头笑着说，“因为他是哥哥，所以会怕自己不再被需要，这种落差是会有的，但更多的是高兴。

“每个人都会有属于自己的生活，不是吗？

“再者，以后过年我们会是四个人，五个人，这样不会更好吗？”他说，“满满，手机和网络不是用来让我们难过的，是用来交流的。

“要不要现在给他打个电话？”

沉默了许久，师乐抬起头：“要打吗？”

“如果换作是你呢。”

如果换作是她，肯定会炸。

欸，她果然还是“双标”的。

她与其在这里坐着想东想西，倒不如现在打个电话过去，其实戚小宴说得对。

才这么想着，戚宴却像是知道她在想什么一般，立刻就递上了手机：“满满，在你在意一个人的时候，想一个人的时候，要跟对方说这才是有意义的。”

“你怎么那么多大道理。”师乐把手机拿过来，拨通了师肆的电话。

那边没一会儿就接通了：“怎么？”

师乐一下子卡了壳，不知道要说什么才好，最后还是师肆先没了耐心：“师满满，你最好有事就说，我很忙。”

熟悉的语气和熟悉的声音，这下子师乐终于开了口：“忙着约会吗？”

那头沉默了一会儿：“戚宴告诉你的？”

“你管这个做什么。”师乐道，“你真的在约会？”

师玮短促地笑了一声：“嗯……是吧。”

师乐跟着笑：“师圆圆，你也不是一个人了。”

像是听出了她声音里的不对劲，师玮那边小声说了什么，而后似乎走到了一个安静的地方：“你怎么回事？”

师乐下意识地看了一旁的戚宴一眼，对方给了她一个鼓励的眼神，她这才道：“我真挺高兴的。”

“然后？”

师乐顿了下，最后自嘲一笑，实话实说：“然后，还有点难过。”

师玮：“难过什么？”

这回师乐却没有回答，而是突然喊了一声：“哥。”

师玮隔了好几秒才“嗯”了声。

听到这声，师乐突然就笑了：“现在我不难过了。以后你记得带嫂子来吃饭。对了，今年我跟戚宴去青城过年，正好有个节目要过去录制。”

师玮问：“什么时候回来？”

“过完年就回来。”

“那就去啊。”师玮觉得她这通电话莫名其妙，“压岁钱回来再给，不回来我就扔了。”

师乐是真的放松了下来：“放心，一定要拿到手。”

“还有没有事？”

听出师玮话里的不耐烦，师乐也没着急挂，好一会儿才道：“我真的很高兴，师圆圆。”

“知道了，挂了。”

师乐一笑，正准备挂掉电话，却突然听到那边的师玮说了句：“师满满，不是还有你吗？我怎么就是一个人了？”

她愣住，还没反应过来，那边的电话就断了。

戚宴在一旁听得一清二楚，他亲亲师乐：“听到了吗？”

“听到了。”她像是松了一口气，“戚小宴，我听到了。”

戚宴温声轻笑：“那现在哄好了吗？”

“好了。”

下一瞬，师乐被人转过身抱起来：“那现在是不是轮到满满哄我了？”

“戚小宴。”

“嗯。”

“老公。”

“嗯。”

师乐贴着他的胸膛：“我们又过了一年了，今年你的新年愿望和生日愿望，都想好了吗？”

“想好了。”

师乐隔着衣服在他胸口印下一个吻，问："是什么？"

"是到了明年，满满也会在我面前，问我同样的问题。"戚宴低下头，与她接了一个绵长的吻，"到时候我再告诉你，明年的愿望。"